U0109332

古典詩歌研究彙刊

第十九輯

龔鵬程 主編

第 1 冊

李白詩歌藝術論

房日晰 著

國家圖書館出版品預行編目資料

李白詩歌藝術論／房日晰 著 — 初版 — 新北市：花木蘭文化
出版社，2016〔民 105〕
目 2+304 面；17×24 公分
（古典詩歌研究彙刊 第十九輯；第 1 冊）
ISBN 978-986-404-460-3（精裝）
1.（唐）李白 2. 唐詩 3. 詩評
820.91   105001543

ISBN-978-986-404-460-3

9 789864 044603

古典詩歌研究彙刊
第十九輯　第一冊   ISBN：978-986-404-460-3

李白詩歌藝術論

作　　者　房日晰
主　　編　龔鵬程
總 編 輯　杜潔祥
副總編輯　楊嘉樂
編　　輯　許郁翎
出　　版　花木蘭文化出版社
社　　長　高小娟
聯絡地址　235 新北市中和區中安街七二號十三樓
　　　　　電話：02-2923-1455／傳真：02-2923-1452
網　　址　http://www.huamulan.tw 信箱 hml810518@gmail.com
印　　刷　普羅文化出版廣告事業
初　　版　2016 年 3 月
全書字數　212637 字
定　　價　第十九輯共 8 冊（精裝）新台幣 12,800 元

李白詩歌藝術論

房日晰 著

作者簡介

房日晰（1940.1～），陝西省栒邑縣人，1964 年畢業於陝西師範大學中文系，即分配到西北大學中文系任助教，1994 年晉職爲教授，2000 年退休。曾任西北大學中文系古典文學教研室副主任、主任，中國《儒林外史》學會理事，中國李白學會常務理事、中國孟浩然學會副會長。著有《李白詩歌藝術論》、《唐詩比較研究》、《宋詞比較論》、《宋詞論析》、《論詩說稗》、《李白全集編年注釋》（合著）等，並在《文學遺產》《文藝研究》、《文史》、《中華文史論叢》、《學術月刊》、《詞學》、《北京大學學報》、《光明日報》等報刊，發表論文 200 餘篇。

提　　要

　　本書由分體論、綜合論、比較論三章組成。分體論就李詩的五絕、七絕、五律、七律、古風、七古六種體裁，分節論述了各體的藝術成就及其在詩歌史上的崇高地位。綜合論是就李白詩的意象跳躍、陰柔美、陽剛美、飄逸風格、豪氣與逸氣、語言特色作了探討。比較論是將李白詩與王昌齡、杜甫、崔顥的某些詩歌作了比較，旨在彰顯李白詩歌的浪漫主義特徵。堅持用研究文學的方法研究文學，是著者一貫的學術理念。因此，在研究李白詩歌時，尚友詩人，特別重視意象、意境、感情、結構、語言的個性特徵，在品賞與細讀李白詩的過程中，不時有一得之愚的閃光，對其藝術特點多有會心。經過深思熟慮，綜合概括，使分析與賞鑑交融。希望凡所論術，都能極大地逼近李白詩歌創作藝術的實際。本書還附錄了著者研究李白的七篇論文，均爲考證之什。其中《宋本〈李太白文集〉三題》，考出「宋本《李太白文集》前 20 卷即爲樂史《李翰林集》。」《李白被逐探微》，認爲李白被逐出京，是因爲他與武韋集團的「密邇關係」，使唐玄宗對他「深懷疑忌」，加之他傲岸不羈引起玄宗不歡所致。《南唐詩人李白》，對南唐詩人李白其人及其詩詞作了初步探究。著者疏於考據之學，所論或一家之言。此書可供古典文學研究者和愛好古典文學的讀者參考。

目

次

敍　論

　　李白的一生，是充滿傳奇的一生，是追求輝煌的一生：他的追求目標是做帝王師，從而使國家大治，而後功成身退。

　　天寶初，應詔入京，做了翰林供奉，達到他一生光輝的頂點。在長安，他寫過《出師詔》、《宣唐鴻猷》；也寫過一些諷喻詩；更多的則是伴唐玄宗遊樂，寫了《宮中行樂詞》、《清平調》之類的宮體詩。他是一位不很恭順的御用文人，是轟動京城長安的詩仙。囚同僚的妒忌，皇帝也怕他「言溫室樹」，結果被逐出長安。在安史之亂中，他應令做了李璘的幕僚，自謂「談笑可以安儲皇」，結果儲皇未安卻被長流夜郎。赦還不久，李光弼大舉秦兵百萬，出征東南，時已 61 歲的李白，壯心不已，仍欲參軍，「冀申一割之用」。雖則半道病還，然其愛國之熱誠，事功之心切，不禁令人欽敬。

　　政治上的失意，卻成就了他詩歌的輝煌。他以傑出的詩才，寫下了千古不朽的詩篇，展示出不同凡響的盛唐氣象，也透露了大唐盛世日過中天的哀音。

　　李白之詩，或率然而成，極爲自然。是不用意得之，非雕琢推敲而成；也有經意得之，雖經錘煉而復返自然，渾然天成，不見爐錘之跡。前者是「天授神詣」，純屬天巧；後者係「鬼斧神工」，正是出神入化之筆。其詩之高妙。「殆與南山秋氣並高」是也。

　　李白之詩，或充滿陽剛之氣，或深蘊陰柔之美。前者大多爲歌行、爲七古、爲長篇，後者大多爲絕句、五律，爲短小精悍之樂府。關於各體詩之特色與優長，前哲多有頗中肯綮之論者，謹選抄如下：

　　　　太白五言有極經意，有極不經意。……於經意處得其
　　神奇，於不經意處得其灑脫。

　　　　　　　　　　　　　　　　管世銘《讀雪山房唐詩凡例》

　　　　太白古樂府，窈冥惝恍，縱橫變幻，極才人之致。

　　　　　　　　　　　　　　　　　　　　王世貞《藝苑卮言》

　　　　太白以天資勝，下筆敏速，時有神來之句。……其歌
　　行樂府，俊逸絕群。

　　　　　　　　　　　　　　　　　　　黃子雲《野鴻詩的》

　　　　七言古，……太白其千古之雄乎？氣駿而逸，法老而
　　奇，音越而長，調高而卓。

　　　　　　　　　　　　　　　　　　　陸時雍《詩鏡總論》

　　　　青蓮作近體如作古風，一氣呵成，無對待之跡，有流
　　行之樂，境地高絕。

　　　　　　　　　　　　　　　　　　　　田雯《古歡堂雜著》

　　　　三唐七絕，並堪不朽。太白、龍標，絕倫逸群。

　　　　　　　　　　　　　　　　　　　　宋犖《漫堂說詩》

　　　　蓋開元、天寶之間，七律尚未盛行，至德以後，賈至
　　等《早朝大明宮》，互相琢磨，始覺盡善，而青蓮久已出都，
　　故所作不多也。

　　　　　　　　　　　　　　　　　　　　趙翼《甌北詩話》

　　李白在詩歌創作上各體兼擅，尤以七言歌行與七言絕句爲最。其五言律詩，清新俊逸，足資楷模。唯七言律詩成就稍次，蓋因其體當時尚未暢行。各體之成就與特色，上引前賢之說足以論定，不

再饒舌。

李白是天才的詩人，更是純情的詩人。其詩自然、雄奇、壯麗、飄逸。他寫詩時，情緒特別激動，因此詩思洶湧，「一噴即是」。「君不見黃河之水天上來，奔流到海不復回；君不見高堂明鏡悲白髮，朝如青絲暮成霜」，自然而雄奇；「孔聖猶聞傷鳳麟，董龍更是何雞狗」，橫發而憤怒；「清風明月不用一錢買，玉山自倒非人推」，俊美異常；「我寄愁心與明月，隨君直到夜郎西」，感情深摯之至。其詩情超卓詩意雋美者，不勝枚舉。

李白詩是跳躍的，其跳躍有感情的、結構的、意象的不同。這種種不同的跳躍，都是寫詩時特別激動的情緒所致。他寫詩時思緒是非常迅疾的，所謂兔起鶻落，猶恐或遲。故紀錄詩人激動情緒的詩篇，就不免留下或大或小的空白。從而深化了詩的內蘊，加大了詩的容量。

李白詩是浪漫而奇詭的，其想像力之豐富與筆底之極度誇張，使詩色彩斑斕。「蜀道之難，難於上青天。」雖無是理，卻讓你深信不疑；「飛流直下三千尺，疑是銀河落九天。」如此壯觀之景象，使你不自覺的歡呼雀躍！

李白詩「如黃帝張樂於洞庭之野，無首無尾，不主故常，非墨工槧人所可議擬。」「李太白詩，非無法度，乃從容於法度之中。蓋聖於詩者也。」前者贊其破格，後者美其法度。均屬不易之論。

吾喜李白詩，細讀品賞並仔細尋繹其特點，兼受前哲時賢之啓迪，寫了這本極為粗淺的藝術論，獻給讀者諸君。拙著概言之，約有三端：分體論，以辨其各體創作之短長；綜合論，以析李白詩的個性特色；比較論，以明其與諸家詩人之不同。

詩無達詁，難言必是；戔戔之言，不厭大雅君子。敬請讀者諸君正之。

第一章　分體論

第一節　五言絕句

　　李白詩集中有五言絕句 93 首（包括個別存疑之作），雖不能說是字字精絕，首首璣珠，但絕大部分都是絕妙的短章，確有自己突出的特色。歷代詩論家對於李白的五言絕句雖則贊不絕口，其實是有許多保留和偏見的。譬如《詩藪》的作者胡應麟說：「太白五七言絕，字字神境，篇篇神物」，〔註 1〕「太白五七言絕自是天仙口語」，〔註 2〕又說：「五言絕二途：摩詰之幽玄，太白之超逸」。〔註 3〕但縱觀他對李白五言絕句的全部評價，就可以發現有些地方，不免有違心之談。如他在同一部著作中就說：「太白五言，如《靜夜思》、《玉階怨》等，妙絕古今，然亦齊、梁體格。他作視七言絕句，覺神韻小減，緣句短，逸氣未舒耳」。〔註 4〕這段話與前面的話，分明是有抵牾的。在這裏，他強調了詩人創作的個性而又忽視了詩歌體裁的特點。五言絕句以幽靜自然爲上，七言絕句以展示才華見長。體裁對於詩的內容與風格有

〔註 1〕胡應麟《詩藪》。
〔註 2〕胡應麟《詩藪》。
〔註 3〕胡應麟《詩藪》。
〔註 4〕胡應麟《詩藪》。

一定的制約性，在評價作家作品的時候，這一點是不能忽視的。尺有所短，寸有所長，量衡一律，評價不免有失，胡氏恰恰用了七言絕句的尺子衡量五言絕句的得失，當然是不合適的。其他評論家也往往著眼於《靜夜思》、《玉階怨》等少數篇章，對其大部分五言絕句重視不夠，這從歷代唐詩和李白詩的選本中可以清楚地看出。總之，以前對李白五言絕句的評價，在思想內容與藝術技巧上，都有片面性，因此有重新探討的必要。

一

　　李白的五言絕句，反映了較為廣闊的社會生活，並有一定的深度，與他的前輩詩人和同代詩人相比，都是超卓的、屬於領先的地位。他寫的反映工人、農民生活的少數篇章，彌足珍貴。這不僅因為歷代詩人的五言絕句，多抒情言志之作，在題材上很少超出個人狹小的生活圈子，李白首先衝破了這個圈子，打破了五言絕句僅抒個人之情、言詩人之志的局限，而且由於他長期飄泊不定的生活，較多地接觸了下層人民，對於他們的生活比較熟悉和了解，感情上接近他們，因而能夠較好地刻劃他們的精神面貌，寫下了在史料中難以找到的真實的一頁。稱之為「詩史」，也不為過譽。譬如，他的《秋浦歌》其十四，就是這樣的珍貴詩篇：

爐火照天地，紅星亂紫煙。

赧郎明月夜，歌曲動寒川。

據《新唐書・地理志》記載，秋浦「有銅、有銀」。李白這首詩是描寫冶煉工場的景象和工人夜晚勞動的動人情景。一二兩句寫冶煉工場的壯闊景象，很有氣魄：你看，爐火通紅，照得大地透亮；火星凌空，化成美麗的彩雲，天空的紫煙也為之減色。三四兩句也極為生動；你看，工人通紅的臉堂，使月夜更為明亮；勞動的號子聲震撼得地動山搖。這是一首極為珍貴的詩，它的可貴之處在於題材的新穎，正如郭老指出的：「歌頌冶煉工人的詩不僅在李白詩歌中是唯一的一首，在

中國古代詩歌中恐怕也是唯一的一首吧？」〔註5〕其題材之新穎、氣魄之宏大、情緒之健康，在歷代詩人的五言絕句中，都是罕見的。儘管這是詩人偶然接觸到的主題，並非有意為工人寫頌歌，但從詩裏可以看出他對他們真摯的態度。

又如《秋浦歌》其十六，是描寫農民辛苦勞碌的動人詩篇：

　　秋浦田舍翁，採魚水中宿。

　　妻子張白鵬，結置映深竹。

此詩僅攝取採魚、結置兩個常見的生活鏡頭，就生動地再現了封建社會農民辛苦勞碌的生活。「水中宿」和「映深竹」，極精煉地反映出他們生活的辛苦。字裏行間，流露出對他們的敬重與同情。這樣精粹地表現農民辛苦生活的詩篇，在中國詩歌史上是少見的，它對後世詩人有著深刻的影響。宋代范仲淹的《江上漁者》：「江上往來人，但愛鱸魚美。君看一葉舟，出沒風波裏」，這首詩雖則寫得很空靈，卻可看出漁民整天「出沒風波」的艱苦生活，從題材的選擇和主題的表達，都可以說是受了李白這首五言絕句的影響。

再如寫釀酒老頭兒的《哭宣城善釀紀叟》一詩：

　　紀叟黃泉裏，還應釀老春。

　　夜台無曉日，沽酒與何人？

此詩悼念釀酒的紀叟，寫他生死不離釀酒與沽酒的生活，字裏行間，流注著對他辛苦生活的深厚同情。

以上三首詩，在李白五言絕句裏雖則佔很小的比重，但終唐之世，以及唐代以後歷代的五言絕句，都很少反映這方面的社會生活。用這樣短小的篇幅，寫如此重大題材，這無疑是成功地創造性地嘗試，也是對五言絕句藝術表現力的開拓和貢獻。此外，李白寫婦女的閨怨和遊子思鄉之情的詩，也是比較突出的，如《玉階怨》、《怨情》、《靜夜思》等，都是非常感人的詩篇，反映了社會某一側面的生活，

〔註 5〕郭沫若《李白與杜甫》。

也應引起我們的注意。

二

李白五言絕句的一種風格是含蓄蘊藉，感情深摯，詩味雋永，耐人品味。所謂味在「鹹酸之外」〔註6〕、「言有盡而意無窮」〔註7〕、「不著一字，盡得風流」〔註8〕等等對詩的含蓄的要求，李白的某些五言絕句堪爲楷模。這種風格的作品，歷來詩評家讚不絕口，對於古典詩歌藝術的發展，起了很好的影響；就在今天，如何把新詩歌寫得更爲精煉含蓄一些，仍有著借鑒意義。

> 玉階生白露，夜久侵羅襪。
> 卻下水精簾，玲瓏望秋月。

《玉階怨》

此詩寫一位貴婦人思念丈夫不至而產生的幽怨情緒。詩人飽蘸感情，突出主人公的一個「怨」字，而在怨的背後，表現出她對丈夫的一片深情，「怨」正說明她對丈夫思念之切，感情之深。一二兩句寫主人公站在門外，凝視著遠方的道路。夜深了，華美漂亮的台階上落了薄薄的一層霜，露水已經浸透了羅襪，她仍然站著，似乎她思念的親人由遠而近的走來了。透過詩人含蓄的筆觸，可以看出她焦灼的神態。後兩句突出其思念丈夫的繾綣的情懷。夜已經很深了，她仍然等不著丈夫，只得懷著悵惘的情緒，回到房子，放下水精簾，卻不能入寐，隔簾望著玲瓏的秋月。圓圓的皎潔的秋月，增加了她的幽思，昔日團聚之樂與今夜分離之悲交織在一起，煎熬著她思念破損了的心靈。這首詩多麼含蓄啊！蕭士贇說：「太白此篇，無一字言怨，而隱然幽怨之意見於言外，晦庵所謂聖於詩者此歟！」〔註9〕此詩確爲精金粹玉，不可多得。

〔註 6〕司空圖《與李生論詩書》。
〔註 7〕嚴羽《滄浪詩話》。
〔註 8〕司空圖《詩品》。
〔註 9〕《分類補注李太白集》。

　　李白這類含蓄蘊藉之作甚多。譬如「美人捲珠簾，深坐顰蛾眉。但見淚痕濕，不知心恨誰」（《怨情》），像一幅生動的人物速寫畫，寫一個女子怨恨深重的情態十分逼真。「羌笛梅花引，吳溪隴水情。寒山秋浦月，腸斷玉關聲」（《青溪半夜聞笛》），寫聽到羌笛聲引起思念遠戍親人的情景非常真切。「潮水還歸海，流人卻到吳。相逢問愁苦，淚盡日南珠」（《見京兆韋參軍量移東陽二首》其一），寫韋參軍的怨恨情緒以及詩人對他的深切同情。這些詩，在短小的畫面裏，蘊貯著詩人深厚的情思，有著較大的容量。它並不晦澀，是因為他用以表情達意的每一個字眼是明白確切的；它並不朦朧，是因為他所表達的情思是明確的，確定不移的，然而它的含意卻不能一眼觀透，深厚的情味，耐人咀嚼。

　　李白五言絕句的另一種風格，是清新活潑、玲瓏剔透、極富民歌風味。他寫江浙一帶少女情態，尤為生動逼真。《越女詞》、《浣紗石上女》，都是這樣的詩篇。

> 長干吳兒女，眉目艷星月。
> 屐上足如霜，不著鴉頭襪。
>
> 《越女詞五首》其一

> 玉面耶溪女，青蛾紅粉妝。
> 一雙金齒屐，兩足白如霜。
>
> 《浣紗石上女》

用速寫手法，極精煉地畫出人物情態。她們漂亮、活潑、灑脫，現顯著青春的活力；其衣著明顯的表現出典型的南方生活習俗。

> 吳兒多白皙，好為蕩舟劇。
> 賣眼擲春心，折花調行客。
>
> 《越女詞五首》其二

> 耶溪採蓮女，見客棹歌回。
> 笑入荷花去，佯羞不出來。

《越女詞五首》其三

兩首詩都是寫情竇初開的少女挑逗情侶的眞實情景：前者擠眉弄眼，折花挑逗，性格潑辣；後者則「見客棹歌回」，故意藏到荷花叢中，裝出羞澀的樣子。這兩首詩都寫得那麼本色，那麼景切情眞，把唐代江浙一帶民間姑娘的爽朗性格和活潑神態，活靈活現的展示在讀者面前。從這幅畫面可以看出，宋代以前的婦女，受封建禮教的束縛較少，因而在兩性問題上，表現得那麼自由而大膽，對愛情的追求，那麼眞摯而熱烈。

> 鏡湖水如月，耶溪女如雪。
> 新妝蕩新波，光景兩奇絕。

《越女詞五首》其五

詩人寫白皙秀麗的南方姑娘划船的情景時，用了光潔明亮如新月的鏡湖作陪襯，使人物同景色相互輝映，光景奇絕。

> 巴水急如箭，巴船去若飛。
> 十月三千里，郎行幾時歸？

《巴女詞》

> 東陽素足女，會稽素舸郎。
> 相看月未墜，白地斷肝腸。

《越女詞五首》其四

前者寫巴女送郎的情景，調子活潑、明快。後者寫越婦別情，感情深沉。不同的情景，用了不同的色澤和筆調，各盡其妙。

以上所舉諸例，不僅有很濃的生活氣息，而且調子輕鬆，風格明快，呈現出清新明麗的美，讀起來新鮮、親切，使人有身臨其境的感覺。李白認眞學習和繼承了六朝以來的民歌，特別是《子夜歌》，所謂「慷慨吐清音，明轉出天然」（《大子夜歌》），道出了這類民歌的特色。李白對此加以提煉、熔鑄、創造，形成了自己獨特的藝術風格。他吸收的是六朝民歌健康、爽朗、清新的特色，屏棄了其中的輕佻和

色情，使詩別具一格。所謂「李白氣體高妙」，〔註10〕「李白絕句從六朝清商小樂府來，至其氣概揮斥，回飆掣電，且令人縹緲天際」，〔註11〕道出了個中情景。

三

　　藝術上探索和嘗試，意境的描寫和追求，這是每一個詩人在前進道路上孜孜以求的。然而詩歌藝術上的獨創與成功，卻不是每一個詩人所能夠達到的。李白五言絕句藝術上的成功，是與他藝術實踐中大膽地創新、嘗試、探索分不開的。

　　李白的五言絕句有好多是別開生面之作，有令人耳目一新之感。譬如《淥水曲》，就是一首獨特的、別具匠心的作品。

　　　　淥水明秋月，南湖採白蘋。

　　　　荷花嬌欲語，愁殺蕩舟人。

這裏描寫的是一幅迷人的勝似春光的秋景。詩人就其所景，先寫淥水。南湖的水碧綠澄徹，一至映襯得秋月更明。一個「明」字，寫出南湖秋月之光潔可愛。「荷花嬌欲語，愁殺蕩舟人」，兩句構思別緻精巧，「荷花」不僅「嬌」而且「欲語」，不特「欲語」，而且十分媚人，以至使蕩舟採蘋的姑娘對她產生妒意。這兩句詩，選詞甚妙，設境奇絕，把荷花寫活了，把境界寫活了。所以劉永濟先生評此詩時說：「此詩三四兩句，造意甚新，言荷花之容態，足令採蘋之女對之生妒」。〔註12〕馬位說：「風神搖漾，一語百情」，〔註13〕都抓住了這首詩的特色。這兩句詩寫出典型的南方秋景，不僅無肅殺之氣，無蕭條之感，而且生氣勃勃，勝似春日。從景色的描寫，表現出詩人愉悅的情緒。

　　以誇張著稱的《秋浦歌》其十五，是詩人追求藝術表現力成功的另一個典型例子。雖然誇張，卻異常自然，似脫口而出，情由肺腑，

〔註10〕王士禛《唐人萬首絕句選‧凡例》。
〔註11〕丁龍友語，引自王琦注《李太白全集》。
〔註12〕劉永濟《唐人絕句精華》。
〔註13〕馬位《秋窗隨筆》，引自《李白集校注》。

不做作也不矯情，而且增強了眞實感。

　　白髮三千丈，緣愁似個長。

　　不知明鏡裏，何處得秋霜？

「白髮三千丈」一句，傳誦千古，使歷代多少詩才出眾的詩人爲之嘆服傾倒。王琦說：「起句怪甚，得下文一解，字字皆成妙義，洵非老手不能，尋章摘句之士，安可以語此？」〔註14〕郭兆麒云：「太白詩『白髮三千丈』……語涉粗豪，然非爾便不佳」。〔註15〕此詩之妙，不僅是因爲成功地運用了誇張格的修辭手法，使感情表現得十分強烈，而且在構圖設計上也別具匠心，表現得十分巧妙。誠如今人蘇仲翔先生所說：「此詩倒裝起，四句三折。『不知』句反問，照應首句」。〔註16〕「白髮三千丈」這起句突兀得令人吃驚，破空而來，無法詮釋，接著用「緣愁似個長」補充和闡釋首句。因爲愁而生白髮，不僅滿頭白髮，而且竟有「三千丈」之長，可見憂愁之深廣。「不知明鏡裏，何處得秋霜」，詩人用鏡子一照，滿頭白髮，恰似落了厚厚的一層白霜。用反問句緊扣首句，用秋霜作比，使詩意加深。短短的一首詩，既有工筆刻劃，又有誇張辭格；既有粗豪性格的表現，又有細膩感情的流露，相反相成，合諧統一，各盡其妙。

　　以擬人辭格稱著的《勞勞亭》、《獨坐敬亭山》等詩，是李白五言絕句追求藝術表現力成功的另一類典型例子。所謂擬人，並非挖空心思的「爲文而造情」，而是「發生在情感飽滿，物我交融的時候」，〔註17〕它給讀者以鮮明生動的印象，引導讀者想像當時的景象或情趣。如：

　　天下傷心處，勞勞送客亭。

　　春風知別苦，不遣柳條青。

〔註14〕王琦注《李太白全集》。
〔註15〕郭兆麒《梅崖詩話》，引自《李白集校注》。
〔註16〕蘇仲翔《李杜詩選》。
〔註17〕陳望道《修辭學發凡》。

《勞勞亭》

「勞勞亭」是送別的地方，在古代由於社會動亂，交通又極不方便，別離，就很可能是永訣。因此，使親人擔憂、感傷。所謂「悲莫悲兮生別離」，「黯然銷魂者，唯別而已矣」。〔註18〕生離死別既是一個普遍的社會問題，古人經常用眞摯的感情描寫送別的情景，大量的餞別、送別詩都極動感情。此詩首句「天下傷心處」，緊扣「勞勞亭」作爲「送客亭」這個突出的特色，使人產生豐富的想像與聯想。接著，詩人拋開子送父、妻送夫等催人淚下的動人的場景，卻有意宕開一筆，去寫那未生芽的光禿禿的柳樹。明明是早春天氣，柳樹尚未發芽，詩人卻說：「春風知別苦，不遣柳條青」。這種擬人化的手法，這種巧妙的構思，使詩的意境深化。

> 眾鳥高飛盡，孤雲獨去閒。
>
> 相看兩不厭，只有敬亭山。

《獨坐敬亭山》

此詩含蓄而又自然地表現詩人一時孤寂之情，超然自若的神情躍然紙上。所謂「傳獨坐之神」〔註19〕的評語不謂無見。這種擬人格對以後很有影響，辛棄疾《賀新郎》中的名句：「我見青山多嫵媚，料青山見我應如是。情與貌，略相似」，是對李白此詩的繼承和發展。

明白曉暢，婦孺成誦的《靜夜思》，則是「無工可見，無跡可尋」〔註20〕的興象玲瓏之作。

> 床前看月光，疑是地上霜。
>
> 舉頭望山月，低頭思故鄉。

此詩寫遊子思鄉之情，十分自然，又非常眞實。詩人晚上看到照在床前的月光，頓起思鄉之情。他把這種思鄉的感情自然地不加修飾地表露出來，引起後代多少遊子的共鳴！歷代詩論家對這首詩給予很高的

〔註18〕江淹《別賦》。
〔註19〕沈德潛《唐詩別裁》。
〔註20〕胡應麟《詩藪》。

評價。所謂「偶然得之，讀不可了」；〔註21〕「氣骨甚高，神韻甚穆，過齊梁遠矣」，〔註22〕「旅中情思，雖說明卻不說盡」。〔註23〕這首詩好在什麼地方？爲什麼寫得好？俞樾作了深刻的揭示：「此以見月色之感人者深也。蓋欲言其感人之深而但言如何相感，則雖深仍淺矣。以無情言情則情出，從無意寫意則意眞」，〔註24〕他是說詩人言情寫意，不要膠著於情意，情意要從肺腑裏自然流出，不留跡痕，因此眞實感人。

《陪侍郎叔遊洞庭醉後三首》之三，也是詩人興之所至，衝口而出，表現當時眞情的成功之作。

> 剗卻君山好，平鋪湘水流。
> 巴陵無限酒，醉殺洞庭秋。

此詩寫一時的興緻，十分坦率。詩人在醉意朦朧中寫下了這首豪情激盪的短詩，表現了詩人天眞而浪漫的氣質。所謂「自然流出，不假安排」〔註25〕的評語是確當的。拋開詩人寫詩的環境，有意深求，是沒有必要的。硬要把這首詩的主題拔高，不僅使詩味索然，也難免過鑿之譏。

李白五言絕句中詠物抒懷之作，也各有特色。

> 對酒不覺暝，落花盈我衣。
> 醉起步溪月，鳥還人亦稀。

《自遣》

> 白鷺下秋水，孤飛如墜霜。
> 心閑且未去，獨立沙洲旁。

《白鷺鷥》

〔註21〕梅鼎祚《李詩鈔》，引自《李白集校注》。
〔註22〕《唐宋詩醇》。
〔註23〕沈德潛《唐詩別裁》。
〔註24〕俞樾《湖樓筆談》，引自《李白集校注》。
〔註25〕羅大經《鶴林玉露》，引自《李白集校注》。

前者是寫與世無爭悠然自得的神情，其實詩人內心充溢著不得志的牢愁。他用適閑的外衣，遮蔽著急劇跳躍的心臟。後者表現孤寂的心情，不露痕跡。

　　李白五言絕句在藝術表現上探索和嘗試是多方面的。以上所述，他在意境的描寫、修辭手法的運用、感情的表達等諸方面所作的努力，其目的都在於追求感情的眞實和表達的自然，更好地反映現實生活。他在藝術上的爐火純青，奠定了他在五言絕句上不可動搖的崇高地位，在中國詩歌史上，寫下了極爲光輝的一頁。

第二節　七言絕句

　　唐代詩人李白，對中國詩歌發展做出了巨大的貢獻，爲中國文學史寫下了極其光輝的一頁。他在中國詩歌史上傑出的貢獻之一，是在絕句創作上獲得了驚人的成就。在那短小精粹感人至深的絕句當中，七言絕句，尤爲擅場。他那璀璨耀目、光華四射、才氣橫溢的七言絕句，堪稱古今獨步。歷代著名的詩論家，對於他的七言絕句，都給予很高的評價。明代的王世貞在《藝苑卮言》中指出：「七言絕句，王少伯與太白爭勝毫釐，俱是神品。」他還在《全唐詩說》一書中，引用了李攀龍「太白五七言絕句，實唐三百年一人」的評語。清代的王士禎在《唐人萬首絕句選·凡例》中，把李白的《早發白帝城》推爲有唐一代七言絕句的「壓卷」作之一。雖然他們對李白七言絕句非常推崇，然而對李白七言絕句的特色及其在詩歌史上的地位，則語焉不詳。以後的李白研究者，對他的七言絕句，也沒有作過詳盡的分析和評述。本節僅就李白七言絕句的評價的有關問題，作一些探討。

一

　　衡量一個詩人在創作上獲得的藝術成就，不是看他在創作上與前人有多少共同的地方，而要看他在創作中有哪些創新和特異之處？這

些創新和特異之處，是否爲詩歌創作開闢了新的領域，打開了新的局面？以及他的詩中出現了哪些獨闢蹊徑的美的創造？讀者從中可以得到哪些新的啓示與美的享受？閱讀好的詩歌，讀者能夠與詩人共享再現的生活樂趣，分擔生活中的喜怒哀樂，激起他感情的波瀾，從而走進詩人所創造的爲別人沒有發現過的藝術境界。

李白七言絕句的特色之一，是在創作上不假雕飾，感情眞率。因而這些小詩自然活潑，富有生活情趣。他在《經亂離後天恩流夜郎憶舊遊書懷贈江夏韋太守良宰》一詩中，讚揚韋良宰的詩「清水出芙蓉，天然去雕飾」，其實這是李白的夫子自道，可以看作是他在詩歌創作上所追求的最高的藝術境界。他在自己的創作實踐上，努力遵循這一創作原則。在自己的某些詩篇中，也確實達到了這樣高的水準和要求。因此，用這十個字評價他的某些詩作，是十分確切的。

李白七言絕句之所以感情眞率，是因爲他在寫詩時，不是爲了應酬，不爲作詩而作詩，而是爲抒發不可遏止的感情，他的詩是他在特定環境特定時間情感的眞實紀錄。當他揮毫落紙時，創作欲就如衝開了感情閘門的河流，美好的詩的語言破喉而出，顆顆珠玉，連貫而下。他的許多閃光詩篇，情緒飽滿，清新自然，活潑可愛。《贈汪倫》就是這樣動人的詩篇：

　　　　李白乘舟將欲行，忽聞岸上踏歌聲；
　　　　桃花潭水深千尺，不及汪倫送我情。

此詩兩宋本、繆本題下俱注云：「白遊涇縣桃花潭，村人汪倫常釀美酒以待白，倫之裔孫至今寶其詩。」又《一統志》云：「桃花潭在寧國府涇縣西南百里，深不可測。」此即李白賦詩的背景。汪倫或慕白之詩名欲與結交，知李白嗜酒，因常釀美酒以待白。而倜儻不羈之李白，或不以爲意。他將離開涇縣桃花潭時，也未與汪倫話別。當他乘舟欲行時，汪倫卻趕來送行。詩人有感於汪倫今日之送行，又念及往日釀酒待己的厚意，惜別之情不能自已，遂就近取譬，寫出了卓絕千古的詩篇。王琦注引唐汝詢語曰：「倫一村人耳，何親於

白，既釀酒以候之，復臨行以祖之，性固超俗矣。太白於景切情眞處，信手拈出，所以調絕千古。」「景切情眞處，信手拈出」，就是它「調絕千古」的原因所在。詩人捕捉一時的靈感，因而詩句自然流走，彷彿脫口而出，信筆寫成，實則凝聚著詩人深切的感情，傾吐了詩人肺腑之言。李白七言絕句往往不是直抒感情，而是通過景物的描寫，使情寓景中。這樣就能使感情含蓄蘊藉，深蘊不露，醇厚而眞切。清代詩論家王夫之在論到詩中情與景的關係時說：「情景名爲二，而實不可離。神於詩者，妙合無垠，巧者則情中景，景中情。」（《夕永堂日緒論‧內編》）王國維在《人間詞話》中論到境界時說：「境非獨謂景物也，喜怒哀樂，亦人心中之一境界。故能寫眞景物、眞感情者，謂之有境界。」李白的《黃鶴樓送孟浩然之廣陵》一詩，就是「寫眞景物、眞感情者」：

> 故人西辭黃鶴樓，煙花三月下揚州。
>
> 孤帆遠影碧空盡，唯見長江天際流。

李白對他的前輩詩人孟浩然非常尊敬，他在《贈孟浩然》一詩中寫道：「吾愛孟夫子，風流天下聞。紅顏棄軒冕，白首臥松雲。醉月頻中聖，迷花不事君。高山安可仰，徒此揖清芬。」他對孟浩然何等仰慕和尊敬！唯其他平日對孟浩然有如此深厚的感情，因此在送別時才能寫出這樣感人至深的詩篇。此詩一二兩句寫送別的地點時間以及被送者將去的地方，三四兩句則通過景物的描寫傾吐詩人對孟浩然依戀不捨之情。孤帆破浪而去，漸漸消失在天邊，人去江空，何日重見。詩人雖然沒有直接寫出黯然傷神的情緒，但碧空長江都彷彿流動著詩人的無限惜別之意。劉永濟先生在評這首詩時說：「行者已遠而送者猶佇立，正以見其依戀之切，非交深之友，不能有此深情也。」又說：「善寫情者不貴質言，但將別時景象有感於心者寫出，即可使誦其詩者，發生同感也。」（《唐人絕句精華》）別景寓離情，正是這首詩特別感人的原因。

　　以上這兩首送別詩，純是作者心底惜別感情的眞實流露，沒有一

絲常見的贈別詩那種庸俗的恭維與世俗的應酬。詩人就當時當地的實際環境，發抒自己深厚而真摯的感情。但仔細推敲，詩人也並非純任天然，無所修飾，而是非常注意技巧，表現了高超的藝術匠心。比如，他賦詩時，特別注意對象的身份。汪倫是村民，文化修養可能不很高，而詩人表達的感情又必須使他理解，因就眼前桃花潭水之深，比擬送行者感情之厚，天然巧合，不留修飾的痕跡。且用了散文的白描手法，行文自然流暢，明白如話。孟浩然是著名的詩人，對於詩歌當然有很高的欣賞能力，李白贈他的詩，情寓景中，含蓄蘊藉，切合他的身份和審美情趣。可見這兩首詩，雖然彷彿脫口而出，信筆寫成，實則並非率爾操觚，也不是妙手偶得，而是經過認真的藝術構思寫成的。正因為錘煉至爐火純青，所以才精巧而不露痕跡，這正是詩人高人一著的地方。

　　率真純樸，感情深摯，是李白七言絕句在抒情上的主要特色之一，詩人之所以能達到這一點，是他赤誠的性格在詩中的自然表現。「我醉欲眠卿且去，明朝有意抱琴來」（《山中與幽人對酌》），可見其胸襟的坦露。李白自小好遊俠，豪放不羈，傲視公卿，「不屈己，不干人」，狂放縱酒，樂觀而自信，「達亦不足貴，窮亦不足悲」，他有這樣的性格，才能寫出這樣的詩歌。「詩如其人」，這是不能勉強的。

　　李白七言絕句的特色之二，是詩歌的意象雄渾，氣度豪邁，境界開闊。明代唐詩研究者胡應麟說：「太白七言絕，如『楊花落盡子規啼』、『朝辭白帝彩雲間』、『誰家玉笛暗飛聲』、『天門中斷楚江開』等作，讀之真有揮斥八極、凌屬九霄意。賀監謂為謫仙，良不虛也。」李白熱愛祖國，熱愛大自然。二十多歲後，就開始遊歷祖國壯麗的山河，一生足跡所及，幾乎走遍了大半個中國。他有開闊的胸懷，表現在詩中才有開闊的境界和奔騰的感情。《早發白帝城》、《望廬山瀑布》、《望天門山》等，都具有這種特色。而《早發白帝城》，尤為歷代評論家所稱道：

　　　朝辭白帝彩雲間，千里江陵一日還；

　　　　　　兩岸猿聲啼不住，輕舟已過萬重山。

此詩注家一般認爲李白流放夜郎途中遇赦，從白帝返江陵時寫的。它
將祖國雄奇壯麗的山河與詩人遇赦後的愉快心情，渾然一體地表現出
來。詩中所寫的景物，均爲實景，並非浪漫誇張之詞。《水經注‧江
水》：「有時朝發白帝，暮宿江陵，其間千二百里，雖乘奔御風，不加
疾也。……每至晴初霜旦，林寒澗蕭，常有高猿長嘯，屬引淒異，空
谷傳響，哀轉久絕。」對此，「太白述之爲約語，驚風雨而泣鬼神矣」
（《唐詩選脈會通》）。這種船行三峽，瞬息千里，若有神助的情景，
與詩人遇赦得還、絕路逢生的喜悅心情，得到了恰當的集中的表現。
正如一些評論家指出的，妙在第三句「能使通首精神飛越」（《桂馥《札
樸》》；「『兩岸猿聲』一句，雖小小景物，插寫其中，大足爲本句生色。
正如太史公於敘事緊迫中匆忙入一二閑筆，更令全篇生動有味。故施
均父謂此詩『走處仍留，急語仍緩』，乃用筆之妙」（劉永濟《唐人絕
句精華》）。此詩於雄快奔放之中，寓爽朗得意之情。氣貌雄偉，氣度
開朗。讀了此詩，精神爲之一振。

　　李白的七言絕句描寫優美壯觀的自然風景，能使自己的審美認識
融入壯麗的山河之中：

　　　　　　日照香爐生紫煙，遙看瀑布掛前川；
　　　　　　飛流直下三千尺，疑是銀河落九天。

　　　　　　　　　　　　　　　　　　《望廬山瀑布》

　　　　　　天門中斷楚江開，碧水東流至此回；
　　　　　　兩岸青山相對出，孤帆一片日邊來。

　　　　　　　　　　　　　　　　　　《望天門山》

前者詩人寫廬山飛流直下的瀑布，通過誇張的手法和精巧的比喻，寫
得雄奇壯麗；後者寫天門山附近一段的長江景色，展現出一幅山高水
遠的風景畫。這兩首詩寫的都是客觀景物，但卻似有無限的生命力。
詩人不是冷靜的拍攝景物，而是以無限喜悅的心情，帶著欣賞的態

度，描繪了兩幅圖畫。詩裏跳躍著詩人的形象思維：瀑布疑是銀河，青山竟上對出，都附麗有作者的想像色彩。作者用這種主客觀融合統一的筆法，把瀑布的態勢和峰巒的精神寫了出來，詩中的山水，是山水的動態，因此有更高的審美價值。

李白七言絕句的特點之三，是獨抒機杼，不拘一格，極富獨創性。歷代許多評論家，給予李白七言絕句的獨創性很高的評價。「李若飛將軍用兵，不按古法，士卒逐水草自便」（王穉登《李翰林分體全集序》）；「李太白之詩，務去陳言，多出新意」（張表臣《珊瑚鈎詩話》）。這些評語，是就李白整個詩作而言的，但按之於他的七言絕句，也是很貼切的。

作為抒情小詩的絕句，最忌字重、意重以及其他形式的重覆，但李白在一些詩裏，卻存在著字重、意重，以及地名連續出現的現象。這不僅不是他絕句藝術上的瑕疵，反而增強了這些詩歌的藝術表現力。

> 兩人對酌山花開，一杯一杯復一杯。
>
> 《山中與幽人對酌》

> 一叫一回腸一斷，三春三月憶三巴。
>
> 《宣城見杜鵑花》

前者「一杯」一詞重覆三次，後者「一」、「三」兩字各重覆三次，但神韻天然，不可湊泊，絲毫不覺其重覆。王曉堂云：「作詩用字，切忌相犯，亦有犯而能巧者。……太白詩『一杯一杯復一杯』，反不覺相犯。夫太白先有意立，故七字六犯，而語勢益健，讀之不覺其長。」（《峴陽詩話》）其所以「犯而能巧」、「語勢益健」，是因為「先有意立」，也就是說，只有重覆強調，才能恰切地表現出詩人與幽人開懷暢飲的心情。同樣，《宣城見杜鵑花》一詩之妙，也是因為詩人意在筆先，微妙地傳達出自己傾聽杜鵑啼叫時的實際感受，有一字一頓之妙。

洞庭西望楚江分，水盡南天不見雲。

日落長沙秋色遠，不知何處吊湘君。

《陪族叔刑部侍郎曄及中書賈舍人至遊洞庭五首》之一

楊愼云：「此詩之妙不待讚，前句云不見，後句云不知，讀之不覺其覆。此二『不』字決不可易。大抵盛唐大家正宗作詩，取其流暢，不似後人之拘拘耳。」（《升庵詩話》）其實這還不僅是修辭上的流暢與否的問題，「不見雲」，說明了江山寥廓，江天無極，才引出了「不知何處」，前後呼應。

峨眉山月半輪秋，影入平羌江水流。

夜發清溪向三峽，思君不見下渝州。

《峨眉山月歌》

短短的一首詩，出現了五個地名。對此，王世貞評曰：「此是太白佳境，二十八字中有峨眉山、平羌江、清溪、三峽、渝州，使後人為之，不勝痕跡矣，益見此老爐錘之妙。」（《藝苑厄言》）王世懋曰：「人白峨眉山月歌四句，入地名者五，然古今目爲絕唱，殊不厭重。」（《藝圃擷餘》）金獻之云：「李供奉《峨眉山月歌》五用地名字，古今膾炙。……天巧渾成，毫無痕跡，故是千秋絕唱。」（《唐詩選脈會通》）一般地說，詩中堆垛很多數字、人名、地名，會有礙於寫景抒情的鮮明生動，自然流暢。楊勃在文中喜歡堆砌古人的名字，被人譏爲「錄鬼簿」；駱賓王寫詩，數字用得較多，被人稱爲「算博士」。李白在此詩中連用五個地名，而沒有人笑他「開路單」，反倒擊節讚賞，拍手叫好。這不是後代評論者不公，而是因爲此詩正如王世懋所說：「作詩到神情傳處，隨分自佳。」（《藝圃擷餘》）它恰當地寫出了當時的境況，創造出優美的藝術境界，給讀者以美的享受。這五個地名都消融在自然景色和作者的行止動態之中，成爲詩的有機部分，讀者非但不覺得生硬呆板，還覺得眞正寫出了峨眉山月的特有風光。

　　其次，絕句要求韻調諧合，意境統一。李白寫的一些絕句中，打破了這種成規，卻取得了意外的效果，使詩歌別有風韻和情趣，增強

了藝術表現力。譬如《越中覽古》：

> 越王勾踐破吳歸，義士還家盡錦衣。
>
> 宮女如花滿春殿，祇今唯有鷓鴣飛。

一般的七絕，轉折點都放在第三句。此詩前三句卻一氣直下，直到第四句才突然轉到反面，急急收煞。使當年的繁華與今日的蕭條形成強烈的對比，行文雖戛然而止卻餘味無窮。對這首詩，沈德潛謂「其格獨創」，查慎行讚其「章法獨創」。此詩的獨創之處，在於注意運用收放開合的藝術手法，用昔日的繁華，反襯今天的衰落，以今昔盛衰之感，啓示人們對現實問題的思考。

又如《蘇臺覽古》：

> 舊苑荒臺楊柳新，菱歌清唱不勝春；
>
> 祇今唯有西江月，曾照吳王宮裏人。

此詩則著重寫今日之春光，以暗示昔日繁華之衰歇，雖然也是寫今昔變幻，但涵意又比前詩進了一層，往者已矣，來日可追，給人以長江後浪推前浪的感覺。《越中覽古》、《蘇臺覽古》這兩首詠史絕句，對中晚唐詠史絕句的盛行起著開導引路的作用，在杜牧、李商隱、溫庭筠的一些詠史絕句裏，可以看到受李白這兩首絕句影響的痕跡。

英國 18 世紀著名的詩人楊格，在論述獨創性作品時，有一段精闢的論述。他說：「成為天才特徵的不能規定的優美和沒有先例的卓越，存在於學問的權威和法則的藩籬之外，天才者必須跳越這個藩籬才能獲得它們。」（《試論獨創性作品》，袁可嘉譯）李白七言絕句取得如此高超的藝術成就，原因之一就在於他在創作上不迷信任何權威，敢於打破已往的陳規陋習，跳越舊的「法則的藩籬」，敢於大膽地創造，為著詩歌藝術的完美而不斷追求，終於創造了前人無法到的意境，這種藝術上的勇氣，值得後人很好學習。

二

列寧指出：「判斷歷史的功績，不是根據歷史活動家沒有提供現

代所要求的東西，而是根據他們比他們的前輩提供了新的東西。」（《列寧全集》第二卷第 150 頁）李白的七言絕句之所以在詩歌發展史上佔有重要的地位，是因爲他對七言絕句的發展，有著新的、獨特的貢獻。

　　李白對於七言絕句的貢獻之一，是他把七言絕句這一詩歌表現形式固定下來，在文學史上站穩了腳跟，並灌注了新的血液，使其獲得強大的藝術生命力，從而擴大了這一詩歌形式的影響，由此被人們沿用而經久不衰。直到一千多年後的今天，仍然受到人們的珍視。

　　眾所周知，早在唐朝初年，七言絕句就開始形成和發展，並且陸續出現了一些好的作品，受到廣大讀者的歡迎，引起了詩人們的注意。然而初唐的七言絕句，藝術表現上還沒有臻於完境。王士禛說：「七言，初唐風調未諧，開元、天寶諸名家無美不備，李白、王昌齡尤爲擅場。」（《唐人萬首絕句選·凡例》）這就是說，七言絕句成熟於盛唐，而李白、王昌齡則是其中的佼佼者，這個論斷無疑是正確的。但王氏對李白在七言絕句上的特殊功績，肯定還是不足的。我們知道，不論是初唐、抑或是稍早於李白的盛唐著名詩人孟浩然、與李白同時的王維、高適，以及稍後於李白的岑參，都寫了一些有名的絕句，受到文學家普遍的好評。然而就其創作數量來說，都是不算多的。就以流傳至今的七絕作品說，孟浩然有六首，高適有十二首，王維有二十四首，岑參有三十五首。四個人中，岑參的七言絕句最多，這可能與他所處的時代較後、七言絕句這一詩歌形式已爲廣大詩人喜用有關。李白有七言絕句八十八首（包括存疑的在內），遠遠超過了他同時代的詩人創作的數量。杜甫絕句的量大，但絕大部分是他入川以後寫的。因此可以說：開元，天寶年間，是七言絕句的成熟期。王維、王之渙、賀知章、王昌齡、李白等，都是當時寫七言絕句的聖手。他們或獨自諷詠，或此唱彼和，或前後推許，共同推動了這一詩歌形式的發展。若論七言絕句之擅場、貢獻之巨大，首推李白和王昌齡。王昌齡的七言絕句藝術水平是很高的，足與李白抗衡而平分秋色。胡應麟認爲他們兩人七言絕句的成就，難分優劣，這個評斷是有一定道理

的。但就詩作的取材和反映社會生活來說，王昌齡的詩作多屬宮怨、閨怨、邊塞以及發抒遷謫之感的詩篇，不及李白詩作反映社會生活深入而廣闊，這是由李白豐富的社會閱歷和自由豪放的性格所決定的，也是王昌齡無法企及的。

初盛唐七言絕句，大都是抒發詩人一刹那的感情，作品內容多是描寫宮怨、閨怨、邊塞、遊歷、閑適、應酬之作，或抒發個人懷才不遇之情，內容比較狹窄。無可否認，抒發個人感情，在一定程度上，也反映了社會生活內容，有一定的社會意義。比如賀知章的《回鄉偶書》、王維的《九月九日憶山東兄弟》等，不僅具有獨特的生活感受，眞實地反映了詩人此時此地的思想感情，在某種程度上，表現了人類一些共同的要求和願望，引起了歷代眾多讀者的愛好和共鳴。但這些作品畢竟以描寫和發抒個人感受爲主，這就大大限制了對社會生活更深入更廣泛地反映，缺乏重大的社會價值。李白的七言絕句，有些是直接描寫當時重大的政治活動，能夠較深刻地反映當時的社會政治生活。在安史之亂中，他以這一重大的事件爲背景，寫了《上皇西巡南京歌》、《永王東巡歌》兩個大型組詩，直接反映了安史之亂的動亂現實，描寫了皇帝、大臣、文人學士以及全國人民在這一動亂中的精神狀態。對這兩個組詩的評價，是有分歧意見的。有的人認爲《上皇西巡南京歌》是粉飾現實的。這種看法是表面的，他們沒有看到詩人在歌頌言詞後面所作的揭露，其中既有痛砭，也有譏諷。「胡塵輕拂建章台，聖主西巡蜀道來」；「誰道君王行路難，六龍西幸萬人歡」，這不都是很辛辣的諷刺麼！唐玄宗在安史之亂爆發後，拋掉了廣大國土和人民，蒼皇逃到成都避難。他也不思恢復國土，卻急於在成都搞安樂窩。「草樹雲山如錦繡，秦川得及此間無？」「柳色未饒秦地綠，花光不減上林紅」；「地轉錦江成渭水，天迴玉壘作長安」；「石鏡更明天上有，後宮親得照蛾眉」等詩中，處處把成都和長安對照，是有深意的。他把成都的宮廷生活寫得越是繁華，對唐明皇的貶責也越是嚴厲，從而揭露了這位逃難天子的思想是如何腐朽、昏聵。在《永王東

巡歌》中，詩人的政治態度是明確的。「長風掛席勢難回，海動山傾古月摧」；「南風一掃胡塵淨，西入長安到日邊」等詩句，都可以看出他對唐王朝的忠誠。詩中多次稱永王爲「賢王」、「帝子」，而稱玄宗、肅宗爲「二帝」，措詞極有分寸。詩人始終把李璘擺在諸侯王的位置，他不僅沒有慫恿李璘稱帝，而且對他萌發的稱帝野心，微婉謹慎地進行規勸。他希望李璘臣服李亨，用兵北向征叛，這種心跡在詩中表現得是一目了然的。後人在這方面對他的指斥是不公正的。李白用七言絕句組詩，反映安史之亂的動亂現實，是成功的，這就大大地開拓了七言絕句反映社會生活的領域，這也可以說是李白對這種短小的詩歌形式的另一個重要貢獻。

李白對七言絕句的貢獻之三，是他寫了許多絕句組詩，也包括上面提到的兩組組詩。組詩的出現，大大地擴充了絕句的容量，增加了絕句反映生活的廣度。他的絕句組詩，在藝術上有許多特色，這對以後詩人的絕句創作，有較大的影響。

第一，李白寫的七言絕句組詩數量多，除上文提到的兩組外，還有《橫江詞》、《陪族叔刑部侍郎曄及中書賈舍人至遊洞庭》、《送外甥鄭灌從軍》、《別內赴征》等。這些組詩，分開來可獨立成篇，合起來意若貫珠。楊愼云：「太白《橫江詞》六首，章雖分，意如貫珠。俗本以第一首編入長短句，後五首編入七言絕，首尾沖決，殊失作者之意。」（《升庵詩話》）「章雖分，意如貫珠」，這雖就《橫江詞》說的，對其他組詩亦適用。

第二，李白寫的七言絕句的組詩規模宏大。譬如，《永王東巡歌》共十一首，《上皇西巡南京歌》共十首。像這樣規模宏大的組詩，在擅長七言絕句的王維、王之渙、王昌齡、岑參的集子中，都沒有出現過。可見，這也是他的思路比別的詩人高超的地方。這在當時詩壇，堪稱獨樹一幟。

第三，李白寫的七言絕句組詩形式多樣，有的組詩純是七言絕句，有的則是七言絕句與長短句混合組成，如《橫江詞》就是。組詩

形式不拘，視其內容而定，需短則短，需長則長，運用之妙，存乎一心。

李白集中七言絕句組詩的大量出現，既保持了七言絕句短小精悍的藝術形式，又解決了七言絕句反映生活容量小的矛盾。這對七言絕句這一詩歌形式的發展，是一個極大的推進。

三

對於李白的七言絕句，歷代評論者也時有微詞，意見並不統一。論到七言絕句的時代風尚時，王世貞有個著名的論斷。他說：「七言絕句，盛唐主氣，氣完而意不盡工；中晚唐主意，意工而氣不甚完。然各有至者，未可以時代優劣也。」（《全唐詩說》）葉燮在《原詩》中則說：「斯言爲能持平。」又說：「然盛唐主氣之說，謂李則可耳，他人不盡然也。」可見，李白的七言絕句，被認定爲盛唐「主氣」派的代表，則是確定無疑的。按照王世貞和葉燮兩人的論斷，合乎邏輯的得出：李白七言絕句有「氣完而意不盡工」的毛病了。那麼，如何看待這個問題呢？

盛唐七言絕句主氣，中晚唐七言絕句主意，這是詩歌創作的時代風尚。這種風尚，既有社會原因，也與文學本身的承繼和發展有關。所謂主氣，就是詩人感情和天才的最充分地表現，是詩人氣質在詩中淋漓盡致的表露。盛唐時代，國力強盛，詩人對祖國的前途和民族的命運充滿著樂觀主義情緒，他們以自豪的心情在縱情歌唱。在他們的詩中洋溢著愛國主義情緒，飽含著青春向上的盛唐氣象。而在藝術上，勇於衝破傳統的清規戒律的約束，極大地發揮天才與獨創，內容的充實與形式的完美都是空前的。這樣健美的詩歌在文學史上是無與倫比的。儘管他們有時對詩歌意境美的追求有所忽視，然而它卻活潑自然，天眞爛漫，猶如出水芙蓉，帶有天然的姿韻。李白作爲詩國的代表，盛唐詩壇的驕子，才氣尤爲特出。「筆落驚風雨，詩成泣鬼神」，李白寫七言絕句這種抒情小詩，一揮而就，發抒一時的眞實感情，是

用不著雕琢的。他不是為作詩而作詩，也不必刻意求工，此正是他在藝術創作上不徇人徇物而獲得的特別成功的地方，胡應麟在《詩藪》中說：「青蓮興會標舉，非學可至。」李攀龍認為李白的七言絕句「蓋以不用意得之，即太白亦不自知其所至，而工者顧失焉。」（《轉引自《全唐詩說》）唯其他寫詩是「興會標舉」、「不用意得之」，因而在他的七言絕句裏，才充分地表現出詩人自己的個性，有著詩人獨特的興致、情趣、韻調，自然、活潑、天真，形成自己獨特的藝術風格，臻於「氣完」的境地。主氣確實是李白七言絕句的特點，而「意不盡工」則未必是值得指責的。因為在詩歌創作上，「主氣」與主意是有一定的矛盾的。如果刻意求工，過分地不適當地尋求完美的表現形式，則必然失掉詩人本來的興致和情趣，寫出來的詩，則可能索然寡味。因此，「意不盡工」還是詩人在創作中處理「主氣」與「主意」矛盾時不失為較好的一種結果，此其一。「主氣」，重在表現自我，有濃鬱的主觀感情色彩。「主意」，重在描寫客觀，詩人把自己的感情隱藏在客觀事物描寫的背後，令人不易體察。前者是「有我之境」後者是「無我之境」，詩人抒寫的側重面不同，顧此必然失彼，很難做到兩全其美，此其二。何況，「意不盡工」，也不一定是藝術上的瑕疵。誠然，意工是許多詩人竭力所追求的，然而「意不盡工」卻是普遍存在的。這在古今中外傑出的文學家的得意之作中，都是難以幸免的。成功的藝術創造，必然伴隨著某些不足之處，這是符合藝術創作規律的。這些不足之處，需要留待後世的作家逐步加以補足，也是可以理解的。而且如果詩人在創作時刻意求工，則不免留下斧鑿的痕跡。因而盛唐詩人寧願追求氣格的完整、韻味的悠長和興象的玲瓏，所謂「羚羊掛角，無跡可求」，「氣韻天然，不可湊泊」，而不去刻意求工，不讓才氣聽受形式的束縛，這是不應受到責難的。

　　胡應麟對李白的七言絕句給予很高的評價，但也指出其缺點，他說：「李詞或太露」，這倒是符合實際的。李白某些七言絕句的詞句，過分直率，不夠含蓄，難免有點粗淺，詩的韻味也不足。譬如：「去年

別我向何處？有人傳道遊江東」(《東魯見狄博通》)；「昔日繡衣何足榮，今宵貰酒與君傾」(《送韓侍御之廣德令》)等等，就有這個毛病。但也必須指出，有些詩是特定環境的特定產物，是詩人一時感情的眞實流露，他是心有所感，情有所迫，下筆立成，一揮而就，至於是否粗淺，他在創作的當時是不會去多加考慮的。有時，單句摘出，未免粗淺，但放在全篇中看，卻又並不覺得粗淺，這種情況也是存在的。

第三節　五言律詩

　　李白的七言歌行，最能體現他的浪漫主義創作特色，一直爲評論者所稱道；李白的七言絕句，字少意多，語近情遙，是他文學天才的傑出表現，爲後世詩人所傾倒。所謂「絕倫逸群」〔註 26〕、「互古今來，無復有駿乘者」〔註 27〕的評讚，不爲過譽。唯獨他的五律，沒有受到應有的重視。明代王世貞的《藝苑巵言》有關李白詩的評語、中國社會科學院文學研究所編《唐詩選》在其《前言》和作者評介部分，都極力稱讚他的七言歌行和七言絕句，而對他的五律則不讚一詞，這代表了一種看法。胡應麟則說：「唐人特長近體，青蓮缺焉」，〔註 28〕復旦大學中文系古典文學教研組選注的《李白詩選・前言》也說：「在體裁方面，李白以七言歌行和絕句擅場，……至於律詩，因爲格律要求很嚴，與李白熱烈奔放的感情不相適應，所以他寫得很少，而且他寫的律詩也不遵守嚴密格式」。〔註 29〕他們對李白的律詩作了委婉的批評。而何其芳同志對李白的五律給予很高的評價。他說：「我卻覺得他的這些五言律詩似乎比他的絕句還更有特色一些」。〔註 30〕這種意見，似乎沒有引起李白研究者的注意，我認爲這是很有見地的。平

〔註 26〕《漫堂説詩》，引自《李太白全集・附錄》。
〔註 27〕盧世㴑《紫房餘論》，引自《李太白全集・附錄》。
〔註 28〕胡應麟《詩藪》。
〔註 29〕《李白詩選》，人民文學出版社 1963 年版。
〔註 30〕見《詩歌欣賞》。

心而論，李白在各種體裁的詩歌中，都不乏膾炙人口之作，但也都包含一些令人不大滿意的詩篇。就總的傾向看，他的五律的藝術成就不亞於他的七言歌行和七言絕句。他的七言歌行和七言絕句，代表了他的一種豪放雄壯的藝術風格，他的五言律詩，則代表了他的另一種清新秀麗的藝術風格。一個作家能夠成功地運用截然不同的幾種藝術風格，正是他成為大家的一個重要標誌。

李白的五言律詩，既然主要代表了他的詩歌藝術風格的一個方面。那麼，我們對這些詩作，就應當給予足夠的重視。

一

詩人李白以其高度的藝術天才，運用生動活潑的語言，寫了許多清新秀麗、韻致飄逸的五律。這些五律，有著鮮明的藝術形象，展示出生動的生活畫面。在唐代、略早於他的孟浩然以及與他同時代的王維的詩歌，他們所寫的田園山水詩，都以清新秀麗的風格見長。尤其是王維更以「詩中有畫」為人所稱道。其實李白也喜歡用畫筆寫詩，他善於捕捉生動的自然景象，寫出名勝山川的秀麗之美。在他筆下的山光水色，亭台樓閣，或明媚秀麗，靜謐幽美；或氣勢飛動，逸氣凌雲。這些詩篇，充滿了詩情畫意。細讀李白的五律，我們就發覺不獨王維筆下「詩中有畫」了。

輕舟去何疾，已到雲林境。起坐魚鳥間，動搖山水影。

巖中響自合，溪裏言彌靜。無事令人幽，停橈向餘景。

《入清溪行山中》這首詩是天寶十三載李白漫遊青溪時作。〔註31〕詩人以清新秀麗的筆調，生動地描繪了清溪一帶的優美景色。這首詩宛如一幅精緻的山水畫，如果把它放到王維集子裏，拋開詩人行蹤的考證，就藝術風格而言，是容易亂真的。

吾愛崔秋浦，宛然陶令風。門前五楊柳，井上二梧桐。

〔註31〕此詩又見崔顥集，王琦認為是崔顥所作。從詩人的行蹤和詩歌的藝術風格看，當係李白詩無疑。

山鳥下聽事，檐花落酒中。懷君未忍去，惆悵意無窮。

　　　　　　　　　　　　　　　　　　　　　《贈崔秋浦》

這首詩中間四句，詩人用了客觀描寫的畫筆，繪出一幅生動自然的畫卷。從側面烘托出崔秋浦政事清閑、生活瀟灑、風姿翩翩的士大夫風度。

　　以上兩首五律，在寫景方面，形象是很鮮明的。但代表李白五律創作成就的，主要地還不是這些客觀描寫景物的詩，而是那些在寫景中融進了自己獨特感受的詩篇。他的藝術才能在於善於選擇最精彩的鏡頭，取神遺貌，並把自己獨特的感受融入描寫的對象之中，從而使他的五律充滿了美感和生活情趣。

　　李白一生，走遍了大半個中國。他把全部心血都傾注於生花的筆端，並以扛鼎之力，描寫和歌讚了無比壯麗的祖國山河。他的遊蹤所及，留下許多詩意濃鬱使江山為之增色的光輝詩篇，其中有一部分是用五言律詩寫成的。讀這些清新秀麗的小詩，不但受到很高的美的享受，也激起人們熱愛祖國的情緒。現在我們看他幾首題詠：

江城如畫裏，山晚望晴空。兩水夾明鏡，雙橋落彩虹。

人煙寒橘柚，秋色老梧桐。誰念北樓上，臨風懷謝公？

　　　　　　　　　　　　　　　　　《秋登宣城謝脁北樓》

宣城明麗的風光從何寫起？這是詩人構思的關鍵之一。此詩詩人就流經宣城的宛溪和句溪兩條水及橫架宛溪的兩座橋的美麗的景色，加以突出地描寫和渲染。這是詩人用心拍攝的一個特寫鏡頭，它猶如遊覽圖標的名勝區一樣，引起人們的特別注目。「兩水夾明鏡，雙橋落彩虹」，詩人抓住描寫對象的特點，並以豐富的想像和生動的比喻，使之典型化，因而使形象更加鮮明，更富於感染力。接著詩人就滿城中高大的橘柚和梧桐，概括宣城的風貌。「人煙寒橘柚，秋色老梧桐」，詩人在寫秋天傍晚景色的時候，不留痕跡地融入自己獨特的感受。在藝術表現上，確有化工之妙。

　　《與賈至舍人於龍興寺剪落梧桐枝，望灉湖》，也是一首形象鮮

明意境優美的好詩：

　　　　剪落青梧枝，灃湖坐可窺。雨洗秋山淨，林光澹碧滋。

　　　水閑明鏡轉，雲繞畫屏移。千古風流事，名賢共此時。

這是一幅十分淡雅的水墨畫。詩人銳敏地抓住灃湖雨後新霽的動人景色，加以細緻地描繪。「雨洗秋山淨，林光澹碧滋」，用「淨」概括雨後秋山，用「滋」形容林光澹碧，的確是神來之筆，用詞異常精妙。它不僅寫出了眼前動人的風景，而且巧妙地滲透了詩人的感受，生動地顯示出詩人在空氣清新林花芬芳時愉悅和陶醉的心情。「水閑明鏡轉，雲繞畫屏移」。以「明鏡」喻湖水，以「畫屏」比林山，更用「轉」、「移」兩個字傳神地寫出湖光山色流動變幻的狀態，寫出了灃湖一帶的山水之美。詩人觀察精細，感受深切，使這首詩秀麗而不落於纖巧，意工而不傷於雕琢，確是一首自然清新玲瓏剔透的好詩。

　　李白詩集中，像這種飽含詩情畫意的五律是很多的，可以說俯拾即是：

　　　　高閣橫秀氣，清幽並在君。檐飛宛溪水，窗落敬亭雲。

　　　猿嘯風中斷，漁歌月裏聞。閑隨白鷗去，沙上自為群。

　　　　　　　　　　　　　　《過崔八丈水亭》

　　　　樓觀岳陽盡，川迥洞庭開。雁引愁心去，山銜好月來。

　　　雲間連下榻，天上接行杯。醉後涼風起，吹人舞袖迴。

　　　　　　　　　　　　　　《與夏十二登岳陽樓》

前者寫崔八丈水亭清靜幽雅的自然景色十分生動，後者寫岳陽樓的美麗景色以及詩人飄逸的神情非常逼真。像這類令人神往的好詩是很多的。「綠水藏春日，青軒秘晚霞」（《宴陶家亭子》），寫出了陶家亭子的迷人景色。「藏」「秘」二字十分貼切，耐人品味。「天借一明月，飛來碧雲端」（《遊秋浦白笴陂》）、「窈窕晴江轉，參差遠岫連」（《送王孝廉覲省》）、「天晴遠峰出，水落寒沙空」（《峴山懷古》），都是生動形象，富於詩情畫意的。詩人描寫形象時，突出的特點不僅在於善

於抓特點、巧妙的構思和精到警策的使用修辭手段，創造出富有典型性的詩的意境。而且特別善於把自己獨特的感受融入景物的描寫之中，在詩中熔鑄了自己的形象，跳躍著自己的脈搏和感情，因而更富感染力。用王維的山水田園詩和他寫的一些詩句作比較，他的詩特點就很突出了。王維詩「渡頭餘落日，墟里上孤煙」（《輞川閑居贈裴秀才迪》）；「明月松間照，清泉石上流，竹喧歸浣女，蓮動下漁舟」（《山居秋暝》）；「白雲回望合，青靄入看無，分野中峰變，陰晴眾壑殊」（《終南山》）等詩句，寫景是很典型的。但描寫都比較客觀，很少有詩人主觀感情的注入，因而就沒有李白同類詩歌那麼感人了。

詩人李白通過艱辛的、創造性的勞動，寫出許多非常優美的五律，這些形象生動意境優美詩味醇厚的小詩，給人生活上以新的啓示和美的享受。如果說李白那些豪邁逸宕的樂府歌行所表現出來的是陽剛崇高之美，那麼這些清秀雋永的五言律詩，則表現出陰柔秀麗之美。這兩種美在詩歌中的並存，才使他詩歌在藝術表現上，更為豐富而多采。

二

詩是抒情的。一首好詩，它總是要或隱或顯地表達詩人自己的主觀感情。沒有深厚而純眞的感情，寫不出好的文學作品，更寫不出動人的好詩。我們說詩歌要表達強烈的感情，並不都是意味著感情的直接抒發。那些表面上寫景的詩作，同樣可以飽含詩人的感情。誠然，直接抒發感情的詩作，可以寫出感情強烈的好詩；但寓情於景的詩歌，感情往往會表達得更加婉轉而深厚。這是因為詩人對景物的描寫，從來不是為寫景而寫景，而是借助景物抒發自己的感情。「一切景語，皆情語也」，〔註 32〕就是這個意思。李白五言律詩所表達的感情，往往是舒緩迂曲而委婉的。它不像他的樂府歌行和七絕所表達的感情主觀色彩那麼強烈；直接抒發感情的詩作也不多，而大半是寓情

〔註 32〕王國維《人間詞話》卷下。

於景，借景抒情，使感情表達得更加深沉，使詩味醇厚而雋永，更富於抒情味。《渡荊門送別》就是一首很好的抒情詩。

　　　　渡遠荊門外，來從楚國遊。山隨平野盡，江入大荒流。

　　　月下飛天鏡，雲生結海樓。仍憐故鄉水，萬里送行舟。

詳詩意當是初出夔門後所作。詩裏寫了出荊門到楚地沿途在舟中看到的景色，沈德潛說：「詩中無送別意，題中二字可刪。」〔註33〕這話是對的，「送別」二字當是衍文，與詩無關。「山隨平野盡，江入大荒流」，是寫詩人乘舟順流而下，剛出三峽，兩岸山漸次消失，長江進入廣闊的平野時的開闊境界。「月下飛天鏡，雲生結海樓」，寫映在江水裏的雲彩和月亮的美麗形象。「飛」、「結」是用擬人化手法，寫出了令人神往的生動而優美的畫面。詩人用這美麗的景色和遼闊的視野，襯托自己極熱愛故鄉的深厚感情。「仍憐故鄉水，萬里送行舟」，故鄉水多可愛啊，你一直送我至萬里之外，情意何長啊！詩人借「萬里送行舟」的故鄉水，抒發他熱愛和思念故鄉的強烈感情。

　　　歷來的送別詩，大多是即事名篇的應酬之作，很少有好詩。才高如李白者也往往在所難免。但他有些送別詩，卻是有著真情實感的好詩。《金鄉送韋八之西京》就是突出的一例。它不僅抒發了詩人依依不捨的別情，表現的惜別的感情是真實動人的；而且抒寫了離開長安後對京都的複雜感情，有著豐富的內涵和一定的社會內容。

　　　　客自長安來，還歸長安去。狂風吹我心，西掛咸陽樹。

　　　此情不可道，此別何時遇？望望不見君，連山起煙霧。

據《新唐書・地理志》記載：長安初曰「京城」，天寶元年曰「西京」。可見這首詩是李白去京以後東遊齊魯時所作。韋八從長安來，又要回長安去，詩人在金鄉寫了這首送別詩。「狂風吹我心，西掛咸陽樹」，是說你要離別了，像一陣狂風把我的心也刮到長安去了。這不僅表現了對友人依依不捨的心情，而且也展示了詩人內心的複雜感

────────────

〔註33〕《唐詩別裁》卷十。

情：既有對往日長安生活的憶念，又蘊含著詩人期望重新登上政治
舞台的抱負。這些紛亂的思緒，像一陣風暴，攪亂了詩人的心腸。
奚祿詒批云：「注意長安莫止作送人看過」，﹝註34﹞就是提醒讀者，
要深入理解當時詩人複雜的感情。「此情不可道，此別何時遇」，上
句切詩人對長安的憶念，抒寫內心難言的苦衷，詩人似有不平之意；
下句承送別，希望早日重遇。「望望不見君，連山起煙霧」。上句寫
送別後瞻望友人背影之久，突出依依不捨之情；下句既寫瞻望中的
實景，又隱含著詩人與朋友別後內心的悵惘情緒，表達了詩人深沉
的感情。

　　李白用五律的形式，還寫了一些感情深沉的懷古詩。借古喻今，
抒發詩人對現實的感觸。

　　　　六代興亡國，三杯爲爾歌。苑方秦地少，山似洛陽多。
　　古殿吳花草，深宮晉綺羅。並隨人事滅，東逝與滄波。

　　　　　　　　　　　　　　　　　　　　　　　《金陵》

詹鍈先生的《李白詩文繫年》，認爲此詩作於 765 年，這是安史之亂
的第二年。當時兩京失守，賊焰方熾，而唐朝軍隊卻一觸即潰，國家
正處於危急存亡之秋。詩人在南京，對此百感交集，憂思無窮。奚祿
詒批日：「秦地句回首長安之亂，洛陽句仍以晉亂比之，蓋意在東西
二京也」。﹝註35﹞詩人詠古傷今，對國家前途和命運充滿了憂慮之情。

　　李白一生流離顛沛，同勞動人民有較多的接觸。他對終年辛勤勞
動的農民，有一定的同情。有時用眞摯的感情描寫和歌讚他們。《宿
五松山下荀媼家》就是其中的一首。

　　　　我宿五松下，寂寥無所歡。田家秋作苦，鄰女夜舂寒。
　　跪進雕胡飯，月光明素盤。令人慚漂母，三謝不能餐。

用白描手法，寫出田家日夜勤苦的情景，表達了詩人對荀媼感激和慚
愧的心情。感情眞切，十分動人。

﹝註34﹞引自詹鍈《李白詩文繫年》。
﹝註35﹞引自詹鍈《李白詩文繫年》。

　　詩人必須運用激動人心的感情,打開讀者心靈的門窗,引起讀者的共鳴。李白的五律,是把他愛憎分明的感情,蘊含在詩歌形象和意境的具體描寫之中,寓情於景,婉曲地表現出他深厚而沉摯的感情。它雖然不像他的七言歌行那樣如火山瀑發一樣放出強烈的熾人感情的光焰,但卻含蓄、蘊藉、眞摯、厚實、耐人咀嚼、體味。讀他的詩,總覺得有悠然不盡之意。「高山安可仰?徒此揖清芬」(《贈孟浩然》)、「思歸若汾水,無日不悠悠」(《太原早秋》)、「思君若汶水,浩蕩寄南征」(《沙邱城下寄杜甫》)、「飛蓬各自遠,且盡手中杯」(《魯郡東石門送杜二甫》)等,寫得多麼自然,多麼有感情啊!眞是餘音裊裊,不絕如縷。這些充滿抒情味的詩句,有很強的藝術感染力。讀了以後,雋永的詩味經久不息地縈繞在人們的腦際。

三

　　李白的五律,有其鮮明的藝術特色。

　　首先,李白的五律格調極高,其變化若神龍之不可羈,不能以普通的格律繩墨的。關於這一點,過去評論者有許多精到的見解。應泗源說:「若太白五律,猶爲古詩之遺,情深而詞顯,又出乎自然,要其旨趣所歸,開鬱宣滯,特於《風》《騷》爲近焉」。〔註36〕聞一多先生也說:「他的五律可以說是古體的靈魂蒙著近體的軀殼,帶著近體的藻飾」。〔註37〕這就是說,他的五律帶有古詩特點,而不是嚴格遵守格律的。對於《夜泊牛渚懷古》的評論,就足以說明這一點。

　　　牛渚西江夜,青天無片雲。登舟望秋月,空憶謝將軍。

　　　余亦能高詠,斯人不可聞。明朝掛帆去,楓葉落紛紛。

這一首五言律詩,是比較特殊的。頷聯、頸聯均無對偶,似不合律。但過去的選家都把它看作律詩,而且給予很高的評價。嚴羽說:「有律詩徹首尾不對者,盛唐諸公有此體。……太白『牛渚西江夜』之篇,

〔註36〕《李詩緯》,引自《李太白全集・附錄》。
〔註37〕《英譯李太白詩》,引自《李白研究論文集》。

皆文從字順，音韻鏗鏘，八句皆無對偶」。〔註38〕沈德潛說：「不用對偶，一氣旋折，律詩中有此一格」。〔註39〕他們都以十分欣賞的語調，爲之不合律而辯解。嚴、沈二氏之說無非是因人立論。這種格律說，未免太泛了。不過這與那些死扣格律的學者相比，不失爲通達之論。主張神韻說的王士禎謂此詩「色相俱空，如羚羊掛角，無跡可求，畫家所謂逸品是也」。〔註40〕孫洙在他所編選的《唐詩三百首》的《夜泊牛渚懷古》的旁批中寫道：「以謫仙之筆作律，如豢神龍於池沼中，雖勺水無波，而屈伸盤挐，出沒變化，自不可遏，須從空靈一氣處求之。」王、孫二人的評語，特別是孫氏的話，可以用來概括李白的五言律詩的特點。李白的五言律詩富於變化而多不拘格律的限制，這是是與他運用富於創造力的浪漫主義創作特點密切相關的。浪漫主義作家，爲了充分地表現個性，充分發揮藝術才能，往往以創造性的藝術表現，衝破格律的束縛。李白這首律詩，與其說是合律，寧可說是衝破了格律的束縛，是對凝固的格律的破壞或革新。明代學者楊慎說：「五言律八句不對，太白浩然集有之，乃是平仄穩貼古詩也」。〔註41〕既承認它是五律，又說它是古詩，這種矛盾的說法，卻反映了李白某些五律的實際情況。類似的例子是很多的。

　　　　河陽花作縣，秋浦玉爲人。地逐名賢好，風隨惠化春。
　　　水從天漢落，山逼畫屏新。應念金門客，投沙吊楚臣。
　　　　　　　　　　　　　　　　　　　《贈崔秋浦》

　　　　青山橫北郭，白水繞東城。此地一爲別，孤蓬萬里征。
　　　浮雲遊子意，落日故人情。揮手自茲去，蕭蕭班馬鳴。
　　　　　　　　　　　　　　　　　　《送友人》

前者用了三個對偶句，後者則起句對偶而頷聯流走。有人評《送友人》

〔註38〕嚴羽《滄浪詩話》。
〔註39〕《唐詩別裁》卷十。
〔註40〕王士禎《分甘餘話》，引自《李太白全集・附錄》。
〔註41〕《升庵詩話》卷二。

這首詩說：「首聯整齊，承則流走而下，頸聯勁健，結有蕭散之致，大匠運斤，自成規矩」。〔註42〕所謂「自成規矩」者，就是不墨守成規，敢於大膽創造，自己創格。李白這種「自成規矩」的五律是比較多的。如《宮中行樂詞》八首中，大多都是起句對偶而使全詩包含三個對偶句的。這八首中首聯對偶的有「柳色黃金嫩，梨花白雪香」（其二）、「繡戶香風暖，紗窗曙色新」（其五）、「寒梅雪中盡，春風柳上歸」（其七）、「水綠南薰殿，花紅北闕樓」（其八），對仗非常工整。這都足以說明，李白的五律並不是嚴守格律的，然而它是好詩。它有著健康的情調、深厚的韻味、高妙的意境，活潑、流暢、雋永、醇厚。這樣的好詩，不合律又有什麼關係呢？挖空心思的曲為之護，也大可不必。我們評論它，首先看它是否是好詩，是否有一定的社會內容和較高的藝術性，而不必斤斤計較格律的。若從嚴格的格律講，五言八句的試帖詩，大多是嚴守格律的，但卻很少有好詩。若把那些像數學演算式一樣拼湊起來的東西也算作詩，則實在是對詩的褻瀆。我們評論李白五言律詩，無妨超脫一點，不必死扣格律的。

其次，李白的五言律詩，極力追求自然、追求清新俊逸的藝術風格。「清水出芙蓉，天然去雕飾」，這是他在詩歌創作中純任天然、力圖抹去一切雕琢痕跡的自白。他的創作實踐實現了自己的諾言，五言律詩寫的明麗天然，不可湊泊。讀這些詩，似有水流石上、風來松下之感。

> 蜀僧抱綠綺，西下峨眉峰。為我一揮手，如聽萬壑松。
> 客心洗流水，遺響入霜鐘。不覺碧山暮，秋雲暗幾重。

《聽蜀僧濬彈琴》用短短的四十個字，就把蜀僧濬彈琴的音樂效果、彈者揮灑自若的仙姿、聽者忘情凝注的神態，一一活現紙上。這首詩寫得空靈飄灑，自然流宕，渾然一體，無跡可求，又有很強的藝術感染力。

〔註42〕《唐宋詩醇・評語》。

犬吠水聲中，桃花帶露濃。樹深時見鹿，溪午不聞鐘。
野竹分青靄，飛泉掛碧峰。無人知所去，愁倚兩三松。

《訪戴天山道士不遇》

這首詩寫山中幽靜的景物，頗像王維《輞川集》中的詩。春色迷人，風景優美，眞是一幅雅緻、清新的山水畫。但仔細一讀，卻和王維靜謐的山水詩迥別，它靜中寓動。詩人似乎寫的是不食人間煙火味的神仙世界，卻並沒有示人以超塵出世之意。相反，詩中描寫的春意鬧的景色，倒給人以惜春的啓示。

李白這類渾然天成的五律，藝術表現力是非常強的。這是詩人極力追求的藝術風格。詩人寫這類詩時，似乎是信手拈來，毫不費力。運筆行墨似有神助。其實，在表面上看來毫不費力的地方，正是詩人藝術上成功之處。他毫無痕跡的把自然典型化，善於融情於景，寫出物我相忘的藝術境界。這裏顯示出詩人很厚的藝術功力。

詩人還善於運用清新流走的筆致，描寫奇險壯麗的自然景色。在他筆下出現的山水，神態活現，逸趣橫生，詩意盎然。《送友人入蜀》、《尋雍尊師隱居》，都是這樣的好詩。

見說蠶叢路，崎嶇不易行。山從人面起，雲傍馬頭生。
芳樹籠秦棧，春流繞蜀城。升沉應已定，不必問君平。

群峭碧摩天，逍遙不記年。撥雲尋古道，倚樹聽流泉。
花暖青牛臥，松高白鶴眠。語來江色暮，獨自下寒煙。

「山從人面起，雲傍馬頭生」，「蠶叢路」是夠崎嶇的了。詩人把這種奇險的景色寫得很自然；語調輕快，態度從容，沒有可驚、可愕、可怖的氣氛，像行雲流水一般，悠然自在。「芳樹籠秦棧，春流繞蜀城」，崎嶇的「秦棧」、艱險的「蜀城」，景色都是那麼誘人，入蜀直如遊春，可以賞心悅目了。結尾的達觀語，是對友人的寬慰。詩中雖則寫了道路的崎嶇，卻絲毫沒有令人望而生畏之感。《尋雍尊師隱居》寫山中幽深秀美的景色，十分成功。「撥雲尋古道，倚樹聽流泉」確是難得的妙句。它把煙雲繚繞道路曲折的山中幽美的景色，表現

的淋漓盡致。

　　上述兩個特點，渾然一體的表現在李白五言律詩的創作中。詩人追求自然、清新的藝術風格，就必然衝破繁瑣的格律的限制；也只有不斤斤計較格律，方能充分表現詩中所要表達的思想內容，發揮詩人的藝術天才。李白當時似乎朦朧的意識到要擺正詩歌形式與內容的關係。他在創作實踐上，基本上遵循了形式服從內容的規律。這一點在當時來說，確是難能可貴的。

第四節　七言律詩

　　李白的七律少，這是客觀事實。對其創作七律少的原因，則眾說紛紜，各執一詞。概而言之，大致有三：

　　其一，認為李白不善七律。過去講格調者，多持此說。「李太白不作七言律，……古人立名之意甚堅，每不肯以其拙示人。」（賀貽孫《詩筏》）「李白不長於七律，故集中厥體遂少。」（《柴虎臣家誡》）

　　其二，認為李白不願作七律。今人講李白詩，多持此說。「他所以只有很少幾首律詩，不是不善寫，而是不願寫。」（王運熙、李寶均《李白》）「他是不耐煩在形式上和字句上下推敲工夫的。」（王瑤《李白》）其所以如此，是因為格律與李白個性、創作方法有杆格。他要盡力發揮「壯浪縱恣，擺去束縛」的表現能力，而「不屑束縛於格律對偶，與雕繪者爭長。」

　　其三，認為李白反對作七律。「太白之論曰：『寄興深微，五言不如四言，七言又其靡也。』……所謂七言之靡，殆專指七律言耳。故其七律不工。」（翁方綱《石洲詩話》）

　　李白不善七律、不願作七律、反對作七律諸說，都是為李白現存七律少尋找原因的。我以為以上諸說，都未能真正揭示李白創作七律少的原因所在，且與李白創作實際不符，因而很難使人心悅誠服的。要揭示李白創作七律少的真正原因，必須將其放在盛唐詩歌創作的總

潮流中來考察。七言絕句與七言歌行發展到盛唐，已臻於成熟階段。
當時名家輩出，蔚然成風。李白以其天才卓絕的創造與極為卓越的創
作成就，將其推到了歷史的高峰，在文學史上矗起了巍巍的豐碑。而
七言律詩，在開元、天寶年間，仍處於摸索試驗階段，當時浪漫主義
創作思潮盛行，詩人很少有人願意在形式上下功夫，因此詩壇七律創
作的成績甚微，李白也不例外。誠然，七律在初唐沈、宋手裏，其格
式已大體定型。然一種文體的醞釀與成熟，需要長期的創作試驗。在
中國文學史上，七言詩創作成熟遠在五言以後，而七律格律嚴，難度
大，所以直到盛唐，其格式仍未能定型而劃一。當時有些人寫的七律，
格調類似於七古。或者可以說，從初唐到盛唐，仍有人以七古的筆法
寫七律。沈佺期《龍池篇》、崔顥《黃鶴樓》、李白《鸚鵡洲》等，都
留有古詩的痕跡。就以李白寫的七律而論，也多有認為是古風者，毛
先舒曰：「李白《鸚鵡洲》詩，調既急迅，而多復字，兼離唐韻，當
是七言古風耳。」（毛先舒《詩辯坻》）管世銘云：「崔顥《黃鶴樓》，
直以古歌行入律。太白諸作，亦只以歌行視之。」（管世銘《讀雪山
堂唐詩序例》）汪師韓說：「李白《鸚鵡洲》一章乃庚韻而押青字，此
詩《文粹》編入七古，後人編入七律，其體亦可古可今，要皆出韻也。」
（汪師韓《詩學纂聞》）方谷云：「太白此詩是效崔顥體，皆於五六加
工，尾句寓感嘆，是時律詩猶未甚拘偶也。」（方谷《瀛奎律髓》）認
為李白《鸚鵡洲》是「七言古風」，當以「歌行視之」，是離開了當時
七律創作的實際水平，用七律定型後的格律要求，評價當時的七律創
作，是不合適的。認為《鸚鵡洲》「可古可今」、「未甚拘偶」，即此詩
介乎古詩與律詩之間，反映了當時詩壇七律創作的實際情況，是頗有
見地的。談到七律的發展史，趙翼在《甌北詩話》中有一段極精僻的
論述：

> 就有唐而論，其始也，尚多習用古詩，不樂束縛於規
> 行矩步中。即用律，亦多五言，而七言猶少；七言亦多絕
> 句，而律詩猶少。故《李太白集》七律僅三首，《孟浩然集》

> 七律僅二首，尚不專以此見長也。自高、岑、王、杜等《早
> 朝》諸作，敲金戛玉，研練精切。杜寄高、岑詩，所謂「遙
> 知對屬忙」，可見是時求工律體也。格式既定，更爲一朝令
> 甲，莫不就其範圍。然猶多寫景，而未及指事言情，引用
> 典故。少陵以窮愁寂寞之身，籍詩遣日，於是七律益盡其
> 變，不惟寫景，兼復言情，不惟言情，兼復使典。七律之
> 蹊徑，至是益大開。

趙翼所說的《早朝》諸作，作於乾元元年。而杜甫所謂「遙知對屬忙」，
則在乾元二年。可見七律的成熟與發展，是在乾元以後。這從現存唐
詩也可以得到證明。施子愉先生曾就《全唐詩》中存詩一卷以上的詩
人的作品加以統計，製成表格。（施子愉《唐代科舉制度與五言詩的
關係》）據該表統計：初唐七律計 72 首，盛唐七律 300 首，中唐七律
1848 首，晚唐七律 3683 首。數字是最能說明問題的。從這個統計看，
初盛唐七律總數爲 372 首。僅杜甫七律就有 151 首，而其中 130 首寫
於居成都後，就時代說，已跨入中唐了。除過杜甫在居成都後創作的
七律外，初盛唐七律總數不過 240 餘首，爲中唐七律的七分爲一強，
爲晚唐七律的十五分之一。可見，初盛唐七律以總數談，簡直少得可
憐。盛唐名家的七律，據粗略統計：李白 12 首，杜甫在 760 年前 21
首，孟浩然 4 首，王維 26 首，崔顥 2 首，李頎 7 首，高適 7 首，岑
參在 760 年前 7 首。從以上統計數字看，不論就創作總量或佔全集比
例說，李白七律都偏少一點，但不很懸殊。不能由此得出李白不善七
律、不願作七律或反對作七律的結論。放在七律創作尚不盛行的這個
特殊歷史環境看，以上諸說則不攻自破矣。

第五節　古風

　　李白古風，是一組別具一格的作品，與他其餘的詩作相比，確實
具有不同的藝術特點。最初受李白之託而爲其編集的李陽冰，把這五

十九首五言古詩合在一起，題爲古風，是有見地的。就詩的內容說，多屬感遇詠懷諷喻現實之作；就詩的風格而言，它古樸純眞，頗似古體。它之所以受到李白詩歌研究者的重視，是因爲它比較集中地表達了李白的文學主張，其中大部分詩歌，具有強烈的現實主義精神，而在藝術表現上，遠紹阮籍《詠懷》，近承陳子昂《感遇》，成功地運用興寄，把比興手法的運用推到一個新的高峰。

一

李白對於詩歌創作，有其進步的主張和精到的見解。這些主張和見解，絕大部分集中在《古風》詩中。在《古風》其一中，開宗明義，表明自己的詩歌創作的主張，他綜括了歷代詩歌的發展，明確表態繼風雅而作，以刪正詩編、中興詩歌、發展新的詩風爲己任。可以說《古風·大雅久不作》是他對歷代詩歌批評的史綱，也是他一生詩歌創作的主導思想。在孟棨《本事詩》中記載他的話說：「齊梁以來，艷薄斯極，沈休文又尚以聲律，將復古道，非我而誰？」大有開一代詩風非我莫屬的氣概。胡震亨評論此詩說：「統論前古詩源，志在刪詩垂後，以此發端，自負不淺」。〔註43〕

> 大雅久不作，吾衰竟誰陳？王風委蔓草，戰國多荊榛。龍虎相啖食，兵戈逮狂秦。正聲何微茫！哀怨起騷人。揚馬激頹波，開流蕩無垠。廢興雖萬變，憲章亦已淪。自從建安來，綺麗不足珍。聖代復元古，垂衣貴清眞。群才屬休明，乘運共躍鱗。文質相炳煥，眾星羅秋旻。我志在刪述，垂輝映千春。希聖如有立，絕筆於獲麟。

「大雅久不作，吾衰竟誰陳？」寫孔子死後，無人展布詩教，使其從戰國以來，風雅不振，詩人感慨繫之。從「王風委蔓草」到「綺麗不足珍」，是他對從戰國到唐這一段詩歌發展史的簡要概括：戰國至建安時期，詩風不振，而由《離騷》發展爲漢賦，鋪張揚厲，詩的寄興

〔註43〕《李詩通》。

託諷之旨不存。六朝以來，詩風「綺麗」淫靡，風骨不振。這清楚地表明，他是主張繼承建安風骨、堅決反對六朝以來的綺靡詩風的。「聖代復元古」至「絕筆於獲麟」，集中地發表了自己的文學主張：第一，與「綺麗」的詩風相反，他提出「清眞」這一美學準則。「清」是清新，「眞」是眞率，清新眞率的詩風，是他追求的藝術風格。第二，在內容與形式的關係上，要「文質相炳煥」，強調文質並重，相互輝映。第三，他以孔子刪詩自許與自期，力圖重振詩風，這與陳子昂革新詩歌的主張相銜接。《唐宋詩醇》評此詩說：「古風詩多比興，此篇全用賦體，括風雅之源流，明著作之意旨，一起一結，有山立波回之勢。」又說：「指歸大雅，志在刪述，上溯風騷，俯視六代，以綺麗爲賤，情眞爲貴，論詩之意，昭然明矣。」這段論述，概括了此詩論詩的意旨。這首詩在寫法上之所以採用賦體，就是爲了準確地表述自己的詩歌主張。

　　李白反對文學上的模擬，強調詩歌創作的獨創性，這與他在詩歌上主張清眞，要求內容與形式並重是一致的。他的反對模擬，主張獨創，是一種自覺的行動，是藝術上更高的清醒而自覺的追求。《古風》其三十五，可以看作是他反對模擬之風的宣言：

　　　　醜女來效顰，還家驚四鄰。壽陵失本步，笑殺邯鄲人。
　　一曲斐然子，雕蟲喪天眞。棘刺造沐猴，三年費精神。功
　　成無所用，楚楚且華身。大雅思文王，頌聲久崩淪。安得
　　郢中質，一揮成風斤？

關於此詩的主旨，一向有不同的理解。蕭士贇說：「此篇蓋譏世之作詩賦者，不過借此以取科第干祿位而已，何益於世教哉？」〔註44〕沈德潛云：「譏世之文章無補風教，而因追思大雅也。」〔註45〕他們指出李白在這首詩中強調文學的「功利主義」，強調文學致用於世的原則，這是一方面；而另一方面，此詩用「東施效顰」、「邯鄲學步」等

〔註44〕《分類補注李太白詩》。
〔註45〕《唐詩別裁》。

爲人熟知的典故，意在反對詩歌上亦步亦趨地模仿古人名作，反對刻意雕琢的詩風。正是這種模擬和雕琢，喪失了文學的自然與天眞，使風雅淪喪。爲此，他大聲疾呼要恢復文學天眞自然的風格。他曾在贈人詩中說：「清水出芙蓉，天然去雕飾」，〔註46〕這就表明他在詩歌上主張自然天成。他在《古風》其二十一中寫道：

郢客吟白雪，遺響飛青天。徒勞歌此曲，舉世誰爲傳？

試爲巴人唱，和者乃數千。吞聲何足道？嘆息空淒然。

詩裏流蕩著高才難遇、曲高和寡之嘆。這「才」和「曲」也可以說是指他的文學主張得不到重視或支持，因而不平則鳴。

李白論詩的這三首《古風》，清楚地表明了他的詩歌主張：強調繼承風雅的優良傳統，反對六朝以來的綺麗詩風，反對模擬，提倡獨創精神。這種主張，無疑是進步的。他將這種進步的詩歌主張，貫串到自己的創作實踐中，使其詩歌放射出異樣的光彩。

李白的文學主張，是有積極的現實意義的，是針對六朝以來長期形成的柔弱綺靡的詩風而發的。陳隋以來，詩風柔靡，唐承隋遺緒，詩風委弱，陳子昂大聲疾呼「興寄都絕」，揭起了復古的大纛，力矯時弊，引起了人們的重視，然而他的創作「實績」，不足以顯示這種進步主張的威力，減弱了他的聲威和影響。李白同時，既有孟浩然、王維、高適、岑參諸名家在詩歌上獨創性的貢獻，又有自己豐富的、成功的創作播揚宇內，詩歌創作之豐盛，一時蔚爲大觀，其戰鬥聲威，遠在陳子昂之上。

二

李白的《古風》是有意識地用近似的風格寫成的一組詩，這組詩絕大部分是在長安三年與離京以後所作。當時唐玄宗已失去開元時期勵精圖治的精神，生活上日趨腐化墮落，迷戀酒色，怠於政事，大權逐漸旁落。奸相李林甫獨攬大權，嫉賢害能，排斥異己；楊氏兄妹，

〔註46〕李白《經亂離後天恩流夜郎憶舊遊書懷贈江夏韋太守良宰》。

跋扈飛揚；安祿山早萌叛志，待機而發。由於統治階級爭權奪利，矛盾激劇，加上對唐初經濟政策的逐漸破壞，唐王朝正經歷著由盛轉衰的巨大變化。李白在和最高統治集團的頻繁接觸中，目睹了他們生活腐朽精神墮落的真實情景，這黑暗的現實與他希望有所作爲的抱負和正義感有著尖銳的矛盾。對此他十分痛恨，因此用其尖銳的筆鋒，給以批判與諷刺，使詩具有強烈的現實主義精神。

　　第一，在《古風》中，詩人對最高統治集團迷信神仙作了尖銳的批判。玄宗晚年，長期耽樂，迷信仙道，尋求長生不老之術。在《資治通鑑》中，即有不少關於玄宗迷信神仙的記載。

　　據開元二十二年記載：「方士張果自言有神仙術，誑人云：堯時爲侍中，於今數千歲；……相州刺史韋濟薦之，上遣中書舍人徐嶠賚璽書迎之。」「張果固請歸恒山，制以爲銀青光祿大夫，號通玄先生，厚賜而遣之。後卒，好事者奏以爲尸解；上由是頗信神仙。」

　　又天寶九載記載：「太白山人王玄翼上言見玄元皇帝，言寶仙洞有妙寶真符。命刑部尚書張均等往求，得之。時上尊道教，慕長生，故所在爭言符瑞，群臣表賀無虛月。李林甫等皆請舍宅爲觀，以祝聖壽，上悅。」

　　迷信仙道，是唐玄宗偏狹愚昧自欺欺人的愚蠢行爲，這與他晚年追求享樂沉迷酒色的荒淫生活相表裏，由此導致了唐王朝政治的日趨腐敗。李白在古風詩裏借古喻今，用周穆王、秦始皇、漢武帝這些既有雄才大略而又迷信神仙的皇帝，影射唐明皇，並對其迷信神仙的愚昧行爲予以辛辣的諷刺，這無疑是有強烈的現實意義的。

　　　　周穆八荒意，漢皇萬乘尊。淫樂心不極，雄豪安足論？

　　西海宴王母；北宮邀上元。瑤水聞遺歌，玉杯竟空言。靈
　　跡成蔓草，徒悲千載魂。

　　　　　　　　　　　　　　《古風》其四十三

「淫樂心不極，雄豪安足論？」他們雖則雄豪百代，因爲淫樂之心沒有終極，其雄豪又安足稱道！在對比中對其淫樂行爲痛下針砭，尖銳

警拔，令人深思。「靈跡成蔓草，徒悲千載魂」，詩人以冷峭的筆調作結，點出周穆王、漢武帝求仙的虛妄，對其迷信神仙諷刺是深刻的。

李白在《古風‧秦皇掃六合》中，對秦始皇迷信神仙作了深刻的諷刺：「鬐鬣蔽青天，何由睹蓬萊。徐市載秦女，樓船幾時回？」點明他求仙其實是受了方士的欺騙。「但見三泉下，金棺葬寒灰」，這是迷信仙道的結果，是對企圖成仙者的棒喝！李白針對時弊而發的這些詩篇，是有強烈戰鬥性的。

李白《古風》中有大量的遊仙詩，這豈不與批判迷信仙道矛盾了嗎？其實不然，李白寫了遊仙詩，並不意味著他就迷信仙道，歷代李白研究者，早就作過一些揭示與說明。范傳正說，李白「好神仙非慕其輕舉，將不可求之事求之。欲耗壯心，遣餘年也」。〔註47〕胡震亨說：「今考《古風》為篇六十，言仙者十有二，其九自言遊仙，其三則譏人主求仙，不應通蔽互殊乃爾。白之自謂可仙，亦借以抒其曠思，豈真謂世有神仙哉！他詩云：『此人古之仙。羽化竟何在？』意自可見，是則雖言道仙，未嘗不與譏求仙者合也」。〔註48〕對於李白的遊仙，范氏認為「欲耗壯心，遣餘年也」，胡氏認為是「抒其曠思」，其實李白的遊仙是企圖從極端苦悶中得到精神解脫，是他思想超脫的一種表現，這與他表面上是虔誠的道教徒，實則醉翁之意不在酒的作法是完全一致的。這一點需撰專篇論述，此處茲不贅論。

第二，李白在《古風》中，對於時貴、宦官、外戚作了極尖銳的批判。據史記載：玄宗「晚年自恃承平，以為天下無復可憂，遂深居禁中，專以聲色自娛，悉委政事於林甫」。〔註49〕高力士說：「天下大柄，不可假人」，〔註50〕他很不高興。可見他有意耽樂，無心政事。由是，奸臣、宦官、外戚在政治上得勢，他們竟相爭權奪利，生活上

〔註47〕 《唐左拾遺翰林學士李公新墓碑並序》。
〔註48〕 《李詩通》。
〔註49〕 《資治通鑑》卷二百一十六。
〔註50〕 《新唐書‧高力士傳》。

也十分腐化。

　　據《新唐書・宦者傳》載：「開元、天寶中；……宦官黃衣以上三千員，衣朱紫千餘人。其稱旨者輒拜三品將軍，列戟於門。其在殿頭供奉，委任華重，持節傳命，光焰殷殷動四方。所至郡縣奔走，獻遺至萬計。修功德，市禽鳥，一爲之使，猶且數千緡。監軍持權，節度返出其下。於是甲舍、名園、上腴之田爲中人所名者半京畿矣。」又《新唐書・高力士傳》載：「中人若黎敬仁、林昭隱、尹鳳翔……並內供奉，或外監節度軍，修功德，市鳥獸，皆爲之使。使還，所裒獲，動巨萬計，京師甲第池園、良田美產，占者什六，……」

　　宦官在政治上飛揚跋扈，在經濟上巧取豪奪，在生活上極端腐化墮落。這些傢伙是國家的蛀蟲，是社會的寄生蟲，它嚴重地腐蝕著國家機體。目睹了這罪惡種種，詩人非常憤恨，對他們予以尖刻的批判與諷刺。

　　　　大車揚飛塵，亭午暗阡陌。中貴多黃金，連雲開甲宅。
　　　　路逢鬥雞者，冠蓋何輝赫！鼻息干虹蜺，行人皆怵惕。世
　　　　無洗耳翁，誰知堯與跖？

　　　　　　　　　　　　　　　　　　《古風》其二十四

此詩對於中貴的豪奢與囂張氣焰，作了淋漓盡致的揭露，透過這首詩所描繪的畫面，我們看到唐王朝中貴得勢的一個側面。

　　詩人以憤怒的心情，描寫了時貴奢侈豪華、荒淫無度的生活。在《古風》其十八中寫道：「雞鳴海色動，謁帝羅公侯。月落西上陽，餘暉半城樓。衣冠照雲日，朝下散皇州。鞍馬如飛龍，黃金絡馬頭。行人皆辟易，志氣橫嵩丘。入門上高堂，列鼎錯珍羞。香風引趙舞，清管隨齊謳。七十紫鴛鴦，雙雙戲庭幽。行樂爭晝夜，自言度千秋。」通過時貴上朝及散朝回家場面的描寫，典型地揭露了時貴驕奢淫逸的腐朽生活，這是唐王朝最高統治集團生活的一個側影。在《古風》其四十六中對其豪奢生活作了精彩的描寫：「一百四十年，國容何赫然！隱隱五鳳樓，峨峨橫三川。王侯像星月，賓客如雲煙。鬥雞金宮裏，

蹴踘瑤台邊。舉動搖白日，指揮回青天。當涂何翕忽，失路長棄捐。」寫了他們豪華的建築，寫了「鬥雞」、「蹴踘」這種典型的遊戲活動，反映了時代的風尚和時貴荒淫腐化的生活。應當指出，這些詩中宦官和鬥雞者形象的背後，是唐玄宗的昏庸腐朽，驕奢淫逸。因此，表面上寫的是宦官和鬥雞者，而矛頭所向則是唐玄宗的黑暗統治。這是李白這類古風思想的深刻所在。

第三，在《古風》中，李白對統治階級輕啓邊釁作了批判。唐玄宗好大喜功，輕啓邊釁，老成持重之臣如王忠嗣不用，而一些不恤士卒以戰邀功者得寵。詩人對此深表不滿，用尖銳的詩筆，予以揭露和抨擊。

> 代馬不思越，越禽不戀燕。情性有所習，土風固其然。昔別雁門關，今戍龍庭前。驚沙亂海日，飛雪迷胡天。蚍虮生虎鶡，心魂逐旌旃。苦戰功不賞，忠誠難可宣。誰憐李飛將，白首沒三邊？

《古風》其六

此詩可謂爲兵請命之作，詩中描寫了長期戍守邊關的士卒的苦難生活，對他們「苦戰功不賞，忠誠難可宣」的不公平待遇深表同情。《唐宋詩醇》評曰：「民安鄉井，離別爲難，況驅之死地乎！其義惻然可念。……明皇喜邊事，致有冒賞掩功者，故蕭士贇謂其感諷時事，有爲而作。」詩人希望邊事寧息，人民安居樂業，戍守邊關者得到應有的待遇。同時對好戰喜功的皇帝和不恤士卒以戰邀功的邊將作了深刻的諷刺。這類詩作，是切中時弊的，因而有其深刻的現實意義。

詩人爲兵請命，寫戍守之苦的詩作尚有《古風》其十四。詩中寫道：「胡關饒風沙，蕭索竟終古。木落秋草黃，登高望戎虜。荒城空大漠，邊邑無遺堵。白骨橫千霜，嵯峨蔽榛莽。借問誰陵虐？天驕毒威武。赫怒我聖皇，勞師事鼙鼓。陽和變殺氣，發卒騷中土。三十六萬人，哀哀淚如雨。且悲就行役，安得營農圃？不見征戍兒，豈知關山苦？李牧今不在，邊人飼豺虎。」這首詩有感於時弊而發，有極強

的針對性。《唐宋詩醇》評曰：「開元以來，歲在征役，至王君㚟戰勝青海，益事邊功。石堡一城耳，得之不足制敵，不得無害於國。唐兵前後屢攻，所失無數，哥舒翰雖能拔之，而士卒死亡亦略盡矣。此詩極言邊塞之慘，中間直入時事，字字沉痛，當與杜甫《前出塞》參看。」詩人以悲愴的情緒，描寫了邊塞荒涼、戍守艱辛、戰事誤農、邊民飼豺虎的現實。詩人既憂國事，又察下情，詩裏滲透了愛國愛民的情緒。

　　寫鮮于仲通征南詔之事的《古風》其三十四，詩人以沉痛的心情，寫了士兵的慘凄與軍威的不振，其中「渡瀘及五月，將赴雲南征。怯卒非戰士，炎方難遠行。長號別嚴親，日月慘光晶，泣盡繼以血，心摧兩無聲。困獸當猛虎，窮魚餌奔鯨。千去不一回，投軀豈全生？」更其傷感和悲痛。所謂寫「征夫之凄慘，軍勢之怯弱，色色顯豁，字字沉痛」。〔註51〕

　　第四，《古風》對統治階級不重視賢才作了尖銳的批判，詩裏流蕩著個人懷才不遇的感慨。統治階級不重視賢才與個人懷才不遇，是互為因果的緊密聯繫的兩件事，統治者不重用賢才，或者掌握實權的統治者妒賢害能，必然導致大部分有志之士懷才不遇、宏圖莫展的局面。李白對統治階級不重視賢才的批判與懷才不遇的感慨，雖然在主觀上帶有個人要求的鮮明色彩，但在客觀上卻遠遠超出了這一點。他青年時代就受儒家思想的深刻影響，有著兼濟思想，他希望在特定的客觀環境，對國家和社會作出應有的貢獻。在李白所處的時代，李林甫、楊國忠相繼為相，嫉賢害能，極力排擠和打擊有才能有抱負的人。李林甫口蜜腹劍，是排擠打擊有志之士的能手。據史記載：他「媚事左右，迎合上意，以固其寵；杜絕言路，掩蔽聰明，以成其奸；妒賢嫉能，排抑勝己，以保其位；屢起大獄，誅逐貴臣，以張其勢。自皇太子以下，畏之側足」。〔註52〕《通鑑》天寶六載記載：「上欲廣求天下之士，命通一藝以上皆詣京師。李林甫恐草野之士對策斥言其奸

〔註51〕《唐宋詩醇》。
〔註52〕《資治通鑑》卷二百一十六。

惡，建言：『舉人多卑賤愚聵，恐有俚言污濁聖聽。』乃令郡縣長官精加試練，灼然超絕者，具名送省，委尚書復試，御史中丞監之，取名實相副者聞奏。既而至者皆試以詩、賦、論，遂無一人及第者。林甫乃上表賀野無遺賢。」這是一場有名的騙局，偉大的現實主義詩人杜甫，就是這次銓選受害者之一。因此李白這類詩，有著深刻的現實意義，既是對統治者不重視人材的嚴正的批判，也是正當的要求和正義的呼聲，不論其主觀動機如何，在客觀上卻有著積極的進步意義。

　　燕臣昔慟哭，五月飛秋霜。庶女號蒼天，震風擊齊堂。
精誠有所感，造化為悲傷。而我竟何辜？遠身金殿旁。浮
雲蔽紫闥，白日難回光。群沙穢明珠，眾草凌孤芳。古來
共嘆息，流淚空沾裳。

《古風》其三十七

詩人懷著沉痛的心情，抒發了受宵小的排擠不得重用的苦悶而憤激的情緒。對聚集在皇帝身旁那些嫉賢害能者予以揭露和鞭撻。

　　奈何青雲士，棄我如塵埃！珠玉買歌笑，糟糠養賢才。

《古風》其十五

　　良寶終見棄，徒勞三獻君。直木忌先伐，芳蘭哀自焚！

《古風》其三十六

　　白日掩徂暉，浮雲無定端。梧桐巢燕雀，枳棘棲鴛鸞！

《古風》其三十九

他對於皇帝的輕士，宰衡的妒賢，奸臣對皇帝的蒙蔽，都作了大膽的揭露和抨擊。在一定程度上，暴露了封建社會政治的黑暗和最高統治集團腐朽的本質。在封建社會，「蟬翼為重，千鈞為輕；黃鐘棄毀，瓦釜雷鳴；讒人高漲，賢士無名」，〔註53〕他對這種是非顛倒的現實，揭露是深刻的，批判是無情的。因而有著較高的認識價值和深刻的思想意義。

―――――――――――――

〔註53〕《楚辭・卜居》。

　　第五，《古風》中有許多感時諷世之作。由於當時上流社會日趨
腐朽墮落，社會風氣日益變壞，詩人對這種現象極為不滿而又無能為
力。他不願隨波逐流與世浮沉，而要努力保持潔身自好的品操，便用
詩歌發抒對社會風氣變壞的感慨。

　　　　世道日交喪，澆風散淳源。不採芳桂枝，反棲惡木根。
　　所以桃李樹，吐花竟不言。大運有興沒，群動爭飛奔。歸
　　來廣成子，去入無窮門。

　　　　　　　　　　　　　　　　　　　《古風》其二十五

這是詩人潔身自好的獨白，對世道澆風充滿了憤激鄙棄之情。陳沆
說：「三章（按：指本篇及《古風》其二十九、其三十）皆疾末世而
思古人，鄙榮利而懷道德，骨氣高奇，頗近射洪、阮公，世人讀古風
者，但取遊仙飄逸之詞，衷懷不繫耳。」指出了此詩的思想和藝術價
值。

　　詩人這種：「疾末世而思古人，鄙榮利而懷道德」的思想感情，
有時借遊仙形式表達。他在《古風》其四十中寫道：

　　　　鳳飢不啄粟，所食惟琅玕。焉能與群雞，刺蹙爭一餐？
　　朝鳴昆丘樹，夕飲砥柱端。歸飛海路遠，獨宿天霜寒。幸
　　遇王子晉，結交青雲端。懷恩未得報，感別空長嘆。

此詩蓋離長安時所作。末四句有懷恩未報戀戀不捨之意，但他終不見
容於宵小，詩人也不屑於與奸佞之輩相處。以鳳自喻，不願與雞同群，
終於毅然離去。以實際行動，表示了對士風日下政治黑暗的反抗。

　　綜上所述，詩人直面現實，對當時最高統治集團的黑暗腐朽勢力
作了有力的抨擊：諸如皇帝的迷信仙道、窮兵黷武，宰衡的嫉賢害能，
外戚、宦官的逾制驕縱，以及由此而造成的社會風氣澆薄、士風日下
的局面，作者都予以揭露和諷刺。仔細閱讀這些詩篇，可以看到玄宗
末年整個社會、尤其是上流社會如何日益腐化墮落走向衰亡的真實情
景。如果用「史詩」或「社會縮影」這樣的詞語，概括和評價這些詩
的思想內容，是不為過譽的。

三

　　從藝術風格方面講，李白的《古風》大體可分成兩類：一類質樸明快，詩人以憤怒的情緒，揭露、抨擊、諷刺了統治集團中的腐朽勢力，其筆力之尖銳、對比之強烈，都達到了很高的水準，因而感情色彩鮮明濃鬱，藝術個性突出。李白《古風》中另一類型的詩，撲朔迷離，隱晦曲折地表達出自己的思想感情。大多爲遊仙詩，借恍惚迷離的仙境，寫自己的精神世界，其藝術風格則頗似阮籍的《詠懷》。

　　李白的《古風》是繼阮籍《詠懷》、陳子昂《感遇》而作。因此過去的評論家喜歡將三人的創作成就進行比較，這是理所當然的。至於他們的比較恰當與否，則是另外一個問題，自當別論。

　　《唐宋詩醇》評曰：「白古風凡五十九首，……遠追嗣宗《詠懷》，近比子昂《感遇》，其間指事深切，言情篤摯，纏綿往復，每多言外之旨，白之流品亦可睹其概焉。夫開元天寶治亂迥殊，林甫國忠相繼柄政，宵小盈朝，賢人在野，卒致祿山之亂，宗社幾墟。白以倜儻之才遇讒被放，雖放浪江湖而忠君愛國之心未嘗少忘，身世之感一於詩發之，諸篇之中可指數也。豈非風雅之嗣音、詩人之冠冕乎？」這段話指出了李白《古風》藝術上的淵源所自，揭示了李白《古風》寫作的社會政治背景，並給予客觀的評價。胡震亨將李白《古風》與阮籍《詠懷》、陳子昂《感遇》詩作了比較，對其藝術表現，尚多微詞。他說：「太白六十篇中，非指言時事，即感傷己遭。循徑而窺，又覺易盡。此則役於風氣之遞盛，不得不以才情相勝，宣泄見長，律之往制，未免言表繫外，尚有可議。」胡氏所謂「循徑而窺，又覺易盡」、「宣泄見長」、「言表繫外」云云，是與阮籍的「詩旨淵放」、陳子昂的「深穆之氣尚多包含」比較而說的，也就是說李詩質直，含蓄蘊藉不足。這種評價，則是很不妥當的。阮籍的《詠懷》，與其說「詩旨淵放」，無寧說是隱晦。我們認爲李白《古風》詩的質直與阮籍詩的隱晦，固然有著時代的和政治的原因，但李白、阮籍的詩的風格，與詩人個性有著極密切關係。李白對於黑暗勢力的反抗、對於封建統治

者的藐視則遠遠超過阮籍，因此他們寫的反抗黑暗勢力、暴露封建統治者腐朽思想的詩篇的風格也不一樣，其藝術效果也大不相同。阮籍詩詞意隱晦、詞旨游移，情思朦朧閃爍，形象不夠顯豁鮮明。李白《古風》語言明快形象鮮明，個性突出，主題明確，這是他藝術上的重要特色，是應該肯定並給予高度評價的。因此，我們認為李白的《古風》，繼承了阮籍《詠懷》、陳子昂《感遇》的優良傳統，而在思想內容與藝術水平上，都在阮籍、陳子昂之上，誠如胡國瑞先生所說：李白《古風》，「或託志於往古人事，或假象於自然景物，辭意明切，而餘味仍自深永，其藝術效果實有超過前人而無不及的」。〔註54〕

　　李白的《古風》，不論就反映生活的廣度與深度，不遺餘力地對封建統治階級腐朽勢力的批判，質直地毫不留情地揭露現實生活的陰暗面；抑或就藝術風格的明快與詞旨的明晰，都遠遠超過了阮籍的《詠懷》與陳子昂的《感遇》詩，這是無可爭議的。他的《古風》中諷諭現實的詩篇，對杜甫「即事名篇」的樂府，元結的「系樂府」，張籍、王建、白居易、元稹的「新樂府」，有著深刻的影響。對唐代詩歌現實主義洪流起了推波助瀾的作用，在唐代詩歌史上寫下了光輝的一頁。

第六節　七言古詩

　　我國的古典詩歌發展到盛唐，各體詩都達到成熟階段。李白對於諸體詩的成熟與發展，都起了很大的推動作用。而對七言古詩（包括歌行與樂府）的寫作，用力尤勤，創獲甚豐。無論就內容的開拓與深掘，抑是對藝術表現力的增強與提高，都有著不可磨滅的歷史貢獻，七言古詩到他手中才得到質的飛躍。李白詩的研究者，多喜從橫的方面探索，而對其詩在詩歌發展史的軌跡上躍進的發展，注意不夠，因而對其詩歌在文學史上的傑出貢獻，勾勒得不夠明晰。本節從縱的方

〔註54〕《論李白的〈古風〉詩》（講義）。

面予以特別的注意與重視，探索尋繹他在七言古詩發展中作出的巨大貢獻。

一

　　中國七言詩的產生，可以追溯到先秦，《楚辭》與諸子中，就出現了一些七言詩的句式，到了漢代，就有了較完整的七言詩，漢高祖《大風歌》、漢武帝《秋風辭》以及《柏梁詩》，都是七言古詩的濫觴，魏晉南北朝，七言詩有了進一步的發展，曹丕的《燕歌行》，陳琳的《飲馬長城窟行》，都是較成熟的七言詩篇。鮑照和庾信，都寫出了較多的七言古詩，特別是鮑照，他對後代七言詩的發展有極大的影響。然而中國七言詩的發展是十分緩慢的。直到大唐建國以前，七言詩仍未能雄赳赳氣昂昂地跨進詩國陣地，軍容仍不整齊，未可視為詩壇不可低估之力量。大唐建國以後，七言詩才得到迅速地發展。盧照鄰的《長安古意》，駱賓王的《帝京篇》，張若虛的《春江花月夜》，都是足以傳世的名篇。毋庸置疑，初唐七言詩已顯露出崢嶸的頭角，在詩國已經爭得一角穩固的陣地。然就其反映社會生活來說，還不夠廣泛和深入；就其表現形式看，仍未能脫盡齊梁綺麗雕琢的詩風；就作家隊伍來說，寫七言詩的人數仍然不多，初唐現存七言古詩總計不上百首。這一切都說明七言古詩在初唐雖有較大的發展與突破，但終究是稚嫩的幼芽，勇於創新的詩人，雖多方嘗試，努力探索，但還未進入成熟階段。當時詩壇，寫七言古詩的人數仍是少數，它還不是詩人普遍運用的一種詩歌表現形式。而五言古詩，從創作數量到質量，都是佔壓倒優勢。儘管如此，七言古詩畢竟朝著健壯挺拔的方向發展，已經顯示出無限的藝術生命力。經過初唐近百年的醞釀與試驗，到了盛唐，七言古詩則大放異彩。一時詩人輩出，爭奇鬥艷，璀璨奪目的詩篇大量湧現，詩壇空前活躍。大家如王維、李頎、高適、岑參、李白、杜甫等，都擅長作七言古詩。特別是李白，他寫了大量的七言與雜言樂府詩、七言歌行與七古，使七言古詩鮮花遍地，輝光麗天。

總之，經過李杜諸公的努力，從而把七言古詩的創作推到了歷史發展的高峰。對此，以前著名的詩論家時有精當的論述。沈德潛云：「《大風》、《柏梁》，七言權輿也。自時厥後，魏宋之間，時多可作。唐人出而變態極焉。初唐風調可歌，氣格末上，至王·李、高、岑四家，馳騁有餘，安詳合度為一體。李供奉鞭打海嶽，驅走風霆，非人力可及為一體。杜工部沉雄激壯，奔放險幻，如萬寶雜陳，千車競逐，天地渾奧之氣，至此盡泄為一體」。〔註55〕高步瀛云：「初唐亦沿六朝餘習，以妍華整飭為工，至李杜出而橫縱變化，不主故常，如大海回瀾，萬怪惝恍，而詩之門戶以廓，詩之運用益神。王、李、高、岑雖各有所長，以視二公之上九天，下九淵，天馬行空，不可羈絡，非諸子所能逮也」。〔註56〕沈、高二氏都相當準確地概括了我國七言古詩發展的歷史，指出李杜在七言古詩發展史上不可磨滅的歷史功績。然李白七言古詩創作在開元、天寶之際，而杜甫的七言古詩絕大部分寫於安史亂後，比李白晚十多年。因此，李白在七言古詩的創作上，尤有劈路拓宇之功。而其披荊斬棘所向披靡之勇，也是無以復加的。

本文論李白的七言古詩，是包括他的七言與雜言樂府、七言歌行和整飭的七古這樣三類詩。李白這三類詩加起來共有 150 餘首，約佔他詩歌總數的六分之一。這個比例是很大的。就他本人創作的各種體裁的詩的數量而言，除去五古，就要數七言古詩的數量之多了。如果放在當時詩歌創作的歷史環境來看，他的七言古詩的數量實在是很可觀的。與他同時代的詩人王維、高適、李頎等人，雖都擅長七古，但其創作數量不多。李白的七言古詩遠遠超過了他們七古創作的總和，而其思想之深邃與藝術成就之超軼絕倫，遠非數人所可比擬的。

二

我們推崇與讚揚李白的七言古詩，首先是因為它有豐富的社會內

〔註55〕沈德潛《唐詩別裁》。
〔註56〕高步瀛《唐宋詩舉要》。

容與巨大的思想容量，在反映生活的深度與廣度方面，都達到了前所未有的高度。我們毫不誇張地說，他的七言古詩的思想與藝術成就都是空前的、無與倫比的。這種成就只有放在當時特定的創作環境與詩的發展史中，才能看得更爲清晰。

在李白以前，初唐張若虛的《春江花月夜》極負盛譽，其內容寫相思離別之情。這本來是一個古老的主題，但張卻能化腐朽爲神奇，寫出精警動人的篇章。詩歌畫面所展示的永恆的江山、無邊的風月以及作者對自然美與自身存在的感受與珍視，都給人以哲理的啓示。但張詩今僅存二首，而另一首則平平不足道。沒有一定的數量就沒有質量，僅憑一首詩要論定他在文學史上的地位和影響都是極其有限的，不能將其歷史地位估價過高。

王維的七言古詩寫得較多，包括樂府舊題、歌行體、騷體、整飭的七言古詩，但其名篇則不足十首，如《老將行》、《隴頭吟》、《桃源行》、《洛陽女兒行》等，或寫將士有功得不到封賞的憤慨，或寫超現實的神仙世界，或寫貴族驕奢淫逸的生活。高適也寫了較多的七言古詩，《燕歌行》、《封丘作》，都是傳誦一時的名篇。其內容或寫軍中苦樂不均，或對鞭撻平民不忍。王維、高適的七言古詩，都反映了一定的現實生活，提出了一些社會上重大的爲人們普遍關注的問題，但其反映的社會生活不是很廣泛的，主題也不是十分尖銳與深刻的。

李白於天寶初年入京，供奉翰林，由於他有著正直而又傲岸不羈的性格，對權貴極端蔑視，以至表現出對皇帝的某些大不敬，雖一時備受榮寵，但受同僚的譖毀與傾軋，終不見容於朝廷，被逐出長安。由於這一經歷，他對最高統治階級的生活有了較多地接觸與觀察，對皇帝荒淫腐朽生活終將導致大唐帝國衰落的情景、對統治階級內部矛盾的加深以及國家面臨的危機等，都有所覺察與了解。正因爲他有著同時代詩人不曾有過的豐富的閱歷，因此，他雖然看到了太平盛世，但更可貴的是他銳敏地覺察到社會上存在的尖銳複雜的矛盾，看到了太陽裏的黑點，預感到盛世面臨降落的歷史命運，且急於挽回這種頹

勢。他以天才的詩筆尖銳地揭露了天寶年間日趨腐朽黑暗的政治,典型地反映了唐代由盛轉衰,統治階級內部矛盾激劇加深及上層統治階級腐朽著衰敗著的情景,有很高的認識價值。

李白七古不僅揭露了統治階級好大喜功窮兵黷武,反映了直接導致大唐帝國衰落的安史之亂,以及統治階級重用庸奴、敝屣人才的現實等為當代注目的重大問題;而其可貴之處還在於敢於直面現實,勇敢地投入到改革現實鬥爭的洪流,他把思維的觸角伸向社會生活的內部,伸向內心世界的底層,伸向歷史的縱深處,從而揭開了掩蓋現實真實景況的帷幕,使人看清在繁榮昌盛外衣掩蓋下的種種危機:或皇帝大權旁落,或地方勢力過重,或貴族日益腐化,這種種現實的或潛在的矛盾,將導致大唐帝國從盛世的頂峰逐漸跌落。他無情地揭露與鞭撻這導致盛世跌落的腐朽勢力。對上層統治階級黑暗腐朽的政治與驕奢淫逸的生活作了深刻有力的批判,傾注了詩人關心國事的熱忱和流露出對帝國衰頹的深深憂慮。

唐玄宗早期勤於政事,選賢任能,勵精圖治,遂有開元之治。文學史家喜歡引用杜甫的《憶昔》詩,說明當時經濟繁榮國力空前強盛的景況。可惜好景不長,唐玄宗晚年倦於政事,授人以柄,遂使大權旁落,政權歸李林甫、楊國忠等奸佞之輩,兵權交給安祿山、哥舒翰等野心家,終於導致了使唐中衰的安史之亂,李白以詩人特有的敏感,睹禍亂於初萌,發現了唐王朝潛在的這種危機。對此他在詩中大膽地予以揭露,對當政者直有震聾發聵的作用。他在樂府詩《遠別離》中寫道:

雷憑憑兮欲怒吼,堯舜當之亦禪禹。君失臣兮龍為魚,
權歸臣兮鼠變虎。或云堯幽囚,舜野死。

詩中以閃爍的語言,描繪出一幅惝恍迷離的畫面,強烈地暗示潛伏的政權危機,寫出「堯幽囚,舜野死」帝王失權的悲慘結局。此詩直如晴天霹靂,對最高統治階級晏安耽樂高枕無憂提出尖銳的警告。胡震亨云:「此篇⋯⋯借《竹書》雜見堯見逼、舜禹南巡野死之說,點綴

其間，以著人君失權之戒。使其詞閃幻可駭，增奇險之趣」。〔註 57〕
這段話既指出了這首詩創作的浪漫主義特色，又概括了這首詩深刻的
現實意義，可謂不易之論。詩人對現實的深刻觀察，對祖國前途命運
的憂慮與關注，往往情不自禁地形諸筆端，他在旨在歌頌祖國山河雄
奇壯麗，被譽為「奇之又奇」的《蜀道難》中，也沒有忘記對統治階
級的警告：

　　　　劍閣崢嶸而崔巍，一夫當關，萬夫莫開。所守或匪親，

　　化爲狼與豺。朝避猛虎，夕避長蛇。磨牙吮血，殺人如麻。

他希望國家保持高度的富強與統一，詩中寄寓了對蜀中軍閥據險叛亂
的隱憂。胡震亨云：「白蜀人，自爲詠蜀耳，言其險，更著其戒，如
云守或匪親，化爲狼與豺，風人之義遠矣」。〔註 58〕對於據險叛亂割
據，也絕不是杞憂，此詩確實具有強烈的針對性。所謂「風人之義」，
即具有普遍的品格，蜀中可割據，其他地方亦然。只要中央力量削弱，
地方勢力膨脹，都可造成尾大不掉或割據局面。中唐以後尾大不掉藩
鎮割據的形成，不是早有兆頭了嗎？

　　對於現實的黑暗與政治的腐敗，詩人更是滿腔怒火，迸出憤激之
情。他在《答王十三寒夜獨酌有懷》中寫道：

　　　　君不能狸膏金距學鬥雞，坐令鼻息吹虹霓。君不能
　　學哥舒，橫行青海夜帶刀，西屠石堡取紫袍。……君不
　　見李北海，英風豪氣今何在？君不見裴尚書，土墳三尺
　　蒿棘居。

詩人以極其憤怒的心情，揭露了玄宗後期朝政腐敗，小人得勢，忠直
正義之士相繼遇害的背景，對於是非顛倒沐猴而冠的現實，作了酣暢
淋漓的揭露與批判。唐玄宗晚年生活腐朽，直接導致了唐王朝的衰
落。李白對其驕奢淫逸的生活作了尖銳地諷刺。如《烏棲曲》。

　　　　姑蘇臺上烏棲時，吳王宮裏醉西施。吳歌楚舞歡未畢，

〔註57〕胡震亨《李詩通》，引自蘇仲翔《李杜詩選》。
〔註58〕胡震亨《李詩通》，引自《李白集校注》。

青山欲銜半邊日。銀箭金壺漏水多，起看秋月墜江波，東
方漸高奈樂何！

詩人以驚天地泣鬼神之筆，借古諷今，深刻地諷刺了皇帝荒淫無度的
生活。老詩人賀知章讀了這首《烏棲曲》，稱他爲謫仙人，爲之延譽。
餘如《陽春歌》：「聖君三萬六千日，歲歲年年奈樂何！」也是對皇帝
沉緬酒色耽樂縱欲的極爲尖刻地諷刺。

李白七言古詩對現實的揭露與批判是很深刻的，我們毫無誇張
地說：它是偉大的「詩史」。我認爲杜甫的詩可稱「詩史」，李白的
詩同樣可稱「詩史」。從宋代以來，杜甫的「詩史」每每爲讀者所樂
道，李白的個別詩篇雖也有人譽爲「詩史」，但並未被學界所承認。
蓋由於長期抑李揚杜，又囿於對浪漫主義創作理解的偏頗。其實，
李白與杜甫的詩都堪稱一代詩史，只是表現形式不同罷了。杜甫那
些觸及時事的詩篇，寫得具體、生動、深刻，如「三吏」、「三別」、
《麗人行》、《兵車行》、《悲陳陶》等，就某一首詩說，反映現實生
活的某一方面，合起來看，則是唐王朝在安史之亂中的縮影。李白
反映現實的詩篇則是宏觀的概括，是更廣泛更宏偉的「詩史」。它儘
管缺乏史的具體性，然而它通過時代氛圍的渲染與烘托，以強烈的
情緒寫出了惝恍迷離的境界，從而把當時社會風雲的變換，大唐帝
國由盛轉衰的機契以及世風的蛻變，作了典型深刻地反映，從社會
潮流的總體上給人以眞實而深刻的印象，使人朦朧地意識到現實問
題的癥結所在。《遠別離》、《梁甫吟》、《猛虎行》、《蜀道難》、《行路
難》等，都帶有時代的政治風雲鬥爭的鮮明烙印。它通過抒情的暗
示，給人以強烈地時代政治風浪的感受。這些詩的特點，在於通過
抒情的暗示而不是用具體地敘述或描寫來顯示。所謂迷離惝恍，就
是浪漫主義詩歌的意境特徵，它給人以含蓄的暗示與朦朧的啓迪，
令人咀嚼回味與反省。總之，杜甫對現實的反映，用了微觀的特寫，
李白對現實的反映，用浪漫主義抒情方式作宏觀的概括，他們殊途
同歸，深切而眞實地顯示了時代的風貌。雙峰對峙，各有千秋，不

應軒此而輕彼。

三

在李白的七言古詩中，五七言體及雜言體詩頗多，他能嫻熟地運用這種詩體，表達極其豐富的思想感情，在古典詩歌形式發展方面，作出了傑出的貢獻。這種雜言體詩歌，在形式上突破了整齊的七言句式的束縛，極其自由又極為自然地表達思想感情。節奏變換迅疾，韻律運用自由，語言上有若干散文化的特點，這是雜言詩的特色。李白把這種特點發展到極致。可以這樣說，詩人在極力追求詩的內在的旋律，在比較鬆散而又跳躍的結構中，表現出獨特的聲韻美。這種詩的語言結構，對詩歌表現形式來說，是一種大膽地突破改造與創新。他的七言詩，或搖曳多姿，或跳躍多變，或錯落有致，有著活潑跳脫的特色。這對表現他一瀉千里的思緒非常諧調。如果說詩的格律是詩人戴著腳鐐在跳舞，那麼箍在李白腳上的鐐銬則像戲劇舞台上的道具，有助於他出色的表演與感情的抒發。

關於李白七言古詩的藝術特點，突出的表現在兩個方面：句式多變與韻律結構多變，二者水乳交融，極其和諧地統一在一起。由此，他把七古的藝術表現力推到了前所未有的高度。

首先，李白的七古一變凝固整飭的句式，使其縱逸崛奇，恣肆奇特，伸縮變化，語句流暢。李白以前的許多詩人，以及同時代或稍晚於他的許多詩人，其七言古詩大部分是用整齊的七言句式。如高適、李頎等人的七古，就是以整飭見稱。就是比他稍晚的岑參，除了那首著名的《走馬川行奉送封大夫出師西征》以外，雖說也有雜言，但僅有三五七言句式，而且篇幅較短。而李白七言古詩句式變化之多，確是空前的異常驚人的。就以《蜀道難》而言，有一、二、三、四、五、七、八、九、十一等9種句式，忽短忽長，參差錯落，極盡伸縮變化之能事。殷璠云：「白為文章率皆縱逸，至如《蜀道難》等篇，可謂奇之又奇。然自騷人以還，鮮有此體調也」。

〔註 59〕劉須溪曰：「妙在起伏，其才思放肆，語次崛奇，自不待言」。

〔註 60〕沈德潛曰：「筆陣縱橫，如虬飛蠖動，起雷霆於指顧之閼」。

〔註 61〕殷璠等人都正確地指出了李白七古縱逸恣肆、起伏變化、錯落有致的特點。《遠別離》、《夢遊天姥吟留別》、《宣城謝朓樓餞別校書叔雲》、《梁甫吟》、《答王十二寒夜獨酌有懷》等，句式都有豐富的變化。總之，他的詩句馳騁筆墨，瞬息萬變，縱橫捭闔，長短皆宜。對此，前人都十分推崇。杜甫在《蘇端薛復筵簡薛華醉歌》中說：「近來海內為長句，汝與山東李白好。」此處長句即指七言古詩而言。可見當時人就推崇李白的七言古詩，而其句式錯綜變化，更為後代評論家津津樂道。管世銘云：「李供奉歌行長句，縱橫開闔，不可端倪，高下短長，唯變所適」。〔註 62〕朱庭珍云：「七古以長短句為最難，其伸縮長短，參差錯綜，本無一定之法。及其成篇，一歸自然，不啻天造地設，又若有定法焉。非天才神力，不能入妙，太白最長於此」。〔註 63〕管、朱二氏對李白七言古詩的評論，十分精當。關於七言古詩的寫作，沈德潛有一段極精彩的名言：「文以養氣為歸，詩亦如之。七言古或雜以兩言、三言、四言、五六言，皆七言之短句也。或雜以八九言、十餘言，皆伸以長句，而故欲振蕩其勢，回旋其姿也。其間忽疾忽徐，忽翕忽張，忽停瀠、忽轉掣，乍陰乍陽，屢遷光景，莫不有浩氣鼓蕩其機，如吹萬之不窮，如江河之滔滔而奔放，斯長篇之能事極矣。四語一轉，蟬聯而下，特初唐人一法，所謂『王楊盧駱當時體』也」。〔註 64〕如果用這一段話作為準尺，李白正是改變了初唐「四句一轉，蟬聯而下」比較呆板的定式，從而把七言古詩創作推上一個新的高峰，其詩則

〔註 59〕殷璠《河岳英靈集》。

〔註 60〕引自《唐宋詩醇》。

〔註 61〕沈德潛《唐詩別裁》。

〔註 62〕管世銘《讀雪山房唐詩序例》。

〔註 63〕朱庭珍《筱園詩話》。

〔註 64〕沈德潛《說詩晬語》。

成爲七言古詩的典範。

　　總之，李白七言古詩有如挾海上風濤之氣，句如萬斛泉源，不擇地而出，使詩極盡變化縱恣之能事，極大地增強了詩的藝術表現力。當然，李白七言歌行也啓詩歌散文化的弊端，但他能做到韻散諧調，恰到好處。宋人以散文化的筆法寫詩，破壞了詩的節奏韻律美，李白是不負這個責任的。

　　其次，結構韻律多變。隨著句式的變化，詩的結構和韻律發生了相應的變化，使之和諧而統一。李白七言古詩的特色，突出地表現在體格與結構的變化上。謝榛云：「江淹有《古離別》，梁簡文、劉孝威皆有《蜀道難》，及太白作《古離別》、《蜀道難》，乃諷時事，雖用古題，體格變化，若疾雷破山，顛風簸海，非神於詩者不能道也」。〔註65〕李白七言古詩這種體格上的變化，使其天才得到充分地發揮。使詩具有氣勢浩瀚，感情充沛，意象跳躍，縱橫變化的特點。譬如《魯郡堯祠送竇明府薄華還西京》，詩的色彩鮮明，感情激蕩，語言誇張，極富浪漫主義特色。蘇仲翔先生評云：「此詩通首變化從心，韻隨氣轉，筆歌墨舞，無不應節合拍。詩中三用綠珠，四比酒人，句法各有不同。天機活潑，興會飆舉，信太白得意之作。」〔註66〕《宣州謝朓樓餞別校書叔雲》，詩人的思路如脫韁之馬，感情倏忽變幻，瞬息異常，不可捕捉。《灞陵行送別》、《玉壺吟》、《夢遊天姥吟留別》等都是不拘結構韻律唯情是適之作。詩人不以舊的固定的結構韻律範圍內容，限制思想感情的表達。相反，爲了表達眞實的思想感情，他創造或選用了與之相適應的結構和韻律，誠如詩論家所評：「太白想落天外，局自變生，大江無風，濤浪自湧，白雲捲舒，從風變滅。」〔註67〕「詩人之不可及處，在乎神識超邁，飄然而來，忽然而去，不屑屑於雕章琢句，亦不勞勞於鏤心刻骨，自

〔註65〕謝榛《四溟詩話》。
〔註66〕蘇仲翔《李杜詩選》。
〔註67〕沈德潛《唐詩別裁》。

有天馬行空，不可羈勒之勢。」〔註68〕這種純任感情，縱橫恣肆，不受拘檢的筆法，使其詩的情緒和感情達到高度的真實。可以說，他的七言古詩真率的毫不掩藏地表露了自己一時最真實的感情。他為了使自己感情得到充分地表達，寧可用筆記錄當時跳躍的不連貫的意象，用當時從腦海裏自然湧現的語言，不加修飾地用在自己的詩歌中，這就最大限度地保持了感情激蕩時情緒的本來面目。他的詩中大量的參差不齊的句式，抑揚頓挫的語調，就是極力追摹感情衝動時情緒真實的結果。《襄陽歌》寫一時頹唐的情緒，《馬上贈從甥高鎮》表現詩人憤激的情緒等都是。蘇仲翔評《襄陽歌》云：「全詩敘事四段，音節天然，筆隨意轉，語如貫珠。奇情勝概，應接不暇；促節繁音，愈昌愈緊，深得徘徊流蕩之美。」〔註69〕總之，他的七言古詩，筆如天半遊龍，飄忽變幻，起伏跌蕩，寫來得心應手，意在筆先，成為極活潑、極有感染力的詩篇。他的七言古詩是憑內容、憑感情、憑氣勢、憑內在旋律征服讀者。他的七言古詩的代表作，往往惝恍迷離，奇特恣肆，感情熾烈，有著鮮明獨特的充滿創造活力的藝術個性特徵，在變幻莫測的結構韻律中，凝結了天才地藝術心思。

四

　　李白在七言古詩裏，浪漫主義精神得到最充分地表現，浪漫主義藝術特徵得到最充分地發揮。他以酣暢淋漓的筆姿，典型地反映了盛唐氣象以及在繁榮外衣掩蓋下的潛在危機。

　　首先，李白在七言古詩裏，寫出了最鮮明的自我形象，表現出十分濃鬱的浪漫主義色彩。

　　抒情詩主要是通過自我形象的描寫，反映現實生活，表現詩人的理想與情操。因為在抒情詩中詩人總是以「我」的眼光，「我」的

〔註68〕趙翼《甌北詩話》。
〔註69〕蘇仲翔《李杜詩選》。

情緒，「我」的獨特的感受生活和表現生活的方式反映現實。無「我」就失掉個性，無「我」就會失掉一首抒情詩獨立存在的獨特價值。因此有無「我」及「自我形象」就成爲衡量一首抒情詩成敗的重要標誌。

李白在抒情詩中最喜歡用「我」字。這是他描寫「自我形象」的重要手段之一。余道夫云：「太白詩起句縹緲，其以『我』字起者，亦突兀而來。如『我隨秋風來』、『我攜一尊酒』、『我家敬亭下』、『我覺秋興逸』、『我昔釣白龍』、『我有萬古宅』、『我行至商洛』、『我有紫霞想』、『我今潯陽去』、『我昔東海上』、『我本楚狂人』、『我來竟何事』、『我宿五松下』、『我浮黃河去京闕』、『我吟謝朓詩上語』之類是也。」〔註 70〕余氏並未將李白詩中用「我」的詩句搜羅淨盡，但卻足以說明詩人在寫詩時，非常重視主觀感情的抒發，寫自我之情。所謂抒自我之情，並不意味著僅僅表現自己的思想感情，恰恰相反，詩人通過親身的感觸，把他抒寫的筆觸伸向無限廣闊的社會生活，伸向當代社會敏感的中樞神經。因爲詩人抒情時，儘管從自我出發，但他卻代表了一群、一個階層、一個階級人的思想感情。因此詩人抒「我」之情，並不意味著降低抒情詩的社會價值，倒是能典型而深刻地反映現實。當然，我們對余道夫的意見並非沒有保留，余所舉有「我」字的詩裏，自然有詩人的自我形象；在沒有「我」字的詩裏，並非一定沒有詩人的自我形象。相反，在有些詩裏雖無「我」字出現，但詩人的自我形象卻表現得非常突出，非常典型。譬如《玉壺吟》、《天馬歌》、《行路難》三首其一、《襄陽歌》、《西岳雲台歌送丹丘子》、《北風行》、《登高邱而望遠海》等，在這些詩裏，那種憤激的感情，那種熾烈的字句，字裏行間，都有呼之欲出的「我」，自我形象如此鮮明而突出。李白通過自我形象的抒寫，反映了盛唐時期中小地主階級知識份子對於建功立業的熱切嚮往和對沒

───────────

〔註 70〕余道夫《石園詩話》。

落腐朽勢力的無情鞭撻。

　　其次，李白七言古詩衝破種種形式的束縛，大膽地發揮獨創精神，表現出鮮明的藝術個性。浪漫主義詩人，都不願因襲舊的創作手法，也不願受舊的格律的約束，他們特別重視藝術上的創新，而欲擺脫一切清規戒律的束縛，從而天馬行空隨心所欲的表現自己的思想感情，李白在這方面表現得尤為卓異而特出。陸時雍云：「絕去故常，鏟除塗轍，得意一往乃佳。依傍前人，改成新法，非其善也。豪傑命世，肝膽自行，斷不依人眉目。」﹝註71﹞就是強調文學的獨創性。李白才高氣雄，自不肯隨人腳後，依傍於別人門戶之下，因擅天才之長，在詩壇獨樹一幟，他的詩有獨到的藝術境界。所謂「李杜風雨分飛，魚龍百變，讀者又爽然自失」，﹝註72﹞就是對他在詩歌藝術上開創新局面的肯定。李白以豐富的想像，奇特的構思，誇張的語言，寫了許多感情奔放氣勢浩瀚的七言古詩，《梁園吟》、《梁甫吟》、《贈從弟南平太守之遙》、《猛虎行》等，都是富有藝術個性的詩篇。我們毫無誇張地說，他的詩前無古人，衣被百代，成為中國詩歌史上不可逾越的高峰。

﹝註71﹞陸時雍《詩鏡總論》。
﹝註72﹞沈德潛《說詩晬語》。

第二章　綜合論

第一節　李白詩與盛唐氣象

　　關於盛唐氣象，學術界一直是有爭議的。筆者認為，盛唐氣象是一個無法否認的客觀事實。詩歌的盛唐氣象並不神秘，它不過是盛唐現實生活與時代精神的真實反映。盛唐國力無比強大，經濟空前繁榮，到處呈現出一片蓬蓬勃勃的繁華景象。與此相應，人們精神振奮、思欲獻身國家的事業心非常強，知識分子更是躍躍欲試，希望為國家的強盛、為時代的前進貢獻自己的力量，名揚千秋功垂史冊的慾望，已成為一種時代的風尚。凡此種種，反映在詩歌創作上就是豪邁樂觀的情調，雄渾開闊的藝術境界，宏偉的氣魄，明朗的風格為主旋律的時代大合唱。於是便產生了震鑠古今超越百代的詩歌，這就是文學史上的盛唐之音。李白是盛唐詩壇合唱隊中的領唱者，他的詩歌是盛唐時代的最強音。

一

　　處於開寶盛世的李白，曾以高昂飽滿的情緒，縱情歌唱自己的理想與希望。這種理想與希望，充滿了浪漫情調，塗染了一層頗為濃厚的神奇色彩，放射出十分耀眼的光芒。理想的追求與碰壁，鵬搏青天

的幻想與不得志的牢騷發而爲詩，使之大放異彩。

縱觀李白的一生，他懷著非凡的政治抱負，並對其政治才能十分自負，雖屢遭挫折而意志彌堅。早在青年時期，他就懷著「申管晏之談，謀帝王之術」的雄才大略，以濟蒼生安社稷爲己任，以宰輔與帝王師自期，希望登上政治舞台，作一番驚天動地的事業，而後功成身退。他經常夢想著皇帝有一天忽然發現他非凡的才能，不次擢用，一步登天，爬上宰輔的地位，從而實現自己的理想與抱負。他每每用歷史上的風雲人物以自比，大政治家呂尚、管仲、樂毅、張良、諸葛亮、謝安等，都是他崇拜的對象，以爲他們都是風流偶儻、有政治才能，並大都以偶然的機會，受到帝王的重用，建立了不朽的歷史功勳。如果自己幸運，完全可以和他們一樣載入史冊而千古不朽。他編織了美麗的頗爲神奇的幻想的宏圖，他相信這終將會變爲現實。他是那麼相信自己的政治才能，他熱切期待著「魚水三顧合，風雲四海生」（《讀諸葛武侯傳書懷贈長安崔少府叔封昆季》），他縱情歌唱著「謝公終一起，相與濟蒼生」（《送裴十八圖南歸嵩山》）。他把安邦治國看得十分容易，「但用東山謝安石，爲君談笑靜胡沙」（《永王東巡歌》），「暫因蒼生起，談笑安黎元」（《書懷贈蔡舍人雄》），「東下齊城七十二，指揮楚漢若旋蓬。狂客落魄尚如此，何況壯士當群雄」（《梁甫吟》）。他自以爲有經濟之才，對那些「白髮死章句」的書呆子，予以無情地嘲諷。他以扶搖直上搏擊風雲的大鵬自比。《大鵬賦》、《上李邕》、《臨路歌》等篇，是他一生壯志凌雲的寫照。「大鵬一日同風起，扶搖直上九萬里。假令風歇時下來，猶能簸卻滄溟水」（《上李邕》），得志可扶搖直上，展翅凌雲；失志後仍有力量，對熱嘲冷諷他的人以有力回擊。「大鵬飛兮振八裔，中天摧兮力不濟。餘風激兮萬世，遊扶桑兮掛石袂。後人得之傳此，仲尼亡兮誰爲出涕」（《臨路歌》），爲自己有才不遇而含恨終生。平心而論，李白政治抱負往往是一種脫離現實不切實際的美好的幻想。不期而遇作帝王師，不僅必須有經天緯地之才，而且應是逐鹿

中原群雄角勝之時。在國家統一政局穩定的情況下，政治上一步登天是不大可能的，因此他的想法是極不現實的。然而對他自己來說，這種想法卻是真誠的、自信的，並非有意大言欺世或徒托空言以求重用。「天生我材必有用，千金散盡還復來」（《將進酒》）、「仰天大笑出門去，我輩豈是蓬蒿人」（《南陵別兒童入京》）。他干謁州郡長官時，不卑不亢，一股英雄之氣，貫於中間：「願君侯不以富貴而驕之，寒賤而忽之，則三千賓中有毛遂，使白得穎脫而出，即其人焉」（《與韓荊州書》），「若赫然作威，加以大怒，不許門下，逐之長途，白即膝行於前，再拜而去，西入秦海，一觀國風，永辭君侯，黃鵠舉矣。何王公大人之門，不許以彈長劍乎？」（《上安州裴長史書》）他之所以對前途充滿了信心，是基於對自己政治才能的高度估價，是對國家前途命運的認識和掌握。李白這種高漲的政治熱情，正是當時國力強盛所喚起的知識份子以天下為己任思欲為國效力的精神。

　　李白企圖借助一些有力者的推薦，實現自己宏偉的理想，因而免不了干謁、乞援。他雖然有求於人，但卻不低聲下氣；他儘管處處碰壁，卻沒有挫傷他從政的銳氣。他求人時胸懷坦然，不有意奉承，特意討好；他傲骨嶙峋，對統治階級中那些掌實權而又奸險的人，十分卑視，他看不起在台上掌握大權的那些窩囊廢，對他們是那麼藐視，他具有典型的知識份子的正義感。杜甫在《飲中八仙歌》中稱讚他的傲岸性格：「天子呼來不上船，自稱臣是酒中仙」。他自己則說：「揄揚九重萬乘主，浪謔赤墀青瑣賢」（《玉壺吟》），「一醉累月輕王侯」（《憶舊遊寄譙郡元參軍》），在這種誇張的詩句裏，表現出他桀驁不馴鄙視王侯的高傲性格。

　　李白這種坦蕩的胸懷、傲岸的性格、不為利祿而改志的精神，反映在詩歌創作上，表現為氣勢磅礴，沒有一絲一毫的卑靡之氣。處於順境時，他「高歌取醉欲自慰，起舞落日爭光輝」（《南陵別兒童入京》）、「忽蒙白日回景光，直上青雲生羽翼」（《駕去溫泉宮後贈楊山人》）；在處處碰壁的逆境中，也很少灰心喪氣的情緒流露。「盛唐主

氣，氣完而意不盡工」，〔註1〕王世貞評唐人七言絕句的這段話，卻可以概括詩歌盛唐氣象的某些特點。前人所謂「太白以氣盛，故拉雜使事而不見其跡」，〔註2〕「健舉之至，行氣如虹」，〔註3〕此雖係針對個別詩篇而發，卻有普遍意義。李白詩歌中那種豪邁、樂觀、青春向上的情調，如春風駘蕩，萬物爭榮，一片生氣勃勃的景象。無卑靡之氣，無衰颯之容，真氣內充，宏放自然。這種詩風的形成，從客觀上講，由於當時國力強盛，整個社會顯示出生氣勃勃，一片向上的景象。詩人陶醉於當時昇平繁榮的景象中。雖然他也看到了時代的某些陰影，但這些陰影在他看來，譬如小小樹葉，不足以掩蓋太陽的光輝。樂觀、自信、青春煥發、朝氣蓬勃，這無疑是當時時代的主旋律。空前強盛的國力，高度發展的生產力，繁榮昌盛的文化，都是值得引以自豪的。因此人們的精神、氣質、風度都充分顯示出樂觀自豪與自信，這就是包括李白在內的好多詩人縱情歌唱與追求功名的原因。因此，他們或奔走科場考試，或遠走塞外參軍，或任俠、隱逸，養望以待時，他們千方百計地要為時代作出自己應有的貢獻。從詩人主觀講，這種詩歌是一種具有時代特色的詩篇，它充分地、突出地、鮮明地展現著時代的風貌。如上所述，李白有著非常強烈地建功立業的願望，他時刻幻想通過一條非凡的道路，創造非常光彩、一鳴驚人、光照千秋的奇跡，他想以自己的政治業績光被萬代而傳誦不衰。詩歌只是他獵取功名的手段，他對政治才能的重視與自負，遠遠超過了他對自己文學才能的估價。他雖然曾以「絕筆於獲麟」的孔子自許，但與其說他想在文學史上留下自己的名字，毋寧說他希望後人在政治史上為他認真地大書一筆。他幾次從政，政治才能都沒有明顯地顯露，未能「穎脫而出」，幹出足以載之史冊的光輝業績，只留下一樁樁傲骨嶙峋的軼聞逸事罷了。歷史無情地嘲弄那些想入非非不切實際的空想家，也給

〔註1〕王世貞：《藝苑卮言》。
〔註2〕沈德潛語，引自《唐宋詩醇·梁甫吟》集評。
〔註3〕《唐宋詩醇·太原早秋》評語。

人以公正的裁判：李白不是一位卓越的政治家，而是一位名垂千秋的詩人。他在政治上的低能以及對其政治才能的自負與自信，與他強烈的建功立業的願望形成鮮明的對比，這是李白一生的悲劇。這生活的悲劇卻成全了他的文學事業，使他寫出了那麼多優秀的詩篇，在中國詩歌史上寫下了極其光輝的一頁。

二

　　李白詩歌表現了詩人極其宏偉的氣魄，這種氣魄是通過豐富而奇特的想像、大膽的出人意料的誇張，精警跳躍的語言表現出來的，充分表現了詩人的浪漫主義氣質。這都不能僅僅看做是詩人技巧的純熟或辭格的巧妙運用，也不能僅僅認爲是詩人天才的表現，而是盛唐的時代精神在詩歌中最集中最突出的反映。這種富於獨創性表現時代精神的詩歌，是盛唐時代特定時期的產物。關於盛唐氣象，前人多有論述。《唐宋詩醇》評李白《塞下曲·塞虜乘秋下》時說：「高調入雲，於聲律中行俊逸之氣，自非初唐可及。」沈德潛曰：「只弓如月，劍如霜耳。筆端點染，遂成奇彩」。〔註4〕胡應麟曰：「李白《塞下曲》……等詩俱盛唐絕作，視初唐格調如一，而神韻超玄，氣概閎逸，時或過之」。〔註5〕這些評論，雖就某一首詩而言，卻能概括李白詩的風貌。所謂「俊逸之氣」、「神韻超玄，氣概閎逸」、「遂成奇彩」的詩歌，正是典型的盛唐詩歌的風格。這種詩歌沒有悲哀的呼喊，沒有凄厲的慘叫，沒有血色慘淡的描寫，它壯偉、奇瑰，明麗天然，表現出自豪樂觀的情緒。

　　　　飛流直下三千尺，疑是銀河落九天。

　　　　　　　　　　　　　　　　　　　《望廬山瀑布》

　　　　君不見黃河之水天上來，奔流到海不復回！

　　　　　　　　　　　　　　　　　　　《將進酒》

〔註4〕《唐詩別裁·塞虜乘秋下》評語。
〔註5〕《詩藪》內編卷四。

　　　　西岳崢嶸何壯哉？黃河如絲天際來。黃河萬里觸山動，盤渦轂轉秦地雷。

《西岳雲臺歌送丹丘子》

　　　　爲君一擊，鵬摶九天。

《獨漉篇》

詩人以宏偉的氣魄，高昂的調子，揮毫落紙，寫出這傳誦千古的名篇。詩中描寫的這種雄偉壯麗的自然景象，可謂「前無古人，後無來者」，詩裏洋溢著雄健陽剛之美，表現出詩人浩大的胸襟和氣度，他的神情躍動在讀者面前。

　　　　桃花潭水三千尺，不及汪倫送我情。

《贈汪倫》

　　　　我寄愁心與明月，隨君直到夜郎西。

《聞王昌齡左遷龍標遙有此寄》

　　　　孤帆遠影碧空盡，唯見長江天際流。

《黃鶴樓送孟浩然之廣陵》

　　　　升沉應已定，不必問君平。

《送友人入蜀》

　　　　揮手自茲去，蕭蕭班馬鳴。

《送友人》

寫別情，不爲兒女之態，不寫爲文造情之詩，情眞格高，感人肺腑，催人淚下。這種天然明麗的詩句，後人難以企及。

　　　　蘭陵美酒鬱金香，玉碗盛來琥珀光。
　　　　但使主人能醉客，不知何處是他鄉。

《客中作》

詩人用美酒來慰藉客中的孤寂之情，以醉後的豪情掩蓋思鄉的情緒，令人氣旺。

人道橫江好，儂道橫江惡。

一風三日吹倒山，白浪高於瓦官閣。

《橫江詞》

噫吁嚱！危乎高哉，蜀道之難難於上青天。

《蜀道難》

山從人面起，雲傍馬頭生。

《送友人入蜀》

寫橫江風浪險惡，寫蜀道崎嶇不平，卻令人感到壯觀奇麗。人們讀了並不感到可愕可怖，而是可驚可奇，心中發出由衷的讚嘆。這充分表現出詩人不凡的胸襟，氣度，顯示出他高度的藝術才能。詩人對祖國壯麗山河的熱愛溢於言表，以禮讚和唱嘆的筆調精心雕刻，詩裏充滿了豪邁的感情。讀這類詩，使人產生一種豪情，一種美感，一種高尚情操，一種樂觀自信的情緒。詩中用高度誇張的語言，使其描寫的對象更鮮明，更突出，更典型，更真實，感情更為強烈，給人留下深刻的印象與啟示。詩中雖然描寫的是自然的險惡，但給人的印象和啟示不是屈服自然的威力，而是暗寓著人對自然的征服，是一種「道高一尺，魔高一丈」的感情。在表現上李白不做愁眉苦臉的浩嘆，極少感傷情緒的流露。但也不是給人以廉價的樂觀，盲目的自信。他個人際遇不佳，在現實生活中處處碰壁，但在碰壁後仍然執著追求，百折不回。他想得那麼浪漫，那麼天真，表現得那麼執著。有時他也有悲愴情緒的流露，譬如「憂來其如何，淒愴摧心肝」，表現的感情是那麼悲憤而沉痛，但讀了無沉壓之感。

　　李白也寫愛情，他的愛情詩，感情是那麼真摯、淳樸和深厚。

春風不相識，何事入羅幃？

《春思》

黃河捧土尚可塞，北風雨雪恨難裁。

《北風行》

　　　　至此腸斷彼心絕，雲鬟綠鬢罷梳結，愁如回飆亂白雪。

《久別離》

《春思》抒寫女主人公對愛情的忠貞；《楊叛兒》寫兩性感情的眞摯；
《白頭吟》寫男女感情摯烈；《北風行》寫思念久戍的丈夫；《遠別離》、
《久別離》寫別離之苦痛。這些詩篇所表現的感情是那麼熱烈、眞摯、
淳樸，沒有絲毫的輕薄、浮艷，沒有世俗的淺陋、庸俗。他用了現實
生活中的形象作比，突出了人物形象的描寫，使形象鮮明，個性突出。
這種對愛情的歌唱，感情熱烈而眞摯。

　　他寫的遊仙詩，是那麼飄逸。猶如雲中仙女，姿態輕盈。

　　　　飛梯綠雲中，極目散我憂。……今來一登望，如上九
　　天遊。

《登錦城散花樓》

　　　　青冥倚天開，錯彩疑畫出。……倘逢騎羊子，攜手凌
　　白雲。

《登峨眉山》

　　　　太白與我語，爲我開天關。願乘泠風去，直上浮雲間。
　　舉手可近月，前行若無山。

《登太白峰》

詩人異想天開，飄飄欲仙，志欲凌雲，因此詩裏充滿了浪漫主義情調。
他在遊仙詩中表現的這種幻想，是基於一種青春的天眞的異想。自
然，這種幻想是現實生活的折射。

　　詩人並不是任何時候都樂呵呵的，他有時也有懷才不遇的牢騷，
有時也有憤激的情緒，但並不悲觀與失望。

　　　　余亦能高詠，斯人不可聞。

《夜泊牛渚懷古》

　　　　自言管葛竟誰許，長吁莫錯還閉關。

《駕去溫泉後贈楊山人》

　　　燕昭延郭隗，遂築黃金台。劇辛方趙至，鄒衍復齊來。

　　奈何青雲士，棄我如塵埃。珠玉買歌笑，糟糠養賢才。方

　　知黃鶴舉，千里獨徘徊。

　　　　　　　　　　　　　　　　　　　　《古風》其十五

　　詩人胸襟是那麼開闊，心懷是那麼坦蕩。寫憤慨則「大道如青天，
我獨不得出」（《行路難》）；寫襟抱則「吾將囊括大塊，浩然與溟涬同
科」（《日出入行》）；寫功名富貴之難久則「功名富貴若長在，漢水亦
應西北流」（《江上吟》）。總之，他的詩無論寫希望，抒懷抱，談友情；
抑無論繪山水，寫人生，無不感情眞至，痛快淋漓。其詩有的慷慨激
昂，響遏行雲；有的餘音裊裊，繞梁不絕；有的如清風朗月，明麗大
然；有的如暴風驟雨，沖洗大地。無失望感傷情調，也不落衰颯淒涼。
清雄飄逸的風格，健翮凌雲的氣勢，和諧自然的韻律。深厚、雄勁、
剛健，自然天成，這是盛唐詩歌的典型風貌。李白詩歌是盛唐詩歌中
最傑出的代表。

三

　　與表現盛唐國力強盛相適應，李白詩歌的藝術表現，也飽含盛唐
時代的審美特徵。

　　李白詩歌具有盛唐時代的審美特徵之一，是他的詩歌感情眞率，
渾樸天成，毫無雕琢做作的氣息。這種藝術特點，也是盛唐時期詩歌
藝術的共同特色。有唐一代，唯有盛唐詩歌才有這種渾樸自然的氣
象。這是雄據百代名耀千秋的一種藝術特色。初唐詩歌，尚沿齊梁綺
靡的詩風，以文勝質，詩人企圖用華美的外衣包裹並裝點空虛的內
容。詩至盛唐，各種題材幾乎都得到了開掘與表現，各種體裁都已能
得心應手的應用，各種風格都得到充分地現示，詩國藝術已發展到了
高峰。另闢蹊徑將詩歌藝術重新推到一個新的高峰，是一個很大的難
題。中唐詩人曾以不服輸的精神，努力擺脫盛唐詩歌藝術的藩籬。為
此，韓派詩人走艱澀險怪的路子，元、白卻力創通俗的詩風。他們都

企圖運用新的表現手法、開拓新的藝術境界，譜寫出無愧於時代的歌
曲。然不免在藝術表現上都有機心，內容和形式不是那麼和諧，那麼
自如，不是肺腑感情的自然流露，讀起來難免有些隔膜。晚唐詩人中，
「小李杜」無疑是其中的佼佼者。杜牧詩在拗折俊峭之中獨具風華掩
映之姿，李商隱詩在深情綿邈中有著摯烈的感情。他們的詩雖不失有
個人獨特的風格，但仍然缺乏盛唐那種無法掩藏的天然韻味。盛唐詩
人寫詩時往往是興之所至，痛快淋漓。他們不是有意作詩，而是爲了
表達自己一時難以抑制的感情。詩人感情的宣泄猶如三歲孩童，或喜
或悲，或哭或笑，或歌或舞，均是出自內心的眞情，沒有絲毫的做作
或虛假成份。因此所寫的詩，玲瓏剔透，韻味天然。如此，詩人與讀
者，猶如寓言中海客與白鷗，沒有狡獪，沒有機心，感情是本眞的表
現。這樣的藝術風格，如西子淡裝，天然國色；似萬壑松風，純屬天
籟。這是盛唐詩歌重要的藝術特色之一。這種特色，在李白詩歌裏表
現得尤爲突出。《襄陽歌》、《梁園吟》、《贈孟浩然》、《送友人入蜀》、
《子夜吳歌》、《黃鶴樓送孟浩然之廣陵》、《贈汪倫》、《下終南山過斛
斯山人宿置酒》、《春思》、《秋思》、《玉階怨》、《靜夜思》等，眞是不
勝枚舉。李白之所以在各類題材中都有大量的這種風格的詩篇，是因
爲他對這種眞至藝術境界的不斷自覺的追求。所謂「清水出芙蓉，天
然去雕飾」（《經亂離後天恩流夜郎憶舊遊書懷贈江夏韋太守良宰》）、
「安得郢中質，一揮成風斤」（《古風》其三十五）、「聖代復元古，垂
衣貴清眞」（《古風》其一）、「右軍本清眞，瀟灑出風塵。……掃素寫
道經，筆精妙入神」（《王右軍》），可以看出，清眞、天然，透徹玲瓏，
不可湊泊，是李白自覺地努力追求的一種藝術境界。而他詩歌在藝術
表現上，也達到了這種絕妙的藝術境界。

　　注意藝術的獨創性是詩歌上盛唐氣象的又一突出特色，李白的
成就，猶爲卓著。他的七言絕句、七言古詩和樂府詩在這方面表現
得尤爲突出。前此中國的詩人，由於過多的因襲和模擬，使中國古
典詩歌往往失去詩人自己的個性與風格，不曾對文學發展作出重大

的貢獻。盛唐詩人以以前詩人不曾有過的宏大氣魄，對詩歌藝術表現作了大膽地探索和嘗試，表現出自己的個性特徵，藝術上大膽地創新使其詩歌風采各異而名揚千秋。七言歌行可以溯源於漢魏，七絕濫觴於六朝，但其藝術上的成熟則是盛唐的事了。李白對這兩種詩體的發展都有開拓之功，並推到高峰。他的七絕感情眞摯，含情不露，言近旨遠，一唱三嘆。以情致見長，以韻味取勝，風情搖曳，往復從容，意境深遠，一時推爲絕唱；他的七古波瀾壯闊，氣勢雄勁，句式的伸縮，韻的轉換，以至章法結構，都奇突而自然。而他的樂府詩往往超出了樂府舊題內容的限制，自鑄偉詞，以寫襟抱。而在藝術表現上，又極盡妙筆生華之能事。對此，以前的詩歌理論家極爲傾服。譬如對《遠別離》，楊載說：「波瀾開闊，如江海之波，一波未平，一波復起。又如兵家之陣，方以爲正，又復爲奇；方以爲奇，忽復是正。出入變化，不可紀極」；〔註6〕劉辰翁曰：「參差曲屈，幽人鬼語，而動盈自然，無長吉之苦」；〔註7〕李東陽曰：「極其操縱，曷嘗按古人聲調，而自和順委曲」。〔註8〕《蜀道難》、《梁甫吟》、《行路難》、《烏夜啼》、《烏棲曲》等，都是蜚聲詩壇傳誦千古的詩作，文學史家給予極高的評價。

　　盛唐詩人在藝術上不屑模擬和依傍前人,極力追求個人獨特的藝術風格，因而在藝術風格上能夠自立並獨樹一幟，從而在詩歌史上爭得了自己的席位。高適、岑參以邊塞詩見長，高的七古雄勁整飭，岑的歌行奇麗多姿。王維、孟浩然以田園山水詩稱絕，王詩雄渾，孟詩清麗。李頎、崔顥等人都以自己獨特的藝術風格出現在盛唐詩歌舞台。李白則以眞率的感情，雄豪的性格，浪漫的情調，創領袖一代的詩風。他的風格，過去有人用「飄逸」二字概括，頗能道出其中的三昧。嚴羽在《滄浪詩話》中說：「太白天才豪逸，語多卒然而成者」，

〔註6〕引自《唐宋詩醇·遠別離》集評。
〔註7〕引自《唐宋詩醇·遠別離》集評。
〔註8〕引自《唐宋詩醇·遠別離》集評。

「子美不能爲太白之飄逸，太白不能爲子美之沉鬱」。「飄逸」二字，蓋指李白詩歌的風格而言。但說李白性格或處世態度「飄逸」也不無道理。李白一生棲棲奔走而在政治上無所建樹，執著追求之理想不能實現可謂苦矣，然其性格之豁達浪漫，以求仙訪道求解，將其鬱結沉悶之氣，化爲飄然的態度，不愧「謫仙」的稱號。「沉鬱」、「飄逸」在風格上恰好相反，前者適於表達一種深沉鬱悶的感情，蓋爲精神上負擔之沉壓與痛苦之抒寫；後者適於表達一種達觀的情緒，蓋爲精神的解放與心情的舒暢，洋溢著飄然逸情。逸者，散逸、奔逸、勁遒之謂也，蓋有飄飄欲仙的神氣。「風格即人」，用「飄逸」和「沉鬱」既能概括李、杜二人的性格，也能概括二人的詩風。這不特確當，而且他們本人也樂於接受。杜甫在《進雕賦表》中曾用「沉鬱頓挫」概括他自己的風格。李白雖然沒有用「飄逸」概括自己詩的風格，但在《澤畔吟序》中讚揚其友崔成甫說：「觀其逸氣頓挫，英風激揚，橫波遺流，騰薄萬古」，可謂夫子自道。拈出「逸氣頓挫」四字，概括李白詩歌的風格，未爲不可。李白在詩文中，多次用逸興、逸韻、逸氣，用以自讚或讚人。「逸」在他的心目中，是一種很高的審美概念。他自稱「酒仙翁」，對賀知章稱他「謫仙人」十分讚賞，得意之情常溢於言表。杜甫稱讚他「飄然思不群」，「俊逸鮑參軍」，說「飄逸」源於杜甫，也不爲過。李白以其獨特的個性和不凡的經歷，在詩歌藝術上的遠見卓識與不斷追求，創造了這種「飄逸」的風格。使其詩歌有不凡的獨創色彩，載入文學史冊而千古不朽！這是李白的驕傲，也是時代的驕傲。盛唐時代孕育了李白這樣偉大的詩人，李白的藝術成就又足以給盛唐氣象增輝。

　　注重主觀表現，著力刻劃鮮明的自我形象，是李白詩歌具有盛唐氣象的特色之三。盛唐詩歌的又一特點是注重主觀表現，通過鮮明的自我形象的描寫，表現人們的精神面貌，反映時代特徵。盛唐詩人喜歡運用天眞爛漫的筆觸，寫個人一刹那的眞實感情，表現頗爲浪漫的情調，因此詩味醇厚雋永。因爲盛唐詩歌主流是積極進取

的中小地主階級與腐朽沒落的大地主階級思想文化鬥爭勝利的歌聲，是與脫離現實粉飾太平的文化思潮鬥爭的必然產物。中小地主階級的知識份子，以一個勝利者的姿態，用積極進取的精神，歌唱這空前繁榮的時代，反映了這一階級的精神狀態和詩人的氣質等。中小地主階級知識份子基於對自己才能的自信，極希望對國家有所貢獻，也夢想著一旦掌權就可使大志得逞而揚眉吐氣。因此飽和著樂觀向上的情緒，縱情歌唱理想，歌唱理想化了的人生，歌唱歷代政治上的風雲人物。歷史上的英雄、遊俠、隱士等，都是描寫和歌頌的對象，對他們的功業和情操流露出無比企慕的情緒，在這些人物身上寄託了自己的理想。他們也想作一番旋乾轉坤的事業，然後功成身退。「欲回天地入扁舟」代表了這一階層人物的典型思想。隱逸、求仙、任俠是一種社會風尚，帶有神奇的色彩和浪漫主義氣息，詩人飽蘸激情地歌唱它，在字裏行間跳躍著詩人鮮明的自我形象。同時，也如魯迅指出的：「漢唐雖然也有邊患，但魄力究竟雄大，人民具有不至為異族奴隸的自信心，或者竟毫無想到，凡取用外來事物的時候，就如將彼俘來一樣，自由驅使，絕不介懷」。〔註9〕唐代是封建社會的全盛時代，盛唐詩人有著籠蓋古今的氣魄，他們充滿了自豪驕傲與自信，自視甚高，看不起那些目光短淺的凡夫俗子，更沒有比人低一頭少一膀的自卑心理。自信、樂觀、向上，青春活力高漲，政治熱情澎湃，有著投身現實改造現實的強烈慾望和要求，這就構成了詩歌上盛唐氣象的內容。誠如錢鍾書先生所說：「一生之中，少年才氣發揚，遂為唐詩」。〔註10〕盛唐詩人在政治上無所顧忌，沒有必要用曲筆反映現實，寫詩時的情緒是昂揚而飽滿的，因而寫出的詩色調明朗，神韻天然，自饒情趣。

　　李白是庶族地主階級知識份子的典型代表，是盛唐詩壇的領袖，以功業自許，自視甚高，他那高亢凌雲的英雄讚歌，主觀情緒十分強

〔註 9〕魯迅：《看鏡有感》。
〔註10〕錢鍾書：《談藝錄》。

烈，表現出鮮明的自我形象。

> 結髮未識事，所交盡豪雄。卻秦不受賞，擊晉寧爲功？
>
> 《贈從兄襄陽少府皓》

> 下愚忽壯士，未足論窮通。我以一箭書，能取聊城功。
> 終然不受賞，羞與時人同。
>
> 《五月東魯行答汶上翁》

> 弓摧南山虎，手接太行猱。酒後竟風采，三杯舉寶刀。
> 殺人如剪草，劇孟同遊遨。發憤去函谷，從軍向臨洮。叱
> 咤經百戰，匈奴盡奔逃。歸來使酒氣，未肯拜蕭曹。
>
> 《白馬篇》

這是豪邁、勇敢的英雄主義讚歌。他以豪雄、壯士、遊俠自許，他用
魯連、朱亥、劇孟這些著名的遊俠，李廣、檀道濟、灌夫這類傑出的
英雄自比，詩裏充斥著濃鬱的主觀情緒，蹦跳著鮮明的自我形象。這
種「手中電曳倚天劍，且斬長鯨海水開」（《司馬將軍歌》）的叱咤風
雲的英雄氣概，是典型的盛唐氣象，是盛唐時代豪邁、樂觀、向上氣
質的再現。在這裏，詩人不是用冷靜的客觀的描寫來反映現實，表現
人生，而是以我爲中心，用主觀的熱情去擁抱現實，讚美現實，通過
對古代理想中人物的歌頌，直接表現自己的主觀世界，充分揭示詩人
自我精神面貌，抒發內心無比強烈的感情。可以說，詩人的主觀世界
就是他歌詠的主要對象，詩人的激情是他詩歌生命的脈搏。因而詩人
的自我形象就十分鮮明，呼之欲出。李白這種感情強烈自我形象鮮明
的詩篇，使百花盛開的盛唐詩壇，更加朝氣蓬勃，芬芳艷麗。

第二節　李白詩歌意象的跳躍性

　　詩歌不同於其他種類的文學作品的特質之一，在於它的跳躍性。
李白詩歌不僅在節奏上有很大的跳躍性，而且在意象上的跳躍比一般
詩人的詩歌表現得更爲突出和強烈。凡讀李白詩歌的人，都會獲得這

樣深刻的印象。但直至現在，卻很少有人對這種現象作深入地探討。我認爲分析和研究這種現象，可以從一個側面打開闕口，從而更深入地了解李白創作時的心理和精神狀態，抓住李白詩歌浪漫主義的主要特徵。這是打開李白詩歌創作奧秘的一把鑰匙，探討李白詩歌創作的特徵，應從這裏入手。

一

李白的許多詩篇，特別是七言歌行和長篇樂府詩中，詩的意象的跳躍性很大。有些詩篇，詩人感情飛馳，畫面連接突兀，讀者一時把捉不住詩人思想感情變化的脈絡，尋不見畫面之間的聯繫。在《李太白全集》中，這類詩是比較多的。《宣州謝朓樓餞別校書叔雲》就是比較典型的一首。詩人寫這首詩時，由於思想感情的急劇變化，想像的大膽的飛躍，並省略去變化、飛躍之間的過程和聯繫，使之意象有很大的跳躍性，形成突兀不平的氣勢。

> 棄我去者昨日之日不可留，亂我心者今日之日多煩憂。長風萬里送秋雁，對此可以酣高樓。蓬萊文章建安骨，中間小謝又清發。俱懷逸興壯思飛，欲上青天覽明月。抽刀斷水水更流，舉杯消愁愁更愁。人生在世不稱意，明朝散髮弄扁舟。

此詩一、二句是一個意象，是寫詩人餞別李雲時的不可名狀的煩惱：昨日之歡聚不復再來，今日之離別就在當即。這對知心朋友來說，此時此地別情離緒侵擾的苦惱境況，可想而知。三句至八句中間的六句詩，則拋開這種苦惱的情緒，宕開一筆描繪了另一幅景象：在秋高氣爽的時日，酣飲高樓，談古說今。兩人推心置腹，各自讚揚對方的文采風流，興致是那麼濃厚，情緒是那麼高昂。「俱懷逸興壯思飛，欲上青天覽明月」，他們酒後情緒高漲，若醉若狂。一個「飛」字，寫出了當時兩人極爲高漲的情緒；「欲上」二字極爲生動地表現了兩人酒後濃鬱的興致和狂態。最後四句。詩人思緒又回到現實，

情緒一落千丈。這一首詩，詩人感情變化無常，使詩跌宕起伏，形成意象的跳躍性，然而它的意脈卻是一貫到底的。讀此詩，你會隨著詩人飛馳的想像和感情的急劇變化，腦子裏留下完整的形象。詩人對才華的自許和不得志的牢騷以及對現實憤激情緒，表現得淋漓盡致。在風雨如磐的封建社會掙扎反抗的知識份子的形象，活脫脫地跳在我們的面前。在李白詩中，意象跳躍的現象是比較多的。譬如《遠別離》，它開頭寫娥皇、女英追尋大舜的艱難歷程，忽又插入日光暗淡、烏雲密布的鏡頭，令人感到現實的黑暗，政治氣候的窒息，接著又跳到娥皇、女英尋舜不遇時極爲悲痛的心情的描寫，意象跳躍，形成恍惚迷離的詩境。又如《江上吟》，開頭寫詩人乘沙棠舟帶著樂人歌妓遊玩的情景；忽又發抒留心著作，可以傳千秋不刊之文，而溺志豪華，不過取一時盤遊之樂的感慨；最後則斬釘斷鐵地說：「功名富貴若長在，漢水亦應西北流。」對孜孜追求功名的人是瓢冷水。意象倏忽轉換，五色迷離。《蜀道難》、《贈何七判官昌浩》、《獨漉篇》、《贈汪倫》等詩中，詩的意象都有很大的跳躍性，詩的意象跳躍性，在李白詩集中，並不是少數詩篇出現的特異現象，而是較爲普遍存在的詩的特點之一。我們對此應當重視，深入研究，切不可等閑視之。

李白詩中大量存在的意象的跳躍性，並不是今天的新發現。對於這種現象，過去的研究者，早有覺察和揭示，並作過一些可喜的探索。朱諫對《江上吟》作了這樣的評論：「此詩文不接續，意無照應，故爲豪放，而無次序，似白而實非也」。〔註11〕前四句根據自己的直感，指出這首詩的特點，是比較符合實際的，但最後作出「似白而實非也」的判斷卻是錯誤的。之所以作出這個錯誤的判斷，是因爲他對李白詩歌意象的跳躍性不甚理解的緣故。范椁在評《遠別離》時說：此篇「斷如復斷，亂如復亂，而辭意反復行乎其間者，實未嘗斷而亂也；使人

〔註11〕見《李白集校注》，瞿蛻園朱金城校注，上海古籍出版社出版。

一唱三嘆，而有遺音」。〔註12〕他正確指出《遠別離》一詩意象跳躍而意脈一貫到底的藝術特色，以及詩的意象跳躍而形成的「一唱三嘆而有遺音」的藝術效果。他對此詩藝術特色的評斷，是獨具隻眼的。吳汝綸在評《贈何七判官昌浩》一詩時說：「起接超忽不平，一片奇氣，其志意英邁，乃太白本色」，〔註13〕他指出此詩構思奇特，顯示出跌宕起伏突兀不平的氣勢。這種意象的跳躍，表現了詩人思想和藝術超越凡俗的本色。著名的注家王琦對《獨漉篇》作了這樣的解釋：「此詩依約古辭，當分六解。各解一意，峰斷雲連，似離似合，其體固如是也。若強作一意釋去，更無是處」。〔註14〕著名的詩歌評論家沈德潛也說：「原詞為父報仇，太白為國雪恥，中作六解，似嶺斷雲連，若離若合，不能強作一意」。〔註15〕王、沈二氏對李白《獨漉篇》意象跳躍現象的揭示和評論，對我們正確理解這首詩的藝術特色，頗有啟示。方東樹在其《昭昧詹言》中論到李白詩歌的意象跳躍時說：「大約太白詩與莊子文同妙：意接詞不接，發想無端，如天上白雲，捲舒現滅，無有定形」。這段話有兩層意思：其一，李白的一些詩篇，「意接詞不接」，意象之間雖則省去了必要的聯繫詞，但仍「意接」，使詩歌意脈一貫，形成完整的意境；其二，他的一些詩篇中，「發想無端」，「無有定形」。詩人的思路不像一般人那樣，遵循著一定的邏輯向前發展，而是變化多端，簡直找不到思緒的脈絡。上引朱諫、范梈、吳汝綸、王琦、沈德潛、方東樹等人的論述，雖就一首詩的意象的變化而言的，論斷也帶有若干成分的對藝術的直感，不免有偏頗之處，還根本談不上是對詩歌中出現的意象跳躍性的理論分析，但這些論述仍然放射著智慧的光芒，對我們研究李白詩歌意象的跳躍性，有很大的幫助和啟示。因此應該引起我們的重視。

〔註12〕見《李白集校注》，瞿蛻園朱金城校注，上海古籍出版社出版。
〔註13〕見《李白集校注》，瞿蛻園朱金城校注，上海古籍出版社出版。
〔註14〕見《李太白全集》，王琦注，中華書局出版。
〔註15〕《唐詩別裁》。

　　不言而喻，詩歌的節奏和意象，都有較大的跳躍性。但在各個流派的詩人創作中，表現的形式和程度是不同的。一般地說，浪漫主義詩人詩歌意象的跳躍性比現實主義詩人詩歌意象的跳躍，表現得更爲突出和強烈。我國著名的浪漫主義詩人李白，由於他對現實的強烈不滿，胸中經常積聚著頗爲深廣的憂憤，對封建統治階級的極端藐視以及強烈的反抗精神，因而在寫詩時，能夠衝破精神枷鎖，充分地表達內心的思想感情，使其詩具有任意揮灑、縱橫恣肆、神旺氣足的特色。而在藝術上，能夠突破一切不必要的清規戒律，敢於大膽地革新和創造，因而他的詩歌意象的跳躍，表現得極爲突出而典型：想像非常豐富，構思十分奇特，感情特別熾烈，情緒飄忽不定。加上誇張的語言和諧和的韻律，使其詩歌閃耀著奇特異樣的光彩。意象的跳躍，是他詩歌藝術的主要特色之一，由此放射出的藝術光芒，經久不息地照耀著我國的詩歌園地。

二

　　李白詩歌意象的跳躍性是怎樣形成的呢？這與他創作時的才思敏捷極有關係。李白在《贈黃山胡公求白鷴序》中說：胡公贈他白鷴，「唯求一詩，聞之欣然，適會宿意，因援筆三叫，文不加點以贈之」。十二句的五言詩，寫得如此快速，可見他的才思是極爲敏捷的。歷代詩人對他才思敏捷推崇備至：所謂「敏捷詩千首」；〔註 16〕「醉中草樂府，十幅筆一息」；〔註 17〕「御宴千鍾酒，蕃書一筆成」；〔註 18〕「李白詩詞迅捷，無疏脫處」；〔註 19〕「飲似長鯨快汲川，思如渴驥勇奔泉」〔註 20〕等等，從這些讚詞看，李白寫詩時，才思極其敏捷。而這敏捷的才思又與他經常喝酒，寫詩時腦子極度興奮有關。關於這

〔註 16〕杜甫《不見》。
〔註 17〕皮日休《七愛詩》之一。
〔註 18〕唐釋貫休《觀李翰林眞》。
〔註 19〕王安石語，見宋釋惠洪《冷齋夜話》。
〔註 20〕陸游《吊李翰林墓詩》。

一點，李白在自己的文章中經常談起，所謂：「開瓊筵以坐花，飛御觴而醉月，不有佳詠，何伸雅杯」，〔註21〕「至於清談浩歌，雄華麗藻，笑飲醇酒，醉揮素琴，余實不愧於古人也」。〔註22〕由此可見，他經常喝得醉醺醺的，然後寫詩。李白喜歡喝酒，更愛在酒後吟詩。對他來說，詩和酒似乎結下了不解之緣。他自稱「酒仙翁」，言愛喝酒。賀知章稱他為「謫仙」，是因為他詩寫得漂亮，只有謫居人間的天仙，才能把詩寫得那麼豪壯而又飄逸。杜甫在《飲中八仙歌》中稱讚說：「李白斗酒詩百篇」，把他喝酒與寫詩緊密地聯繫起來。據《太真外傳》載，他寫《清平調詞》時，「承旨由若宿醒，因援筆賦之。」則用確鑿的事實，證實了杜甫的判斷。蓋因酒後異常興奮，頭腦特別清晰，思如泉湧，揮筆寫詩，極為快當。關於這一點，據他《冬日於龍門送從弟京兆參軍令問之淮南覲省序》記載，李令問問他：「兄心肝五臟，皆錦繡耶！不然，何開口成文，揮翰霧散。」他「撫掌大笑，揚筆當之」，視李令問為知己，並談到自己寫詩時腦海裏出現的奇特的景象：「筆走群象，視通神明，龍章炳然，可得而見。」這十六個字，勾描出他寫詩時的真實情景：筆底下不斷湧現出詩的意象，思路清晰得有如神助，漂亮的詩句不斷湧現，達到筆不暇揮的地步。也就是說，酒刺激了他的神經，觸發了他詩的靈感，遂使思如泉湧，詩的意象如洶湧的波濤，滾滾而來。詩思一個浪頭接一個浪頭，不斷湧上心頭。這時詩的情思如萬斛寶珠，一齊落盤，詩人顧不得將寶珠串線，也顧不得將詩思的浪頭擺勻，只能隨著詩思的思緒，揮毫落紙，極迅速地記下腦海出現的意象。這猶如電影的蒙太奇一樣，在剪輯鏡頭時，略去某些不必要的邏輯線，形成詩歌意象的跳躍性。

關於抒情詩中意象的跳躍，黑格爾在《美學》中有一段極精闢的論述。他說：「但是也有一種抒情的飛躍，從一個觀念不經過中介就跳到相隔很遠的另一個觀念上去。這時詩人就像一個斷了線的風箏，

〔註21〕 《春夜宴從弟桃花園序》。
〔註22〕 《暮春江夏送張祖監丞之東都序》。

違反清醒的按步就班的知解力，趁著沉醉狀態的靈感在高空飛轉，彷彿被一種力量控制住，不由自主地被它的一股熱風捲著走。這種熱情的動盪和搏鬥是某些抒情詩種的一種特色。」黑格爾所說的：「從一個觀念不經過中介就跳到相隔很遠的另一個觀念上去」，就是指詩歌意象的跳躍性。這種跳躍是「違反清醒的」知解力的「沉醉狀態的靈感」造成的。並指出這是「某些抒情詩種的一種特色」。這段論述，對我們進一步研究李白詩歌意象的跳躍性，有很大的啓示。

黑格爾認爲詩歌意象的跳躍，是由詩人創作時「靈感」造成的這種說法基本上是正確的。「靈感」是藝術創作中一種特異的現象，是藝術家在創作中經常遇到的，它並不神秘。我們所說的「靈感」，不是資產階級稱道的「天賦靈感」，如魯迅先生在《論「舊形式的採用」》一文中諷刺和挖苦的那樣，「以爲藝術是藝術家的『靈感』的爆發，像鼻子發癢的人，只要打出噴嚏來就渾身舒服，一了百了」，而是作家對現實生活長期觀察、研究、分析、思考的結果。豐富的實踐經驗和知識積累，嚴肅勤奮的勞動態度和高度負責的精神，是獲得「靈感」的前提。對於「靈感」的理解，儘管存在著極大的分歧，但創作中「靈感」的存在，卻是無可置疑的。皎然所謂：「有時意靜神王，佳句縱橫，若不可遏，宛若神助」（《詩式・取境》），就是論述「靈感」襲來的情景。所謂「作詩火急追亡逋，清景一失後難摹」；〔註 23〕「忽有好詩生眼底，安排句法已難尋」；〔註 24〕「每每有詩的發作襲來就好像生了熱病一樣，使我作寒作冷，使我提起筆來戰顫著有時寫不成字」；〔註 25〕「提筆寫去，即不覺妙思泉湧，奔赴筆下」；〔註 26〕「腦識就像水池開了閘一樣，只是不斷湧出，湧到平靜爲止」；〔註 27〕「熱血沸騰，不能自己……文思泉湧，筆不停揮，顧不得字跡的潦草，也

〔註 23〕蘇軾《臘日遊孤山訪惠勤惠思二僧》。
〔註 24〕陳與義《春日》。
〔註 25〕郭沫若《學生時代》。
〔註 26〕郭沫若《我怎樣寫五幕史劇〈屈原〉》。
〔註 27〕郭沫若《我怎樣寫五幕史劇〈屈原〉》。

不理會行文的歪扭，只一味讓洶湧的思潮，通過筆管嘩嘩地奔瀉到紙上，痛快淋漓」〔註28〕等等，都是描述「靈感」襲來時的情景。儘管各個作家「靈感」到來時不盡相同，但文思敏捷，思如泉湧的情景，大概是相差無幾的。李白寫詩時那種「筆走群象，視通神明，龍章炳然，可得而見」的情景，就是他的「靈感」，伴隨著這種「靈感」的產生，詩人感情熾烈，情緒激動，思路暢通，思緒迅疾，詩的意象的在詩人頭腦中飛躍著，把這種飛躍的意象揮筆疾書，如實地記錄下來，就形成詩歌意象的跳躍。

　　也許有人會問：詩人大都在靈感襲來時寫詩，其詩意象的跳躍性一般不大，為什麼獨有李白在靈感襲來時動筆，詩的意象的跳躍性卻那麼大？這是因為，一方面，李白寫詩不像有些詩人寫詩那樣，寫完後字斟句酌，反覆推敲修改，而是一揮而就，不假修飾，保留了靈感襲來時寫的詩的原貌；另一方面，也是更為重要的一面，是他用世之志與現實的急劇衝突，寫詩時有著非常激動的情緒，使其思緒跳躍。我們知道，詩人有很大的政治抱負，用世之心很急切，對其政治才能自許很高，他想幹一番驚天動地回天轉日的大事，希望在政治活動中，像大鵬一樣，扶搖直上，搏擊青雲。他懷著「達則兼濟天下，窮則獨善一身，……申管晏之談，謀帝王之術，奮其智能，願為輔弼，使寰區大定，海縣清一」〔註29〕的崇高理想，他常以呂尚、管仲、樂毅、諸葛亮、謝安自比，他不屑走為唐人推崇的由考進士走上仕途的道路，卻想一步登天，成為帝王師。為此他採取任俠、隱居，養望待時；或干謁權貴，平交王侯。他希望功成身退，卻無建功立業的機會，他的政治抱負在嚴峻的現實面前，每每碰壁，用世之志無由變為現實。李白的理想與追求與現實存在著極大的矛盾，而他執著追求毫不妥協的精神與現實發生了矛盾與撞擊，由此引起他對封建統治階級的憤慨與不平，引起他對封建社會的強烈不滿與批判，他帶著憤激的情

〔註28〕《劉紹堂的寫作習慣》，《文學報》82.2.25。
〔註29〕《代壽山答孟少府移文書》。

緒，寫下了許多著名的詩篇。《贈何七判官昌浩》，充分地表達了他不得用世的憤激情緒。

> 有時忽惆悵，匡坐至夜分。平明空嘯咤，思欲解世紛。
> 心隨長風去，吹散萬里雲。羞作濟南生，九十誦古文。不
> 然拂劍起，沙漠收奇勳。老死阡陌間，何因揚清芬？夫子
> 今管樂，英才冠三軍。終與同出處，豈將沮溺群？

這首贈友之作，抒發了自己不甘隱遁欲揚清芬的心情。詩人是那麼激動，建功立業的慾望是那麼強烈，但在現實生活中又找不到用世的機會，回答他的只是四處碰壁。詩人思欲用世和建功立業的強烈願望與報國無路請纓無由的現實，形成劇烈的衝突，使他的情緒隨著希望與失望的轉換，忽漲忽落，起伏迅疾，倏忽變換。於是真實記錄他當時激憤情緒的詩歌，奇突不平，形成詩歌意象的跳躍。由此可見，他的詩歌意象的跳躍性，是他憤激情緒高漲時的必然產物，是他倔強的性格與現實撞擊的結果。這種憤激的情緒，在《行路難》三首中表現得尤為突出。《行路難》其一描寫了這樣的藝術境界：詩人擺了佳肴美酒，借以消除胸中的鬱悶，由於極端的憤懣，他不能痛飲，卻投杯停箸，拔劍四顧。他想奮然前行，擺在他面前的道路卻是黃河塞冰，太行雪滿。他用道路險阻喻世路的艱難，儘管他在前進道路上遇到了無法克服的困難，卻仍念叨著呂尚、伊尹的奇遇，做一步青雲的美夢。第二首抒寫自己政治上無出路的苦悶，他不願與世浮沉，渴望有人重視賢才，使自己受到重用。在這兩首詩中，詩人以無比激動的心情，抒寫理想與現實的尖銳矛盾。詩中貫注著憤激的情緒與執著追求的精神，感情奇忽變幻，跌宕起伏。隨著詩人情緒的動蕩與跳躍，詩歌的意象閃爍不定，變換奇突。《遠別離》、《蜀道難》、《梁甫吟》、《玉壺吟》、《襄陽歌》等詩，都抒發他在現實生活中不斷的追求和失敗、理想的幻滅與重建，出世與用世的矛盾心情。在這些詩中，詩人對自己的境遇萬分感慨，發抒不平之感與追求光明的願望。在李白身上，儒家的用世思想、縱橫家朝賤暮貴一言定鼎的思想，與老莊的消極退隱

思想，執著追求與僥幸成功的心理以及功成身退的思緒交織中，使他經常處於一種非常矛盾的精神狀態。在他的詩中，往往以感情迅速轉換的方式，集中地突出地再現了這種心理矛盾。感情瞬息萬變，情緒迅疾漲落，使詩的意象的跳躍極大，變化無窮。

綜上所述，李白在現實生活中，由於理想的追求與失敗，產生了憤激與苦悶心情。他有時不免借酒澆愁，酒可能觸發了他的詩的靈感。也就是說，酒使他腦子十分興奮，使思緒清晰、暢達、迅疾與飛躍，對現實的滿腹牢騷與憤激情緒，一下子湧上心頭，如鯁在喉，一吐為快。他把這種極為激動的情緒與不連貫的思緒記錄下來，就形成了他的詩的意象的跳躍性。

三

李白詩歌意象的跳躍性，使其詩歌放射出驚人的藝術光彩，達到難以企及的高峰。

首先，他的詩歌意象的跳躍性，使其詩歌有極大的概括性，增加了詩歌的容量和深度。他在《當塗趙炎少府粉圖山水歌》一詩中讚揚該圖的畫師說：「名工繹思揮彩筆，驅山走石置眼前」。如果用這兩句詩概括他的某些詩篇創作的藝術特色，倒是十分恰切的。在詩歌創作上，特別是七言歌行和長篇樂府詩的寫作，他的確有「驅山走石」的藝術本領。由於他詩歌意象的跳躍性很大，不言而喻，他在詩篇中毫不留情的刪削了過渡和聯繫的一些不大必要的畫面。騰出了篇幅和筆墨，有餘裕展示更多的社會生活畫面，達到「尺幅萬里」的藝術境界，既擴大了詩歌反映生活的廣度；又可以描繪酣暢淋漓盡其所興的畫面。突出一些生動的富有生活情趣的特寫鏡頭，使其具有濃鬱的醇味，增加反映生活的深度。從而使他的詩歌在有限的篇幅內，以精煉的語言和精采的畫面，反映出頗為深廣的內容。

其次，李白詩歌意象雖然有很大的跳躍性，但其意脈一貫，意境十分完整。沈德潛在評《夢遊天姥吟留別》時說：「託言夢遊，窮形

盡象，以極洞天之奇幻。至醉後頓失煙霞矣，知世間行樂，亦同一夢，安能於夢中屈身權貴乎，吾當別去，遍遊名山以終天年也。詩境雖奇，脈理極細」。〔註30〕方東樹在評《梁父吟》時說：「意脈明白而段落迷離莫辨」。〔註31〕所謂「詩境雖奇，脈理極細」，「意脈明白而段落迷離莫辨」，是說李白詩歌意象跳躍而意脈一貫。他的詩不因意象跳躍而出現支離破碎邏輯混亂的畫面。他的詩意象的跳躍不僅沒有破壞詩歌意境的完整性，反倒使詩歌更精煉、更緊湊，渾然一體，成為統一和諧精美完整的藝術品。這是因為他對現實生活平時十分關注，長期熟觀默察，對他描寫的對象十分熟悉，充溢於胸中的不是一丘一壑，一草一木，而是宏偉壯麗的山川圖景。對於熟爛於胸中的題材，寫起來駕輕就熟，能夠放得開，收得攏。他寫詩時，雖然恣肆縱橫，任意揮灑，但卻都在詩的意脈的軌跡之中。正因為他對自己抒寫的內容有「成竹在胸」，因此儘管在意象跳躍中，略去好多東西，但其詩歌仍給人以渾然的整體感。沈德潛所評《夢遊天姥吟留別》、方東樹所舉《梁父吟》，都是詩歌意象跳躍、意脈一貫的極好例證。又如《採蓮曲》：

> 若耶溪旁採蓮女，笑隔荷花共人語。月照新妝水底明，
> 風飄香袂空中舉。岸上誰家遊冶郎，三三五五映垂楊。紫
> 騮嘶入落花去，見此踟躕空斷腸。

此詩前四句寫採蓮姑娘活潑美麗的動人形象，五至七三句卻拋開這個形象，突然轉向寫岸上的遊冶郎，形成意象的跳躍。最後一句「見此踟躕空斷腸」一語，不僅襯托了採蓮姑娘的美麗，而且極巧妙地把兩幅圖畫連接起來，使之渾然一體，形成完整的意境。王夫之評此詩說：「卸開一步，取情為景，詩文至此，只存一片神光，更無形跡矣」。〔註32〕這是說，詩人從五句起本要直接抒情，但詩人卻推開一步，寫

〔註30〕《唐詩別裁》。
〔註31〕見《李白集校注》，瞿蛻園朱金城校注，上海古籍出版社出版。
〔註32〕見《李白集校注》，瞿蛻園朱金城校注，上海古籍出版社出版。

了遊冶郎的活動，用這個景象，借一抒情。這種借景抒情的手法，用得十分巧妙，天然渾成，沒有絲毫斧鑿的痕跡。

李白詩歌意象跳躍意脈一貫的特色，形成和諧完整而又奇突變幻的意境，它有極大的藝術魅力。

第三，如上所述，詩歌意象之所以跳躍，是因為如實地記錄了詩人當時極其激動的情緒，表現了詩人內心的真實感情，因此真實而感人。眾所周知，抒情詩的形象是通過詩人抒情直接展示的，它往往就是詩人的自我形象。它不像敘事性作品那樣，通過典型情節的描寫客觀顯示，而是帶有詩人自己強烈的主觀性，直接向讀者傾吐內心的感受。李白抒發的雖然是個人之情，因為他有高尚的理想與情操，這種理想與情操，蘊含著極為豐富的社會內容。反映了人民的某些願望，因此具有典型性。一方面，他希望「濟蒼生」、「解世紛」、「安黎元」而後功成身退的大志不能實現；另一方面，他對統治階級追求淫樂的極度不滿，對鬥雞走狗之徒的憎惡，對封建統治者的藐視，二者交織起來，形成他的憤激情緒，一旦遇到媒觸，這股情緒就像大海洶湧的波濤，滾滾而來。這種激動的情緒和真實的感情，就構成他的抒情詩的主要形象。這種詩的形象，不是狹隘的個人恩怨得失和不得志的哀鳴，而有著博大的胸襟，閃耀著崇高理想的光輝，代表著人民的某種理想和願望。詩人在寫詩時既沒有修飾，也沒有掩藏，而將其真情實感和盤托出。無虛假感情，無扭捏作態。與他寫詩時激動的感情相適應，他的樂府和七言歌行體的詩，詩句長短不一，屈伸自如，形式錯落而有天然節奏。從而使內容與形式達到高度的統一，使聲情一致，情隨聲出，聲與情應，情調韻律十分合拍。形成特有的韻律美。

第四，他的詩歌意象的跳躍性，使其詩意蘊豐富含蓄，耐人尋味。李白寫詩時，璀璨奪目的詩句如同萬斛珍珠，傾瀉而下，但他並沒有將胸中儲存的珍寶，如數家珍，一顆不漏的擺在讀者面前，而在跳躍的詩的意象中，巧妙地不露痕跡地把一些珠寶隱藏起來，使其詩含不盡之意，如在言外，極盡吐納含蓄之妙。讀他的詩，既被他逼人的氣

勢和急劇的旋律催促著，迫使你一口氣讀完，又覺得含蘊豐富，需要仔細的揣摸和咀嚼。那種豐富的感情和詩的激情，足以使你回腸蕩氣；那種優美的情趣和韻味，足以使你一唱而三嘆！這種詩歌意象的跳躍，極大地調動了讀者積極的思維活動，誘發著讀者豐富的想像與聯想，引起讀者欣賞的興趣。讀他的詩，往往沉浸在詩人展示的絢麗多姿色彩飛揚的畫卷之中，盡情地領略詩人創造的壯美奇特的詩的意境。

　　總之，他的詩歌意象的跳躍，大大地增強了詩歌藝術的表現力，使他的詩歌有極大的藝術魅力，有極強的藝術生命力。因此，對他詩歌意象的跳躍性，值得繼續深入地研究和探討。

第三節　李白詩歌意象跳躍的形式與特點

　　上節在《李白詩歌意象的跳躍性》中，論述了李白詩歌意象跳躍的客觀存在、以及這種現象產生的原因等，對李白詩歌創作的個性特徵，作了一些揭示與闡釋。本節試就李白詩歌意象跳躍的形式與特點，作一些探討，意在進一步補充論述李白詩歌創作的藝術特徵，尋繹李白詩歌不同於其他詩人詩歌藝術表現上的特異之處。

一

　　李白詩歌意象跳躍的種類，是多樣而繁複的。就其犖犖大端而言，無非是兩種形式：一是詩歌意象或大或小的向前作縱的跳躍，峰斷雲連，不甚接續。但它在同一思路上向前跨越，始終沿著一條直的軌跡向前推進，我們把這種形式的詩歌意象跳躍，可稱爲跨越式意象跳躍；二是詩歌意象或大或小的作橫的跳躍，它在同一思路軌跡上向前推進的時候，突然離開了思路的軌道，忽左忽右，縱橫馳騁，使詩境詭譎多變，奇突不平。我們把這種形式的詩歌意象跳躍，可稱爲離軌式意象跳躍。

　　跨越式意象跳躍，又可分爲均衡的跨越式意象跳躍與不均衡的跨

越式意象跳躍兩種。均衡的跨越式意象跳躍，是經見的一種詩歌意象跳躍的形式，它的形成是由於詩人寫詩時過分激動，來不及將醞釀的詩意仔細地理出頭緒，詩思就衝破感情的閘門洶湧而出，向外噴射；或者詩人居高臨下，以高屋建瓴之勢，用粗線條勾勒了突兀地展現在眼底的現實生活圖畫，而對其細部，則無暇描繪，於是使詩歌意象與意象之間，留下了較大的空隙。這類詩乍一讀感到若斷若繼，似不連接。仔細體味，則又意脈一貫，渾然一體，宛若一氣呵成。詩人把廣闊的生活內容，壓縮在很短的篇幅內，詩意濃而容量大，詩的意境十分開闊。

> 燕支黃葉落，妾望白登台。海上碧雲斷，單于秋色來。
> 胡兵沙塞合，漢使玉關回。征客無歸日，空悲蕙草摧。
>
> 《秋思》

> 去年何時君別妾？南院綠草飛蝴蝶。今歲何時妾憶
> 君？西山白雪暗秦雲。玉關此去三千里，欲寄音書那可聞？
>
> 《思邊》

《秋思》與《思邊》都是均衡的跨越式意象跳躍，這兩首詩意象與意象之間，保持著一定的距離。詩的意境疏朗開闊，展現出廣闊的生活畫面，把我們引進一個寬廣而優美的詩的境界。李白的這類詩極多，譬如《塞下曲》、《關山月》、《子夜吳歌》、《秋日魯郡堯祠亭上宴別杜補闕范侍御》、《別魯頌》等等，這些詩構成了他詩歌特異風格的一個重要方面：詩的意境開闊，風格疏朗瀟灑，宏放飄逸。詩人將其璀璨晶瑩的寶珠以意貫之，省去了過渡與連接的字句以及可省的意象，給讀者留下了充分思索與回味的餘地。

　　不均衡的跨越式意象跳躍，是李白詩歌藝術上的最突出的特點之一。它的形成，是由於詩人寫詩時情緒飽滿、激動，並且倏忽變換，喜怒無常。因此感情漲落迅疾，跌宕幅度很大。這時詩的意象如洶湧的波濤，在腦子裏回旋激蕩。一有觸機，奇境妙語，奔湧而出。他用

筆迅疾地紀錄了洶湧而出的詩意，來不及調整和平衡意象之間的距離，出現了不均衡的跨越式意象跳躍。這類詩熔鑄了詩人最誠實的感情，情愫真摯，感情灼人。它最能表現詩人構思敏捷、思如泉湧的寫作特點，也最能顯示詩人駕馭題材使用語言的能力。

　　不均衡的跨越式意象跳躍，與詩人運用浪漫主義創作方法是分不開的。如果說現實主義詩人構思是循著邏輯順序，按步就班。那麼，浪漫主義詩人的構思則衝破了邏輯思維的軌範，超越常規；前者則「肅部伍，嚴刁斗，西宮衛尉之師也」。後者則「若飛將軍用兵，不按古法，兵卒逐水草自便」；〔註33〕前者如按圖施工，不爽毫釐。後者則如大匠運斤，自成規矩。胡應麟曾將偉大的現實主義詩人杜甫和偉大的浪漫主義詩人李白詩歌創作的特點，作了比較。他說：「李、杜二家，其才本無優劣，但工部體裁明密，有法可尋；青蓮興會標舉，非學可至」。〔註34〕李白寫詩時憑著感情的衝動和一時的興致，揮毫落紙，將其時其地蘊貯的情緒忠實地一絲不改的紀錄下來。所謂「飄然思不群」，〔註35〕他的構思不落凡套，非同流俗，因而才達到了「筆落驚風雨，詩成泣鬼神」的藝術效果」。〔註36〕他寫的詩，不像杜甫「體裁明密，有法可尋」，卻如羚羊掛角，無跡可求。而且。詩人的感情得到充分地表現，詩的興致，得到淋漓盡致地發揮，詩的情致和韻味，都達到了極致。李白詩中出現的這種不均衡的跨越式意象跳躍，使浪漫主義詩歌藝術達到了一個新的藝術高峰，顯示出許多與眾不同的特色。要而言之，這類詩有以下兩個突出的特點：

　　第一，他以客觀事物激起的感情變化為核心，為情造文，忠實地表達此時此地煥發的真實感情。詩人善於緊扣一剎那情緒的變化，把

〔註33〕王穉登《李翰林分體全集序》，引自《李太白全集》。
〔註34〕胡應麟《詩藪》。
〔註35〕杜甫《春日憶李白》。
〔註36〕杜甫《寄李十二白二十韻》。

它形諸筆端，予以淋漓盡致的描繪，使當時豐富而深厚的感情，得以充分地表現。詩人的情緒是敏感的，感情是極爲豐富的。由客觀事物激起的感情衝動，往往縱橫馳騁，無際無涯。借用兩句唐詩來形容詩人奔馳的感情，就是「上窮碧落下黃泉」，〔註37〕「江南有情，塞北無限」。〔註38〕在這種極其激動的感情波濤衝擊下，他經常凝聚在心中的不斷思索的問題所謂古今聖君賢相、君臣際遇、羽化升仙、玉宇瓊樓、奇聞怪說，……像一股股急流，從腦海洶湧而出；似一股瀑布，飛流而下。詩人這種極其激動的感情，必然流宕在詩裏字的行間，使詩的感情濃烈、集中、飽和，它有力地衝擊著讀者的心靈。一句話，詩人是以情動人，他要將自己真實感情，赤裸裸地表現出來。詩的意象的疏密是隨著詩人感情的變化而變化，由於詩人感情大幅度的跌宕起伏，馳騁縱橫，就形成了不均衡的跨越式意象跳躍的波瀾多姿。

> 金樽清酒斗十千，玉盤珍羞直萬錢。停杯投筯不能食，拔劍四顧心茫然。欲渡黃河冰塞川，將登太行雪滿山。閑來垂釣碧溪上，忽復乘舟夢日邊。行路難！行路難！多歧路，今安在？長風破浪會有時，直掛雲帆濟滄海。

這首《行路難》雖係舊題樂府，但並沒有完全襲擬古意，「備言世路艱難及離別傷悲之意」，〔註39〕而借題發揮，寫詩人自己仕途上的不幸遭遇，抒發他懷才不遇、宏偉抱負不能實現的憤激之情，表現詩人在人生道路上理想的幻滅與追求的複雜情緒。詩人的苦悶與歡樂、理想的幻滅與追求是與嚴峻的現實交織在一起的，由此形成激劇的感情衝突。「冰塞雪滿，道路之難甚矣。而日邊有夢，破浪濟海，尚未決志於去也」，〔註40〕表現出壯志凌雲而無所用世的極端苦悶的心情。詩人思想感情是極爲複雜的：急欲用世而四處碰壁，世路艱難、仕途

〔註37〕白居易《長恨歌》。
〔註38〕李賀《春晝》。
〔註39〕《樂府古題要解》，引自《李太白全集》。
〔註40〕《唐宋詩醇》卷二《行路難》評語。

坎坷卻又未灰心喪氣，放棄追求。出世與入世思想尖銳地衝突，交織雜揉著儒家用世、縱橫家僥幸成功的種種複雜思想。詩人毫不掩飾地暴露心靈深處的矛盾，將其執著追求和不妥協的精神及希冀僥倖成功的不切實際的幼稚想法和盤托出，把他複雜的思想和十分矛盾的心情，表現得淋漓盡致。「欲渡黃河冰塞川，將登太行雪滿山，閑來垂釣碧溪上，忽復乘舟夢日邊」四句，感情迅速跌宕，形成不均衡的跨越式意象跳躍。這種不均衡的跨越式意象跳躍的形成，在於詩人當時有著極為激憤的情緒。戴望舒說：「詩的韻律不在字的抑揚頓挫上，而在詩的情緒的抑揚頓挫上」。〔註 41〕這首詩因其「情緒的抑揚頓挫」，使詩極盡超忽變幻之能事，表現出內在的旋律的美，律動的美。有同志在分析李白《行路難》時說：「在思路發展的全過程中，呈現出一種犬牙交錯，此起彼伏，奔突激越，飛騰跳蕩的形勢」。〔註 42〕這幾句話，相當準確地概括了李白寫《行路難》時的思路發展的特點，如果用它來概括李白詩歌中不均衡的跨越意象跳躍的特色，也是比較恰切的。

為了闡述不均衡的跨越式意象跳躍的特點，我們再看《答王十二寒夜獨酌有懷》：

> 昨夜吳中雪，子猷佳興發。萬里浮雲卷碧山，青天中道流孤月。孤月滄浪河漢清，北斗錯落長庚明。懷余對酒夜霜白，玉床金井冰崢嶸。人生飄忽百年內，且須酣暢萬古情。君不能狸膏金距學鬥雞，坐令鼻息吹虹霓。君不能學哥舒，橫行青海夜帶刀，西屠石堡取紫袍。吟詩作賦北窗裏，萬言不直一杯水。世人聞此皆掉頭，有如東風射馬耳。魚目亦笑我，請與明月同。騏驎拳跼不能食，駑駘得志鳴春風。折揚皇華合流俗，晉君聽琴枉清角。巴人誰肯和陽春，楚地猶來賤奇璞。黃金散盡交不成，白首為儒身

〔註 41〕《詩論零札》，引自《戴望舒詩選》。
〔註 42〕趙慶培《李白〈行路難〉淺析》，引自《唐詩鑒賞集》。

被輕。一談一笑失顏色，蒼蠅貝錦喧謗聲。曾參豈是殺人
者？讒言三及慈母驚。與君論心握君手，榮辱於余亦何
有？孔聖猶聞傷鳳麟，董龍更是何雞狗？一生傲岸苦不
諧，恩疏媒勞志多乖。嚴陵高揖漢天子，何必長劍拄頤事
玉階。達亦不足貴，窮亦不足悲。韓信休將絳灌比，禰衡
恥逐屠沽兒。君不見李北海，英風豪氣今何在？君不見裴
尚書，土墳三尺蒿棘居！少年早欲五湖去，見此彌將鐘鼎
疏。

這首詩可分為四段：開頭至「且須酣暢萬古情」十句為第一段，描寫
王十二寒夜獨酌懷念遠人（李白）的情景。這一段思緒縝密，意象銜
接較緊。詩人通過景物的描寫，寫出了王十二寒夜獨酌的典型環境，
刻劃了王十二孤寂索漠的心情以及對詩人的深切懷念，表現出王對詩
人的真摯友誼，引出詩人的感慨與答詩。「君不能狸膏金距學鬥雞」
至「有如東風射馬耳」九句為第二段。詩人以無比憤怒的心情，揭露
當時權貴當道，專橫跋扈，正直人被排擠的極不合理的社會現實，暗
示、王、李孤寂以及相互引為知己的理由。用排比句把對當權者的鄙
夷憤激之情，表現得相當突出。與詩人憤激情緒相適應，這段節奏緊
促，有如急管繁弦，緊鑼密鼓。「魚目亦笑我」至「讒言三及慈母驚」
十四句為第三段，詩人通過一連串比喻，揭露當時是非不明、邪正不
分的社會現實。詩人把一系列被社會顛倒了的是非排列在一起，形成
強烈的對比。這些邪正不分的事實中間，互相並無聯繫。把這些背謬
的社會現象排列在一起，滲透了作者無比憤怒的感情，形成詩歌意象
的激劇跳躍。最後十八句為第四段，本段寫詩人浮雲富貴、糞土王侯
的氣概，表現了詩人輕視功名看破世俗的情緒，並以隱居不仕，表示
對統治者倒行逆施的強烈抗議。此詩首尾兩段意象連接較疏，中間兩
段意象連接甚密。第三段每兩句兩兩對照，意象跳躍極快，跳躍的跨
度很大，而每一組意象之間都是邪正不分現象的對比；各組意象之
間，內容極為類似。詩人浮想聯翩，感慨萬端，憤激不平之氣，無法

抑制。從這首詩看，意象跳躍與詩人感情的態勢關係極密，意象跳躍的出現，是表達思想內容以及表現詩人感情的需要。《贈裴十四》、《同王昌齡送族弟襄歸桂陽》之二，都是「情出至悃，詞調警絕」〔註43〕之作，有著似亂而實密，似疏而實嚴的構思特點，表現出不均衡的意象跳躍。

　　第二，爲了適應表達詩人馳騁變化的感情，詩的句式多樣，或五七言交錯，或用雜言，句式伸縮變化，極其自由，沒有絲毫做作的跡痕；或騷句，或散句，運用自如，一體渾然。這種句式，有伸縮變化自由的自然之美，毫無雜湊的弊病。這種錯綜多變的句式，最適宜於表達超忽變幻的感情。李白集中，這類詩甚夥，尤以七言歌行和樂府爲最。

　　　　日出東方隈，似從地底來。歷天又復入西海，六龍所
　　舍安在哉？其始與終古不息，人非元氣，安能與之久徘徊？
　　草不謝榮於春風，木不怨落於秋天。誰揮鞭策驅四運，萬
　　物興歇皆自然。羲和！羲和！汝奚汩沒於荒淫之波。魯陽
　　何德？駐景揮戈。逆道違天，矯誣實多。吾將囊括大塊，
　　浩然與溟涬同科。

　　　　　　　　　　　　　　　　　　　　　　《日出入行》

此詩，內容明白曉暢，極富哲理性，它在表達上又極盡變化之能事：用了雜言體，節奏又極其自然；用了諸如「其始與終古不息，人非元氣，安能與之久徘徊」；「吾將囊括大地，浩然與溟涬同科」等散文式的句子，而又十分和諧。詩人寫詩時，是以感情爲中心的，句式的錯綜變化，是隨著感情的變化而變化，隨著詩人感情的起伏跌宕，句式錯落有致。全詩自然渾成，音節瀏亮，詩人一氣呵成，有天衣無縫之感。《蜀道難》、《梁甫吟》、《夢遊天姥吟留別》、《宣州謝朓樓餞別校書叔雲》等，都典型地表現出這種形式上獨創的特色。

〔註43〕桂臨川語，引自《唐宋詩醇》卷六。

<h1 style="text-align:center">二</h1>

　　離軌式的意象跳躍，又有離開軌道大小、遠近之分。不過所謂大小、遠近，只是跳躍離軌的程度不同而已。但另一點值得我們注意，是在一首詩中，有偶爾離軌和多次離軌的不同。偶爾離軌這是一般詩人寫詩時，都可能出現的現象，而多次離軌則是李白詩歌中特有的現象，是李白某些詩篇獨有的藝術特徵。離軌式意象跳躍，容易引起思路的紊亂和意象的混雜，而多次離軌跳躍，則思路其亂尤甚，意象交錯更多。這只就一般而言，對於天才的詩人，則能駕輕就熟地駕馭它，可以因勢利導，轉劣為優，使因離軌跳躍而紛亂的意象，和諧的統一在一起，更好地表達詩人激動、複雜的感情。李白就是這種天才的詩人，他能使離軌式的意象跳躍，整而不亂，混而不雜，使詩意縱橫恣肆，各得其所。由此，詩人感情得到最充分地發揮，詩的境界得到最大限度的擴大，詩人複雜的情緒和深邃的思想，得以充分地表現。這類詩歌，是李白詩歌中在藝術上最富有創造性的一部分。它有以下兩個特點。

　　第一，這類詩縱橫捭闔，變幻超忽。放縱如疾雷震電，收煞如疾風急雨。它能最大限度地表現詩人憤激的思想感情和「怪偉奇絕」的藝術特色，對此，歷代詩論家有許多精闢的論述。王世貞說，他的七言歌行「窈冥惝恍，縱橫變幻，極才人之致」；〔註44〕沈德潛說：「太白七言古想落天外，局自變生，大江無風，波浪自湧，白雲從空，隨風變滅，此殆天授，非人可及」；〔註45〕方東樹說：「太白當希其發想超曠，落筆天縱，章法承接，變化無端，不可以尋常胸臆摸測」；〔註46〕《唐宋詩醇》評云：「白詩天才縱逸，至於七言長古，往往風雨急飛，魚龍百變。……誠可謂怪偉奇絕者矣」；〔註47〕聞一

〔註44〕王世貞《全唐詩說》。
〔註45〕沈德潛《唐詩別裁》。
〔註46〕方東樹《昭昧詹言》。
〔註47〕《唐宋詩醇》卷六《憶舊遊寄譙郡元參軍》評語。

多說:「李太白不是一個雕琢字句，刻劃詞藻的詩人，跌宕的氣勢——排奡的音節是他的主要的特性」。〔註 48〕這些論述，雖然大多就李白七言歌行而發的，卻能抓住詩歌離軌式意象跳躍的一些重要特色，對我們理解分析李白詩中離軌式意象跳躍，有著深刻的啓示。

> 登高丘，望遠海。六鰲骨已霜，三山流安在？扶桑半摧折，白日沉光彩。銀台金闕如夢中，秦皇漢武空相待。精衛費木石，黿鼉無所憑。君不見驪山茂陵盡灰滅，牧羊之子來攀登。盜賊劫寶玉，精靈竟何能？窮兵黷武今如此，鼎湖飛龍安可乘？

詩人從登高望海引出一系列的聯想，表示對古代仙山瓊閣各傳說的懷疑，並嘲笑了秦皇漢武求仙的愚蠢行爲。《登高丘而望遠海》，雖係樂府舊題，其實是有感於現實生活而發，借古喻今，對玄宗皇帝迷信和好大喜功，作了尖刻的諷刺，因此，王夫之在評這首詩時說：「後人稱杜陵爲詩史，乃不知此九十一字中有一部開元、天寶本紀在內」，〔註 49〕這個說法是有道理的。此詩從開始到「白日沉光彩」，寫三山、六鰲、扶桑的虛無飄渺；「銀台」二句寫秦皇漢武求仙的虛妄；「精衛」二句說明海中三神山必不能到。「君不見」二句寫當年求仙者的陵墓，今已灰滅；「盜賊」二句說秦皇漢武死後無靈；最後兩句歸結到不能成仙。全詩意象縱橫跳躍：時而向前跨越，時而左右離軌，整個意象的銜接突兀而自然、怪偉奇絕而又平穩。句式錯綜，韻律流轉，使其奇突的情思，得以暢達地表現。

《廬山謠寄盧侍御虛舟》一詩，也是這類詩中的典型：

> 我本楚狂人，鳳歌笑孔丘。手持綠玉杖，朝別黃鶴樓。五嶽尋仙不辭遠，一生好入名山遊。廬山秀出南斗傍，屏風九疊雲錦張，影落明湖青黛光。金闕前開二峰長，銀河倒掛三石梁。香爐瀑布遙相望，回崖沓嶂凌蒼蒼。翠影紅

〔註 48〕《英譯李太白詩》，引自《李白研究論文集》。
〔註 49〕王夫之《唐詩評選》，引自《李白集校注》。

霞映朝日，鳥飛不到吳天長。登高壯觀天地間，大江茫茫
去不還。黃雲萬里動風色，白波九道流雪山。好爲廬山謠，
興因廬山發。閑窺石鏡清我心，謝公行處蒼苔沒。早服還
丹無世情，琴心三疊道初成。遙見仙人彩雲裏，手把芙蓉
朝玉京。先期汗漫九垓上，願接盧敖遊太清。

「我本楚狂人」至「一生好入名山遊」六句，詩人以隱者自詡，廣遊
名山追蹤仙跡。思路一貫直下，引出遊廬山的緣由。「廬山秀出南斗
傍」至「鳥飛不到吳天長」九句，寫廬山的壯麗景色，一貫直下的思
路停止向前推進，而向橫的方面擴展。「登高壯觀天地間」至「白波
九道流雪山」四句，寫從廬山遠眺，詩人視線所及的長江的壯麗景色。
詩從寫廬山推進到廬山遠眺後，第二次向橫的方向擴展，意象再一次
離軌跳躍。「好爲廬山謠」至「謝公行處蒼苔沒」，詩人的視線又回到
廬山，寫其景物與古蹟。「早服還丹無世情」至「願接盧敖遊太清」
寫服丹成仙。「早服還丹」句接筍甚突兀，因此就有人批評並懷疑到
他的著作權。所謂「辭有純駁，強弱不一，爲可疑也」。〔註50〕其實
此句接「一生好入名山遊」句，意脈一貫。誠如方東樹所云：「廬山
以下正賦。『早服』數句應起處，而提筆另起，是以不平。章法一線
乃爲通，非亂雜無章不通之比」。〔註51〕此詩開頭和結尾部分，思路
一貫直下，而中間寫廬山和遠眺長江壯麗景色部分，一貫直下的思路
暫時停頓下來，卻向橫的方向伸展和跳躍。全詩壯浪縱恣，開闔變化，
舒卷自如。直如天馬行空，不可羈勒。桂臨川曰：「全篇開闔軼蕩，
冠絕古今。即使工部爲之，未易及此，高岑輩恐亦脅息。其襟期雄曠，
辭旨慷慨，音節瀏亮，無一無可」，〔註52〕評價允當，不爲過譽。

第二，這類詩所寫的意境，奇情勝致，變幻莫測。喻文鏊云：「《蜀
道難》、《遠別離》忠愛之忱，溢於楮墨；《戰城南》、《獨漉篇》、《梁

〔註50〕朱諫《李詩辨疑》。
〔註51〕方東樹《昭昧詹言》。
〔註52〕引自《唐宋詩醇》卷六。

甫吟》等作，亦寓憂時之意，第其天才縱軼，出入變幻，令人莫可端倪」。〔註53〕郭兆祺云：「太白……七言長短句則縱橫排奡，獨往獨來。如活龍生虎，未易捉摸」。〔註54〕他們不約而同的都指出了離軌式意象跳躍所產生的令人感到變幻莫測的詩的意境。

　　去年戰，桑乾源；今年戰，蔥河道。洗兵條支海上波，放馬天山雪中草。萬里長征戰，三軍盡衰老。匈奴以殺戮為耕作，古來唯見白骨黃沙田。秦家築城備胡處；漢家還有烽火燃。烽火燃不息，征戰無已時。野戰格鬥死，敗馬號鳴向天悲。烏鳶啄人腸，銜飛上掛枯樹枝。士卒塗草木，將軍空爾為？乃知兵者是凶器，聖人不得已而用之。

　　　　　　　　　　　　　　　　　　　《戰城南》

此詩前四句寫連年戰爭給人民帶來了無窮無盡的災難，戰爭頻仍使人民產生了強烈的厭戰情緒。「去年」「今年」，時間上連續不斷，給人以戰爭沒完沒了之感；「桑乾源」、「蔥河道」、「條支」、「天山」，從西向東地域上波及甚廣，四面烽火，到處狼煙。這樣，很自然地逼出「萬里長征戰，三軍盡衰老」兩句。「匈奴」兩句寫出了戰爭的酷烈，雖用散文句式，鍛煉卻十分精妙。「秦家」以下十句，概括了歷史上戰爭不斷，給人民造成了無窮的苦痛，對將軍草芥士卒作了嚴厲的譴責。「烏鳶啄人腸，銜飛上掛枯樹枝」典型地反映了戰爭給人民造成的深重災難！「乃知兵者是凶器，聖人不得已而用之」，用散文化句式作結，端莊語以搖曳出之，精警之至。這首詩忽今忽古，縱橫交錯，脈絡不好尋繹。就其反對不義戰爭而言，意脈又是一貫的。此詩沿用樂府舊題，所寫之事又很難坐實。然而它卻是針對時弊而發，有極強的現實性。正如《唐宋詩醇》一書評語指出：「古詞云：『戰城南，死郭北，野死不葬烏可食。』又云：『願為忠臣安可得。』白詩亦本其意，而語尤慘痛，意更切至，所以刺黷武而戒窮兵者深矣」。但就藝

〔註53〕《考田詩話》，引自《李白集校注》。
〔註54〕《梅崖詩話》，引自《李白集校注》。

術表現而言，他熟練地運用了浪漫主義的寫作手法，詩的感情跌宕，思緒如天馬行空，來去無蹤；行文縱橫恣肆，任意揮灑，妙趣橫生，詩味濃烈；意象跳躍，使意境奇突變幻，令人目眩。此詩雖不能完全排除詩人嘔心瀝血的可能，但我們卻尋找不出詩人吮筆濡墨慘淡經營的痕跡。可謂妙手天成，夢筆生華之作。

三

上述李白詩歌意象跳躍的形式，無論哪一種形式的意象跳躍，表面上看，像是「信天遊」，思路如脫韁之馬，任性奔馳，實則一氣呵成，意脈一貫。因而形象鮮明突出，主題明確完整。因其感情激越，踔厲風發，極盡跌宕起伏之妙，給人以突出的印象。這種詩的特色歸納起來有以下三點：

其一，詩人善於以情緯文，以其激劇變化的感情結構詩篇，這是李白詩歌中一個突出鮮明的特徵。歌德在談到藝術與現實的關係時曾說：「藝術家對自然有著雙重關係：他既是自然的主宰，又是自然的奴隸。他是自然的奴隸，因為他必須用人世間的材料來進行工作，才能使人理解；同時他又是自然的主宰，因為他使這種人世間的材料服從他的較高的意旨，並且為這較高的意旨服務」。〔註 55〕黑格爾說：「在藝術裏，感性的東西是經過心靈化了，而心靈的東西也借感性化而顯現出來了」（著重號原有——引者）。〔註 56〕李白寫詩時那種驅駕自然、叱咤風雲、主宰天地的氣概，表現出高度的主觀性，因之特別突出了詩人對「自然的主宰」的一面，而將「自然的奴隸」掩沒在浩茫無際汪洋恣肆的情感的激流中，使其「心靈的東西」得到充分地顯現。他要肆意地、毫不掩飾地、完全真實地表達彼時彼地的感情，把腦海中浮現的各類意象——清晰的、模糊的、完整的、片段的、接續的、不接續的，一股腦兒地傾瀉出來，因此就勢必形成「語或似無倫次，

〔註 55〕愛克曼輯《歌德談話錄》。
〔註 56〕黑格爾《美學》。

而意若貫珠」的奇特現象。〔註57〕所謂「才氣奔放，興到筆隨，不受任何格律的拘束。這般作品，只可賞鑒它的氣勢，不能加以尋常繩墨」，〔註58〕一語破的，指出了他以情緯文所形成的詩的特點，

其二，對於李白這種別具風格的作品，有人稱之爲「縱橫變換的風格」，〔註59〕有人稱之爲「跳躍式的結構」，〔註60〕這是從不同的角度和側面來談問題的，而且都抓住了李白這類詩歌的基本特徵，對於分析和理解李白這類詩歌，都極有啓發。「縱橫變換的風格」也罷，「跳躍式的結構」也罷，這種「風格」與「結構」的形成，都離不開詩歌意象的跳躍，這是不言而喻的。從詩的「風格」說，李白這類詩的確是「縱橫變換」，從詩的「結構」說，這類詩各部分組織之間，也確實有著或大或小的跳躍。而歸根結底，則是詩歌意象的跳躍，形成了這種特殊異常的風格與結構。詩歌意象跳躍的形成，則如本文反復強調的，主要是詩人感情的跌宕與跳躍所致。所以，李白這類詩都充溢著激蕩動人的感情，它是那麼真摯、熱烈而又豪邁，扣擊著讀者的心弦，引起強烈的反應與共鳴。

其三，這類詩歌，能夠充分發揮李白詩歌的精神力量，表現雄偉壯闊的氣象。李白的藝術天才，得到了充分的表現。在他的筆下，任何傳統和人爲的法則，都在他藝術力量下屈服了；任何題材在他的筆下，都能隨心所欲；任何詩歌形式，都能爲所欲爲。可謂規方矩圓，渾然天成。著名的文學史家劉大杰先生曾經指出：他的詩「揮毫落紙，真有橫掃千軍的氣概。在那些長短參差的字句裏，顯得自然；在那些迅速變換的音韻裏，顯得調和；在絕無規律中，又顯出完整的規律的美」〔註61〕（著重號原有——引者），道出了個中真髓。他以大刀闊斧、變化莫測的手法，表達他的印象與感情，顯示出雄

〔註57〕 范溫《潛溪詩眼》，引自《宋詩話輯佚》。
〔註58〕 喻守真《唐詩三百首詳析》。
〔註59〕 裴斐《論李白的政治抒情詩》，引自《李白十論》。
〔註60〕 《李白詩歌的藝術特色》，引自王運熙等著《李白研究》。
〔註61〕 《中國文學發展史》（中）。

奇奔放的風格，達到了難以企及的藝術高峰，取得了令人仰止而又無法達到的藝術成就。

第四節　李白詩歌的陰柔美

　　優秀的詩人，都有自己獨特的藝術風格。而且往往有多種風格。不僅幾種近似的藝術風格可以在一個詩人的作品中同時出現，而且截然不同的藝術風格，也可以在一個詩人身上同時具備。這種現象的存在並不奇怪，而應看做是一個偉大詩人成熟的標誌。雖然「風格即人格」這個命題無疑是十分正確的，但由於社會現象的紛繁變動，詩人性格的複雜矛盾以及詩人經歷的升沉往復，都會造成詩人不同時期的不同詩風，這是很自然的，完全可以理解的。當然，就其一生的著述來看，必然有一種藝術風格居於主導的地位，這也是合乎規律的。我國唐代偉大的浪漫主義詩人李白，在他的詩歌中出現的那種囊括宇宙氣吞洪荒的氣魄，那種奇偉壯觀宏麗闊大的意境，那種爆發式的感情，使其胸中熾烈的火焰噴薄而出，跌宕起伏，突兀不平，爲中國詩歌的浪漫主義傳統創造了又一個高峰。這種奇情壯彩的藝術風格在他的七言歌行和一些長篇樂府詩中，表現得非常充分，非常典型，被評論家稱爲陽剛之美。他的這些藝術成就奠定了他在中國文學史上的崇高地位。他的詩像聳立雲際的豐碑，使歷代騷人墨客，爲之企慕傾倒，也受到廣大人民的無限喜愛。

　　李白的詩，僅僅就是這種藝術風格嗎？當然不是，如果李白詩中只是青一色的陽剛之美，則他就不成其爲文學史上永垂千秋的李白了。中外文學史的事實證明：一個偉大的在文學史上卓有貢獻的詩人，在其作品中，除了佔主導地位的風格外，還必然有其他與主導風格相近或迥異的藝術風格。只有這樣，才能充分展現他的藝術才華。李白詩歌中表現的主導風格是陽剛之美，但在他的詩集裏，還有相當數量的藝術水平很高的含有陰柔之美的詩篇。這兩種藝術風格的存

在，使他的詩歌表現得豐富而多彩，婀娜而多姿。因此，很值得我們探討。

一

陰柔是和陽剛對立而又互為依存條件的一對美學範疇，歷代著名的文論家曾多所論及。劉勰在《文心雕龍・體性》篇中說：「才有庸俊，氣有剛柔」，「風趣剛柔，宁或改其氣」，意謂文章有剛有柔，是由作者的氣質稟賦所決定的。這種把文學風格的剛柔的表現與詩人個性聯繫起來觀察的觀點，為以後文論家所接受，並加以新的闡釋，皎然《詩式》，司空圖《詩品》、嚴羽《滄浪詩話》等，對此均有論述，而正式標舉陽剛美和陰柔美並進行詳明闡述的，則是清代桐城派理論家姚鼐和古文家曾國藩。姚鼐《復魯絜非書》中說：

> 鼐聞天地之道，陰陽剛柔而已。文者，天地之精英，而陰陽剛柔之發也。……其得於陽與剛之美者，則其文如霆，如電，如長風之出谷，如崇山峻崖，如決大川，如奔騏驥；其光也，如杲日，如火，如金鏐鐵；其於人也，如馮高視遠，如君而朝萬眾，如鼓萬勇士而戰之。其得於陰與柔之美者，則其文如升初日，如清風，如雲，如霞，如煙，如幽林曲澗，如淪，如漾，如珠玉之輝，如鴻鵠之鳴而入寥廓；其於人也，漻乎其如嘆，邈乎其如有思，暖乎其如喜，愀乎其如悲。觀其文，諷其音，則為文者之性情形狀舉以殊焉。

姚鼐用剛健和雄壯的自然景色、用人們感情的巨大震動來形容藝術上的剛健之美，這種風格，如掣電流虹，如萬馬奔騰，噴薄而出，一瀉千里，不可阻遏；他用柔和婉麗的自然景色，用人們感情的輕微變化，形容藝術上的陰柔之美。這種風格如煙雲舒捲，奇峰散綺，春風淡蕩，自然流麗，以蘊深婉約為貴。

曾國藩在其《日記》中寫道：

—106—

> 吾嘗取姚姬傳統生之説，文章之道，分陽剛之美，陰
> 柔之美。大抵陽剛者氣勢浩瀚，陰柔者韻味深美。浩瀚者
> 噴薄而出之；深美者，吞吐而出之。

他承襲了姚鼐將文章分爲陽剛和陰柔的論點，進一步從文章的氣勢、韻味以及表達方式來區分二者的不同，比姚鼐的解釋更爲概括，更爲簡明。

姚鼐和曾國藩所談的陽剛與陰柔之美，是就散文而言的，但也適用於詩歌。按照他們的美學標準，李白詩歌中含有陰柔之美的詩篇數量是相當多的。據我粗略統計，約佔李白全部詩作的三分之一左右。這是一個十分可觀的數字。其中爲歷代傳誦的名篇，也不下七、八十首。這類詩主要是五言絕句、五言小律、五言律詩以及篇幅較短的樂府和五言古詩。清人施補華《峴佣說詩》評李白的詩：「太白才逸，筆在剛柔之間。」又說：「太白七古不易學，然一種清靈秀逸之氣不可不學，得其一二，俗骨漸輕。」他這裏說的「柔」筆，以及「清靈秀逸」的作品，應該就是指的這一部分詩作。這一部分詩作，雖不能代表李白詩歌創作的最高成就，卻不失爲獨具一格地表現李白詩歌創作成就的一個重要方面。

二

李白寫的含有陰柔之美的詩篇，有很大一部分是抒情的作品，它們抒情精細委婉，曲折盡致，自然眞率，楚楚動人。它們沒有堆砌典故，沒有雕琢與扭捏作態，猶如越女素裝，天然國色，自饒情韻。詩人特別善於對現實生活作深入觀察，捕捉生活中的眞實形象，能夠不失時機地抓住一些令人喜愛的生活鏡頭，進行細緻眞實的描寫，字裏行間滲透著作者豐富的感情。《越女詞》、《浣紗石上女》、《靜夜思》等詩篇，都具有這樣的特色。

> 長干吳兒女，眉目艷星月。屐上足如霜，不著鴉頭襪。
> 吳兒多白皙，好爲蕩舟劇。賣眼擲春心，折花調行客。

> 耶溪採蓮女，見客棹歌回。笑入荷花去，佯羞不出來。
> 東陽素足女，會稽素舸郎。相看月未墜，白地斷肝腸。
> 鏡湖水如月，耶溪女如雪。新妝蕩新波，光景兩奇絕。

《越女詞五首》

這幾首詩描寫越女美麗的容貌，活潑的姿態；她們情竇初開，已經有了愛的追求，但又故作嬌羞，笑歌而避，情趣盎然。再配合著花紅水綠的景色，詩的風格顯得分外嫵媚清新。詩人以愉快的感情，清麗的筆調，截取現實生活中真實的畫面，繪聲繪色，情景交融。這一組詩的感情的抒發是和緩的、輕鬆的，生活氣息很濃，把素足越女的天然風韻，脈脈溫情，都逼真地刻畫出來了。

再如《長干行》中的描繪：

> 同居長干里，兩小無嫌猜。十四為君婦，羞顏未嘗開；
> 低頭向暗壁，千喚不一回。十五始展眉，願同塵與灰；常
> 存抱柱信，豈上望夫台？十六君遠行，瞿塘灩澦堆。五月
> 不可觸，猿聲天上哀。門前遲行跡，一一生綠苔。

寥寥幾十字，把一個年輕新婦的喜悅與悲愁精細入微地刻畫出來了。全詩感情的展開富有層次，從兩小無猜到結為夫婦，從新婚燕爾到送夫遠行，事境在變，新婦的感情也隨之而變，由天真爛漫而嬌羞難言，由情真意切而黯然消魂，作者寫得極為細膩傳神。最後寫到「門前遲行跡，一一生綠苔」；「感此傷妾心，坐愁紅顏老」，真的如「幽林曲澗」，「寥廓鴻鳴」；「渺乎其如嘆」，「邈乎其如有思」。把詩歌的陰柔之美發揮得淋漓盡致。

他的抒情作品中，「韻味深美」的詩句也很多，可謂俯拾皆是。例如，《妾薄命》中：「寵極愛還歇，妒深情卻疏；長門一步地，不肯暫回車。」沈德潛評道：「形容盡態，妙於語言。」確實把先寵後棄的嬪妃心情和盤托出了。再如《寄東魯二子》中：「桃今與樓齊，我行尚未旋，嬌女字平陽，折花倚桃邊。折花不見我，淚下如流泉。小兒名伯禽，與姊亦齊肩，雙行桃樹下，撫背復誰憐。」也是沈德潛的

評語：「家常語瑣瑣屑屑，彌見其眞。」正是這一類家常言語，人物內心的語言，具有生香眞色，清新而又自然，既不晦澀，也不淺陋，淡雅舒徐，韻味俱佳。

其次，李白某些描繪自然景色與情感交流的詩篇，表現出含蓄隱秀，蘊深不露的特點。他以包孕深廣的語句，委婉的語調，把他的情懷與山川之美和諧地結合起來，使詩風婉約優柔，有著清晰的「曲線美」。李白這類詩，更多地採用了比興的方式，借景抒情，情寓景中，使主觀世界和客觀世界得到了高度的統一。嚴羽在《滄浪詩話》中說：「語忌直，意忌淺，脈忌露。味忌短，音韻忌散緩，亦忌迫促。」李白這類詩則言語婉曲，意蘊深厚，意脈藏而不露，詩味醇厚而雋永，音韻和諧，音節緊湊而不迫促，像一首大自然的輕柔樂曲。

這一類詩，在李白的絕句、律詩、短篇樂府中都不乏其例，歷代傳誦的名篇也頗多。

李白的絕句，有許多含蓄隱秀的好詩，五絕尤多，《獨坐敬亭山》、《青溪半夜聞笛》、《勞勞亭》等，七言絕句如《與史郎中欽聽黃鶴樓上吹笛》、《黃鶴樓送孟浩然之廣陵》等，都是其中著名的篇章。

> 眾鳥高飛盡，孤雲獨去閒。
> 相看兩不厭，只有敬亭山。

《獨坐敬亭山》

這首短詩寫詩人獨遊敬亭山時的情趣。敬亭山在今安徽省宣城縣北。據《江南通志》載：古名昭亭山，東臨宛溪，南俯城闉，煙市風帆，極目如畫。詩人先以眾鳥飛盡，孤雲獨去來襯托獨坐；後用擬人的手法把山崗人格化了，人在看山，山也在看人，這就是心理學上所說的移情作用。詩人借此表現了對敬亭山的喜愛，也隱約透露出孤寂的心情。對於這首詩，《唐詩別裁》評曰：「傳獨坐之神。」《唐宋詩醇》評曰：「宛然獨坐神理。」都提到一個「神」字。「神」者，入而忘機也。也就是說，人與山互望，實際上是互忘，李白已經和山融爲一體

了。

再如《與史郎中欽聽黃鶴樓上吹笛》：

一爲遷客去長沙，西望長安不見家。

黃鶴樓中吹玉笛，江城五月落梅花。

這首詩是李白流放途中在江夏時所作。首句用西漢賈誼在朝廷受到讒毀被貶爲長沙王太傅的典故，喻自己蒙誣含冤流放夜郎的不幸遭遇。次句寫對家室的懷念。最後兩句寫聽到黃鶴樓中玉笛奏《梅花落》的曲調，含蓄地表達自己幽怨的心情。《唐宋詩醇》評曰：「淒切之情，見於言外，有含蓄不盡之致」。全詩沒有怨愁之詞，而怨愁的情緒卻自然可感，這就是詩的氣氛在發揮作用，所謂「含而不露」，也就表現在這些地方。

在李白的五言律詩中，餘音繚繞、低徊綿邈之作不少。《魯郡東石門送杜二甫》、《聽蜀僧濬彈琴》、《金鄉送韋八之西京》、《送友人》等，都是充分表現出陰柔之美的詩篇。

醉別復幾日，登臨遍池台。何時石門路，重有金樽開？

秋波落泗水，海色明徂徠。飛蓬各自遠，且盡手中杯。

《魯郡東石門送杜二甫》

李白天寶四載（公元 745 年）和杜甫同遊齊魯時作此詩。杜甫在《壯遊》中寫道：「放蕩齊趙間，裘馬頗清狂。」李白離開長安與杜甫結識，他們遍遊山川，歷覽名勝古蹟，飲酒作詩。這首詩是他們當時生活與友誼的反映，首聯寫他們遊歷名勝古蹟的閑情逸致。頷聯寫別，他不說別情，卻從希望重逢談起。頸聯寫兩人分別時的景色。尾聯寫身世飄零，行蹤不定，各自珍重，以酒消愁。詩中意象的跳躍，表現出詩人感情和意緒的不定，極爲含蓄地表達了兩人濃厚的友誼和難分難捨的惜別情緒。這種惜別的情緒，融解在當前的景色之中，「秋波落泗水，海色明徂徠」，山川之美，徒增離色，更加烘托出作者的懷念之情。

李白的短篇樂府詩，更是言有盡而意無窮，給人充分回味和思索

的餘地。《玉階怨》、《春思》、《秋思》、《子夜吳歌》、《烏夜啼》、《烏
棲曲》等等，都有一唱三嘆之妙，因此受到許多評論家的擊節讚賞。
譬如賀知章讀了《烏棲曲》（一說《烏夜啼》），就對李白有謫仙之譽。

　　玉階生白露，夜久侵羅襪。

　　卻下水晶簾，玲瓏望秋月。

《玉階怨》寫妻子深夜思念久客在外的丈夫的幽怨心情。詩人並沒有
直接描寫她的怨情，而是通過環境的渲染和對她動作的描繪，把她的
幽怨情懷含蓄地表達了出來，生動地刻劃了少婦飽嘗離愁別恨難以安
眠的形象。對於這首詩，歷代評論家給予高度的讚許。蕭士贇曰：「太
白此篇，無一字言怨，而隱然幽怨之意見於言外，晦庵所謂聖於詩者
此歟！」《唐宋詩醇》評曰：「妙寫幽情於無字處得之，『玉顏不及寒
鴉色，猶帶朝陽日影來』不免露卻色相。」「不露色相」，幽怨之意見
於言外，就是這首詩的特色。

　　燕草如碧絲，秦桑低綠枝。當君懷歸日，是妾斷腸時，

　春風不相識，何事入羅幃？

　　　　　　　　　　　　　　　　　　《子夜吳歌》

這首詩寫離婦在春天懷念遠在邊塞的丈夫，並表白她對丈夫忠貞的愛
情。首二句寫燕秦兩地風光，既點明時令，在春光明媚、百花盛開的
季節，容易引起對遠方親人的思念情緒，又從燕秦兩地相隔之遠，暗
寫夫妻別離之久，憶念之深，思懷之切。中間兩句寫思婦對丈夫的懷
念，她想像當自己思念親人肝腸欲斷之時，也正是丈夫懷念自己急欲
返回之日。表現了她們夫婦感情的深厚和純真，他們之間的愛情光明
透亮，潔白無瑕。最後兩句寫思婦的無比貞潔，對於春風無意吹拂羅
幃，都有戒備，發出質詢。蕭士贇云：「末句喻此心貞潔非外物所能
動，此詩可謂得國風不淫不誹之體矣。」這首詩極含蓄地透露出思婦
壓在心頭的縷縷情思，通過柔和細膩的思緒，表現出真摯動人的感
情。此詩形象鮮明生動，感情深婉而真摯，因此有著很強的感人力量。
王夫之云：「字字欲飛，不以情不以景。《華嚴》有兩鏡相入義，唯供

奉不離墮。」(《唐詩評選》)他說「不以情，不以景」，是形容心心相印，猶如靜電感應，超出普通情景之上，這是一種誇張的說法。揆諸作者的筆調，還是觸景生情，情緣景發，兩盡其美。

李白這類好詩極多。《贈盧司戶》、《子夜吳歌》、《秋思》以及《望終南山寄紫閣隱者》等，都是歷代傳誦的篇章。它句短意長，情深韻美，耐人咀嚼和品味。

讀者欣賞這類詩時，認識和感受並沒有局限在作品的字面意義上，也沒有束縛在自然景色和個別形象的自身意義上，它們透過字面意義和具體形象，爲讀者提供了深思和馳騁想像的餘地，提供了藝術欣賞再創造的良好條件，能夠思索和領會更多更深的東西。儘管，詩歌中只能觸及描寫對象的一點一面，但是由於詩歌內涵的深厚，概括性的巨大，使讀者能得到多面的和豐富的啓示與感受，得到作品深藏的含義，讀了有繞梁之音不絕於耳際之感。

第三，李白在一些寫壯闊或驚險景象的詩篇裏，用了十分輕鬆的筆調，以平和舒緩的語氣，化驚險爲平夷，使詩裏沒有咄咄逼人的氣勢，沒有可驚可愕的景象，使人在神情愉悅而輕鬆的情緒中，盡情地欣賞和體味這氣勢不凡的畫面。「山從人面起，雲傍馬頭生」(《送友人入蜀》)；「群峭碧摩天，逍遙不記年。撥雲尋古道，倚樹聽流泉」(《尋雍尊師隱居》)。他把群峰刺天，煙雲繚繞的景象，寫得那麼輕鬆，沒有劍拔弩張的氣氛，也沒有柔靡纖弱的情態。以平淡的語氣，寫出不平凡的氣勢，這是他詩歌藝術表現上的一大特殊才能。正因爲如此，他的詩寫得柔中有剛，剛寓於柔，包孕宏大，卻又舒緩紆坦而無迫促之感。

> 君歌楊叛兒，妾勸新豐酒。何許最關人？烏啼白門柳。
> 烏啼隱楊花，君醉留妾家。博山爐中沉香火，雙煙一氣凌
> 紫霞。

這首《楊叛兒》，前六句以柔婉的筆調，用賦的方式，敘述了一對情人相會的情景，描寫了他們之間熱烈的歡聚場面；後兩句則以俊爽的

筆調，用比的方式，寫了他們之間極爲融洽的愛情。「雙煙一氣凌紫霞」，運用浪漫主義的手法，把這種極爲融洽的愛情理想化和空靈化，表現了愛情的純潔、堅貞與崇高，作者熱情讚揚了他們追求愛情的果敢行爲。

再如《夜坐吟》：

> 冬夜夜寒覺夜長，沉吟久坐坐北堂。冰合井泉月入閨，
> 金釭青凝照悲啼。金釭滅，啼轉多；掩妾淚，聽君歌；歌
> 有聲，妾有情；情聲合，兩無違。一語不入意，從君萬曲
> 梁塵飛。

此詩寫冬天的夜晚一對戀人傾訴情懷的情景；女方婉轉悲啼，情深意濃。《唐宋詩醇》評曰：「空谷幽泉，琴聲斷續。恩怨爾汝，呢呢如聞，景細情眞。」同書引譚元春評曰：「一語不入二句，露出俊爽之致。」最後一結，使前面質實的白描跳入理想境界，詩意得到昇華，充滿清靈秀逸之氣。

李白這些剛中有柔的作品，仍以陰柔之美爲主要特色。全詩柔中有骨，柔中見剛，剛柔相濟。結句尤佳，具有俊爽之致，不僅使詩篇避免了纖弱柔靡的傾向，而且情調和諧，餘意無盡，耐人尋味。

三

通過上面對具體作品的分析，我們似可以得出這樣的結論：李白含有陰柔之美的詩作，就題材和描寫內容說，多寫山水自然之美和民間離婦的幽怨之情，政治色彩比較淡薄。因爲有著濃鬱的生活氣息，滲透了詩人深厚而眞摯的感情，飽和著下層人民的人情味，因此一直受到人們的喜愛。從抒情方式上來說，這類詩作特別重視景物的描寫，重視氛圍的渲染。它往往借景抒情，情寓景中。如果說詩人大部分七言歌行中，感情洶湧如山洪暴發，一個浪頭接一個浪頭襲來，逼人灼人，使你應接不暇，「強迫」你接受他的觀點和感受；那麼這類含有陰柔之美的詩作，則如淙淙流水，向讀者心田慢慢滲透。詩中感

情對人的侵染，恰似「細雨濕衣看不見，閑花落地聽無聲」，使讀者在不知不覺中接受了這種感情的潛移默化。總之，他善於通過景物的描寫和氛圍環境的渲染，來傾注和強化自己的感情。詩人的感情不是外在粘附在詩句的字面之上，而是流注在想像和形象構成的意境之中，因而能夠「狀難寫之景如在目前，含不盡之意見於意外」（《六一詩話》），使詩境達到出神入化的地步。

這些含有陰柔之美的詩篇，從形式上看，大都是五言詩，間或有七言絕句和七言樂府，其中藝術水平高而為人們所傳誦的，則是短詩。這就透露了一個消息：李白是在學習和繼承前人詩歌的基礎上，奠定了自己的詩歌藝術風格的。我國的五言詩從東漢末就逐漸成熟，經過六朝到唐代，這種詩歌形式在藝術表現上已很成熟。七言詩雖然早在漢代就有了柏梁體，漢武帝成功地用七言寫了《秋風辭》，曹丕寫了《燕歌行》，鮑照的七言歌行更為成熟。唐初劉希夷、張若虛、盧照鄰、駱賓王都寫過很好的七言歌行。然而七言歌行詩的大量出現和七言近體詩的成熟，畢竟是在盛唐時期。五言詩的形成與成熟比七言詩為早，這是文學史上公認的事實，而李白詩歌藝術的天才表現，也主要在七言樂府和歌行上，他以驚人的藝術天才，在詩歌內容與藝術表現上有很大的突破和獨創，寫出了古今獨步光照千秋的詩篇，從而奠定了他在文學史上崇高的地位。李白所寫的這一類詩，大都含有陽剛之美，內容上富有浪漫主義色彩。李白的五言詩，在藝術的獨創方面，則遠不如他的七言歌行和樂府詩。所謂「太白五言沿洄魏晉，樂府出入齊梁」（《詩藪》）的說法，是符合客觀事實的。這裏所說的「樂府」係指五言短小樂府詩而言的，這一點詩論家也承認的。我們說李白五言詩繼承多而獨創少，是就詩的形式而言的，就詩的意境與藝術成就說，則是遠超前人獨步當代的。譬如《子夜吳歌》是受吳曲《子夜歌》的影響，內容上都是寫愛情的，形式上由四句發展到六句，類似小律。但李白這幾首詩，對戰爭造成的夫婦長期別離深表關切和同情，對戰爭流露出不滿情緒，帶有鮮明的時代特色。詩的形象鮮明

生動，風格剛健清新，感情真率嚴肅。它吸收了南朝民歌新鮮活潑的特點，而絲毫沒有南朝民歌中那種不健康的輕佻味道。就這類詩歌講，李白也分明創造了自己獨特的藝術風格。這一點卻是不能不加注意的。

陰柔之美的詩作在李白詩歌中佔有重要的地位，但絕不能與其陽剛之美的詩作抗衡。陽剛之美的詩作在他的詩歌創作風格中佔有主導地位，對詩歌發展的貢獻也最大。後來的張碧、韓愈、孟郊、李賀都直接受到他的詩風的影響。對照之下，陰柔之美的詩作在藝術形式上卻是繼承多而獨創少，對後繼詩人的吸引力也不是那樣大；然而它畢竟是李白詩歌多種風格中不可或缺的一種，而且正因為李白詩歌創作既有陰柔之美，又有陽剛之美，既能潑墨彩繪，又能寫意白描，才奠定他在文學史上獨特的地位。因此，我們在重點研究和探討李白陽剛之美的詩作的同時，對陰柔之美的詩作，也應予重視和研究。只有這樣，才能窺視和展現李白詩歌藝術創作的全貌，學習他的不拘一格的多方面的才能和修養。

第五節　李白詩歌的陽剛美

在李白近千首優美動人的抒情詩中，有各種美的表現形式：諸如陰柔美、陽剛美以及剛柔相濟等。這幾種美在他的詩中，表現都十分充分，且富有個性特徵。而最足以表現他的藝術成就的，則是那些雄直壯麗、昂揚奮發的具有陽剛美的詩歌。李白其所以在詩歌史上居於非常重要的地位，蓋因寫出了許多思想深刻藝術上富有獨創性的具有陽剛美的詩篇。在他詩中陽剛美表現為最傑出、為後代文學史家所擊節讚賞的，主要是他的歌行和七言絕句。這些詩歌，或直陳胸臆，痛快淋漓；或借物喻意，詞意閃爍；或奔放雄直，一瀉千里；或惝恍杳冥，境界幽幻。感情莊重而慷慨，情緒激動而昂揚。讀其詩，令人骨驚神悚，回腸蕩氣，完全被詩中的藝術魅力所征服，為詩中的感情所

左右。猶如一葉小舟在巨浪中顛簸，東西南北，不能自主。李白詩歌中的陽剛美是盛唐時代精神的反映，詩人以雄豪的筆姿，揮翰霧散，光輝麗天，奏出了時代的最強音。

一

就詩的內容說，李白具有陽剛美的詩篇所反映的社會生活面是十分廣闊的，可以說觸及到當時社會矛盾的各個方面。

首先，他以憤怒的感情，揭露社會黑暗，鞭撻腐朽勢力，慷慨昂揚，情緒激憤。

李白「濟蒼生」、「安社稷」的宏偉抱負不能伸展，一生鬱鬱不得志，蓋因玄宗晚年追求逸安享樂，致使大權旁落，李林甫、楊國忠之流相繼專權，嫉賢害能，朝政腐敗，黑暗勢力囂張。特別是長安三年，他目擊了朝政黑暗、腐朽勢力猖獗的種種情形。他將滿腔怒火，傾注筆端，因而詩裏奔注著烈焰升騰的情緒。譬如在《答王十二寒夜獨酌有懷》中，詩人將其積聚的滿腔怒火，噴薄而出，對當時黑暗的社會現象，作了大膽的揭露和猛烈的抨擊。《醉後贈從甥高鎮》抒發了詩人懷才不遇的憤懣，表現出豪放不羈的性格，情緒憤激而昂揚。此外，如《萬憤詞投魏郎中》、《上崔相百憂章》等，表現了詩人對祖國前途命運的深切關注，對統治階級顛倒是非的激烈抗爭，詩中噴射出憤怒的火焰。

其次，他以巧奪天工的彩筆，描繪了雄偉壯觀、波瀾壯闊的自然景象。這些詩篇，洋溢著雄奇壯麗之美。

李白足跡遍及祖國各地：南及零陵，北到幽燕，東達齊魯，西涉邠岐。雄偉的泰山，險峻的華山，秀逸的廬山，美麗的黃山，以及嵩山、衡山、天姥山等，都留下了他的腳印。面對江山勝圖，信手直書，自成奇彩。從《望廬山瀑布》、《西岳雲台歌送丹丘子》、《將進酒》、《渡荊門送別》、《夢遊天姥吟留別》、《蜀道難》等詩，我們可以看出：飛流直下的廬山瀑布，宛若從天而降的黃河，在千里平

野奔流的長江，壯哉崢嶸的西嶽，勢拔五嶽的天姥，艱難險阻的蜀道，這一切雄奇壯觀的景象，使詩人爲之傾倒，爲之歌讚。他懷著無限喜悅的心情，以浪漫誇張的筆調，描繪這異常壯偉奇觀的景色，詩裏洋溢著壯美的情調，飛動著絢麗爛漫的色彩。

　　第三，他以磅礴的筆姿，描寫壯偉的事業，寫出一幅幅鼓舞人心的生活畫面。譬如《永王東巡歌》其六：「丹陽北固是吳關，畫出樓台雲水間。千巖烽火連滄海，兩岸旌旗繞碧山。」詩的前兩句點出永王所在之地是在鎮江附近，並寫出江南山光水色之美。後兩句以樂觀的調子寫當時開展的抗擊安史叛亂的戰爭，詩人著力寫江南抗敵的印象：兩岸旌旗，連天烽火，浮江海浪，映水樓台，既展示了戰火蔓延之廣，又寫出了唐軍氣壓敵人的聲威，詩人奏出一曲高亢入雲、氣吞胡虜的凱歌。詩人這種豪邁的感情，昂揚的情緒，氣壓強敵的氣魄，令人精神振奮，使人感到猖獗一時的敵人，只不過是甕中之鱉罷了。又如《哭晁衡卿》寫得沉痛而悲壯。詩中寫了蓬壺、明月、碧海、白雲，環境十分優美，宛若仙境，這種悲壯畫面的描寫，不僅顯示了逝者偉大、非凡的品格，而且使人在哀愁之中得到慰藉，受到感染，而不致產生悲愴淒慘之情。

　　第四，李白寫了許多英雄的頌歌。在他筆下出現的英雄人物，大都果敢堅強、驍悍英勇。《發白馬》篇，雖係敷衍樂府舊題成篇，並非專寫現實中的某些英雄，然詩中集中了古代許多英雄的特點，十分生動地寫出了將軍轉戰沙場、保衛疆土、勒銘燕然的英雄形象，他對英雄的崇敬之情溢於言表。《司馬將軍歌》以雄壯之詞，寫英雄的精神面貌，使其威風凜凜，令人敬畏。詩寫得極有氣勢。

　　第五，他滿懷激情地歌頌爲親報仇和俠客的壯烈俠義行爲。李白一生任俠並在詩中熱情歌讚俠客，必然有其特殊原因，這很可能與他的家世遭遇有關。因此他讚揚俠者之詞與爲親報仇的篇章，情出肺腑，感人彌深。《俠客行》、《東海有勇婦》、《秦女休行》都寫得很有感情，很有生氣，令人爲之擊節。《東海有勇婦》中的勇婦，爲了替

屈死的丈夫報仇，學得了一身武藝，終將仇者斬首國門，蹴踏五臟，令人拍手稱快。在《秦女休行》中，詩人將秦女休干冒刑律爲親報仇的英雄行爲寫得有聲有色。秦女休的故事本來就很動人，胡震亨說：「按女休事奇烈，第重述一過便堪擊節」，〔註62〕經過詩人畫龍點睛之筆，直如錦上添花，光彩奪目。在《俠客行》中，詩人以傳神之筆，生動地寫出了俠客的精神面貌：「事了拂衣去，深藏身與名。……三杯吐然諾，五嶽倒爲輕」，他熱情讚揚俠客；「縱死俠骨香，不慚世上英」，筆端流注著深厚的感情。

　　總之，李白具有陽剛美的詩歌內容是豐富的，所寫題材涉及到當時社會生活的各個方面，留下了比歷史記載更廣泛、更深刻、更典型、更生動，更眞實的歷史資料，值得認眞地探討。

二

　　李白具有陽剛美的詩篇，有其突出的個性特點。

　　第一，李白詩中的陽剛美表現爲雄直奔放，構象宏偉，境界壯闊，氣勢浩瀚的藝術特點。

　　李白在《上安州裴長史書》中說：

　　　　前禮部尚書蘇公出爲益州長史，白於路中投刺，待以布衣之禮，因爲群僚曰：「此子天才英麗，下筆不休，雖風力未成，且見專車之骨，若廣之以學，可以相如比肩也。」四海明識，具知此談。前此郡督馬公，朝野豪彥，一見盡禮，許以奇才，因爲長史李京之曰：「諸人之文，猶山無煙霞，春無草樹。李白之文，清雄奔放，名章俊語，絡繹間起，光明洞徹，句句動人。

蘇頲稱讚他的詩有「專車之骨」，馬公讚揚他的詩「清雄奔放」，二者頗能抓住李白詩中陽剛美的特點。什麼是「專車之骨」呢？骨是我國古代重要的美學概念，是指文辭方面的美學要求，即在文辭表達上都

〔註62〕胡震亨《李詩通》，引自《李白集校注》第397頁。

達到境界完善而具有很強的感動讀者的力量。「專車」一詞，語出《國語·魯語》，狀其人骨骼之龐大，一節骨可裝滿一車。此喻其詩構象宏偉，文辭很有氣魄。「清雄奔放」也是一個內涵豐富的美的概念，主要是指一種壯大豪放的美。雄大與纖細、娟麗、秀美不同；奔放與頓挫、含蓄、沉著異趣。雄大而奔放，是一種大河奔瀉、驚濤千里的美。曾鞏在《代人祭李白文》中，說李白詩是「又如長河，浩浩奔放，萬里一瀉，末勢猶壯」，就接觸到這種美的特徵。它是壯大的、開闊的、氣勢磅礡的，但又無粗濁之氣，因此又加了一個「清」字。就是既壯大、開闊，氣勢磅礡，而又清新俊逸。《上安州裴長史書》是他三十歲時寫的，他引用蘇頲和馬公的讚語，這無疑是同意和讚賞這種評語的。「清雄奔放」、「專車之骨」這樣的評語，其所以得到他的讚許，是因為代表了他的美學理想，而且也的確能抓住他詩歌中陽剛美的主要特徵。這種特徵在李白詩中表現是極為突出的：

> 大鵬一日同風起，扶搖直上九萬里。假令風歇時下來，
> 猶能簸卻滄溟水。

《上李邕》

這是何等壯偉的氣魄！李白以大鵬自喻，寫出了力能回天轉日的鮮明突出的自我形象。這是典型的浪漫主義詩歌。李白詩中也寫了迎面而來的如山的困難：

> 白浪如山那可渡，狂風愁殺峭帆人。

《橫江詞六首》之三

> 一風三日吹倒山，白浪高於瓦官閣。

《橫江詞六首》之一

> 我浮黃河去京闕，掛席欲進波連山。

《梁園吟》

這與其說是寫自然界的險風惡浪，無寧說是寫人生征途上的艱難險阻。李白對迎面而來重重如山的困難是藐視的，而這困難的根源是統

治階級腐朽勢力造成的。他對造成人生征途上困難的權貴是極爲蔑視的：

> 黃金白璧買歌笑，一醉累月輕王侯。
>
> 《憶舊遊寄譙郡元參軍》
>
> 安能摧眉折腰事權貴，使我不得開心顏！
>
> 《夢遊天姥吟留別》
>
> 生前一笑輕九鼎，魏武何悲銅雀台？……何不令皋繇
> 擁彗橫八極，直上青天掃浮雲。
>
> 《魯郡堯祠送竇明府薄華還西京》

這是何等的筆力，何等的氣魄，詩人以浩瀚的氣勢，寫出了開闊朗直的藝術境界。「大抵陽剛者氣勢浩瀚，陰柔者韻味深美，浩瀚者噴薄而出之，深美者吞吐而出之」，〔註63〕這幾句話，頗能抓住陽剛美與陰柔美的特色及抒情方式。具有陽剛美的詩篇必然境界開闊，氣勢浩瀚，而其抒情方式則往往是感情洶湧澎湃，噴薄而出。李白詩歌在這方面表現尤爲突出，對此，前人多有精到公允的評騭。所謂「秕糠萬物，瓮盎乾坤。狂呼怒叱，日月爲奔」；〔註64〕「壯浪縱恣，擺去拘束」；〔註65〕「李詩思疾而語豪」；〔註66〕「五嶽爲辭鋒，四海作胸臆」；〔註67〕「仙筆驅造化」，〔註68〕就是說他的詩辭采壯闊，氣魄浩大，筆力勁遒，具有雄壯健拔之氣，詩裏洋溢著剛健美。

李白詩中這種浩瀚的氣勢是怎麼來的呢？這是因爲李白喜歡登山涉水，各地壯遊，遂使祖國奇山勝水，了然於胸。他尤其喜歡那種雄偉壯麗、使人胸襟開朗的廣闊的景色，孫覿曾說：「李太白周覽四海名

〔註63〕曾國藩《日記》引自朱東潤《中國文學批評史大綱》第334頁。
〔註64〕方孝孺《李太白讚》，引自《李白集校注》第1855頁。
〔註65〕元稹《唐故工部員外郎杜君墓繫銘並序》，《元稹集》第601頁。
〔註66〕《韻語陽秋》，引自《歷代詩話》第486頁。
〔註67〕皮日休《李翰林白》，《皮子文藪》第105頁。
〔註68〕釋貫休《古意》，引自《李白集校注》第1842頁。

山大川，一泉之旁，一山之阻，神林鬼冢，魑魅之穴，猿狖所家，魚龍所宮，往往遊焉，故其爲詩疏宕有奇氣」。〔註69〕從客觀講，他是見過大世面的人，他的豐富的閱歷和壯遊，使他有條件寫這種壯闊的詩；從主觀看，他的胸襟和氣魄很大，所以他寫那壯美的景色，不但能鳥瞰全局，而且能駕輕就熟地駕馭這種題材，寫險無驚愕之狀，狀奇無誇誕之詞，而其壯大浩莽之致，留連忘返之情，自然而然地流注筆端，可謂從容不迫，游刃有餘。譬如「登高壯觀天地間，大江茫茫去不還。黃雲萬里動風色，白波九道流雪山」（《廬山謠寄盧侍御虛舟》），「黃河如絲天際來」（《西岳雲台歌送丹丘子》），就是把遠觀大江大河看到的壯麗景色形諸筆端，自然成爲一幅驚心動魄的壯美的圖畫。所謂「劈空而來，天驚神破。……風雨雷霆之勢，具神工鬼斧之奇。……仍能出之於自然，運之於優遊。無跋扈飛揚之躁率，有沉著痛快之精能。如劍繡士花，中含堅質，鼎色翠碧，外耀光華，此能盡筆之剛德者也。」〔註70〕其次，詩人在寫詩時，情緒十分激動，感情是噴發的。嚴羽在評李白《將進酒》時說：「一往豪情，使人不能句字賞摘。蓋他人作詩用筆想，太白但用胸口一噴即是，此其所長。」所謂「一噴即是」，是指他的詩往往以洶湧澎湃的感情的浪潮，衝擊讀者的心靈；以熾烈的感情，點燃讀者心頭的火焰；以急劇多變的旋律，形成強烈的感情衝擊波。他抒發奔放感情的詩篇，不是寓情於景，將思想化爲鮮明的形象，而往往採取感情的直接宣示。這是由於唐王朝日趨腐朽，奸佞掌權，小人得勢，李白「申管晏之談，謀帝王之術」的宏偉抱負無由伸展。因此他胸中的怒火鬱積，一觸即噴。他的感情如雷鳴，如閃電，如暴風疾雨，這種感情的洪流等不到化爲客觀形象，就如洪水破閘，浩浩蕩蕩，奔湧而出。詩人以直接抒情的方式，寫出鮮明的自我形象。

　　袁行霈同志在《論李杜詩歌的風格與意象》一文中，對李白詩歌的壯美特色作了生動的描述：「可以說，李白的詩是迸發式，宛若天

〔註69〕孫覿《送刪定任歸南安序》，引自《李白集校注》第 1859 頁。
〔註70〕沈宗騫《芥舟學畫編》，《畫論叢刊》第 327 頁。

際的狂飆，噴溢的火山，狂呼怒叱，縱橫變幻，有一種震憾人心的威
力，使讀者在驚異之中得到美感。」用這段話概話李白具有陽剛美的
詩的特色，我是非常贊同的。「使讀者在驚異之中得到美感」，這是讀
具有陽剛美詩的實際感受，李白具有陽剛美的詩篇，在這一點上表現
得十分突出。「噫吁嚱，危乎高哉，蜀道之難難於上青天」，《蜀道難》
詩這樣的開頭，就使人對「蜀道」的崎嶇險阻，留下了極深的印象。
「噫吁嚱」三個嘆詞連用，就給人以突兀驚異之感。詩人意猶未盡，
用「危乎高哉」，在詠嘆之中點出了「危」而「高」的情形，再一次
鋪墊，使人對蜀道之難身同感受，最後才托出「蜀道之難難於上青
天」，這種非現實的主觀的描寫，使人信以為真。李白詩中類似的描
寫是很多的：

> 烈士擊玉壺，壯士惜暮年。三杯拂劍舞秋月，忽然高
> 詠涕泗漣。
>
> 《玉壺吟》

> 與君論心握君手，榮辱於余亦何有？孔聖猶聞傷鳳
> 麟，董龍更是何雞狗。一生傲岸苦不諧，恩疏媒勞志多乖。
> 嚴陵高揖漢天子，何必長劍拄頤事玉階。
>
> 《答王十二寒夜獨酌有懷》

感情瞬息萬變，悲喜轉換無常。布局錯綜變幻，畫面波瀾壯闊。無粗
莽之氣，無叫噪之風。感情突兀而又流暢，意象跳躍而又意脈一貫。
所謂「想落天外，局自變生，大江無風，濤浪自湧，白雲捲舒，從風
變滅」，〔註71〕寫出了夭嬌多姿的壯美的藝術境界。

李白寫詩特別強調強烈的主觀感情，強調感受的真實。譬如「白
髮三千丈」、「黃河之水天上來」、「蜀道之難難於上青天」、「燕山雪花
大如席」等等，都是經不起客觀事實檢驗的，然而理之所無，情之所
有，他表現出的主觀感情更強烈更真實，有著震撼人心的藝術力量。

〔註71〕沈德潛《說詩晬語》，引自《清詩話》第 536 頁。

由於描寫對象的壯闊怪奇和詩人寫詩時感情變化的急劇，從而產生了富有個性特徵的陽剛美。樂府歌行這種不受句式與篇幅限制的自由詩體，可以更自由地發揮詩人的創作才能，更適宜於表達他那種奔放的感情，更適於寫壯闊的內容。詩人擅長寫的那種具有風起雲湧‧排山倒海氣勢的詩篇，與詩人性格氣質是十分合拍的，因而將其富有個性特徵的陽剛美表現得更為突出，更為典型。

第二，他的詩歌中情緒激憤昂揚，內容慷慨悲壯，表現手法變幻多姿，因而形成惝恍杳冥，閃幻可駭的詩境。

胡應麟說：「闔闢縱橫，變幻超忽，疾雷震電，淒風苦雨，歌也。……太白多近歌」。〔註72〕這話說的是極對的，它相當準確地概括了歌行詩的特點，也抓住了李白歌行詩的個性特徵。李白的歌行詩最富有獨創性，那壯闊的內容，跌宕的氣勢，跳躍的意象，排奡的音節，使其詩以迥異他人的獨特的面貌出現，產生了藝術上的豐富多姿的陽剛美。這種陽剛美是他勇於衝破舊的藝術格局的束縛，積極追求創新的表現，也是他詩歌天才的充分的發揮和表露。所謂「第其天才縱軼，出入變幻，令人莫可端倪」；〔註73〕「至於奇情勝致，使覽者應接不暇，又其才之獨擅者耳」。〔註74〕

李白詩歌情緒激昂、慷慨悲壯基調的形成，是基於對祖國的眞誠熱愛，是他熱望從政改變現實的強烈願望所致。當時他面臨的政治現實是：一方面大唐帝國享有崇高的國際威望，具有雄厚的經濟基礎，先進的物質文明，以及豐富多彩的文化生活，是產生豪邁的氣魄的社會根源與物質基礎；另一方面，當時社會上的腐朽勢力逐漸露頭：諸如皇帝的淫樂，奸佞的篡權誤國，社會上種種腐朽勢力的抬頭，使他無限憂慮。所謂「驊騮拳跼不能食，蹇驢得志鳴春風」（《答王十二寒夜獨酌有懷》）；「沐猴而冠不足言」（《單父東樓秋夜送族弟沈之秦》）。

〔註72〕胡應麟《詩藪》第48頁。
〔註73〕喻文鏊《考田詩話》，引自《李白集校注》第388頁。
〔註74〕《唐宋詩醇‧憶舊遊寄譙郡元參軍》評語。

這種顛倒黑白的現實使他產生了悲壯激昂的情緒。出於改革現實的強烈慾望，他用一枝生華的彩筆，進行勇敢的戰鬥。他的詩中，有對鬥雞之徒的申斥，如《古風‧大車揚飛塵》、《古風‧一百四十年》；有對外戚得勢的辛辣諷刺與強烈批判，如《古風‧咸陽二三月》；有對皇帝不重賢才的諷諭，如《古風‧燕昭延郭隗》等。但由於現實的無比黑暗，權奸的得勢與猖獗，再加上詩的內容涉及到一些軍國大事，他的詩的批判鋒芒既不能不有所諱避，有所收斂，但其感情又不易遏制，如鯁在喉，一吐爲快。因之詞意閃爍不定，產生了惝恍迷離的詩境。譬如，他在著名的歌行《遠別離》中寫道：「日慘慘兮雲冥冥，猩猩啼煙兮鬼嘯雨，我縱言之將何補？皇穹竊恐不照余之忠誠。雷憑憑兮欲怒吼，堯舜當之亦禪禹。君失臣兮龍爲魚，權歸臣兮鼠變虎。或云堯幽囚，舜野死」，詩裏通過娥皇、女英及堯幽囚、舜野死的傳說，以迷離惝恍的文筆，表現了詩人對權奸得勢、政治混亂的憂慮，而又不便直白地表露心中眞實的感情，於是形成「其詞閃幻可駭，增奇險之趣」的藝術風格。〔註75〕《夢遊天姥吟留別》、《蜀道難》、《梁甫吟》等詩，都有類似的藝術特點。這些詩之所以表現出「閃幻可駭」的意緒，就是因爲詩人企圖把當時國家面臨的政治危機旗幟鮮明地揭露出來，然而又迫於黑暗腐朽勢力猖獗的形勢，心中不免有所顧忌，在詩中不能明朗地直率地表達內心的感情，於是吞吞吐吐，甚而以幻化的形式表現現實的生活內容和政治態度，遂產生了詞意閃爍、歸趣難求的現象。詩人在《梁甫吟》中寫道：「我欲攀龍見明主，雷公砰訇震天鼓，帝旁投壺多玉女。三時大笑開電光，倏爍晦冥起風雨，閶闔九門不可通，以額扣關閽者怒」。蓋欲直陳政見，又憚於權臣的淫威，只好閃爍其詞，曲折委婉地表達對時勢憂慮的心情。《蜀道難》最後一段寫道：「劍閣崢嶸而崔嵬，一夫當關，萬夫莫開。所守或匪親，化爲狼與豺。朝避猛虎，夕避長蛇，磨牙吮血，殺人如麻。錦城

〔註75〕胡震亨語，引自《唐宋詩舉要》第 155 頁。

雖云樂，不如早還家」。詞意閃爍，旨意難明，一千年來，對此爭論不休。詩人之所以故意把話說得含混，就是出於對這種複雜的現實的考慮。李白這種內涵豐富、意旨難窮的詩篇，有巨大的思想容量。作爲文學藝術的詩歌，只要我們不是索隱式地窮究詩的底蘊，不是讀史式地要把每句話落實爲客觀事實，那麼，他的這類詩的形象，仍是鮮明而豐富的，能給我們以深刻的印象和強烈的生活感受，能給我們思想上深刻的啓示。

　　不畏艱難險阻的大無畏精神與胸襟豪邁逸興遄飛的樂觀主義情緒，是貫串李白詩中的一條紅線，爲其陽剛美的第三個特點。

　　縱觀李白的一生，他對理想與事業的追求是堅定的，執著的，有一股堅韌不拔的毅力和鍥而不捨的精神。雖然，他有時免不了消極、悲觀和苦悶，在追求碰壁之餘，就鑽進個人營造的蝸角之內，或以老莊思想解脫，或在幻化的神仙境界中徜徉，或迷戀於名山勝水，但他一生的主流卻是積極的、樂觀向上的，他不懈地爲自己功成身退的理想而奮鬥。他在理想的追求過程中，碰到了無數的困難與曲折，但在艱難險阻面前，他卻對困難極端藐視，迎之而上，急流勇進。他的性格豪邁、樂觀，情緒很高，經常是逸興遄飛，昂揚奮發。他雖則屢遭挫折，卻從不放棄對進步政治理想的追求。追求，失敗，再追求，是他經歷的人生道路。《登太白峰》詩，是他這種執著追求性格的表現。

　　　　西上太白峰，夕陽窮登攀。太白與我語，爲我開天關。
　　願乘泠風去，直出浮雲間。舉手可近月，前行若無山。一
　　別武功去，何時更復還。

太白山是那麼高峻，詩人整整登了一天，還未到達峰頂。「夕陽窮登攀」，在夕陽西下的時候，詩人不是急欲返回，而仍一鼓作氣，登攀山之頂峰。這種勇氣、毅力與鍥而不捨的精神令人感動。精誠所至，金石爲開，詩人終於勝利地到達峰頂。童顏鶴髮的太白神打開天關，歡迎詩人的到來。「舉手可近月，前行若無山」，這豪邁的語言，大有

「登泰山而小天下」之氣概，前途小山何畏哉？這是李白公元 730 年一入長安之作，詩人雖「歷抵卿相」無成，但他對前途仍然有這樣的樂觀與自信。

「蒼天不負苦心人」，由於玉真公主的推薦，老詩人賀知章的揄揚，玄宗皇帝下令徵召，遂入翰苑，他充滿了狂歡喜悅之情：

> 仰天大笑出門去，我輩豈是蓬蒿人。
>
> 《南陵別兒童入京》

> 忽蒙白日回景光，直上青雲生羽翼。幸陪鸞輦出鴻都，
> 身騎飛龍天馬駒。王公大人借顏色，金章紫綬來相趨。
>
> 《駕去溫泉宮後贈楊山人》

他的意氣飛揚，得意之情，躍然紙上。然而好景不長，不久他就被「賜金還山」，趕出京城，這對他是很大的打擊。他寫了《天馬歌》以自喻：

> 天馬來出月支窟，背為虎文龍翼骨。嘶青雲，振綠髮，
> 蘭筋權奇走滅沒。騰昆侖，歷西極，四足無一蹶。雞鳴刷
> 燕晡秣越，神行電邁躡恍惚。……崔嵬鹽車上峻坂，倒行
> 逆施畏日晚。……嚴霜五月凋桂枝，伏櫪含冤摧兩眉。請
> 君贖獻穆天子，猶堪舞影弄瑤池。

此詩寫天馬飛奔之迅疾，不幸遭遇以及對前途的希冀，顯然詩人是以天馬自喻，充滿了身世之感。故蕭士贇曰：「此篇蓋為逸群絕倫之士不遇知己者嘆，亦自傷其不用於世而求知於人也歟！」〔註76〕胡震亨云：「太白所擬則以馬之老而見棄自況，思蒙收贖」，〔註77〕他雖然歷盡坎坷，對前途仍充滿了幻想。

李白詩篇寫前途艱難險阻，不是顯示山窮水盡，沮喪絕望，束手無策，而是為了寫出柳暗花明，豁然開朗的境界。所謂「道高一尺，

〔註76〕蕭士贇語，引自《李白集校注》第 238 頁。
〔註77〕胡震亨語，引自《李白集校注》第 238 頁。

魔高一丈」，以見其氣魄之宏大，志向之堅毅，境界之開闊。是用襯筆寫其大無畏的英雄主義，因此給人以鼓舞雀躍之情。譬如寫安史之亂的若干詩篇，就是在國難當頭，敵人極為猖獗之時，給人以光明的希冀，增強人們必勝的信念。

> 月化五白龍，翻飛凌九天。胡沙驚北海，電掃洛陽川。
> 虜箭雨宮闕，皇輿成播遷。……卷身編蓬下，冥機四十年。
> 寧知草間人，腰下有龍泉。浮雲在一決，誓與清幽燕。……
> 所冀旄頭滅，功成追魯連。
>
> 《在水軍宴贈幕府諸侍御》

> 南奔劇星火，北寇無涯畔。……太白夜食昴，長虹日
> 中貫。秦趙興天兵，茫茫九州亂。感遇明主恩，頗高祖邀
> 言。過江誓流水，志在清中原。拔劍擊前柱，悲歌難重論。
>
> 《南奔書懷》

這兩首詩的前半段都寫安史叛軍力量的強大、猖獗，他們很快地佔領了大半個中國，兩京陷落，生靈塗炭，國家處於危亡之際，後半則寫其作者的勇氣與平叛決心：「浮雲在一決，誓與清幽燕」，「過江誓流水，志在清中原」，這是充滿愛國主義感情的英雄頌歌，給人以極大的鼓舞和向前的力量。李白的詩歌，大都充滿了這種理性的樂觀主義和壓倒一切征服一切的英雄主義氣概。

李白性格開朗、達觀，經常興致勃發，情緒濃烈。所謂「三山動逸興」（《與從侄杭州刺史良遊天竺寺》）、「黃花逸興催」（《宣城九日聞崔四侍御與宇文太守遊敬亭余時登響山不同此賞醉後寄崔侍御》）、「俱懷逸興壯思飛，欲上青天覽明月」（《宣州謝朓樓餞別校書叔雲》），就是這種高昂情緒的表現。《行路難》、《梁甫吟》、《梁園吟》等詩，都是他在政治上遇到了很大的打擊和挫折以後寫的，但仍然高唱：「長風破浪會有時，直掛雲帆濟滄海」、「張公兩龍劍，神物合有時」、「東山高臥時起來，欲濟蒼生未應晚」。這種陽剛美，沒有消極浪漫主義

詩歌給人產生的消沉、頹唐的情緒，也不似西方崇高美那樣給人絕望與沉壓，而給人以戰勝困難，壓倒勁敵的樂觀主義情緒。以積極向上的思想感情，喚起讀者昂揚奮發的情緒與鬥志，就是李白詩歌中陽剛美的基調與審美價值所在。

三

　　李白詩中表現的陽剛美，其內容之廣泛，形式之多樣，特點之鮮明突出，都是超出前人，獨步當代，後無來者的。前人評李白詩說：「言出天地外，思出鬼神表，讀之則神馳八極，測之則心懷四溟，磊磊落落，真非世間語者」；〔註78〕「李太白詩非無法度，乃從容於法度之中，蓋聖於詩者也」；〔註79〕李白詩「宗風騷及建安七子，其格極高，其變化若神龍之不可羈」。〔註80〕其詩歌有這些特點，因此把詩歌中的陽剛美，推向古典詩歌的最高峰。

　　縱觀中國文學史，李白詩中表現的陽剛美，在我國古典詩歌中，是無與倫比的，它矗起了歷史的豐碑。中國古典詩歌，所謂「建安風骨」、「左思骨力」，都表現出質樸剛健之美，對中國古典詩歌有著深遠的影響，但他們表現的陽剛美都比較單一。鮑照詩「發唱驚挺，操調險急，雕藻淫艷，傾炫心魄」。〔註81〕以其俊逸的風格，在文學史上大放光彩，他的樂府詩對李白詩歌有極大的影響，然其表現的陽剛美，遠不能與李白詩媲美。開元、天寶年間，是我國古典詩歌空前繁榮的時代，詩壇上一時出現了百花齊放，爭艷鬥奇的局面。王維的雄渾、高適的直抒胸臆、岑參的奇峭風格，都具有陽剛美，且漸趨豐富多姿，但也不能與李白比肩。杜甫詩「渾涵汪茫，千匯萬狀」，〔註82〕有掣鯨魚於碧海之氣概。所謂「李詩如高雲之遊空，杜詩如喬嶽之矗

〔註78〕皮日休《劉棗強碑》，《皮子文藪》第 39 頁。
〔註79〕《朱子語類》，引自《李白詩集注》第 1860 頁。
〔註80〕宋濂《答章秀才論詩書》，引自《李白集校注》第 1873 頁。
〔註81〕《南齊書·文學傳論》。
〔註82〕宋祁《新唐書·杜甫傳》。

天」；〔註83〕「太白有一二妙處，子美不能道；子美有一二妙處，太白不能作」，〔註84〕可謂雙峰對峙，二水分流，不應有所軒輊。然杜甫性格拘謹，他詩中的浪漫情調與氣勢，均不及李白。前人曾說：「今觀其《遠別離》、《長相思》、《烏棲曲》、《鳴皋歌》、《梁園吟》、《天姥吟》、《廬山謠》等作，長篇短韻，驅駕氣勢，殆與南山秋氣並高可也。雖少陵猶有讓焉，餘子瑣瑣矣」。〔註85〕杜甫詩中表現的陽剛美，就內容的廣泛，形式的多樣，個性的突出諸方面，似略輸李白一籌，不能與之爭一日之長。「橫空盤硬語，妥帖力排奡」；〔註86〕「想當施手時，巨刃磨天揚，垠崖劃崩豁，乾坤擺雷硠」，〔註87〕可謂韓詩的自評。前人對韓愈的詩有很高的評價，所謂「氣韻沉酣，筆勢馳驟，波瀾老成，意象曠達，句字奇警，獨步千古」，〔註88〕但其詩往往在字句上爭奇鬥險，而在意境的提煉上似嫌用力不夠。蘇軾為北宋詩壇之雄，其詩境界壯闊，氣勢浩瀚。所謂「東坡詩如屈注天潢，倒運滄海」；〔註89〕「翕張開闔，千變萬態」，〔註90〕但不免逞才使氣。陸游為南宋詩壇之冠，他的詩「興會飆舉，辭氣踔厲，使人讀之發揚矜奮，起痿興痹矣。然蒼黯縕蓄之風蓋微，所謂無意為文而意已獨至者尚有待歟」。〔註91〕韓愈、蘇軾、陸游都是李白以後詩壇的巨子，他們的詩中陽剛美都是表現充分的，突出的。但他們往往喜歡逞才使氣，有意作詩，不僅表現出程度不同的形式主義和較嚴重的散文化傾向，而且意蘊外露，缺乏李白詩中那種縱橫恣肆，揮灑自如而又韻味深厚、無意為詩而詩意濃鬱的韻致。因此，他們詩中表現的陽剛美，就「醇味」

〔註83〕趙翼《甌北詩話》第56頁。
〔註84〕嚴羽《滄浪詩話》，見《滄浪詩話校釋》第153頁。
〔註85〕高棅《唐詩品匯》，引自《李白詩集注》第1877頁。
〔註86〕韓愈《薦士》。
〔註87〕韓愈《調張籍》。
〔註88〕方東樹《昭昧詹言》第219頁。
〔註89〕敖陶孫《詩評》，引自《唐宋詩舉要》第126頁。
〔註90〕劉克莊《詩話》，引自《唐宋詩舉要》第126頁。
〔註91〕姚南青語，引自《唐宋詩舉要》第392頁。

來說，不能與李白爭雄。除上述數子外，歷史上，其他詩人詩中表現的陽剛美，則不足與李白比論矣。

第六節　李白詩歌中感情表現的特色

抒情詩是以鮮明的自我形象，打開讀者心靈的門窗，引起他們強烈的共鳴的。而自我形象則主要是通過詩人眞摯灼人激動人心的感情的抒發表現的。詩人感情抒發的方式千差萬別，各有特色，這種差別與特色取決於詩人的思想、氣質，情趣以及藝術修養等等。浪漫主義詩人筆下的自我形象更爲突出和典型，這取決於他們感情熱烈的強度與特殊的抒情方式。我國著名的浪漫主義詩人李白，他的詩歌感情的表現方式，就是與眾不同獨具特色的。探索鈎稽這些特點，不僅對深入了解李白詩歌個性特徵與創作特色有極大的幫助，而且對今天的詩歌創作，有著深刻的啓示。

李白詩的特點在於「以情緯文」，他的感情抒發，有時如山洪暴發，直瀉而下；有時如涓涓細流，沁人心脾。前者大多是長篇，感情衝動，情緒激昂，以至表現出若斷若續，意接詞不接現象，因而主觀色彩很濃，自我形象非常鮮明。後者則大多是短小的抒情詩，一氣呵成，詩人將其主觀感情巧妙地隱藏在詩意濃鬱的畫面的背後，詩的情調諧和，詩味深厚雋永。這類詩雖有很高的藝術成就和審美價值，然而從詩歌發展史上看，在藝術表現上因襲多而創新少，遠不如前者那樣能表現李白詩歌的浪漫主義特徵，以及在中國詩歌發展史上作出的巨大的貢獻。因此，本文論述的範圍也僅限於前者。

一

李白詩歌感情的表現有什麼特點呢？

首先，李白詩歌中表現的感情是奇突不平的。猶如怒濤洶湧，波浪滔天；又如溝壑縱橫，奇峰時出。它的突出的特點是突然爆發，突然襲擊，突然收煞，處處給人以突兀奇異之感。它不像一般詩人詩歌

中感情的抒發那樣較爲和緩而有次序，顯現出感情變化發展的軌跡與邏輯，讀他的詩，總覺他的感情的爆發與收煞，有來無蹤去無影之感。借用他兩句詩來形容這種詩的感情，就是「黃河之水天上來，奔流到海不復回」。趙翼在其《甌北詩話》中指出：「詩人之不可及處，在乎神識超邁，飄然而來，忽然而去……有天馬行空不可羈勒之勢」，清楚地指出了這種感情超忽，起落無常的情景。按之李白歌行，這種情緒的表現是十分突出的。

　　噫吁嚱，危呼高哉！蜀道之難難於上青天。

《蜀道難》

　　棄我去者昨日之日不可留，亂我心者今日之日多煩憂。

《宣州謝朓樓餞別校書叔雲》

　　烈士擊玉壺，壯心惜暮年。三杯拂劍舞秋月。忽然高詠涕泗漣。

《玉壺吟》

　　大道如青天，我獨不得出，羞逐長安社中兒，赤雞白狗賭梨栗。

《行路難》

上舉《蜀道難》、《宣州謝朓樓餞別校書叔雲》、《玉壺吟》諸篇，詩中感情的抒發不是自然平穩地從詩人肺腑舒緩地流出，而像一股強大的洪流衝破大壩，水勢猛烈，橫衝直撞，惡浪滔天，滾滾而去，直有淹沒天下之勢。感情的收煞，猶如洪水遇到關閘，阻遏有力，戛然而止。讀這類詩，你會感到時而有很強的感情衝擊力，似乎晴天霹靂、破空而來，帶著驚心裂膽的炸雷，震撼著你的心靈，使你全身爲之震懾！收煞時又遇極大的阻遏力，急閘煞車，戛然而停。一時間萬里晴空，紅日高照，雲霾爲之一掃。詩人用了這種強大的突然爆發又突然收煞的感情，直以秋風掃落葉之勢，捲去你感情上的雜塵，使你不可抗拒地去接受他詩中流動的感情。當你對其感情

抒發突兀的驚絕之餘，會掩卷深思，去體味他文字所包含的巨大深廣的內容，去思索文字之外廣袤無垠的弦外之音。總之，讀這類詩，讀者被他忽起忽落變化無常的感情所震撼，所吸引，所控制，令你拍案叫絕，嘆爲觀止！

其次，李白詩歌中感情的發展是跳躍的。由於他寫詩時感情跳躍，這種跳躍的感情，造成詩歌中感情發展的距離，使其缺少必要的過渡銜接，中間形成較大的空間。詩人或對甲事發生感慨，忽而又提起乙事與丙事，甲乙丙間缺少必要的過渡，不易找其接筍之處。或忽喜忽悲，悲喜變化十分突兀。這種感情的跳躍，使詩中強烈的感情表現得更爲熾烈而灼人。對李白詩中這種感情跳躍的特點，前人就有許多精闢的論述。所謂「太白當希其發想超曠，落筆天縱，章法承接，變化無端，不可以尋常胸臆摸測。如列子御風而行，如龍跳天門，虎臥龍閣，瑤台絳闕，有非尋常地上凡民所能夢想及者」；〔註92〕「予評李白詩，如黃帝張樂於洞庭之野，無首無尾，不主故常，非墨工槧人所議擬」；〔註93〕「太白天縱逸才，落筆警挺，其歌行跌宕自喜，不閑整栗，唐才規制，掃地欲盡矣」。〔註94〕方東樹、黃庭堅等人指出了李白詩歌中感情跳躍的特點。所謂「有非尋常地上凡民所能夢想及者」，「非墨工槧人所議擬」，「唐才規制，掃地欲盡矣」等就是這種感情跳躍所造成的不同一般詩人詩歌的富於獨創性的特點。即由於詩人感情的跳躍，形成詩歌意象的跳躍，使其詩「變化無端」，「無首無尾」，因而「不可以尋常胸臆摸測」。爲詩人「跌宕自喜」的這類詩篇，確實表現了李白詩歌創作的特點和優點，是李白在詩歌藝術表現上的重大貢獻，也是他詩歌爲千古傳誦的重要原因之一。關於李白詩歌感情跳躍而形成詩歌意象的跳躍，已詳前《論李白詩歌意象的跳躍性》、《李白詩意象跳躍的形式與特點》，茲不贅論。但應特別指出，這種

〔註92〕方東樹《昭昧詹言》。
〔註93〕黃庭堅語，引自《李白集校注》。
〔註94〕《詩辯坻》引自《李白集校注》。

意象跳躍，形成詩歌意象之間的距離，加大了詩的容量，增加了反映生活的廣度，增強了熔鑄生活素材的能力。

李白詩中這種跳躍的感情，往往是天上地下，南北東西，古往今來，錯綜雜出；或激憤，或高興，或衝動，或熱烈，倏忽變換，情緒異常，現顯出極爲豐富的感情，這種豐富的感情是基於對現實生活的熱愛和了解。五彩繽紛的現實生活，引起他極大的興致。人事變化，友朋交往，自然現象，鳥獸蟲魚都使他很動感情，能激起他心底的波瀾，於是發之爲詩，或歌頌，或詛咒，或熱烈，或討厭，感情奔瀉而出，痛快淋漓。《贈何七判官昌浩》、《書情贈蔡舍人雄》、《宣州謝朓樓餞別校書叔雲》、《答王十二寒夜獨酌有懷》是他贈送友人的千古傳誦的名篇，感情跳躍，把他懷才不遇，思欲用世的激情表現得淋漓盡致。《宿五松下荀媼家》、《俠客行》等詩，詩人感情深至，使形象鮮明，呼之欲出。李白許多感情跳躍的詩篇，都激動人心，令人難忘。感情豐富的另一面則在於對某一具體事物米說，感情不是冷漠，而是深厚而眞摯，上列詩篇，都是最好的例證。

其三，李白詩歌中感情跌宕的幅度是很大的。這是因爲一方面李白這種跳躍的感情，使詩中感情變化多端。詩人非常敏感，對客觀事物感受迅敏而強烈，情緒經常處於動蕩變化之中。這種極不穩定的情緒，從客觀來說，這是詩人對現實生活的感受，詩人的感情總是受客觀現實生活的制約，現實生活的變化，引起詩人感情的變化；從主觀來說，這是詩人的稟賦氣質所決定。他不像政治家那樣對客觀事物的激變老練而沉著，而是悲天憫人動之以情的。客觀事物的變化，迅速地引起他強烈的情緒，詩人這種感情多變，在同一首詩中表現爲忽喜忽悲，喜怒無常，感情倏忽漲落，情緒激劇的跌宕起伏。另一方面，這種跳躍的感情表現了詩人強烈的情緒。王國維說：「主觀之詩人不必多閱世，閱世愈淺則性情愈眞」，〔註95〕「不

〔註95〕王國維《人間詞話》。

必多閱世」之說自然是錯誤的，但「閱世愈淺則性情愈眞」，卻有一定的道理。「主觀詩人」的經驗閱歷，對社會的觀察分析，確實沒有「客觀詩人」那麼透僻；但「客觀詩人」司空見慣習以爲常的事情，「主觀詩人」則往往大動感情，發揮其「創造的想像」，〔註96〕寫成感情淋漓輝光四射的詩篇。李白雖然以帝王師自期，其實他在政治上是低能，對錯綜複雜的政治與人生缺乏深刻的理解和理性分析，但他以詩人特有的生活感受，覺察到了在盛唐氣象掩蓋下的政治危機，對腐朽黑暗勢力的無比憤怒，發而爲詩，感情特別強烈，使詩中感情起伏跌宕的幅度很大。譬如《梁甫吟》抒發了他在政治上遭到打擊後的悲憤心情。詩一開始寫「何時見陽春」的強烈願望，接著詩人以呂望、酈食其偶然的君臣際遇，平步青雲，做著「如逢渭川獵，猶可帝王師」的美夢。「我欲攀龍見明主」以下，又急轉直下，揭露腐朽黑暗勢力當道，寫事君之難。最後表示要安於困厄，以待時機。詩中跌宕起伏的情緒，表示出他面對豺狼當道政治黑暗的現實與堅持崇高理想不妥協的精神的撞擊，這種拍案而起，拔劍而前，長歌當哭，天地感動的強烈感情，有著震撼人心的藝術力量。《玉壺吟》、《夢遊天姥吟留別》、《猛虎吟》、《醉後贈從甥高鎭》等，都是這種感情跌宕起伏幅度很大、震撼人心的優秀詩篇。

二

　　李白詩中爲什麼會出現感情倏忽變換跳躍的情景呢？這是詩人寫詩時異乎尋常的情緒造成的。由於詩人對理想的執著追求與不甘屈服的性格，在現實面前又不斷碰壁，這自然激起了他思想感情的重重波浪，造成感情跌宕起伏收縱無常的情形。

　　縱觀李白的一生，思欲用世的思想幾乎貫注於他的每一個行動之中，不論他幾次短暫的隱居，抑或多次干謁地方州縣長官，都是圍繞著這個目的進行。甚至他因從璘獲罪，仍念念不忘建功立業。

〔註96〕黑格爾《美學》。

他在宋若思的幕中，從璘案尚未結束，已思欲爲國效力；在遠謫夜郎遇赦的歸途中，已是年逾花甲的老頭兒，仍欲參軍。上元二年，安史叛軍史朝義向東南竄擾，太尉李光弼率軍出征，年已六十一歲的李白剛剛遇赦，毅然決定參軍。不料行至金陵，因病折回。他在《聞李太尉大舉秦兵百萬出征東南懦夫請纓冀申一割之用半道病還留別金陵崔侍御十九韻》中，表示了「願雪會稽恥」的壯志，對半道病還感到莫大恨恨。「天奪壯士心，長吁別吳京」，就是這種心情的自然流露。他這種行動固然是愛國心的驅使，同時也是爲了實現自己建功立業的願望。這種建功立業的強烈願望與一生執著的追求處處碰壁，回答他的卻是失敗與失望。他一生除了在長安短短的三年做翰林供奉外（實際時間不足兩年），再未有一官半職，沒有施展抱負的機會。從政的強烈願望與屢遭失敗的慘重打擊，使他思想上產生了強烈的情緒，這種難以抑制平復的情緒，表露在他的一些詩歌中，譬如《贈何七判官昌浩》就是這種情緒難平的詩篇。詩人在詩中念念不忘的是「解世紛」、「收奇勳」、「揚清芬」，一句話，是想建不世之業，揚名後代，在歷史道路上留下自己鮮明的腳印。然而他並沒有獲得這樣良好的機會，未能一試，大顯身手，於是惆悵、嘯咤，心神不寧，坐立不定。在這首詩裏，表露了李白思欲用世的急切心情，這是一種爲了國家前途命運和個人鵬程萬里的思想情緒，這種情緒在詩中變化十分激劇，表現了他用世的急切願望與不能用世現實的激烈撞擊，充分表現了他的抱負無法施展的苦悶以及由此而產生的憤激情緒。在封建社會，包括政治比較清明的唐代，封建制度扼殺人才，有志之士無由施展其才，這是具有普遍性的社會問題。李白這首抒情詩情緒激動，感情強烈，把封建社會知識份子懷才不遇的主題表現得十分突出，從而把這種感情深化與典型化了。《宣州謝朓樓餞別校書叔雲》、《答王十二寒夜獨酌有懷》都是懷才不遇有志難伸的苦叫，在這兩首詩中，詩人雖然企圖以達觀的思想擺脫苦悶的情緒，然而這苦悶卻像蠶繭一樣，緊緊地纏住他。懷

才不遇，思欲用世的迫切心情與不能用世的現實形成強烈的矛盾衝突，他心緒煩亂，苦悶徬徨。特別是《答王十二寒夜獨酌有懷》，表現出對黑暗現實的憎惡和詩人決不妥協的精神，對封建統治階級高度蔑視，閃現出光輝的民主精神。

當詩人的抱負遭到挫折時，如果改弦易轍，遷就現實，隨遇而安，滿足現狀，那麼他的思想情緒就會澹泊一些；或者像陶淵明那樣，把無比憤激的情緒壓在心底，也許情緒會平穩了。然而，詩人對國家和社會的責任感以及個人的品德，都不容許他對黑暗腐朽勢力作出妥協或遷就，他對自己理想的追求，執著的有點執拗和倔強。他簡直是懷著「不到長城非好漢」的決心，堅信「有志者事竟成」的信條，一味地頂撞下去，這就使矛盾激化到白熱化的程度。他對阻礙他前進的黑暗腐朽勢力無比憎惡，像一頭發威的獅子一樣暴怒。「戲萬乘若僚友，視儔列如草芥」，〔註97〕這種悲劇性格，形成了他這種極為衝動的感情。「安能摧眉折腰事權貴，使我不得開心顏」（《夢遊天姥吟留別》），「人生在世不稱意，明朝散髮弄扁舟」（《宣州謝朓樓餞別校書叔雲》），就是他不屈服於黑暗腐朽勢力的寫照。「功名富貴若長在，漢水亦應西北流」（《江上吟》），「玉漿倘惠故人飲，騎二茅龍上天飛」（《西岳雲台歌送丹丘子》），「呼兒將出換美酒，與爾同銷萬古愁」（《將進酒》），這些詩句所表現的思想感情似乎就超脫一些，消極一些，其實那是詩人心中憤激情緒的折射，是他不願與黑暗腐朽勢力妥協的另一種表現形式。

總之，李白這種倏忽變換跳躍的感情，是基於對現實生活之敏感接觸，是他思欲用世企圖改造現實的理想與黑暗腐朽勢力一剎那相撞擊迸出的火花。這火花是時隱時現，時斷時續的，因而出現在詩中的感情的浪頭是奇突不平的。這種奇突不平的感情，往往能夠緊緊的扣住讀者的心弦，起到特有的藝術效果。賀拉斯說：「一首詩

〔註97〕蘇軾《李太白碑陰記》。

僅僅具有美是不夠的，還必須有魅力，必須能按作者願望左右讀者的心靈」。〔註98〕李白的詩歌用了如梁啓超所說的「奔迸的表情法」，〔註99〕將自己的感情的閘門猛然打開，突然奔迸，感情的浪頭洶湧澎湃，波浪滔滔，勢如山湧。李白詩歌藝術的魅力，就在於他用感情的浪頭抓住讀者的心靈，使人不由自主的被他的感情所推動，被他的願望所左右。

　　然而，詩人在寫詩時，並不放開筆全面地抒寫他的感觸與情緒，而是把筆墨凝聚到一點上，著重寫詩人自己心裏引起的最強烈的一點感受，發抒自己最深摯的一點情思，有意壓縮、隱蔽、或刪削一些感情，對突出自我形象有力的感情則予以強化。為此，他借鑒了一些優秀的詩歌的表現手法。譬如有人評《贈何七判官昌浩》時說，「此詩憑空突起，悲來無名。嫖姚跌宕，正是太白學古變化處」，〔註100〕指出這首詩感情跌宕的表現，是創造性地學習古人的創作手法的結果。可以設想，詩人如果不是在藝術表現上這樣苦心經營，努力追求這種感情的表達方式，那麼他在詩的修改定稿時，就可能把那些峰斷雲連的部分改得通暢些，把那些過分突兀的地方改得平穩些，然而詩人沒有這樣作，這正是他的高明之處。從詩的情緒上說，保留了詩人寫詩時的真實感情；從藝術效果上又突出了這種奇突不平的感情，加強了詩的表現力與感情的衝擊力，從而在意境描寫上，突出了自我形象。詩中所表現的感情的發展和變化，也都是為著突出自我形象這一目的而進行的。詩中感情有時直瀉而下，有時縱橫錯出，有時則澎湃洶湧不能自已，全是自然的，渾然天成的。其實這些揮灑筆墨直抒胸臆的詩篇，是慘淡經營而成的。其所以不露斧鑿的跡痕，正是詩人的匠心和藝術功力所在。

　　總之，他一方面有「胸中的有所見，苟塞於中，將墨不暇研，筆

〔註98〕賀拉新《詩藝》。
〔註99〕梁啓超《中國韻文裏頭所表現的情感》。
〔註100〕蘇仲翔《李杜詩選》。

不暇揮，兔起鶻落，猶恐或遲」的才氣和詩情，〔註 101〕造成洶湧的感情波浪；另一方面，他又懂意「詩有生氣，須捉著，不爾便飛去」，〔註 102〕「好詩須在一剎那上攬取，遲則失之」的道理，〔註 103〕及時捕捉靈感，緊緊抓住詩情洶湧的情緒，「或醉中操紙，或興來走筆」，〔註 104〕寫了感情奔逸的傳誦千古的詩篇。

<h1 align="center">三</h1>

　　李白詩歌感情跳躍，忽起忽落，漲落無常的這種特殊的表現，有很高的審美價值，產生了很好的藝術效果。

　　李白在詩歌裏，往往直接表現自己的主觀世界，抒發內心強烈豐富的生活感受。每當現實生活衝擊他的心靈並激起他感情的波濤時，他就不失時機地緊緊追蹤激動跳躍著的情緒，振筆疾書，於是筆下記載了詩人震顫的情緒的波音，出現了若斷若續突兀不平的感情的波濤。這是詩人情緒激動時的心聲，它生動真實地記錄了詩人當時的感情，這種出自肺腑的真實感情，很容易打動讀者的心靈並引起強烈的共鳴。請讀詩人發抒仕途坎坷感慨的《行路難》：

> 金樽清酒斗十千，玉盤珍羞直萬錢。停杯投筯不能食，
> 拔劍四顧心茫然。欲渡黃河冰塞川，將登太行雪滿山。閑
> 來垂釣碧溪上，忽復乘舟夢日邊。行路難，行路難，多岐
> 路，今安在？長風破浪會有時，直掛雲帆濟滄海。

此詩前四句，畫出他情緒煩亂心事重重的情景，透露出壯志未遂的煩惱。「欲渡」二句生動而形象地展示了詩人面對世路艱難，雖躊躇滿志卻無路可走的真實境況，使人對「停杯投筯」、「拔劍四顧」的心情有了真切的感受。至此詩人筆鋒一轉，「閑來」二句以「乘舟夢日」的幻想，展示了他的希冀與抱負，詩人展開了他的廣闊的內心世界，

〔註 101〕 袁宗道《論文》。
〔註 102〕 袁嘏語，見何文煥《歷代詩話考索》。
〔註 103〕 徐增《而庵詩話》。
〔註 104〕 任華《雜言寄李白》。

政治上壯志凌雲期必實現的襟抱，使人精神為之一振。然而這終非現實，接著一再重覆「行路難」的感嘆，寫出詩人無路可走的情景。最後詩人情緒昂揚，抒寫「長風破浪」的凌雲壯志與不達目的誓不罷休的心情。此詩所表現的感情，忽而如迅雷烈電，忽而又光風霽月，詩人感情颯然而至，突然而變，如驟風急雨飄忽震盪。感情的變化真是「來如雷霆收震怒，罷如江海凝青光」。詩中這種忽起忽落，變化無端的感情，記錄了詩人感情衝動時的真實情緒，能緊扣讀者的心弦，產生了震撼人心的藝術力量。李白的七言歌行大多有這種特色，情緒強烈而倏忽變換，感情真切而動人，讀者的心緊隨詩歌起伏的波浪而跳動。

李白詩中感情的這種特殊表現，寫出了極為鮮明的自我形象。

抒情詩顧名思義是抒發個人感情的。這並不意味著抒情詩都是抒發個人狹隘的感情，而是通過自我形象的抒寫來表達作者創作意圖的。優秀的抒情詩，總是通過「我」的感情來表達一種嚴肅而重大的主題，一首成功的抒情詩，他的感情必然程度不同的反映了人民的願望與時代的要求。但它所表現的感情無論多麼嚴肅，多麼偉大，多麼莊重，所概括的主題多麼深廣，它總是直接或間接的通過「我」來表現的。詩中總用詩人我的眼光，我的情緒，我的獨特的感受生活和表現生活的方式。無我就會失掉個性，無我就會失掉一首抒情詩獨立存在的價值。離開自我形象的抒寫，抒情詩是不可想像的。因為抒情詩人的莊嚴主題是附麗於自我形象的。因此詩中雖然是我，但他不單是詩人個人，而是代表著一群，體現著詩人所處的階級的願望和要求，有很強的時代感。李白詩中懷才不遇感情的抒發，揭露腐朽勢力，鞭撻黑暗政治的描寫，代表了盛唐時期中小地主階級知識份子從政的願望和要求，表現了他們對黑暗腐朽勢力的憎惡，反映了他們的政治熱情和對時局的關注。譬如《梁甫吟》「我欲攀龍見明主，雷公砰訇震天鼓，帝旁投壺多玉女。三時大笑開電光，倏爍晦冥起風雨。閶闔九門不可通，以額扣關閽者怒。白日不照吾精誠，杞國無事憂天傾。猰

貙磨牙競人肉。騶虞不折生草莖」。詩中寫了我的善良、忠誠以及為
國效力的強烈要求,卻受到了圍繞在皇帝周圍雷公、玉女、闍者、猰
貐等黑暗勢力的阻擾。作者以閃爍的言詞,表現了當時政治的腐朽與
黑暗。正是在這典型環境中,表現了「我」的精神境界的崇高。此外,
如《遠別離》中通過娥皇、女英及堯幽囚、舜野死的傳統,以迷離恍
恍的文筆,表現了詩人對當時權奸得勢、政治混亂的憂慮。《將進酒》
一詩借飲酒來發泄胸中的鬱積,集中地表現了他在政治上被排擠、受
打擊,理想不能實現的憤慨心情。《襄陽歌》、《日出入行》、《夢遊天
姥吟留別》等等,都寫出了鮮明的自我形象。詩中的自我形象是通過
我與黑暗現實的激劇的衝突表現出來的。詩裏以一種不可阻遏的感情
衝擊力,撞擊著讀者的心靈,使你不知不覺地站在正義力量的一邊,
對當時黑暗腐朽的政治產生了無比的憎惡之情,這就是這類詩的藝術
魅力之所在。

　　總之,李白寫詩時這種跳躍動蕩的感情,一方面回旋往復,產生
了急劇變化的詩的節奏,造成了恍恍迷離的詩的意境,增強了詩的藝
術感染力;另一方面,由於詩人情緒的強烈,感情跳躍的跨度大,使
詩奔騰激蕩,氣勢浩瀚,反映生活的容量也大大增加。所謂「有我之
境,以我觀物,故物皆著我之色彩」,其境界「宏壯」。〔註 105〕有呼
之欲出的自我形象,有激勵人心的感情波濤,有宏大的氣魄,使其藝
術效果和審美價值,都達到相當的高度。

第七節　李白詩中的豪氣與逸氣

　　「氣」在李白詩中,品類繁多,表現得突出而典型。現在學術界
論李白詩中之「氣」的研究成果頗多,對「氣」在李白詩裏的種種表
現,都有過論述。〔註 106〕有人論李白詩中之「氣」,列舉八九種之多,

〔註 105〕王國維《人間詞話》。
〔註 106〕有關論李白詩中之「氣」的論文有:潘殊閑《「氣」:李白及其詩歌
　　　　　的最大標誌》、張建軍《李白詩歌中的「氣」》、徐定輝《詩以氣為

且講得頭頭是道，令人信而不疑。的確，多種「氣」在李白詩中，都有相當突出的表現。而豪氣與逸氣，在李白詩中，表現得尤爲典型。因申論於次。

一

李白是一位懷有崇高理想的詩人，他生逢歷史上著名的開、寶盛世，具有非常高遠的政治抱負，且汲汲奉獻於世，並爲之實現而奮鬥終生。關於他的崇高理想與政治抱負，在《代壽山答孟少府移文書》中，〔註107〕他作了最懇切最明晰的表述：

> 吾與爾達則兼濟天下，窮則獨善一身。……中管、晏
> 之談，謀帝王之術，奮其智能，願爲弼輔，使寰區大定，
> 海縣清一，事君人道成，榮親之義畢，然後與陶朱、留侯，
> 浮五海，戲滄洲，不足爲難矣。

這段話是他人生理想、政治抱負最完整最準確地表述，是他確立的一生追求奮鬥的目標。他要做像管仲、晏嬰那樣傑出的政治家，爲此他精研了帝王統治天下的方法與策略，準備做皇帝的輔佐大臣，使國家統一富強，天下太平，萬民樂業，然後歸隱。一句話，他要「濟蒼生，安社稷」，使天下得到大治。這充分表明，他要獻身祖國，爲國家的富強，爲人民的幸福而奮鬥。爲此，他不謀權勢，不貪戀富貴，不做政治庸人。總之，他努力奮鬥，孜孜以求，不是爲一己之私利，而要爲公眾謀福利，表現了極高尚的政治品質。在封建社會，他的願望與追求，就是做優秀知識份子的典型。時年 27 歲，初出茅廬，就將其理想抱負，向世人做了鄭重的宣示。

李白宣示的人生理想與政治抱負，不是年輕人一時的心血來潮，而是經過深思熟慮確立的堅定的人生信念。因此，他一生爲其實現，

美：李白詩歌與氣新論》、石岩《豪氣縱橫、堅守自我——論李白詩歌的積極浪漫主義精神》等。

〔註107〕見安旗主編：《李白全集編年注釋》，巴蜀書社，1990 年。以下引李白詩文，均見此書，不再出注。

執著追求，鍥而不捨。

不信試看：

他有《上李邕》詩，詩人以大鵬自喻，宣其鵬程萬里之志。並對李邕之輕己，作了有力的戟刺。

「高冠佩雄劍，長揖韓荊州。」（《憶襄陽舊遊贈馬少府巨》）他有《與韓荊州書》，文中以酣暢淋漓的筆姿，筆飽墨酣地讚其善於識拔人才，善做伯樂。冀其揚眉吐氣，激昂青雲，從而一展平生之志。

他有《爲宋中丞自薦表》，自謂「懷經濟之策，抗巢由之節，文可以變風俗，學可以究天人，一命不沾，四海稱屈。」言己之從璘無辜，希望肅宗重用自己，付以重任。在平定安史叛亂中大顯身手，建不世之功。

當他在地方干謁四處碰壁的時候，不是氣餒退縮，而是氣概昂揚的「西入秦海，一觀國風」（《上安州裴長史書》），尋求新的政治出路。

「一入長安」，他曾想通過張垍而謁見張說，卻遭到心胸偏狹妒忌人才的張垍的冷遇與欺騙。「彈劍謝公子，無魚良可哀」，即便遭逢如此境遇，仍希望「何時黃金盤，一斛薦檳榔。功成拂衣去，搖曳滄洲旁」。（《玉眞公主別館苦雨贈衛尉張卿二首》之二）做著實現理想的美夢。他在干謁權貴中，雖屢屢碰壁，仍矢志不渝。這種爲實現理想的悲壯情懷與鍥而不捨的精神，怎能不令人欽仰呢？

李白在不同的時間、不同的條件下，總是極力追求理想抱負的實現，雄心勃勃，壯志凌雲。即便遭到挫折與碰壁，仍是堅韌不拔，毫不氣餒，始終堅持自己的政治追求。這種百折不回的精神，實在是難能可貴的。

他實現自己理想的途徑，不是當時一般優秀知識份子採取參加科舉考試，雁塔題名，一登龍門，則聲價十倍；而是採取了類似於古代策士的行徑，不斷地遊說權貴，干謁王侯，以期得到最高統治者的識拔，不次擢用，實現「朝爲田舍郎，暮登天子堂」，以一布衣作帝王

師的理想，從而幹出驚天動地的事業。他之所以採用這種非凡的求仕道路，固然由於自己的身世，對參加科舉考試有種種違礙，更重要的則是他覺得這樣做更浪漫、更便捷、更有轟動效應，自己的政治才能，才會得到淋漓盡致地發揮。他仕詩中，經常以姜尚、管仲、張良、諸葛亮、謝安自喻：「魚水三顧合，風雲四海生」（《讀諸葛武侯傳書懷贈長安崔少府叔封昆季》）、「但用東山謝安石，爲君談笑靜胡沙」（《永王東巡歌十一首》之二），這是他雄心壯志在詩中的突出表現。他雖然秉持著美好的投機心理，然他深信，憑著自己橫溢的才氣與執著追求，理想終會實現的。

李白一生，始終追求的是頗爲壯偉的事業，而又雄心勃勃，滿懷豪情的爲其現實而努力奮鬥，因此胸中充滿了豪氣；而這壯偉事業實行起來，自以爲根本用不著扛鼎絕臏之力，而是輕而易舉，一蹴而就。因此心態平和，從容不迫，因而又流宕著壯逸之氣。這豪氣產生的豪情與逸氣產生的逸情，往往同時出現，相互滲透，並且二者緊緊地交織在一起。因此，在其抒懷言志的詩中，經常洋溢著豪氣與逸氣。

二

我們讀李白的詩，總覺得有一股強大的雄豪之氣，慷慨、昂揚、激射、湧動。其豪氣底氣十足，是自然的豪，眞實的豪，這豪氣是絕對出於內心的，是自然流出、不假安排的。他寫詩時豪情滿懷，沒有一星半點的故爲豪放之弊，沒有聲嘶力竭地狂叫與空喊，在高唱入雲的豪氣中，有時則允溢著閑情逸致。他態度從容，使豪氣自然流出，且有逸氣貫穿其中。所謂「太白天材豪逸」，〔註 108〕「爲詩欲氣格豪逸，當看退之、太白。」〔註 109〕嚴羽等人拈出「豪逸」二字，讚其天才評其詩，確是十分精當的。他放開嗓子大聲呼喊，聲音異常洪亮，

〔註 108〕嚴羽《滄浪詩話》，引自《歷代詩話》，第 697 頁。中華書局，1981年。

〔註 109〕《雪浪齋日記》，引自安旗主編：《李白全集編年注釋》，第 2198 頁。巴蜀書社，1990 年。

餘音遼遠而響徹雲霄。他是對正義與眞理的追求,是對封建統治階級的蔑視與反叛,聲容悲壯而俊豪。他是我國詩史上最典型的「詩之豪者」,〔註110〕其詩「思疾而語豪」;〔註111〕他一生「逸態凌雲」,〔註112〕「逸氣橫生」,〔註113〕所寫的詩爲「千秋逸調」,〔註114〕所謂「天才逸若天馬奔」〔註115〕者是也。

在中國詩史上,也不乏在詩中充滿豪氣的詩人,其詩曾經使歷代讀者爲之感奮,爲之激動,爲之共鳴。李白詩中的豪氣,是足以凌轢前賢、超邁時輩,後無來者的。其高唱入雲之詩,響遏行雲之豪氣,可謂千古絕唱,在文學史上是獨樹一幟的,在詩史上有著「千古一帝」的崇高地位。

在中國詩歌史上,項籍的《垓下歌》、劉邦的《大風歌》,都是慷慨悲壯、充滿豪氣的,是著名的豪邁之歌、英雄之歌。

> 力拔山兮氣蓋世,時不利兮騅不逝。
>
> 騅不逝兮可奈何!虞兮虞兮奈若何。

這是項籍《垓下歌》,第一句總寫一生英勇蓋世,憑自己超絕的氣力,在疆場所向披靡,這是對一生業績無比自豪的抒寫,是對自己英勇蓋世的肯定與品贊。次寫現實的困境:已被劉邦大軍團團圍定,無法突圍,等待他的,只有一生徹底的失敗。對此他不自責,而歸咎於天命,歸咎於騅之不逝。在全軍覆沒面對慘敗與死亡,他考慮的不

〔註110〕 白樂天《與元微之書》,引自安旗主編:《李白全集編年注釋》,第2206頁。巴蜀書社,1990年。

〔註111〕 葛立方《韻語陽秋》卷一,引自《歷代詩話》,第486頁,中華書局,1981年。

〔註112〕 《西清詩話》,引自安旗主編:《李白全集編年注釋》,第2200頁。巴蜀書社,1990年。

〔註113〕 喬億《劍谿說詩・又編》,引自《清詩話續編》第1117頁。上海古籍出版社,1983年。

〔註114〕 徐增《與同學論詩》,徐增《說唐詩》第16頁。中州古籍出版社,1990年。

〔註115〕 程敏政《李白問月圖爲巡按吳天弘侍御賦》,引自裴斐劉善良《李白資料匯編》(金元明清之部)第198頁。中華書局,1994年。

是大楚的命運，也不是自己的喪亡，而是對妻子的擔當，是作爲西楚霸王曾經橫行天下的英雄而保護不了虞姬的無限悲情，由此而發出了無可奈何的哀嘆。他將英雄失敗之悲，寫得悲壯而氣雄、豪邁而哀婉！

再看劉邦的《大風歌》：

> 大風起兮雲飛揚，威加海內兮歸故鄉。
>
> 安得猛士兮守四方。

在風起雲湧豪傑並起的時代，在逐鹿中原中，劉邦是最後的勝利者，他滿可以以此自豪的。然面對大漢帝國的一統江山，他不是勝利後的自滿自足，無限驕傲，而是急切保衛劉氏政權的自警自勵，是鞏固劉氏江山的緊迫感，首先想到的是延攬人才，是猛士守四方之責。這實際是一曲鞏固政權的壯歌，對未來充滿自豪與自信。與項羽的英雄失路無可奈何迥異，他是勝利後的高度清醒，懷著對鞏固政權、保衛祖國的惕懼。

劉邦、項籍詩中的豪氣，是政治家的豪氣，是對政局的殷切關注。

歷代也不泛滿懷豪氣的詩人，特別是在封建盛世，他們對自己的前途，有肯定，有企盼，有自信。對本人角色在世扮演之成敗，也充滿了激動與豪情，且閃耀著頗爲豪邁的理想色彩。

以唐詩而論，王之渙的「欲窮千里目，更上一層樓」（《登鸛鵲樓》），這與其說是詩人是欲對遠處美好風光的窮盡，毋寧說是對個人事業發展無窮的豪舉與希冀。「致君堯舜上，再使風俗淳」（《赴奉先縣詠懷五百字》），「會當凌絕頂，一覽眾山小」（《望嶽》），這是杜甫年輕時候寫的詩，表現了他的雄闊的政治抱負與理想，洋溢著爲國效力盡責的豪情。「氣蒸雲夢澤，波撼岳陽城」（《臨洞庭湖上張丞相》），孟浩然這聯詩，在江山多嬌的審美情緒中，飽含著壯逸之氣，從而有力地襯托出自己對「欲濟無舟楫，端居恥聖明」處境的不屑與不滿。王之渙、孟浩然、杜甫都不甘做一位純粹的詩人，而想在政治上有巨大的作爲，他想的都是國家民族的命運，想的是對社會做出很大的貢獻。其勇氣可嘉，精神可貴，他們都是把詩作爲敲門

磚，當做步入政壇的階梯，他們對個人前途命運的希冀中，充滿了
豪情，飽含著青年人閱世不深的天眞與浪漫，有著知識份子的幻想
與幼稚。

李白自謂有經邦濟世之才，總以爲自己就是在世的姜尙，就是
管仲，就是張良，就是諸葛亮，就是謝安式的人物，是做帝王師的
材料。只要有機遇，就會得到皇帝的重用，他就充當了挽救時世的
英雄，甚至比歷史上他所崇拜的這些名人，幹得更俐落，更漂亮，
更出色。

《上李邕》是他 20 歲時言志的名作，是其年輕氣盛豪邁感情的
展現。他口吐虹霓，豪氣咄咄逼人，不信試看：

> 大鵬一日同風起，扶搖直上九萬里。
> 假令風歇時下來，猶能簸卻滄溟水。
> 時人見我恒殊調，見余大言皆冷笑。
> 宣父猶能畏後生，丈夫未可輕年少。

此詩詩人以大鵬自喻，充分展示出自己的凌雲壯志。認爲只要有機
遇，就可以「扶搖直上九萬里」，即便是因風停而失去憑藉，「猶能簸
卻滄溟水」，在廣闊的大海中掀起風浪。意謂自己進可以鵬程萬里，
展翅凌霄；退可以引起巨大的社會反響，引起世人的特別關注。可嘆
世人不理解我，聽到我每發宏論，每唱高調，就以爲我是大言欺世，
對我冷嘲熱諷，眞是愚蠢到不可理喻的地步。試想，就連孔丘這位儒
家的聖人，都覺得後生可畏，你堂堂的李大人，也不能因我年輕氣盛
而小覷我呀！他在詩中用了刺激反諷的手法，狠狠地將了李邕一軍，
這一招卻並未引起這位朝廷大員李大人引薦的熱誠。

詩人李白總想一展宏圖，幹一番轟轟烈烈的事業。常欲「一鳴驚
人，一飛衝天」，〔註116〕他想以個人的能力，推動歷史的車輪滾滾向
前！他一生都充滿了積極進取的精神。即便是遭到極嚴重的挫折，他

〔註116〕范傳正《唐左拾遺翰林學士李公新墓碑並序》，引自安旗主編：《李
　　　　白全集編年注釋》，第 2103 頁。巴蜀書社，1990 年。

仍抱成功之希望於未來。他高呼「長風破浪會有時，直掛雲帆濟滄海」
（《行路難三首》其一），他被迫退隱，仍說「東山高臥時起來，欲濟
蒼生未應晚」（《梁園吟》），這就是他倔強的脾氣，這就是他特殊的性
格，由此不斷孳生著豪氣與逸氣。

　　「二入長安」是李白一生追求事功的光輝頂點，他極爲得意。李
陽冰《草堂集序》云：「天寶中，皇祖下詔徵就金馬，降輦步迎，如
見綺、皓。以七寶床賜食，御手調羹以飯之，謂曰：卿是布衣，名爲
朕知，非素蓄道義何以及此？置於金鑾殿，出入翰林中，問以國政，
潛草詔誥，人無知者」，〔註117〕這一段話，雖不免有所誇飾，但所寫
事實，基本是眞實的。唐玄宗的徵召與隆重的禮遇，使李白產生了錯
覺，認爲自己已處於國師的地位，成了皇帝的左右手，從此可以大展
宏圖了。當他接到詔書時，頓時心中充滿了豪情，寫了《南陵別兒童
入京》：

> 白酒新熟山中客，黃雞啄黍秋止肥。
> 呼童烹雞酌白酒，兒女嬉笑牽人衣。
> 高歌取醉欲自慰，起舞落日爭光輝。
> 游說萬乘苦不早，著鞭跨馬涉遠道。
> 會稽愚婦輕買臣，余亦辭家西入秦。
> 仰天大笑出門去，我輩豈是蓬蒿人。

說句不敬的話，我們的詩人接到詔書就手舞足蹈，得意忘形了。這首
詩好就好在詩人將得意忘形的情景，活靈活現的擺在我們面前，簡直
像乞丐檢到了金元寶一樣高興，不由得手之舞之足之蹈之了。他以爲
從此自己做帝王師的理想可以實現了，前進的道路不再會坎坎坷坷，
都是一馬平川的坦途了。其實，玄宗不是要他做帝王師，而是要他做
御用文人，寫點頌歌或酸曲，用以點綴昇平或自慰罷了。誠如黃徹所
說：「其意急得艷詞媟語，以悅婦人耳。白之論撰，亦不過爲玉樓、

〔註117〕　李陽冰《草堂集序》，引自安旗主編：《李白全集編年注釋》，第 2113
　　　　　頁。巴蜀書社，1990 年。

金殿、鴛鴦、翡翠等語，社稷蒼生何賴？」〔註 118〕李白事實上充當
了弄臣的角色而不自覺，《宮中行樂詞》《清平調三首》，都是典型的
宮體詩，短期的翰林供奉，卻給他留下了值得自豪的印象，他是如是
描寫自己的浪漫不羈情調的：

> 昔在長安醉花柳，五侯七貴同杯酒。
>
> 氣岸遙凌豪士前，風流肯落他人後？
>
> 夫子紅顏我少年，章臺走馬著金鞭。
>
> 文章獻納麒麟殿，歌舞淹留玳瑁筵。
>
> 《流夜郎贈辛判官》

> 鳳凰初下紫泥詔，謁帝稱觴登御筵。
>
> 揄揚九重萬乘主，謔浪赤墀青瑣賢。
>
> 朝天數換飛龍馬，敕賜珊瑚白玉鞭。
>
> 世人不識東方朔，大隱金門是謫仙。
>
> 西施宜笑復宜顰，醜女效之徒累身。
>
> 君王雖愛蛾眉好，無奈宮中妒殺人！
>
> 《玉壺吟》

「西施」、「蛾眉」均自喻，寫他得到皇帝的賞識與重用，同儕皆東施
效顰，徒遭貶斥。「妒殺人」，是實寫，更襯其得意。李白實在幼稚，
作弄臣而不自知。自比東方朔，則不幸而言中矣。

> 少年落魄楚漢間，風塵蕭瑟多苦顏。
>
> 自言管葛竟誰許，長吁莫錯還閉關。
>
> 一朝君王垂拂拭，剖心輸丹雪胸臆。
>
> 忽蒙白日回景光，直上青雲生羽翼。
>
> 幸陪鸞輦出鴻都，身騎飛龍天馬駒。
>
> 王公大人借顏色，金璋紫綬來相趨。

〔註 118〕《峴溪詩話》卷二，《歷代詩話續編》，第 351 頁，中華書局，1983
年。

　　當時結交何紛紛，片言道合唯有君。

　　待吾盡節報明主，然後相攜臥白雲。

《駕去溫泉宮後贈楊山人》

李白由一介平民，受皇帝徵召而作了翰林供奉，一步登天，他是多麼自豪，多麼得意，多麼自信，簡直狂得趁不住氣了。他實在是一位天真的詩人，而不是執掌國柄、左右朝廷的料。咬人的狗不露齒，他未必能做君王的獵犬，卻早已露出張舞爪之態了。

　　李白是一位最富天才的詩人，也是一位最純情的詩人，在他身上，有著極典型的詩人氣質。他坦率誠摯，天真爛漫，沒有城府，在其詩裏處處流蕩著真情實感，表現出火一般地熱情；他又是一位充滿人生理想的、一個想幹一番大事業的人，一個對國家有極大貢獻的人，一位欲挽狂瀾於既倒的人，而又是一位毫無權勢欲的人，他想的是對社會的巨大貢獻，卻沒有想為個人攫取。他雖然在詩歌創作上取得了很大的成就，但從不以詩人自居或自豪。他是一個充滿幻想的「政治家」，雖然未必有經濟之才，卻堅信自己有安邦治國之略。他與現實有相當大的隔膜或距離，他一生幾乎都是在幻想中生活。他在政治活動中處處碰壁而不自省，反把自己的才能當了真，愈覺得才大難用之委屈。於是感情愈激烈，愈與現實如水火之難容。這一切的一切，都反映了他處世的幼稚與天真。

　　李白是一位十足的浪漫主義詩人。他行為狂傲，性格豪逸，語言誇張，想像力極為豐富，天地上下，古往今來，都以之入詩。從而寫出驚風雨、泣鬼神的華章。

　　李白之豪，是在詩歌王國中最具有帝王之氣。堪稱「千古一帝」。就是唯我獨豪，唯我獨妙，唯我獨尊，豪氣無所不在，足以蓋世，所向臣服。其詩氣魄之大，氣概之非凡，真令人絕倒。試問上下五千年，縱橫九萬里，哪一位詩人之豪氣可以和李白叫板呢？沒有，絕對沒有，真稱得上中國詩史上「千古一帝」。不信試看，中國詩歌史上的名人蘇軾、解縉、方孝孺等人，對他的傾服與稱讚：

讚其人者如：

> 西望太白橫峨岷，眼高四海空無人。
>
> 大兒汾陽中令君，小兒天台坐忘身。
>
> 平生不識高將軍，手污吾足乃敢瞋。
>
> 作詩一笑君應聞。
>
> > 蘇軾《書丹元子所示李太白眞》〔註119〕

> 吾聞學士眞風流，豪氣直與元氣侔。
>
> 金鑾殿上拜天子，叱呼寵幸如蒼頭。
>
> > 解縉《采石悼李太白》〔註120〕

> 英風逸氣掀宇宙，千載人間寧復有？
>
> > 方孝孺《題李白觀瀑布圖》〔註121〕

說他「眼高四海空無人」、「豪氣直與元氣侔」、「英風逸氣掀宇宙」，其讚舉之高、欽佩之情，無以復加。而對「豪氣」與「逸氣」之讚美，更是溢於言表了。

讚其詩者如：

> 放蕩縱恣，惟其所欲而且無不如意。彼豈學而爲之哉？
> 其心默會乎神。
>
> > 方孝孺《蘇太史文集序》〔註122〕

> 太白天縱逸才，落筆驚挺。其歌行跌宕自喜，不閑整栗。唐初規制，掃地欲盡矣。
>
> > 毛先舒《詩辯坻》〔註123〕

〔註119〕《蘇軾全集》第455頁。上海古籍出版社，2000年。
〔註120〕引自裴斐、劉善良《李白資料匯編》（金元明清之部）第160頁。中華書局，1994年。
〔註121〕引自裴斐、劉善良《李白資料匯編》（金元明清之部）第156頁。中華書局，1994年。
〔註122〕裴斐、劉善良編《李白資料匯編》（金元明清之部）第154頁。中華書局，1994年。

至其氣概揮斥，回飆掣電，且令人縹緲天際。此殆天
授，非人力也。

《李詩緯》〔註 124〕

所謂「天縱逸才」、「惟其所欲而無不如意」，都能搔到癢處；丁龍友之讚美，更是恰如其分了。

李白是一位典型的浪漫主義詩人。梁啓超說：「浪漫派文學，總是想像力愈豐富、愈奇詭便愈且精采」。〔註 125〕李白是憑藉豐富的想像力、奇詭的詩境、精彩的文字表現力，打動讀者心靈的。

李白詩中善用誇張辭格，因其想像豐富，感情熾烈，詩寫得異常精彩，其豪逸之氣充盈其中。「白髮三千丈，緣愁似個長」（《秋浦歌十七首》其十五），這是狀愁最爲成功的詩句，後來的詩人，在其所寫的詩、詞、曲中都徑直化用或借用，以寫其心中愁緒之綿延深廣，譬如唐彥謙、王安石、陳與義、辛棄疾、張可久等對李白詩的接受，甚而《三寶太監下西洋通俗演義》、《劉志丹》，都化用過這個詩句。〔註 126〕今人言愁，這個精彩的言愁詩句，也會衝口而出。

李白詩中誇張辭格運用之絕妙者，比比皆是，表現出自然而奇詭的特色。奇詭則豪，自然則逸，詩裏展現著壯逸豪邁之氣：

噫吁嚱，危乎高哉，蜀道之難難於上青天！

……

爾來四萬八千歲，不與秦塞通人煙。

《蜀道難》

君不見黃河之水天上來，奔流到海不復回！

君不見高堂明鏡悲白髮，朝如青絲暮成雪。

《將進酒》

〔註 123〕《清詩話續編》，第 47 頁。上海古籍出版社，1983 年。

〔註 124〕《李白全集編年注釋》第 2224 頁。巴蜀書社，1990 年。

〔註 125〕《李白資料匯編》（金元明清之部）第 1292 頁。中華書局，1994 年。

〔註 126〕參閱本書 271 頁《漫話「白髮三千丈」》。

飛流直下三千尺，疑似銀河落九天。

《望廬山瀑布》

燕山雪花大如席，片片落入軒轅台。

《北風行》

他有超常的想像力，又有那麼豪邁的感情，詩以氣概勝，處處顯示著強勁的表現力。「今觀其《遠別離》、《長相思》、《烏棲曲》、《鳴皋歌》、《梁園吟》、《天姥吟》、《廬山謠》等作，長篇短韻，驅駕氣勢，殆與南山秋氣並高可也。」〔註 127〕我們不禁要為高棅之的評喝彩。

李白為了實現自己的理想，從不放過一切可能利用的機會。有些事情做的十分幼稚天真，他卻是那麼認真。譬如「一入長安」，他在邠州、坊州結交一些地方官，想通過這些七品芝麻官，達到自己入仕的目的。這些人也是泥菩薩過江吾身難保吾身的人，還能給你幫什麼大忙呢？然他卻天真的低聲下氣的向這些人乞憐，想藉此飛黃騰達，實在是可笑之至：

　　主人蒼生望，假我青雲翼。風水如見資，投竿佐皇極。

《酬坊州王司馬與閻正字對雪見贈》

　　余亦南陽子，時為《梁甫吟》……願一佐明主，功成
還舊林。

《留別王司馬嵩》

如此等等，這與他心高氣傲，極不和諧。

你看他的傲岸得意：

　　天子乎來不上船，自稱臣是酒中仙。

杜甫《飲中八仙歌》〔註 128〕

你看他的憂憤與孤傲：

〔註 127〕安旗主編《李白詩歌編年注釋》，第 2219 頁。巴蜀書社，1990 年。
〔註 128〕仇兆鰲《杜詩詳注》，第 81 頁。中華書局，1979 年。

　　孔聖猶能傷鳳麟，董龍更是何雞狗！

　　一生傲岸苦不諧，恩疏媒勞志多乖。

　　嚴陵高揖漢天子，何必長劍拄頤事玉階。

《答王十二寒夜獨酌有懷》

　　安能摧眉折腰事權貴，使我不得開心顏。

《夢遊天姥吟留別》

他的傲岸，他的孤憤，他的不屈事於人，通過這些詩篇，都活生生的
展示在我們面前。「酒中仙」對他來說，實在是恰切之至。「酒後競風
采，三杯弄寶刀」（《白馬篇》），我們看到的不是詩人的寶刀，而是「下
筆如有神」的風格豪逸俊爽永垂不朽的光輝詩篇。

三

　　李白是以具有非凡的政治才能自許的，詩只是其展示政治才能
獲得權位的手段而已。這一招雖一生使盡力氣，欲其施展，卻收效
甚微。從這一方面來看，他的一生奮鬥，無疑是失敗了。然他有時
也是看重詩的，他說：

　　屈平辭賦懸日月，楚王臺榭空山丘。

　　興酣落筆搖五嶽，詩成嘯傲凌滄洲。

　　功名富貴若長在，漢水亦應西北流。

《江上吟》

他把詩人屈原與楚王對後世的影響，作了鮮明的對比：認爲權大如君
王者，只可喧赫耀世於一時，而屈原光輝的詩篇，則可傳之永久，千
秋萬代，光輝不可磨滅。這卻是極具眞知灼見的。誠如曹丕所論：詩
是「經國之大業，不朽之盛事」，〔註129〕就以李白所處時代而言，唐
玄宗雖然創出開、寶盛世，其流風餘韻，頗爲長久。然晚年則被兒子
肅宗鎖禁宮中，心中只有索漠與苦惱，而李之詩卻千秋萬代活在人們

〔註129〕曹丕《典論‧論文》，北京大學中國文學史教研室選注《魏晉南北
　　　　朝文學史參考資料》第51頁，中華書局，1962年。

－153－

的心中，永久燦爛，永放光華。且不說《蜀道難》《將進酒》《玉壺吟》《行路難》《夢遊天姥吟留別》那些酣暢淋漓之作，即便是《靜夜思》《怨情》《玉階怨》，這些短小精悍的五言絕句，也是深入人心，廣為流傳，足以使他永垂不朽的。

李白對當代與後世的影響主要是文學的、詩的，而非政治的。李白詩的巨大影響，實在是因為有著非常卓越的藝術成就。對此，當今著名的學者袁行霈、周汝昌都做了十分懇切的評論。

袁行霈說：

> 李白簡直像一股「狂飆」、一陣雷霆，帶著驚天動地的聲威，以一種震懾的力量征服了同代的讀者。
>
> 《李白詩歌與盛唐文化》〔註130〕

「狂飆」、「雷霆」般的聲威，正是豪氣與逸氣在詩中產生的特殊效應，以此「震懾」千千萬萬的讀者，其影響力之巨大，是其他詩人無與倫比的。

周汝昌說：

> 賞他的詩，一種「氣勢」向你「撲」來，如萬里之長川，千仞之瀑布，令你無可「阻擋」和「招架」。他的思想和藝術的力量，使你不能另有選擇，只有「接受」，他的才氣就具有這樣的神力。
>
> 《三李詩鑒賞詞典序》〔註131〕

這是一位著名的古典文學研究專家、舊體詩詞創作的名家、一位對傳統文化有著多方面專長的人讀李白詩的真實感受，他熱誠的讚揚李白詩歌創作的「才氣」、詩的感染與影響的「神力」，這是對李白詩的藝術魅力卓越、高超評價的不刊之論。

〔註130〕《當代學者自選文庫·袁行霈卷》，第222頁，安徽教育出版社，1999年。
〔註131〕宋緒連、初旭主編《三李詩鑒賞辭典》，第3頁，吉林外史出版社，1992年。

詩論家說他是「狂飆」、「雷霆」也罷,「神力」也罷,都是狀其「才氣」在詩中的突出表現,是詩中流蕩的無往而不在的豪氣與逸氣。使其詩「氣駿而逸,法老而奇,音越而長,調高而卓」。〔註132〕這位由中原文化孕育而又充分吸收了西域文化影響成長起來的天才詩人,成爲我國詩史上永放光芒、非常耀眼的明星。這顆明星,將永遠高懸天空,照耀神州大地。

第八節 李白詩的飄逸風格及其成因

風格能夠代表一個作家創作的最高成就,顯示其藝術才能與創作個性。有無獨特的藝術風格,是一個作家是否成熟的標誌。因此,研究一個作家,風格之探討不可或缺。然縱觀李白詩歌的研究,專論創作風格者甚少。究其原因, 一是解放後對作家創作風格研究不夠重視;二是因爲李白詩歌風格多種多樣,不便一言以蔽之,用一種風格概括。誠然,藝術家之創作往往有多種風格,但在諸多風格中,必有其主導風格。李白詩或清新俊逸,或清雄奔放,或悲慨勁健,或自然綺麗。眞是五彩繽紛,炫人眼目。然古代學者拈出飄逸二字以概括他的詩歌風格,卻是很有見識的。我以爲飄逸是李白詩歌的主導風格,茲簡論如次。

一

談到李白詩歌的風格,首先令人想到偉大的現實主義詩人杜甫對他詩歌所作的頗爲精當的評價。「白也詩無敵,飄然思不群。清新庾開府,俊逸鮑參軍」(《春日憶李白》),他以內行對詩的直感,以精警的詩句,對李白詩歌風格作出了準確而簡要的概括。「清新」、「俊逸」是就李白詩歌風格特點直接而言的,「飄然思不群」,則是指他創作構思的特徵。「飄然」言其意象飄移不定迷離恍惚的情態,「思不群」是說

〔註132〕 陸時雍《詩鏡總論》,《歷代詩話續編》,第1414頁。中華書局,1983年。

他的藝術構思能夠超拔流俗。他舉重若輕，揮翰霧散，筆走龍蛇，從而寫出「驚風雨」、「泣鬼神」的動人篇章。「無敵」則譽其天才超軼，舉世無匹。以詩的語言風格而論，李白詩不僅清新俊逸而卓特，極蕭散灑脫之致。飄然與俊逸，簡言之即飄逸，這是李白詩歌風格的主要特徵。繼杜甫之後，歷代詩人和評論家對李白詩歌的風格，多有一語中的的評讚。王安石說：「白之詩歌，豪放飄逸，人固莫及。」〔註 133〕嚴羽說：「子美不能爲太白之飄逸，太白不能爲子美之沉鬱。」〔註 134〕他們都拈出了「飄逸」二字，以概括李白詩歌的風格。晁公武云：「白天才英麗，其辭逸蕩雋偉，飄然有超世之心，非常人所及，讀者自可別其眞僞也。」〔註 135〕「飄然有超世之心」的性格與「逸蕩雋偉」之詩句，構成了他詩歌飄逸的風格。也就是說，李白詩歌飄逸的風格，不僅是他獨特個性的表現，而且是通過語言的外殼表現出來的。讀者可以根據這種飄逸的風格，辨識其詩的眞僞。我國傳統的文學批評，常常不是用抽象的理論概括，而往往是用感人的形象描述。對於李白詩風格之研究，歷代更多的人，則以形象的筆觸描繪其詩歌飄逸的情態，有很強的可感性。李陽冰稱「其言似天仙之辭。」〔註 136〕劉全白謂「才調逸邁，往往興會屬辭。」〔註 137〕黃庭堅曰：「余評太白詩，如黃帝張樂於洞庭之野，無首無尾，不主故常，非墨工椠人所可擬議。」〔註 138〕楊萬里云：「太白之詩，列子之御風也。」〔註 139〕《臞翁詩評》謂：「李太白如劉安雞犬，遺響白雲。覈其歸存，恍無定處。」〔註 140〕楊愼曰：「太白詩仙翁劍客之語。」〔註 141〕沈德潛云：「太白想落天外，

〔註 133〕見《苕溪漁隱叢話》，引自《李白集校注》。

〔註 134〕嚴羽《滄浪詩話》。

〔註 135〕晁公武《郡齋讀書志》。

〔註 136〕李陽冰《草堂集序》。

〔註 137〕劉全白《唐故翰林學士李君碣記》。

〔註 138〕《黃山谷文集》，引自《李白集校注》。

〔註 139〕見《楊升庵外集》，引自《李白集校注》。

〔註 140〕引自《李白集校注》。

〔註 141〕見《楊升庵外集》，引自《李白集校注》。

局自變生。此殆天授，非人力也。」〔註142〕所謂「天仙之辭」、「列子之御風」、「恍無定處」、「不主故常」等等，都是描繪李白詩的風格，言其寫詩時能夠「離方遁圓」，揮灑自如，若神仙乘祥雲來往於宇宙之間，自由自在而無拘檢。「興會屬辭」，則是指他興致到來時脫口而出、不用苦思冥索的寫詩情景。不墨守成規，天才地大膽地創造，是李白詩歌創作成功的重要因素。從他們對李白詩歌風格的具體描繪中，顯示與概括了李白詩歌風格的特徵。總之，前人或徑直稱其詩風格飄逸，或以形象的筆法，狀其飄逸之態。由此可見，李白詩歌風格之飄逸，爲歷代詩歌評論家所公認。雖然，飄逸二字不能概括李白詩全部風格的特徵，但它是李白詩歌風格的金光閃閃的一個徽章。

二

　　就美的表現形態說，李白詩有壯美、優美以及壯美中存優美、優美中有壯美等多種表現形式。但無論詩中表現出是何種美，詩都寫得極其自然流暢。詩人善於自由揮灑，筆走龍蛇，詩裏呈現出活潑飄灑之態。他曾謂別人的詩是「清水出芙蓉，天然去雕飾」，〔註143〕論者皆以爲這是李白詩的語言風格的眞實寫照。其實，他詩中思想內容的表達與感情的表現，也是可用這十個字概括的。他寫詩時極忠實於他的思想情緒，詩的內容也能記錄他內心的眞實感情。「我醉欲眠卿且去，明朝有意抱琴來」（《山中與幽人對酌》），則是詩人坦率性格的寫照。李白寫詩時情緒變化之迅敏，思路之流暢，行爲之灑脫都是驚人的。所謂「李白斗酒詩百篇」，「揮翰霧散」是近乎實錄的。李白在《贈黃山胡公求白鷳序》中說：「因援筆三叫，文不加點以贈之。」這與「二句三年得，一吟雙淚流」的苦吟、與「閉門覓句」搜索枯腸者不可同日而語。他的詩有如行雲流水般的自然，有如孤雲野鶴式的飄逸，這一特點，是爲李白研究者所公認的。

〔註142〕　《唐詩別裁》。
〔註143〕　李白《經亂離後天恩流夜郎憶舊遊書懷贈江夏韋太守良宰》。

　　飄逸風格是老莊思想作用於藝術趣味的反映，顯示出瀟灑閑逸離脫塵俗的藝術境界。飄逸重在逸，帶有超脫凡俗的神仙風貌。裴敬在《翰林學士李公墓碑》中描寫了李白這種飄然若仙之狀：「先生得仙秀氣耶？不然，何異於常人耶？或曰：太白之精下降，故字太白，故賀監號爲謫仙，不其然乎！故爲詩格高旨遠，若在天下物外，神仙會集，雲行鶴駕，想見飄然之狀。」李白性格爽朗，胸襟開闊，志氣恢宏，在詩中表現出一種安逸閑適與不執著世情的心境。《山中問答》表現了這種超然物外的安逸心情：

　　　　　問余何意棲碧山，笑而不答心自閑。

　　　　　桃花流水窅然去，別有天地非人間。

詩裏流露出飄飄出塵之想。李白的許多詩歌，都呈現出一種「別有天地非人間」的超脫凡俗的優美的藝術境界。《夜泊牛渚懷古》、《贈孟浩然》、《訪戴天山道士不遇》、《尋雍尊師隱居》、《聽蜀僧濬彈琴》、《秋登宣城謝朓北樓》、《清溪行》、《春日醉起言志》、《送友人入蜀》、《月下獨酌》等，這類詩閑逸瀟脫，風格爽朗，神韻悠然，奇思絡繹，妙語橫生，表現出悠閑飄灑的情致。譬如《送友人入蜀》：

　　　　　見說蠶叢道，崎嶇不易行。山從人面起，雲傍馬頭生。

　　　　　芳樹籠秦棧，春流繞蜀城。升沉應已定，不必問君平。

寫沿途風物，並對行者以安慰，這是送行詩常見的格局，此詩不以構思精巧見稱，而以飄逸取勝。妙在將極爲艱險之旅程，寫得輕鬆而優美，使行者不但不將蜀道視爲畏途，而且如尋幽探勝，以勇往也。友人赴蜀，蜀道之艱難崎嶇不可迴避。「山從人面起，雲傍馬頭生」，如此艱險的情景，寫得卻十分輕鬆。「芳樹籠秦棧，春流繞蜀城」，「秦棧」、「蜀城」之風景又如此可愛誘人。《唐宋詩醇》的編者評云：「此詩頷聯承接次句，語意奇險，五六則穠纖矣。頷聯極言蜀道之難，五六又見風景可樂，以慰征夫，此兩意也。一結翻案，更饒勝致。」此詩雖寫旅途之險峻，卻能以輕快的筆調出之，氣度從容，極盡瀟灑飄逸之態。

又如《尋雍尊師隱居》：

> 群峭碧摩天，逍遙不記年。撥雲尋古道，倚樹聽流泉。
> 花暖青牛臥，松高白鶴眠。語來江色暮，獨自下寒煙。

此詩寫峰巒疊嶂摩天入雲的深山老林中獨有的恬靜幽美的境界，神韻悠然。有人以爲此類詩「與襄陽相似」，〔註144〕其實孟浩然的詩風清切而冷峻，李白詩則寫得逸態橫生。仔細比較，大異其趣。《唐宋詩醇》的編者在評《白雲歌送劉十六歸山》詩時說：「吐語如轉丸珠，又如白雲捲舒，清風與歸，畫家逸品。」這一評語，移之上列諸詩，未嘗不恰如其分。「白雲捲舒，清風與歸」，足以概括這類詩的藝術特點。李白送人、登覽、懷古、訪友之作，大都寫得瀟灑閑逸，自然天成，字字精警，句意俱煉而不留斧鑿跡痕，似妙手偶得，毫不費力，卻極見藝術功力。「能化盡筆墨之跡，迥出塵埃之外」，〔註145〕可謂「羚羊掛角，無跡可求」；〔註146〕「不著一字，盡得風流」。〔註147〕李白的五言近體詩，短篇樂府及部分七言絕句，都具有這種藝術特色。

　　李白的七言歌行樂府，感情奔放，胸襟開闊。直能驅策六合，陶鈞萬物。詩人那種揚眉吐氣的氣概，詩裏那種流轉自然的情調，那種鮮明的自我形象，呈現出浩蕩放逸的浪漫主義色彩。這種有著奔逸或縱逸情調的詩篇，是李白詩中飄逸風格的另一種類型，它更具有天才的獨創性。趙翼在《甌北詩話》中說：「（太白）詩之不可及處在乎神識超邁，飄然而來，忽然而去，不屑屑於雕章琢句，亦不勞勞於鏤心刻骨，自有天馬行空，不可羈勒之勢。」《蜀道難》、《夢遊天姥吟留別》、《襄陽歌》、《遠別離》、《醉後贈從甥高鎮》、《宣州謝朓樓餞別校書叔雲》、《梁園吟》、《秋日魯郡堯祠亭上宴別杜補闕范侍御》、《廬山謠寄盧侍御虛舟》等，都是這類詩的代表。它或若天馬行空，「飄然

〔註144〕吳昌祺語，引自《唐宋詩醇・尋雍尊師隱居》評。
〔註145〕《唐宋詩醇・夜泊牛渚懷古》評。
〔註146〕嚴羽《滄浪詩話》。
〔註147〕司空圖《詩品》。

而來，戛然而止，格調高逸，有如鵬翔未息，翩翩而自逝」；〔註 148〕或倏忽變化，「波瀾開闔，如江海之波，一波未平，一波復起。又如兵家之陣，方以爲正，又復爲奇。方以爲奇，以復是正。出入變化，不可紀極」；〔註 149〕「開闔軼蕩，冠絕古今。……其襟期雄曠，辭旨慷慨，音節瀏亮，無一不可」。〔註 150〕這類詩歌，語言橫肆，意象跳躍，極有氣勢。詩人又往往以恍惚變幻和極度誇張的語言，表現豪邁的、杳遠的理想，顯示了詩人飛躍的精神狀態與落魄不羈的情懷。譬如寫黃河就說：「黃河之水天上來，奔流到海不復回」。〔註 151〕寫風雪就說：「燕山雪花大如席，片片吹落軒轅臺」。〔註 152〕登廬山就說：「登高壯觀天地間，大江茫茫去不還。黃雲萬里動風色，白波九道流雪山」。〔註 153〕寫友情就說：「回山轉海不作難，傾情倒意無所惜」。〔註 154〕寫磊落胸懷就說：「撫長劍，一揚眉，清水白石何離離！」〔註 155〕寫自己傲岸的性格就說：「揄揚九重萬乘主，謔浪赤墀青瑣賢」！〔註 156〕「黃金白璧買歌笑，一醉累月輕王侯」。〔註 157〕醉襄陽就說「清風朗月不用一錢買，玉山自倒非人推」。〔註 158〕都寫得縱逸而自然，誇張而又眞實。

綜上所述，李白詩歌飄逸風格的表現，或在情緒上有飄然出塵之想，或在詩人風度上有飄逸灑脫之態，或在詩的標格上骨秀氣清，語言無粘皮帶骨之病，無艱深滯澀之弊。大體而言，一爲俊逸，其詩神

〔註 148〕 《唐宋詩醇‧秋日魯郡堯祠亭上宴別杜補闕范侍御》評。
〔註 149〕 楊載語，引自《唐宋詩醇‧遠別離》評。
〔註 150〕 桂臨川語，引自《唐宋詩醇‧廬山謠寄盧侍御虛舟》評。
〔註 151〕 李白《將進酒》。
〔註 152〕 李白《北風行》。
〔註 153〕 李白《廬山謠寄盧侍御虛舟》。
〔註 154〕 李白《憶舊遊寄譙郡元參軍》。
〔註 155〕 李白《扶風豪士歌》。
〔註 156〕 李白《玉壺吟》。
〔註 157〕 李白《憶舊遊寄譙郡元參軍》。
〔註 158〕 李白《襄陽歌》。

韻悠然，有手揮五弦、目送歸鴻之妙。此以五言近體及短詩為主；二為縱逸，其詩詞意遒勁，其氣勢有如懸泉飛瀑、駿馬注坡，此以七言歌行、樂府取勝。

與李白飄然的執著世情的性格相應，其詩構思新穎，表現獨特，不落窠臼俗套，在藝術表現上充分展示出天才的獨創性。諸如題材的選擇，主題的表現，詩歌的結構，感情的表達，語言的提煉，等等，無一不表現出特異的個性特徵：既別具匠心，獨創新義，又如從肺腑自然流出，妙語天成。這類詩有很高的審美價值，有很強的藝術生命力，在中國文學史上，佔有極重要的地位。就以樂府詩而言，大部分沿用樂府舊題，然舊的題材並未能縛住他的手足，而仍然放射著創造的光華。有的詩雖本其樂府舊題而寫得更為精彩飛揚。如《蜀道難》，仍狀蜀道之艱難。由於詩人感情之深摯，詩歌形象之豐滿，引起讀者對祖國山河壯麗之深沉的熱愛。《遠別離》雖抒寫別離之痛，而在抒情中含有更深廣的內容。仔細抽繹，可作天寶末年史詩讀。有的則自鑄偉詞，如《秦女休行》，感情慷慨壯烈，讀之令人唏噓。七言歌行，則以獨特卓異的面貌，出現在當時的詩壇，生氣勃勃。對此，他既有首創之功，又能推波助瀾，使其蔚為大國，成為盛唐詩歌的一絕。他的歌行以內容的廣闊深博與形式的自由縱恣見長，過去和當代一些學者都把這部分詩看作李白的樂府，我以為是很有見地的。李白的七言歌行，在中國詩歌發展史上，起了承前啟後的作用，有很高的歷史地位。文學史家對此沒有給予足夠的重視。對此筆者有專篇論述，此處不贅。即如贈別詩，本易成為酬應之工具，而李白的贈別詩，往往內容充實，感情真至，引起讀者強烈的共鳴。如《黃鶴樓送孟浩然之廣陵》、《聞王昌齡左遷龍標遙有此寄》、《江夏別宋之悌》，都是千古傳誦的名篇。《贈裴十四》、《贈何七判官昌浩》、《贈崔侍御》、《夢遊天姥吟留別》、《金陵酒肆留別》、《宣州謝朓樓餞別校書叔雲》，這些詩篇，在語言、章法、結構上都獨具匠心。他的詩歌語言，不論樂府、古詩、近體，都極其樸素自然，具有情深詞顯、不言情而情深、不煉

意而意味深長的特色。《春思》、《秋思》、《子夜吳歌》、《長干行》、《古
朗月行》、《出塞》以及一些短詩、小律，都是感情眞率，意味雋永、
語言本色的詩篇。李白的歌行樂府詩，語言如行雲流水，開鬱宣滯。
詞源如三峽之倒傾，感情如海濤之洶湧，飛流直下，有一瀉千里之勢。
且逸思橫出，顯出縱逸的本色。

　　由於選擇精當，主題開掘很深，語言又極其自然本色，其詩歌飄
逸風格的特點更爲突出而明朗。

三

　　如上所述，李白詩歌中飄逸的風格是鮮明的、獨特的、突出的。
那麼這種獨具個性特色的藝術風格是怎樣形成的呢？布封有句名
言：「風格就是人」，文學的風格，必然有著作家自己的個性、人格等。
因此，探討詩歌風格形成的主觀原因是十分必要的。

　　以李白的政治追求與處世態度來看，他是典型的浪漫主義詩人，
而不是頭腦清醒的政治家，他有著詩人的氣質而缺乏政治家的胸懷與
風度。

　　李白從青年時期起，就懷有「濟蒼生」、「安社稷」的宏偉抱負，
並爲其實現而孜孜以求，鍥而不捨；他追求鴻功偉烈，希望建立不世
之功。他青年時期寫《大鵬希有鳥賦》、《上李邕》，臨終賦《臨路歌》，
終其一生，他以大鵬自詡。他鄙視蓬間雀，沒有庸夫俗子那種垂涎欲
滴的權勢慾。他性格豁達開朗，政治視野非常開闊。他經常以帝王師
自期，欲登上宰輔地位，但又不想腳踏實地一步一個台階登上塔之峰
頂，卻想平交王侯，一步凌雲。所謂「一鳴驚人，一飛衝天」。在政
治活動上，縱橫家思想對他影響很深，他一生始終存在著僥倖成功的
心理，希望一言定鼎，一舉安邦。兩入長安，從永王璘，甚而晚年欲
從軍追隨李光弼出征，都是這種僥倖成功心理的反映。在處世上，道
家思想則起著支配作用。自由自在，毫無拘檢，無爲而達。他在《王
右軍》中說：「書罷籠鵝去，何曾別主人。」讚揚王羲之愛鵝而不拘

常禮的飄灑神態。他在詩中多次運用王子猷雪夜訪戴逵的典故，表明他行為的任性。他缺乏那種腳踏實地執著追求的精神。所謂「鍥而不捨」，往往只留在口頭上。在政治上，他缺乏儒家那種求實的精神。往往把十分艱苦繁難的事情，看得輕而易舉，一蹴而就。又由於受儒家傳統思想較淺，兼之涉世不深，不了解人與人之間那種錯綜複雜幽深微妙的關係。他以詩人的眼光觀察政治、人情、世態，有時目光如炬，異常銳敏地看出某些本質的東西。但總的看來，不免失之天真爛漫。這種超脫、飄灑不執著世情的行為，形成飄然若仙的性格，與杜甫沉鬱的性格，成了鮮明的對照。所謂「李青蓮是快活人，當其得意斗酒百篇，無一語一字不是高華氣象」。〔註159〕「快活人」是他性格的核心，李白的思想、性格、行為，具有盛唐知識份子典型的浪漫主義特色，他的生活，充滿了超脫凡俗的浪漫主義情調：交遊道侶，遊歷名山大川。所謂「周覽四海名山大川，一泉之旁，一山之阻，神林鬼冢，魑魅之穴，猿狖所家，魚龍所宮，往往游焉」。〔註160〕聚朋暢飲，談玄賦詩，是盛唐知識份子浪漫生活的重要內容之一。李白每每談到自己的浪漫生活：

> 文以達大雅，道以通至精。捲舒天地之心，脫落神仙之境。
>
> 　　　　　　　　　　　《奉錢十七翁二十四翁尋桃花源序》

> 談玄賦詩，連興數月，醉盡花柳，賞窮江山。……樂雖寰中，趣逸天半。平生酣暢，未若此筵。至於清談浩歌，雄筆麗藻，笑飲醲酒，醉揮素琴，余實不愧於古人也。
>
> 　　　　　　　　　　《暮春江夏送張祖監丞之東都序》

> 窮朝暮以作宴，驅煙霞以輔賞。朗笑明月，時眠落花。
>
> 　　　　　　　　　　　《早春於江夏送蔡十還家雲夢序》

〔註159〕江盈科《雪濤詩評》，引自《李白集校注》。
〔註160〕孫覿《送刪定任歸南安序》。

《襄陽歌》寫他縱酒放誕的生活。《憶舊遊寄譙郡元參軍》，也是了解他的生平、思想的重要作品。賀知章稱他爲「謫仙」，他多次以誇耀的口氣說出，又自稱「酒仙翁」，這足以看出他的生活態度。他生活極爲灑脫、閑逸，飄飄然有神仙之姿。飲酒賦詩，嘯傲終日。「至於酒情中酣，天機俊發，則談笑滿席，風雲動天，非嵩丘騰精，何以及此」。〔註161〕這種瀟灑、閑逸的生活，形成他飄逸的一面。他偶或生活困窘，求人資助，也是理直氣壯的乞討，無儱儒狀，無寒酸氣。《上李邕》、《與韓荊州書》，雖不免有大言欺世之嫌，但卻眞氣內充，感情豪邁，辭氣勁遒。豈可與乞憐於富貴之門的寒儒同日而語哉？不執著於世情，故不免飄然。生活上無窘迫感，總是自在自如，因此閑逸。曾鞏說：「舊史稱白有逸才，志氣恢宏，飄然有超世之心，余以爲實錄」。〔註162〕這段評語，是極爲中肯的。

在藝術上，他繼承了莊周、屈原以來的優秀的浪漫主義傳統，他以囊括宇宙、氣吞洪荒的氣概，以「驚風雨」、「泣鬼神」的筆姿，表現恢宏的志氣與飄灑的性格，極汪洋恣肆之能事。所謂「黃河落天走東海，萬里寫入胸懷間」〔註163〕、「嘯起白雲飛七澤，歌吟綠水動三湘」，〔註164〕「興酣落筆搖五嶽，詩成笑傲凌滄洲」〔註165〕、「名工繹思揮彩筆，驅山走石置眼前」，〔註166〕這些詩句，能概括他的詩的藝術特點。

優秀的詩篇，都是詩人天才的藝術創造的眞實的感情流露，李白流傳至今的優秀詩篇，都不是爲寫詩而寫詩的應酬之作，而是爲了表達詩人當時思想感情的需要。他的詩句，幾乎都是從肺腑裏蹦出來的，跳躍著時代的脈搏。就是一些酬應的詩篇，也能排除虛僞的感情

〔註161〕 李白《秋夜於安府送孟贊府兄還都序》。
〔註162〕 曾鞏《李太白文集後序》。
〔註163〕 李白《贈裴十四》。
〔註164〕 李白《自漢陽病酒歸寄王明府》。
〔註165〕 李白《江上吟》。
〔註166〕 李白《當塗趙炎少府粉圖山水歌》。

和庸俗的捧場，直抒胸臆，痛快淋漓。如《宣州謝朓樓餞別校書叔雲》、《夢遊天姥吟留別》、《醉後贈從甥高鎮》、《送友人入蜀》等，與其說是為了「餞前」、「留別」、「贈別」而寫詩，無寧說是為了抒發此時此地感情的需要。其中不僅沒有應酬的痕跡，就是在感情的表達上，也唯情緒發展的軌跡是依。現以《宣州謝朓樓餞別校書叔雲》為例：

> 棄我去者昨日之日不可留，亂我心者今日之日多煩憂。長風萬里送秋雁，對此可以酣高樓。蓬萊文章建安骨，中間小謝又清發。俱懷逸興壯思飛，欲上青天覽明月。抽刀斷水水更流，舉杯消愁愁更愁。人生在世不稱意，明朝散髮弄扁舟。

此詩首二句承詩題「餞別」，言昨日團聚之歡樂已成過去，今日分別之煩憂就在當即；「長風」二句寫餞別時暢飲抒懷。謂秋高氣爽，正宜酣飲高樓，不必為「餞別」心煩意亂也。「蓬萊」二句是對自己和李雲詩文的評價。「俱懷逸興」兩句言兩人談到文章之事，心投意合，興致很高。最後四句又落到離愁別恨與不得志的牢騷。詩人忽喜忽悲，忽嗔忽笑，情緒倏忽變換，意象激劇跳躍，真實地表現了詩人滿腹牢騷與別愁離緒交織時的複雜感情。李白這類詩能從應酬的俗套中跳出來，寫出感情真摯的詩篇。因此，得到選家的讚揚與推崇：「遙情飆豎，逸興雲飛，杜甫所謂『飄然思不群』者此矣。千載而下，猶見酒間岸異之狀，真仙才也」。〔註167〕

　　李白的詩歌，極大地發揮了藝術的獨創性。他反對六朝以來拘忌聲病的形式主義，衝破詩歌格律上不必要的禁律。詩歌乃至一切文學藝術，都是天才的發揮與創造，是詩人獨特個性的藝術展現。李白在詩歌藝術的創造上，突出地表現在對當時剛剛成熟的近體詩格律的運用方面，即既能基本上遵循格律詩聲律的規定，又為了照顧思想內容的需要，又有某些突破。格律詩的形成，是經過前輩許多詩人辛勤地

〔註167〕　《唐宋詩醇‧宣州謝朓樓餞別校書叔雲》評。

摸索，在詩歌格式與聲律方面，找到了一些規律性的東西，是詩歌上一種較好的表現形式，因此有著一定程度的規範作用。但它不是數學坐標，而有著詩人發揮創造的餘裕。李白爲了表達洶湧澎湃的感情，他不受題目、篇幅、句式、韻律的限制。所謂「李白詩以自然爲宗，不能以律束之。蓋其才長，故一往之氣，沛然莫之御。然飄逸之致亘千古而不沒，非由工入微者比也」。〔註168〕「太白神韻無方，迴乎不可尙，豈惟飄逸云乎哉」。〔註169〕所謂「不能以律束之」和「神運無方」，就是指其突破詩歌格律的藝術創造。譬如《夜泊牛渚懷古》，就是衝破了五言律詩格律的某些限制，一氣旋折，神龍無跡。不被詩的格律縛住藝術創造的手腳，進行大膽地獨特的藝術創造，這是李白詩歌飄灑自如韻味天然的成因之一。

四

　　人是社會關係的總和。作家的藝術風格，不能脫離社會，超越時代。風格是時代的產物，只強調詩人的主觀因素，還不能揭示藝術風格形成的全部原因。必須從作家所處的社會時代找根據，才能作出比較切合實際的答案。

　　李白生活的時代，是一個充滿了浪漫氣息的時代，這種浪漫氣氛是唐代開國以來逐步形成的。唐太宗李世民是封建社會一個最爲傑出的皇帝，他的文治武功都堪稱道。他以雄才大略，勵精圖治，使國家興旺發達，形成堪載史冊永垂千秋的「貞觀之治」。繼李世民之後，經過李治、武則天諸朝，到開元年間，經濟繁榮，國家強盛，使大唐帝國成爲當時世界最文明昌盛的國家。由於國家大治，國力空前強盛，經濟力量十分雄厚。遂孕育並形成一種樂觀自信與青春向上的社會風尙。人們朝氣蓬勃，有志之士，更是精思殫慮，欲建千秋不朽之業。這種政治的、經濟的以及與之相應的社會風尙，孕育了這個時代

〔註168〕應泗源《李詩緯》。
〔註169〕應泗源《李詩緯》。

詩人。出現了文學史上空前光輝燦爛的盛唐氣象，形成了詩國高潮。
於是詩壇上出現了百花齊放、爭艷鬥奇的局面。詩人以其獨特的藝術
風格登上詩壇，放射出耀眼奇特的光焰。田園山水詩派與邊塞詩派各
以其生活經歷和藝術特長爲詩壇增添了光彩。孟浩然的清切，王維的
高渾，高適的直抒胸臆，岑參的奇峭，都有大家之風。以文學自身發
展的規律而論，七言歌行與近體詩中的五律、五絕與七絕，經過數百
年的醞釀、試驗，已臻成熟，並以全新的面貌出現，七言律詩也已初
露鋒芒。當時，「玄宗好經術，群臣稍厭雕琢，索理智，崇雅黜浮，
氣益雄渾」。〔註170〕天才的詩人李白，生逢盛世，必然要以自己的語
言、風格，參加到時代的合唱中。而以李白之個性、天才及深厚的文
學素養，自然要拔出流俗，成爲一個佼佼的領唱者。他的超人的天賦
與堅忍不拔的毅力，終於使他成爲盛唐最傑的出的詩人。應當指出：
道家思想的廣泛流行與深刻影響，因爲物質豐富而形成的享樂思想，
對李白思想的很大的衝擊，這對其詩歌飄逸風格的形成，也是不可排
除的因素。

第九節　李白詩歌的語言特色

　　文學是語言藝術，它必須用藝術的語言描寫形象，抒發感情。語
言對文學作品藝術魅力的形成，有著極大的作用。在某種意義上說，
文學的藝術魅力，就是作者調度和使用語言的技巧，顯示著作者駕馭
語言的超卓的本領。詩在文學的諸種類中，對語言的運用有著更爲嚴
格的要求，對語言的技巧與藝術尤爲重視。可以說，詩歌對語言的使
用是很挑剔的，甚至是吹毛求疵的。詩的語言感情的因素也是極重要
的，它用豐富的、富於表現力的、極其精煉的語言，表達詩人深厚、
豐富而熾烈的感情。李白詩歌之所以取得那樣高的藝術成就，固然是
他以強烈的感情色彩，眞實地反映了當時現實生活，寫出了當代人民

〔註170〕 《舊唐書・文苑傳序》。

的心聲，但也與他巧妙純熟而又創造性地運用詩歌的語言藝術是分不開的。他富有個性的詩歌語言，使其詩歌有著鮮明的個人獨創的奇異色彩，更富於藝術表現力。李白在詩歌上達到了難以企及的藝術高峰；同樣，在語言運用上，也攀登上聳入雲霄的山巒。

一

李白詩歌語言的特色之一，是善於運用精警誇張的語言，表達自己強烈的感情。詩歌語言一般都是警策的、誇張的，浪漫主義詩人的抒情詩，表現得尤為突出。因為浪漫主義詩歌，感情色彩非常濃鬱，主觀情緒十分強烈，而精警誇張的語言，最適於表達這種強烈的感情。因此，浪漫主義詩人往往運用警策誇張的語言，給詩歌蒙上一層濃鬱的感情色彩。李白詩歌中精警誇張的語言，有著自己顯著的個性特徵：他以強烈真摯的感情，寫出了鮮明的形象，顯現著個人的天才和氣質。

李白精警誇張的語言特色的獨到處，在於運用起來自然和諧，好像順手拈來，毫不費力，而且與整個詩的情調十分合拍。他之所以寫出精警誇張的語言，是出於表達感情描寫形象的需要。隨著詩人感情的抒發，這種精警誇張的語言就自然而然地流露出來，形諸筆端。而不是為了故作驚人之語，也不是虛張聲勢，更不是吹牛或乾喊，而是在典型環境下抒發特定感情的產物。因此，它沒有絲毫的虛假成份，沒有做作，而是肺腑真情實感的自然流露。精警誇張的語言是伴隨著詩人強烈的感情出現的，是為表達這種感情而產生的。如《北風行》中精警誇張的辭格的運用，就是十分典型的。

> 燭龍棲寒門，光耀猶旦開。日月照之何不及此，惟有
> 北風號怒天上來，燕山雪花大如席，片片吹落軒轅臺。幽
> 州思婦十二月，停歌罷笑雙蛾摧。倚門望行人，念君長城
> 苦寒良可哀。別時提劍救邊去，遺此虎文金鞞靫，中有一
> 雙白羽箭，蜘蛛結網生塵埃。箭空在，人今戰死不復回。

不忍見此物，焚之已成灰。黃河捧土尚可塞，北風雨雪恨
難裁。

「燕山雪花大如席」，是著名的誇張詩句，極寫燕山一帶雪大天冷。
「大如席」的「雪花」有誰見過？然而讀起來感到眞實，並不自覺
的產生寒冷的感覺，誰也不認爲詩人在說謊，也沒意識到他筆下的
誇張。這句話之所以令人感到眞實，是因爲典型地寫出了幽州思婦
活動的自然環境。魯迅先生曾經指出：「『燕山雪花大如席』，是誇張，
但燕山究竟有雪花，就含有一點誠實在裏面，使我們立刻知道燕山
原來有這麼冷。」〔註171〕詩人寫燕山一帶寒冷，先寫棲於寒門的燭
龍。寒門是大地極北太陽照不到的地方，那裏沒有光亮，一片漆黑，
極其寒冷。傳說燭龍睜眼爲晝，閉目爲夜，它的眼睛的光亮代替了
太陽。詩人卻說：寒門再冷，燭龍早晨還睜眼睛有點光亮，而燕山
一帶的冬天整天價不見太陽，只有號怒的北風，這個地方連寒門也
不如。詩人寫幽州的寒冷，用寒門作反襯。不言而喻，燕山一帶是
極其寒冷的。時值冬季，又有號怒的北風，大雪紛飛，連成一片，
直是輔天蓋地而來。這樣，我們就感到「燕山雪花大如席」描寫的
完全是眞實的了。這是詩人描寫的幽州思婦的生活環境，這位「停
歌罷笑雙蛾摧」的思婦滿面愁容，她思念出征的丈夫，不自覺的倚
門而望，這是下意識的活動，其實丈夫早已戰死，他的遺物金鞭骹
尚在，蜘蛛結網，上面撲滿了灰塵，她睹物傷懷，充滿了悲憤的情
緒。「黃河捧土尚可塞，北風雨雪恨難裁」。詩人把捧土堵塞黃河這
個根本無法辦到的事情，說成只要努力可以辦到，而幽州思婦在風
雪交夾中思念已故丈夫的悲憤情緒卻無法抑止。通過這有力的反
襯，把幽州思婦對丈夫的深切懷念和悲痛難抑的情緒表現得十分強
烈，對輕啓邊釁的安祿山之流作了強烈地譴責，從而深化了詩的主
題。作者將極難的甚至根本無法實現的事情說得輕而易舉，以反襯

〔註171〕　《漫談「漫畫」》，《且介亭雜文二集》。

主人公悲憤情緒的無法抑止，表達自己對思婦的同情，感情深厚而強烈。這是李白詩經見的表現手法之一，是他詩歌語言的重要的個性特徵。

李白這類警策誇張的詩句是很多的，也為人們經常所稱道。「蜀道之難，難於上青天」（《蜀道難》），其實蜀道再難，仍有棧道可通；而在科學技術不發達的古代，上青天的事不可想像，作者偏偏卻說蜀道比上青天更難，這樣的誇飾，人們感到真實。「三杯吐然諾，五嶽倒為輕」（《俠客行》），用五嶽的輕，來襯托然諾的重，一言豈止九鼎？以寫俠客的豪俠性格，令人覺得恰如其分。「蒼梧山崩湘水絕，竹上之淚乃可滅」（《遠別離》），以蒼梧山之不能崩，湘水之不能絕，來誇說娥皇女英的淚痕之不能滅，以寫她們失去夫君的悲痛心情。「君不見高堂明鏡悲白髮，朝如青絲暮成雪」（《將進酒》），以寫人生短暫。「功名富貴若長在，漢水亦應西北流」（《江上吟》），用漢水不能向西北倒流的客觀事實，否定功名富貴的永久存在，也是精警的。此外，像用「白髮三千丈，緣愁是個長」（《秋浦歌》），以寫愁悶的情緒，用「黃河之水天上來」（《將進酒》），以寫黃河壯闊的氣勢。這些精警誇張的語言，都滲透了詩人強烈的感情，有著很強的真實感。

李白詩集中，這類精警誇張的詩句是很多的，可以說俯拾即是。這類誇張的詩句，都滲透了詩人強烈的感情，有著濃鬱的主觀色彩。描寫真實，感情灼人，給讀者留下鮮明而深刻的印象。

與誇張手法常聯繫在一起的，是由巧妙新奇的比喻，構成非常精警的語言。「飛流直下三千尺，疑是銀河落九天」（《望廬山瀑布》），誇張地寫出廬山瀑布之壯觀，用「銀河落九天」這個巧妙的比喻，給人以豐富的聯想。「抽刀斷水水更流，舉杯消愁愁更愁」（《宣州謝朓樓餞別校書叔雲》），用鋼刀斬不斷的水這個有形的事物，比喻愁思不能割斷，寫出自己愁苦纏身的情思。「長風破浪會有時，直掛雲帆濟蒼海」（《行路難》），寫仕途雖遭挫折壯志終會實現的願望。詩人不為一時的困難所屈服，用極豪邁的語言，表達自己的希望。「吾將囊括

大地，浩然與溟涬同科」(《日出入行》)，既表達了自己廣闊的胸懷，又寫了自己要適應自然。「博山爐中沉香火，雙煙一氣凌紫霞」(《楊叛兒》)，用巧妙的比喻寫愛情的融洽與熱烈。此外如「一語不入意，從君萬曲梁塵飛」(《夜坐吟》)；「至此腸斷彼心絕，雲鬟雙鬢罷梳結，愁如回飆亂白雪」(《久別離》)；「吐言貴珠玉，落筆迴風霜」(《贈劉都使》)；「為君一擊，鵬搏九天」(《獨漉篇》)等等。詩人用了誇張的語言以及與誇張相聯繫的巧妙的比喻，並使二者緊密結合，形成精彩而又飛動的詩句。它把詩人的感情與客觀事物交融在一起，形成了絕妙的詩的意境。這種動人的詩篇，滲透了熾烈而真摯的感情，呈現出強烈的主觀色彩。表現出「五嶽為辭鋒，四海作胸臆」(皮日休《李翰林》)的浩大氣魄與胸襟。

二

李白詩歌語言的特色之二，是任真淳樸，著意追求自然美。「清水出芙蓉，天然去雕飾」(《經亂離後天恩流夜郎憶舊遊書懷贈江夏韋太守良宰》)，這兩句詩，是他對詩的語言自然著力追求的目標，也是他詩歌語言達到的境界。他追求的理想的詩句，就像剛剛露出水面的芙蓉一樣，保持天然的姿色。他的詩歌語言，大都明麗天然，具有樸素淳真的自然美。

首先，他善於向民歌中的語言學習。「慷慨吐清音，明轉出天然」(《大子夜歌》)，他的部分詩歌，具有民歌這種樸素自然的語言特色，表現出詩人的天真和興致。《子夜吳歌》、《秋浦歌》、《橫江詞》、《贈汪倫》、《靜夜思》等，都極富於民歌風味，語言質樸醇厚，耐人品味。

寄言向江水，汝意憶儂不？遙傳一掬淚，為我達揚州。

《秋浦歌》其一

秋浦猿夜愁，黃山堪白頭。青溪非隴水，翻作斷腸流。

欲去不得去，薄遊成久遊。何年是歸日？雨淚下孤舟。

《秋浦歌》其二

用質樸淳眞的語言寫遊子思鄉之情，感情眞切，如從肺腑裏自然流出。

> 秋浦田舍翁，採魚水中宿。妻子張白鷳，結罝映深竹。

《秋浦歌》其十六

此詩描寫夫婦兩人打魚捕鳥的景象，用了省淨明白而又自然的語言，形成清晰的畫面。他把這種經見的事情，寫得多麼富有詩意。「水中宿」與「映深竹」，刻劃了他們特別忙碌和辛苦的情景。這種明麗天然的語言的運用，使詩的調子明快，讀起來毫無沉壓之感。

> 蜀國曾聞子規鳥，宣城還見杜鵑花。一叫一回腸一斷，
三春三月憶三巴。

《宣城見杜鵑花》

「一叫一回腸一斷，三春三月憶三巴」一聯，用語工巧而自然。詩人在宣城因見杜鵑花而聯想到蜀中的杜鵑，由此引起深切的思鄉之情。「一」和「三」的選用，把這種思鄉之情表現得十分突出。而這種句法跌宕搖曳，又極其自然，富有民歌風味。

從以上分析可以看出，李白在寫詩過程中，既認眞地學習了民歌中自然淳樸的一面，又盡量加以提煉和概括。使其淳樸而又精練、自然而又深厚，這就大大提高了詩的語言的表現力，有利於創造優美的詩的意境。

其次，李白善於錘煉詩的語言，使之工整自然，絲毫不留斧鑿的痕跡。他的詩句在精警凝煉之中又顯現著天眞與興致。追求詩歌語言的自然美，並不意味著隨隨便便，更不是馬馬虎虎，而是經過深思熟慮，精選了最合適的、富有表現力的字眼，生動準確地表達詩人彼時彼地的感情。李白詩歌語言錘煉的功夫，在於他的詩句好像是毫不經意，信手拈來，讀起來如行雲流水，極其流暢自然；乍一讀似乎是不甚精彩，細細品味卻覺得如陳年老酒，味極醇厚。在語言上他精選了富於表現力的詞句，而又十分本色。「秋浦長似秋，蕭條使人愁」（《秋浦歌》），用時間的長比喻空間的長，自然而出，且蘊蓄了強烈的感情。

詩人說漫長蕭條的秋浦就像漫長而蕭條的秋天一樣，令人愁悶。用語工巧而自然，把秋浦蕭條空蕩的景象與詩人苦悶的心情，生動地表現出來。「不覺碧山暮，秋雲暗幾重」(《聽蜀僧濬彈琴》)，語言流走而含蓄，在描寫暮景中，富有暗示意味：好像「秋雲」也因琴聲特別悅耳動聽，蜂擁而來，層層堆聚，凝神傾聽蜀僧濬的彈琴了。《登金陵鳳凰臺》中「三山半落青天外，二水中分白鷺洲」一聯，對仗極爲工整，事字爲對，不爽毫釐，即景而成，自然絕妙。人們常將李白此詩與崔顥《黃鶴樓》詩比較。以頸聯說，崔詩「晴川歷歷漢陽樹，芳草淒淒鸚鵡洲」，就語言表現說，都極爲自然；就內容說，崔詩沒有李詩的境界開闊。

李白工整而自然的詩句，在五言詩中表現非常突出，達到了爐火純青的地步。「飛流灑絕巘，水流松聲哀」(《遊泰山》)；「高閣橫秀氣，清幽並在君。簷飛宛溪水，窗落敬亭雲」(《過崔八丈水亭》)；「兩水夾明鏡，雙橋落彩虹。人煙寒橘柚，秋色老梧桐」(《秋登宣城謝朓北樓》)；「犬吠水聲中，桃花帶露濃。樹深時見鹿，溪午不聞鐘。野竹分青靄，飛泉掛碧峰。無人知所去，愁倚兩三松」(《訪戴天山道士不遇》)；「思歸若汾水，無日不悠悠」(《太原早秋》)，這些詩大都筆力矯健，句錘字煉，工整而自然，並有著濃鬱的詩情畫意。

李白在寫詩時，著力追求意工，追求語言的自然美，所以他的語言既精警凝練，而又自然流走；既含蓄蘊藉，而又明白曉暢，使詩的語言表現力，達到了很高的藝術境界。

第三，李白善於將那可驚可愕怵目驚心的自然景象，寫得平和自然，令人神往。既令人領略到奇險的自然景象，又使人心曠神怡，情緒鬆快。這是因爲詩人面對十分驚險的自然風光，氣度從容，神態坦然，他的語言又足以表現詩人的胸襟，使詩人悠然自得的神情滲透到詩裏的緣故。

　　　　見說蠶叢道，崎嶇不易行。山從人面起，雲傍馬頭生。
　　芳樹籠秦棧，春流繞蜀城。……

《送友人入蜀》

此係送友人入蜀之作。它既要提醒友人旅途艱險，要有充分的思想準備，又不能使對方產生畏難之感。詩人在《蜀道難》中寫道：「蜀道之難，難於上青天」，同一蜀道，這裏卻僅說「崎嶇不易行」，接著用「山從人面起，雲傍馬頭生」兩句，補充說明「不易行」，道路多麼艱險，又說得多麼輕鬆！「芳樹籠秦棧，春流繞蜀城」，更以輕快的筆調，寫了沿途所經蜀道之美。詩人把美麗的途程寫得實實在在的，而「崎嶇不易行」只是「見說」而已，究竟是否如此，還不是那麼肯定。詩人把艱險壯美的景象用優美的筆調寫成，使詩既有宏偉壯美的意境，又給人以優美之感。

夜到清溪宿，主人碧巖裏。簾楹掛星斗，枕席響風水。
月落西山時，啾啾夜猿起。

《宿清溪主人》

這首小詩如《唐宋詩醇》所評：「奇語得自眼前」。「簾楹掛星斗，枕席響風水」，寫清溪主人所居「碧巖」的高險和清幽。寫眼前奇景，似順手拈來，何等自然。險峻的「碧巖」的景象，給人留下了優美的印象。

群峭碧摩天，逍遙不記年。撥雲尋古道，倚樹聽流泉。……

《尋雍尊師隱居》

「群峭碧摩天」，多麼高峻；「撥雲尋古道」，何等幽深。如此奇險幽深的「仙境」所在，詩人用白描手法，不加修飾地寫出，淳樸自然，味醇神足。

李白把這種奇險壯美的景象，寫得如此自然而幽美，使人對他描寫的境界既充滿欽羨嚮往之情，又使人神態坦然，心情愉快輕鬆。這種語言的成功與其胸襟有密切的關係。他以自然的語言，表現了他坦蕩開闊的胸襟！

總之，李白詩歌語言淳樸自然，確像一朵剛剛露出水面的芙蓉，

神態本色，姿容可愛！

三

　　李白詩歌語言的特色之三，是散文句式的巧妙運用。一般地說，詩的語言是精練的、整齊的、有強烈的節奏感的，因而才能金聲玉振，鏗鏘有聲。與詩的語言相比，散文的語言則比較鬆散而自由，它沒有詩歌對語言要求那麼嚴格，沒有詩歌語言那麼多的清規戒律，束縛較少。因此，散文的語言比較自然，不甚拘謹。可見詩歌語言和散文語言是對立的，詩歌語言的散文化尤為大忌，但其運用之妙，卻可收相反相成之效。樂府歌行和雜言詩中，適當地運用散文句式，不但有助於內容的表達和感情的抒發，而且可以造成錯落有致的句式，抑揚頓挫，跌宕起伏，音節瀏亮，使節奏感更強。李白在學習漢魏六朝樂府民歌中，創造性地使用了一些散文句式，使其樂府歌行放射出異樣的光彩。

　　他在《戰城南》中寫道：「匈奴以殺戮為耕作，古來唯見白骨黃沙田。……乃知兵者是凶器，聖人得已而用之。」這是典型的散文句式，也是極富概括力的好詩句。「匈奴以殺戮為耕作」二句，是寫北方強悍的少數民族中的上層分子，他們把戰爭掠奪作為生活來源，以戰爭代替生產勞動。因此在邊境不斷搔擾，戰爭頻仍，給邊疆漢族人民和少數民族帶來了極大的災難，使生命塗炭，田園荒蕪，廣大的北方原野，唯有白骨黃沙而已。王琦說：「王襃《四子講德論》：匈奴，百蠻之最強者也，其未耜則弓矢鞍馬，播種則捍弦掌拊，秋收則奔狐馳兔，獲刈則顛倒殪僕。太白『匈奴以殺戮為耕作』二語，蓋本於此，而鍛煉之妙，更覺精采不侔」。〔註172〕「乃知兵者是凶器」二句本《六韜》：「聖人號兵為凶器，不得已而用之。」詩人化用古人成語，不留痕跡。他通過巧妙的移花接木，表現了對不義戰爭的憤怒情緒。而幾句散文的句子，與詩中其他詩句搭配十分協調，而且使詩增強了跌宕

〔註172〕　《李太白全集》。

起伏的氣勢和感人的力量。

他在《灞陵行送別》中寫道：「送君灞陵亭，灞水流浩浩。上有無花之古樹，下有傷心之春草。我向秦人問路岐，云是王粲南登之古道。」詩人在灞陵亭送別友人，他看到王粲去荊州曾經走過的道路，想到這位詩人在政治上的不幸遭遇，聯想到自己遭到小人讒毀，更增強了離愁別恨。「無花之古樹」使我們想到「枯藤老樹昏鴉」的淒涼景象，「傷心之春草」使我們想到「離恨恰如春草，更行更遠還生」的詞句。用「上有」、「下有」，使人感到天上地下到處籠罩著淒涼景象，布滿了離愁別恨。這裏三個「之」字都有舒緩語氣的作用，而前兩個「之」字使語氣舒緩搖曳，使送者與行者的沉思不語依依惜別的深厚感情，表現得更為強烈。

李白成功地使用散文句式的例子是很多的。譬如：「天心之物尚如此，參商胡乃尋天兵。孤竹延陵，讓國揚名。高風緬邈，頹波激清。尺布之謠，塞耳不能聽（《上留田行》），此詩沈德潛評曰：「末一節促節繁音，如聞樂章之亂」。〔註173〕這就是說：這幾句散文化的句子，不僅沒有使詩鬆散拖沓，反倒使詩「促節繁音」，節奏感更強。又如：「上有青冥之長天，下有淥水之波瀾」（《長相思》），主人公時而仰首望天，時而低頭俯視，生動地表現了他沉吟不語、默默思念遠人的神態。兩個「之」字的運用，使其沉吟遠望、思念不已的神態更為突出。此外，像「草不謝榮於春風，木不怨落於秋天」（《日出入行》），極富哲理；「清風朗月不用一錢買，玉山自倒非人推」（《襄陽歌》），生動地刻劃了詩人玩賞清風朗月醉態可掬的神態。

李白成功地使用散文化的句子，這對於抒發感情、表達內容、創造意境都起到了很好的作用。從藝術表現上看，他不但沒有鬆散拖沓的弊病，而且使詩抑揚頓挫、跌宕起伏，形成大起大落的結構，節奏感更強。李白在散文化句子的運用上取得了很高的成就，這與他創造

〔註173〕 《唐詩別裁》。

性地繼承漢魏樂府民歌很有關係。詩歌裏夾雜散文句子，早在古逸詩和《詩經》裏就有了。譬如《詩經》中「誰謂雀無角，何以穿我屋？誰謂女無家，何以速我獄」（《行露》）；「投我以木瓜，報之以瓊琚。匪報也，永以爲好也」（《木瓜》），都是典型的散文句式。漢魏六朝樂府民歌中，散文化的句子更多。《雉子班》、《孤兒行》、「東門行」都有許多散文式的句子。李白創造性地學習了漢魏樂府民歌的藝術手法，在散文化句子的運用上有自己突出的特點；不僅語句精警凝煉、韻律和諧、節奏感很強，而且與詩中其他詩句非常協調，大大增強了語言的表現力。在盛唐詩壇上，他和杜甫詩中散文句式的運用都是爲情造文、適可而止、恰到好處。他的樂府歌行所以達到不可企及的高峰，千百年來傳誦不衰，原因是多方面的，而散文句式的成功運用，也是重要的原因之一。

　　李白詩歌語言有其突出的個性特徵，他的詩歌語言，對後代詩人有很大的影響。在今天創作和發展新詩歌中，尤其在詩歌民族化方面，很值得我們學習和借鑒。

第三章　比較論

第一節　李白與王昌齡的七言絕句

　　七言絕句是唐代詩苑中最引人注目的花朵之一,盛唐詩壇的七言絕句,尤爲卓絕。一時詩人輩出,名花競艷。王之渙、王維、王昌齡、李白、高適、岑參、賈至等,都是詩壇的俊彥、七絕的高手。李白、王昌齡在七言絕句的創作上,則是這群詩人中出類拔萃的佼佼者。其七絕如雙峰對峙,二水分流,高蹈有唐三百年詩壇,佔盡千古風流,使後人無出其右者。歷代學者品詩談藝,抉微探幽,對王、李或軒此輕彼,較其高下;或相提並論,譽其擅場。概而言之:推崇自然俊爽者,以太白爲上;喜愛含蓄深婉者,以王昌齡爲高。但縱觀前人之評論,雖不乏頗中肯綮之言,然隻言片語,缺乏系統之理性分析;今人亦鮮有將二人七言絕句作全面認眞之比較者。特撰此節,予以研討。

一

　　選材不同,是李白、王昌齡七言絕句不同的特點之一。

　　如同所有著名的文學家一樣,李白、王昌齡各有獨特的生活方式與審美情趣,諸如對描寫對象的選擇、對形象的捕捉以及生活感受的方式等,都有不同的特點。在對題材的選擇方面,二人尤有較大的區

別。李白酷愛大自然風光，經常跋山涉水，尋幽探勝，所謂「一生好入名山遊」，中國的名山勝水，幾乎都留下了他的足跡。因此他對於祖國雄奇壯麗的河山、名勝古蹟、風物景致，無不了然於胸。足跡所至，多紀之於詩。其七言絕句，也多以紀遊之作馳譽詩壇。他每逢勝景佳境，觸景生情，遂成驚風雨泣鬼神之詩篇。《峨眉山月歌》、《望天門山》、《望廬山瀑布》、《望廬山五老峰》、《橫江詞》等紀遊詩，均爲一時之絕唱。譬如《望廬山瀑布》：

> 日照香爐生紫煙，遙看瀑布掛前川。
>
> 飛流直下三千尺，疑是銀河落九天。

詩人以奇特的想像與誇飾的筆調，寫出廬山瀑布凌空而下的壯闊景象，形象極爲鮮明生動，詩中貫注著雄奇奔放的氣勢。李白胸次宏闊，所遇景象非凡，所以筆底往往出現雄偉壯觀的景象。這種景象足以撞開讀者心靈的門窗而使人讚賞不已，拍案叫絕。

紀遊詩貴融情於景，借所遊地之風物特點，抒一時之情懷，所謂「作詩有情有景，情與景會，便是佳作。若情景相睽，勿作可也」。〔註1〕李白寫七言絕句，往往不假思索，一揮而就。其妙處在於能抓住情與景會的契機，淋漓盡致地表露一時的興致與眞情，寫出情景交融的詩篇。其天眞逸趣非一般詩人所能企及。《望廬山五老峰》、《早發白帝城》等，都是這樣的詩篇。這類絕句想像奇特而自然，極度誇張而又合理，似乎是順手拈來，卻能恰切地表現詩人一時的情懷。

> 九天秀色可攬結，吾將此地巢雲松。
>
> ——《望廬山五老峰》

> 此行不爲鱸魚鱠，自愛名山入剡中。
>
> ——《秋下荊門》

詩人寫來是隨隨便便毫不費力的，他很輕鬆地把自己主觀的意想與客觀的景象極和諧地統一起來，使一刹那間的感情浪花得到淋漓盡致的

〔註 1〕郭紹虞：《清詩話續編》，第 144 頁，上海古籍出版社，1983。

表現，這一點是一般詩人絕難達到的。所謂「讀之真有揮斥八極、凌屬九霄意」，〔註2〕「只眼前景，口頭語，而有弦外音，使人神遠」，〔註3〕這些評語都是比較切合李白七言絕句創作實際的，也說明李白詩藝術效果是極好的。李白有不少七言絕句，都是把排山倒海般的氣勢與行雲流水般的流暢結合起來，這種藝術特點用之於紀遊詩，表現祖國壯麗的河山與詩人開闊的胸襟，是非常協調的。李白是大家，以體裁說，他兼擅眾體，不特七絕為工；從藝術風格講，既有雄奇奔放的陽剛之美，又有含蓄委婉的陰柔之美；以詩的分類說，樂府、古詩、詠懷、送行、留別、寄贈等，都不乏精絕之作。他不僅不是以全副精力進行七言絕句的創作，而且在七絕創作上也不大花氣力。這樣的小詩，才人如李白者，是用不著苦心構思與慘淡經營的。與李白相較，王昌齡雖則號稱「詩家夫子」，但就其創作成就而言，或可與王、孟、高、岑相埒，遠不能與李白比肩。他的七言絕句之所以名噪千古，就在於他是集中主要精力從事這一體裁創作的，從而取得了極高的藝術成就。在他現存約一百八十首詩中，七言絕句幾乎佔全部創作的一半，優秀之作，多為斯體。因此精思彌慮，慘淡經營，含詠咀味，佇興而發，成為與李白七言絕句「爭勝毫釐」的「神品」。〔註4〕就題材而言，他的七言絕句歌詠範圍較為廣泛，但其擅場並為人所津津樂道的，則是邊塞詩與宮怨閨怨之類的作品。《出塞》、《閨怨》、《長信宮詞》等，都是傳誦千古的名篇。

> 閨中少婦不知愁，春日凝妝上翠樓。
>
> 忽見陌頭楊柳色，悔教夫婿覓封侯。

這首《閨怨》詩是寫上層婦女春日登樓時引起一刹那間感情的波動：剛一登上翠樓，無限美好的春色喚醒了她，引起對青春生活的珍惜，想起了往日夫妻團聚的歡樂，由此追悔不該鼓動丈夫「覓封侯」而遠

〔註2〕胡應麟：《詩藪》，第 177 頁，上海古籍出版社，1979。
〔註3〕沈德潛：《唐詩別裁》，第 26 頁，商務印書館，1958。
〔註4〕李永祥：《唐人萬首絕句選校注》，第 4 頁，齊魯書社，1995。

走他方。此詩雖係寫他人之情懷，但感情是那麼真實，那麼細膩，真
是「言情造極」，〔註5〕絲絲入扣，情調哀怨感人，有力地撥動讀者的
心弦。

　　　　奉帚平明金殿開，且將團扇共徘徊。

　　　　玉顏不及寒鴉色，猶帶昭陽日影來。

這首《長信宮詞》詩描寫宮娥妃嬪精神生活的極端痛苦，深刻揭露封
建帝王寵愛之不足恃，十分含蓄地表現了她們的怨恨心情。沈德潛評
此詩云：「昭陽宮，趙昭儀所居，宮在東方。寒鴉帶東方日影而來，
見己之不如鴉也。優柔婉麗，含蘊無窮，使人一唱而三嘆。」〔註6〕

　　王昌齡善於體察宮嬪怨婦之情，並以委婉含蓄的筆調把她們的感
情表達出來。情緒是細微的，感情是深摯婉曲的，情調是清新的，既
無軒然大波，更不會有捲江巨瀾。所謂「緒微而思清」的評語，〔註7〕
是合乎實際的。

　　總之，由於兩人的生活經歷不同，藝術情趣與愛好各異，因而
選材的角度也不同。然而他們在創作上卻都能揚長避短，選擇能足
以表達他們情意的題材，經過熔鑄剪裁，創造出很高的藝術境界。
誠如胡應麟所說：「王宮詞樂府，李不能爲；李覽勝紀行，王不能作。」
〔註8〕可謂一語中的，恰切地闡明了二人選材與擅長之所在。

二

　　運用不同的創作方法，使李白、王昌齡在七言絕句創作上，形成
各自不同的特點。

　　李白是盛唐最典型的浪漫主義詩人，他的氣質是浪漫的，精神是
昂揚的，感情是慷慨激越的，行爲是放蕩不羈的。如此等等，在他一
貫的政治追求與平日行爲中，都表現得相當卓異特出。他平生懷著「濟

〔註5〕胡應麟：《詩藪》，第119頁，上海古籍出版社，1979。
〔註6〕沈德潛：《唐詩別裁》，第116頁，商務印書館，1958。
〔註7〕李雲逸：《王昌齡詩注》，第194頁，上海古籍出版社，1984。
〔註8〕胡應麟：《詩藪》，第119頁，上海古籍出版社，1979。

蒼生，安社稷」的遠大抱負，經常以帝王師自居，時刻夢想著平步青雲，登上卿相的寶座；他藉隱逸、交遊提高聲譽，名動朝野，等待皇帝「赤車蜀道迎相如」；他遍干諸侯，平交王侯，既表現了對自己政治才能的高度自信，又表現出高傲的平民的與人平等的自豪感；平日遊仙、訪道、喝酒、狎妓，追求閑逸與享樂；他的情緒時而高昂，時而頹唐，倏忽變幻，頓時異常。這種獨特的表現，顯現著輝光四射的浪漫主義精神。他擅長運用浪漫主義藝術手法，表現一時的感觸與情緒。他善於抓住感觸情緒波動的一瞬間，捕捉一時的靈感，興之所至，揮翰立就，亮出靈魂的底蘊，寫出最真實的感情，表現出鮮明的創作個性。李白寫七絕，並不需要長期醞釀，縝密的構思，也不在字句的錘煉與推敲上下大的功夫。因此，他的詩沒有苦吟的澀味，沒有爐錘的痕跡，韻味天然，飄灑渾成，有著「芙蓉出水」般的自然，有著淡妝西子的韻致。《贈汪倫》、《黃鶴樓送孟浩然之廣陵》、《聞王昌齡左遷龍標遙有此寄》、《與史郎中欽聽黃鶴樓上吹笛》、《陪族叔刑部侍郎曄及中書賈舍人至遊洞庭五首》等，都是這樣的短章妙品，這些詩均能以情會景，真切地表現一時激動的心情，表現出朋友之間最誠摯的友誼。譬如《贈汪倫》一詩，即桃花潭水之深以喻汪倫友情之深，就近取譬，感情深摯，巧奪天工；《黃鶴樓送孟浩然之廣陵》一詩，寫詩人江邊佇立，凝神遠望，以見對朋友戀戀不捨之深厚友情，令人感動。「太白諸絕句，信口而成，所謂無意於工而無不工者」，〔註9〕道出了個中情景。他的七言絕句自然流走，脫口而出，信筆寫成。正因為他的詩是從肺腑裏自然流出的，故能感人肺腑。

　　李白在運用浪漫主義創作方法時，善於突出自我形象。他固然善於寫景，然更善於抒情，在強烈的抒情氣氛中，寫出鮮明的自我形象。他不僅善於抓住客觀事物的特徵，用誇張的手法使其特點更突出、更典型，而且善於借景抒情，使詩人情緒得到痛快淋漓的發揮。在寫法

〔註 9〕胡應麟：《詩藪》，第 117 頁，上海古籍出版社，1979。

上，多從自我入手，抒主觀之情，以豐富的想像與誇張的語言，表現極強烈的情感，使詩具有詞顯而情深的特點。

> 千巖烽火連滄海，兩岸旌旗繞碧山。
>
> ——《永王東巡歌》其六

> 兩岸猿聲啼不住，輕舟已過萬重山。
>
> ——《早發白帝城》

詩人情緒高昂，氣勢飛揚，行文有若神助，表現出最鮮明的浪漫主義特色。

由於詩人強烈的主觀情緒，他在描寫客觀景物時，也往往塗上一層濃鬱的主觀色彩。譬如《陪族叔刑部侍郎曄及中書賈舍人至遊洞庭五首》之五：

> 淡掃明湖開玉鏡，丹青畫出是君山。

這無非是說湖明如鏡，君山如畫，然而他不用明喻而用借喻，因而顯得更直接、更真實、更有感人的藝術力量，使洞庭湖蒙上一層極濃鬱的詩情畫意。

又如《山中答俗人》：

> 桃花流水窅然去，別有天地非人間。

這雖係寫景，是寫似非人間遠離囂塵的仙境，但實則突出詩人對此種境界的主觀感受與真切的生活體驗，表現了他衝破塵網、超脫凡俗的極為灑脫的性格。

李白揮動他那「驚風雨」的詩筆任意揮灑，不拘形跡，所施無不可。他無意求工而詩自臻佳境，其原因就在於他的興致與客觀景物十分契合的緣故。他的詩的可貴之處就在於詩的意境描寫中，流注著最真摯的感情，交融著坦露的個性與廣闊的胸懷，能引起讀者與詩人情緒的交流與共鳴。我們讀李白的七言絕句，自然而然地被他帶到他所描寫的詩的境界中，融化到他所描寫的景象中，實在是一種超脫凡俗的充分的藝術享受，以至達到忘我的地步。

　　王昌齡雖然也有少數浪漫主義作品，但他基本上是現實主義作家。他的七言絕句特別注重客觀情景的描寫，善於融情入景，用客觀景象把主觀感情嚴嚴實實地包藏隱蔽起來。他的情緒與感情在詩裏是絕不外露的。他注重爐錘之功而又不留錘煉之跡，意高境遠，渾然天成，這是他詩歌創作的最大特點。

　　王昌齡膾炙人口的七言絕句，有《出塞》等描寫邊塞戰士生活及其思想感情的，有《閨怨》、《宮怨》等描寫封建社會婦女不幸命運的，尤其在對宮廷婦女生活描寫上，是頗為特出與精彩的。

　　　　昨夜風開露井桃，未央前殿月輪高。

　　　　平陽歌舞新承寵，簾外春寒賜錦袍。

　　　　　　　　　　　　　　　　　　——《春宮曲》

　　　　西宮夜靜百花香，欲捲珠簾春恨長。

　　　　斜抱雲和深見月，朦朧樹色隱昭陽。

　　　　　　　　　　　　　　　　　　——《西宮春怨》

兩首詩都是宮怨詩，前者寫他人之得寵，反襯自己失寵；後者寫失寵後的怨恨情緒，見他人之得寵，則使這種怨恨情緒更為強烈。詩寫得含蓄委婉，情致纏綿，極見藝術功力，因此受到古今評論家的交口稱讚。但他畢竟是代別人抒情，因此必須仔細地揣摩別人的心境，抒寫別人的情思，模擬別人的口吻，並通過客觀的描寫把別人此時此地的真實情感表現出來。雖極爐錘之工，詩的情境也極為深婉，然讀起來感情難免有些隔膜，沒有直接抒發自己的感情那麼自然、真實，易於感人。這猶如小說的第一人稱與第三人稱寫法之別。第一人稱的「我」，雖非作者，但給人第一個印象是真實的；用第三人稱，雖然很真實，讀者終有疑竇，從藝術欣賞角度看，不免造成一些小小的距離。

　　王昌齡之詩，並不都是代他人抒情，也寫了一些直接抒情的七言絕句，但都含蓄蘊藉，沒有咄咄逼人的氣勢。譬如《別李浦之京》，

情致惓惓，誠摯感人。思鄉之情，躍然紙上。

爲人盛讚的《芙蓉樓送辛漸》二首之一，是一首膾炙人口的短詩。

寒雨連江夜入吳，平明送客楚山孤。

洛陽親友如相問，一片冰心在玉壺。

此詩蓋爲王昌齡初到江寧貶所送友人辛漸赴洛陽時作。首句寫詩人赴江寧貶所時的情景，襯托自己極爲苦悶的心境：遭逢貶謫，途中寒雨連天，眞是「屋漏更兼連夜雨」，倒霉而又狼狽。次句寫適逢故友辛漸離吳赴洛陽，剛到貶所又去一知己。一個「孤」字，寫出自己極端孤獨而又索漠的心境。後兩句寫自己志行貞潔，是對「不矜細節」而引起的「謗議沸騰」的抗議。他將自己極其憤怒的心情遮蔽在層層帷幕的後面，使憤怒之情不露形色。

由於李白、王昌齡所用的創作方法不同，故其詩的表現手法也不同。譬如王昌齡的《出塞》與李白的《永王東巡歌》其二，表面極相似，但其著眼點不同，因而在反映現實上，仍有明顯的區別。

秦時明月漢時關，萬里長征人未還。

但使龍城飛將在，不教胡馬度陰山。

————王昌齡《出塞》

三川北虜亂如麻，四海南奔似永嘉。

但用東山謝安石，爲君談笑靜胡沙。

李白《永王東巡歌》其二

這兩首詩在形式、寫法、氣概上都極其相似，其實二者在創作方法上有著根本的區別：王昌齡《出塞》詩反映了現實的要求，希望有李廣那樣善於帶兵打仗的大將，早日戰敗胡虜，結束戰爭，反映了廣大人民特別是久戍未歸的士兵的情緒，因此有著深厚的現實基礎。李白《永王東巡歌》其二則以運籌帷幄坐定天下的賢相自期，有著更濃烈的主觀色彩。在誇張的抒情中，寫出了鮮明的自我形象。也可以說，李白詩中表現的自我形象，帶有普遍的典型意義，這種典型的自我形象是

浪漫主義的典型；王昌齡在客觀描寫中，卻包含著一個執著的自我，這種自我形象，卻是現實主義的。他們兩人的詩，在表現主題的方法上，卻是迥然不同的。

總之，李白以浪漫主義的筆調，寫出鮮明的自我形象，反映了盛唐積極進取的知識份子的精神面貌，充溢著樂觀、自信、青春向上的盛唐氣象；王昌齡以細膩的現實主義筆觸，深刻地揭示了封建社會宮廷婦女的不幸命運與久戍邊疆的士兵的複雜心理。二人的七言絕句在藝術表現上異曲同工，各盡其妙。

三

李白、王昌齡的七言絕句，都具有獨特的藝術風格。李白觸景生情，即興而發，情景契合，風格俊爽明朗；王昌齡伫興而作，情意深藏，風格委婉含蓄。

先看李白的兩首思鄉之作：

蜀國曾聞子規鳥，宣城還見杜鵑花。
一叫一回腸一斷，三春三月憶三巴。

——《宣城見杜鵑花》

誰家玉笛暗飛聲？散入春風滿洛城。
此夜曲中聞折柳，何人不起故園情。

——《春夜洛城聞笛》

兩首詩都是觸物動情之作，抒寫遊子思鄉情緒。這樣的主題在古詩中是屢見不鮮的，而李白卻將這種常見的具有普遍意義的主題，寫得異常感人。白為蜀人，出川後一生再沒有回過故鄉。然而他對於哺育他的故鄉，感情是很深厚的。因此，他的思鄉情緒十分強烈。他在宣城看到杜鵑花而聯想到杜鵑鳥。杜鵑鳥蜀地特多，且流傳著種種美麗而又幽怨的傳說。他望著杜鵑花，似乎聽到故鄉那種令人腸斷的杜鵑聲，由此引起他對故鄉的深切憶念。《春夜洛城聞笛》，是他在洛陽偶然聽到有人吹奏抒別離之情的《折楊柳》曲，引起思鄉情緒。本來是

自己聞笛音而生故園之情，但因爲這種思鄉情緒太強烈了，所以推想旅人都有思鄉情緒。「何人不起」即「無人不起」，用反詰語加以強調，突出了思鄉感情。這兩首詩風格曉暢，感情深摯，有一唱三嘆之妙。

李白這類詩歌，如一眼清澈透底的泉水，清淺可愛，雖然一望透底，但又非一覽無餘，在清澈的詩句裏，似乎隱藏著什麼迷人的誘人玩味、耐人思索、值得探尋的東西。它雖然明明白白，沒有隱晦的詩句，但卻藏鋒不露。由於詩人喜歡用誇張的語言，把一時十分激動的不易形諸筆墨的心情，痛快地淋漓盡致地表現出來，先聲奪人，因而具有很強的藝術效果。

李白能以明白曉暢的語言，寫出具有濃鬱的詩情畫意的絕句，引起讀者聯想與想像。譬如：

> 天門中斷楚江開，碧水東流至此回。
> 兩岸青山相對出，孤帆一片日邊來。
>
> ——《望天門山》

> 五陵少年金市東，銀鞍白馬渡春風。
> 落花踏盡遊何處，笑入吳姬酒肆中。
>
> ——《少年行》

這些詩用了白描語言，勾勒出一幅幅鮮明生動的圖畫。風格俊爽，韻味深長，令人百讀而不厭。

王昌齡的七言絕句，其風格含蓄深婉，意在言外。讀他的詩，必須揭開層層遮罩的薄紗，才能找到詩的眞正的意蘊。

如前所述，王昌齡七言絕句往往代人抒情，他以含蓄委婉的筆觸，展示主人公的內心世界，細緻入微地刻畫他們的思想感情。在《從軍行》與《出塞》這兩組著名的七言絕句中，他精心選擇最有典型意義的畫面，從各個側面生動地刻畫戰士複雜的心理狀態。與敵人激戰時他們勇往直前，與敵拼搏，精神昂揚，樂觀自信，充滿了愛國主義豪情。

　　青海長雲暗雪山，孤城遙望玉門關。

　　黃沙百戰穿金甲，不破樓蘭終不還。

　　大漠風塵日色昏，紅旗半捲出轅門。

　　前軍夜戰洮河北，已報生擒吐谷渾。

這兩首《從軍行》詩雄渾豪壯，寫出了戰士的英雄氣概。當他寫征戍者的離恨別情時，則以柔婉的筆姿，通過風景的襯托，極力渲染那種哀怨的情緒，寫出纏綿悱惻委婉動人的詩篇。

　　烽火城西百尺樓，黃昏獨坐海風秋。

　　更吹羌笛關山月，無奈金閨萬里愁。

　　琵琶起舞換新聲，總是關山離別情。

　　撩亂邊愁聽不盡，高高秋月照長城。

這兩首《從軍行》寫戰士久戍思家的情緒。它既然不是直接抒發自己的情感，就不能信手拈來，寫自己一時的感觸，而要仔細觀察體驗久戍邊疆的戰士生活，了解他們的思想情感，然後通過生活畫面的描寫，著力表現人物的內心世界，抒寫他們喜怒哀樂的心情，同時也表露詩人對他們的態度。詩人不論是表現抒寫對象的心情，還是表現自己的感情，都是通過畫面的描寫完成的，因此在詩的藝術風格上必然是含蓄委婉的。閱讀與欣賞這類詩歌，不能僅憑直接感受，而要分析詩裏描寫的情景，仔細地揣摩和尋繹詩人的感情意向，反覆地咀嚼和品味，才能真正體會詩的意蘊。

　　總之，李白多用直接抒情之筆，當其景與情會時，率爾操觚，寫出神采飛揚的七言絕句。王昌齡重視對客觀現實的描寫，他的七言絕句通過精雕細刻，慘淡經營，寫出渾厚完美的藝術境界。

四

　　縱觀中外文學史，一個時代有一個時代的文學思潮與風尚，而名家必然開風氣之先，也一定影響於後代。李白、王昌齡七言絕句的創作亦然。李白是盛唐七言絕句主氣派的最傑出的代表；王昌齡七言絕

句主意，重視意格的錘煉，已開中晚唐七言絕句主意派的先河。王世
貞云：

> 七言絕句，盛唐主氣，氣完而意不盡工；中晚唐主意，
> 意工而氣不甚完。然各有至者，未可以時代優劣也。〔註 10〕

誠如王漁洋所說；「此論甚確。」〔註 11〕然對於每一個作家，尤其是
文壇舉足輕重的名家，往往不是文學總的思潮與風尚所能範圍的。有
些作家，可能軼出當代文學思潮與風尚之外，另闢蹊徑，獨樹一幟，
同時對後代文學思潮的形成起推波助瀾之作用。李白七言絕句，氣度
恢弘，詞氣飛揚，語調流暢，落筆如天馬行空，具有極活潑的創造力
與鮮明的藝術個性，這是盛唐氣象在七言絕句中的典型表現。與李白
相較，王昌齡的七言絕句，更注意意格的完美，字鍛句煉，語氣委婉，
詞意蘊藉而含蓄，詩味雋永而深厚。他雖不及李白天才縱恣，卻以工
力深厚見長，遂開中晚唐七言絕句主意的風尚，所謂「王龍標七絕，
如八股之王濟之也。起承轉合之法，自此而定，是爲唐體，後人無不
宗之」，〔註 12〕「晚唐七言絕句妙處，每不減王龍標。然龍標之妙在
渾，而晚唐之妙在露，以此不逮」。〔註 13〕前哲之論，已透出箇中情
景。

藝術上的優點往往同缺點相伴而生，具有無限藝術創造力的作
品，必定有著某些小小的瑕疵。金無足赤，人無完人，我們也不必爲
賢者諱。胡應麟說：「李詞氣飛揚，不若王之自在。然照乘之珠，不以
光芒殺直。王句格舒緩，不若李之自然。然連城之璧，不以追琢減稱。」
又云：「然李詞或太露，王語或過流，亦不得護其短也。」〔註 14〕胡氏
之言，是符合兩人七言絕句創作實際的。

〔註 10〕丁福保：《歷代詩話續編》，第 1007 頁，中華書局，1983。

〔註 11〕李永祥：《唐人萬首絕句選校注》，第 4 頁，齊魯書社，1995。

〔註 12〕李雲逸：《王昌齡詩注》，第 205 頁，上海古籍出版社，1984。

〔註 13〕郭紹虞：《清詩話續編》，第 173 頁，上海古籍出版社，1983。

〔註 14〕《詩藪》，第 118 頁，上海古籍出版社，1979。

第二節　李杜詩反映現實之不同方式

　　李白、杜甫以其不同的立場、創作方法以及個人得心應手的寫作技巧，譜寫了光照千秋永垂史冊的偉大篇章。其詩都異常深刻地反映了盛唐現實，因而成爲時代的無比眞實生動的歷史畫卷，不愧爲一代光輝的詩史。然自晚唐以來，譽杜詩爲詩史，已成爲不易之論；而對李白詩歌反映現實之深刻程度則估計不足，不特不以詩史論列，反而受到許多不應有的誤解與責難。所謂：「白之詩，多在於風月草木之間，神仙虛無之說，亦何補於敎化哉？」「李太白當王室多難海宇橫潰之日，作爲歌詩，不過豪俠使氣，狂醉於花月之間耳。社稷蒼生，曾不繫其心膂。」〔註15〕「然其識汚下，十句九句言婦人酒耳。」〔註16〕如此等等，刺刺不休。直至今日，學者對他大力讚揚的多是理想的追求與對封建統治階級的藐視，而對李詩反映現實之認識與評價，則仍有很大的保留。究其原因，主要是因爲長期以來人們對於這位「謫仙」不執著世情形成的偏見，以及對於浪漫主義詩人反映現實生活之深刻程度估計不足。其實，李杜雖則用了不同的創作方法，然卻殊途同歸，都以犀利的筆觸，干預現實生活，深刻地揭露社會弊端，抒發自己心中的憤懣與不平，他們的詩歌，都跳動著時代的脈搏，堪稱爲一代詩史。故其詩在反映現實方面，都應給予充分的估計與高度的評價，似不應有所軒輊或抑此揚彼。

一

　　衡量一個作家的藝術成就，首先要看他在自己作品中反映生活的廣度與深度，看其作品對讀者思想啓迪的多寡與藝術享受的豐厚與否。這就要求作家站在時代的前列，用他的創作勇敢地干預生活，尖銳地揭露現實中存在的嚴重問題，喚起讀者的密切注意。李白獨特的傳奇式的生活經歷，加上思想異常敏銳活躍與感情的無比豐富，決定

〔註15〕瞿蛻園等：《李白集校注》，第 1866 頁，上法古籍出版社，1980。
〔註16〕瞿蛻園等：《李白集校注》，第 1869 頁，上海古籍出版社，1980。

了他的詩歌反映現實的奇特豐富而多彩。

李白以一個布衣受到唐玄宗的徵召，做了翰林供奉。於是「王公大人借顏色，金章紫綬來相趨」（《駕去溫泉宮後贈楊山人》）。長安三年，他與掌握國家政權的核心人物多有接觸；他一生又在長期漫遊中，頗爲頻繁地干謁地方官員，不止一次地做過州縣衙門的座上客，有如此豐富的生活經歷與廣泛的交遊，又帶著挑剔的異常銳敏的目光審視著現實，對上自皇帝宰輔，下至地方官吏，都有著頗爲深入的體察與研究，因此對他們本質的認識與精神狀態的體察比較深入。另一方面，他又終身布衣，未能干預國家的政治。作爲國家政權的旁觀者，並以詩人特有的犀利目光，密切注意著現實中發生的一切。因此他能站在較高的位置，居高臨下，高屋建瓴，鳥瞰式地觀察大唐帝國的前途命運，十分警覺地審視著國家機器運轉中的諸多問題。又因爲他受了道家思想的深刻影響，對權貴以至皇權的藐視，這就形成了他對最高統治階級有相當大的離心力，甚至產生某種程度的對立立場。「揄揚九重萬乘主，浪謔赤墀青瑣賢」（《玉壺吟》）；「安能低眉折腰事權貴，使我不得開心顏」（《夢遊天姥吟留別》）；「人生在世不稱意，明朝散髮弄扁舟」（《宣州謝朓樓餞別校書叔雲》），從這些詩中，可以看出他對統治者的藐視對抗與對立。因此，他能透視現實與人生，對上層統治者的醜惡的面目看得更清楚，能較爲本質地看清當時的社會現實，較爲準確地分析與把握社會發展的方向。雖然他與統治階級中某些核心人物曾有過較密切的關係，然他的政治地位畢竟類似於幕僚或清客。因此，他與統治階級那些實權派人物的立場絕不相同，能夠出污泥而不染，並能站在旁觀者的立場分析、研究、思考、判斷，故其詩仍多是客觀的顯現，而絕少阿諛奉承之作。他往往從國家全局著眼，筆鋒所及，專注國家社稷前途命運，諸如皇帝的好大喜功、耽於安樂、迷信仙道，武人的驕橫，外戚的逾制，宦官的弄權，時貴的顯赫等等。從這些掌握國家前途命運的人的行爲與精神狀態中，窺視國家前景。在他的抒情詩中，活躍著皇帝、外戚、宦官、顯貴的生動形

象。對其或揭露或鞭笞或譴責或戲謔，表現了詩人極大的義憤。抒寫事實，征諸史冊，或有印證，或有缺遺，然其描寫的生活圖景，其形象之生動感人，爲歷史書所不能比擬，稱爲天寶詩史，不爲過譽。李白可稱爲詩史類的作品，各體均有，尤以樂府歌行與《古風》爲最。《古風》、《擬古》兩個組詩，多諷諭現實指陳時政之作，向爲學人所重視。《古風》其三（秦王掃六合），就是諷刺唐玄宗窮兵黷武好大喜功之作。陳沆云：「此亦刺明皇之詞，而有二意，一則太白樂府中所謂『窮兵黷武有如此，鼎湖飛龍安可乘』，二則人心苦不足，周穆秦漢同一轍也。」〔註17〕《古風》其八（咸陽二三月），是對外戚逾制的譏諷。蕭士贇云：「此時戚里驕縱逾制，動致高位，儒者沉困下僚。是詩必有所感諷而作。」〔註18〕唐玄宗晚年因寵楊貴妃，遂使楊氏兄弟姊妹飛揚跋扈，朝野側目，終於導致了使大唐中衰的安史之亂。李白對其譏諷，有很深的含義，是在透視現實與歷史經驗教訓中發出的嚴峻警告！餘如《古風》其十八（天津三月時），是對時貴的諷刺；《古風》其二十四（大車揚飛塵），是對中貴的譏諷，等等。從他對皇帝以及佞幸之輩的諷刺描寫中，我們可以清楚地看出，大唐帝國中樞神經已經十分腐朽了，這預示著唐王朝由盛而衰的轉變。詩人還不遺餘力地對奸佞當道、賢哲受阻的現實作了無情的揭露與批判。「直木忌先伐，芳蘭哀自焚」（《古風》其二十六）；「浮雲蔽紫闥，白日難回光。群沙穢明珠，眾草凌孤芳」（《古風》其二十七）；「白日掩徂暉，浮雲無定端。梧桐巢燕雀，枳棘棲鴛鸞」（《古風》其三十九），「直木」、「芳蘭」、「明珠」、「孤芳」、「鴛鸞」，在這隱含詩人影子的形象裏，對現實生活作了更爲深廣的概括；「直木」、「芳蘭」等的不幸遭遇，深切反映了奸佞當道、忠直之士不見容於朝的黑暗現實。李白任翰林供奉不到三年，就被逐出長安。此後雖長期在野，然對國事卻十分關心，對國家大局，多有敏察，並在詩中得到較多較好的反映。天寶末年，

〔註17〕陳沆：《詩比興箋》，第133頁，中華書局，1960。
〔註18〕瞿蛻園等：《李白集校注》，第109頁，上海古籍出版社，1980。

他曾北遊幽州，目睹安史將要叛亂時的景象：「十月到幽州，戈鋋若羅星。君王棄北海，掃地借長鯨。呼吸走百川，燕然可摧傾。心知不得語，卻欲棲蓬瀛。」（《經亂離後天恩流夜郎憶舊遊書懷贈江夏韋太守良宰》）表現了詩人對國家時局的關注以及欲語而又怕罹禍的矛盾心情。因爲安受到唐玄宗的寵信，宰相楊國忠數言之，不僅未引起唐玄宗的警惕，反而對安祿山寵信有加，詩人李白身微言輕，豈敢輕易言之？由於他對現實的觀察，尤其是對最高統治集團的透視，因此非常敏銳地看到大唐帝國由盛而衰的歷史命運：「歌鐘樂未休，榮去老還逼。圓光過滿缺，太陽移中昃。不散東海金，何爭西輝匿？無作牛山悲，惻愴淚沾臆。」（《君子有所思行》）他看到了大唐帝國面臨中衰的命運，並及時對統治者提出了尖銳的警告！類似這樣的詩篇，在李白詩歌中，每每出現。譬如《遠別離》云：「或云堯幽囚，舜野死。九疑聯綿皆相似，重瞳孤墳竟何是？」借《竹書紀年》所載：「昔堯德衰，爲舜所囚也」，「舜囚堯，復偃塞丹朱，使不與父相見也」，反映了唐王朝爭奪皇權鬥爭的激劇；《蜀道難》云：「劍閣崢嶸而崔嵬，一夫當關，萬夫莫開。所守或匪親，化爲狼與豺。朝避猛虎，夕避長蛇，磨牙吮血，殺人如麻。」借蜀道劍門之險，抒發了詩人對中央政權衰微、軍閥憑險割劇的隱憂。凡此種種，都足以證明李白確能睹禍亂於未萌。以天寶年間玄宗大權旁落，李林甫、楊國忠相繼專權，以及後來安史叛亂與中唐藩鎮割據的事實，都足以說明李白的明察與預見。總之，李白詩歌反映現實的特點是宏觀的、鳥瞰式的，他能較明確地把握歷史發展的趨勢與動向，揭露上層統治階級之間的種種矛盾以及腐敗情景，比較充分地展示了大唐帝國盛裝掩蓋下的種種危機。

　　杜甫雖然曾經「涕淚授拾遺」，一度接近皇帝，並頗能干預政事；然卻是受任於戰亂之際，且任職時間極短，並爲疏救房琯幾乎授首。而在長安十年，他四處干謁求仕，幾乎都是在「朝扣富兒門，暮隨肥馬塵」（《奉贈韋左丞丈二十二韻》）的恥辱中度過的，以後則作小官，奔走於戰亂之中，親自經歷了動亂的現實。離開長安以後，則偏居西

南一隅，遠離當時的政治中心長安。所謂「子美以疏逖小臣、旋起旋躓，間關寇亂，漂泊遠遊，至於負薪拾梠，餔糒不給」，〔註 19〕是其一生經歷的概括。因此，與李白相比，他與國家上層人物接觸不多，又受儒家忠君思想的影響較深，對皇權多所回護。所謂「致君堯舜上，再使風俗淳」（《奉贈韋左丞丈二十二韻》）；「生逢堯舜君，不忍便永訣」（《自京赴奉先縣詠懷五百字》）；「不聞夏殷衰，中自誅褒妲」（《北征》）。他既未能高瞻遠矚，鳥瞰當時大唐之全局，又對封建統治者本質缺乏較清醒的認識，對國家之政局，未能了然於胸。雖然他根據自己所見所聞所感，寫了大量的深刻反映現實生活之詩篇，從中可以看出大唐帝國基層官吏的腐敗以及在統治階級盤剝下農民生活的種種苦況，寫出了較好的詩史式的作品，但由於個人經歷的局限，詩中反映的大都是國家一枝一節的局部問題，未能如李白之登高望遠，俯瞰全局。雖然如此，但由於他對生活感受的異常深刻以及他對現實主義創作方法的熟練掌握，因而能夠深刻而典型地反映現實生活。雖然在反映現實上是微觀的，然一滴水卻能夠反映大千世界，更有著震撼人心的藝術力量。譬如《自京赴奉先縣詠懷五百字》，詩人雖然寫他從長安赴奉先探親沿途所見以及回家後的不幸遭遇，卻深刻反映了安史之亂前夕大唐帝國存在著尖銳複雜的社會矛盾，揭露了「朱門酒肉臭，路有凍死骨」這種階級尖銳對立的嚴峻現實。當詩人回家後，遇豐年而小兒餓死，身遭如此不幸，反倒憐憫「失業徒」與「遠戍卒」，並發出浩莽無際的愁思，表現出詩人高貴的人道主義胸懷。詩裏有一種亂世行將到來的濃烈氣氛，有一種禍亂將臨的強烈預感。又如《月夜》，雖然只寫了詩人對妻子兒女的思念情緒，卻也可見安史之亂給千家萬戶帶來的生離死別之痛。由於詩人對現實之高度敏察以及詩中蘊藏著極深厚的感情，故不特有感人的藝術力量，且深切地反映了現實生活，對認識現實頗有啓

〔註 19〕弘曆：《御選唐宋詩醇》卷三九，上海鴻文書局石印，光緒乙未年。

示。有些詩，雖然反映的並非重大社會問題，但由於詩人感受的深切，加上對現實的深刻認識與體驗，仍有很高的審美價值與認識價值。譬如《遭田夫泥飲美嚴中丞》，寫自己應田夫之邀喝酒，田夫款留並瑣談家常，卻能做到「聲音笑貌，彷彿盡之」，給人以極深切的印象。郝敬云：「此詩情景意象，妙解入神。口所不能傳者，宛轉筆端，如盧谷答響，字字停勻。野老留客，與田家樸直之致，無不生活。昔人稱其為詩史，正使班馬記事，未必如此親切。千百世下，談者無不絕倒。」〔註 20〕總之，深刻的現實主義描寫，使杜詩取得了很高的藝術成就，絲毫不愧於「詩史」的稱號。

　　由於李、杜觀察生活之角度與生活的體驗有別，因此對同一題材的處理與藝術效果均有不同。同樣寫安史之亂，李白往往從大處著墨，高屋建瓴，令人看到整個戰局。「中原走豺狼，烈火焚宗廟。……王城皆蕩覆，世路成奔峭。……蒼生疑落葉，白骨空相吊。」（《經亂後將避地剡中留贈崔宣城》）；「俯視洛陽川，茫茫走胡兵。流血塗野草，豺狼盡冠纓。」（《古風》其十九）；「洛陽三月飛胡沙，白骨相撐如亂麻」（《扶風豪士歌》），寫安史叛軍的殘暴以及猖獗之勢，寫人民遭受的戰爭苦難，寫大唐帝國在戰爭初期的被動局面，都了了在目。杜甫則從小處著筆，以小見大。「群胡歸來血洗箭，仍唱胡歌飲都市」（《悲陳陶》）；「昨夜東風吹血腥，東來橐駝滿舊都」（《哀王孫》）。前者通過一枝枝沾滿鮮血的箭，反映了國家人民蒙受的深重的災難，後者通過風中的血腥味，寫安史叛軍的無比殘暴。由此可以看出：李詩善於總攬全局，杜詩則擅長描寫典型的事物並深刻地揭示本質。但應特別指出：李白主要著力於宏觀的反映，但也不排除在他的詩中有極精細的描寫。譬如《古風》其八對外戚得勢的描寫，《古風》其二十四對於中貴的揭露等，都是體察入微並能深刻地反映現實的。而杜甫雖然多精細的微觀描寫，但也有總局的觀察與概括描寫，譬如《春望》

〔註 20〕均見仇兆鰲：《杜詩詳注》，第 892 頁，中華書局，1979。

前四句，可見安史之亂前期唐帝國的形勢。因此，我們所說微觀與宏觀的反映，只就李、杜觀察現實的主要特點與傾向而言，並非細大不捐地全部概括。總之，不論杜甫微觀觀察還是李白的宏觀概括，其詩都深刻地表現了大唐帝國由盛轉衰的契機，成為概括一代現實生活的偉大詩史。

二

　　不同流派的詩人，在反映現實生活時，往往採用不同的創作方法，寫出風格迥異的詩篇。因此，當我們研究一個詩人創作時，一定要緊緊把握其創作的個性特徵，做出切合詩人創作實際的分析與評價。切忌用同一把尺子，衡量具有不同品格與特性的詩人。李白、杜甫在反映現實生活上各有鮮明的個性特徵，對其創作特點與個性特徵的了解與把握，是準確評價二人詩歌的前提。

　　杜甫是我國偉大的現實主義詩人，他以現實主義的創作方法，寫出了許多被譽為詩史的傑出詩篇，表現了安史之亂及亂後十數年的現實生活，展現了波瀾壯闊而又異常真實的歷史畫卷。現實主義最基本的特點是按照事物的本來面目反映現實生活，它通過真實的情節與細節的生動描寫，展現了歷史的真實畫卷，反映了時代的風貌。因此，它對反映生活的客觀性與真實性要求是很高很嚴的，不容許有不真實的細節與虛假感情的存在。杜甫的許多優秀詩篇，都是嚴格的現實主義的，他通過敘事與細節的真實描寫，力圖像鏡子般地反映現實生活的真實面貌。特別是被元稹極力讚揚的那些「即事名篇」的樂府詩，是以卓越的現實主義創作才能，用了簡潔的敘事筆法，具體地描寫了事件發生發展的經過，寫出特定的事件與人物，並明朗地表示了自己對現實的態度，成為中國文學史上不朽的名篇。因為詩人以深厚的感情與嚴肅的態度，寫出了高度真實的詩篇，故為文學史家所稱道，被譽為一代詩史。如「三吏」、「三別」、《兵車行》、《麗人行》、《悲陳陶》等，詩人都以深沉的感情，精細的觀察，寫出了自己所見所聞所感，

又寓愛憎褒貶之情於其中。王嗣奭評「三吏」（除《潼關吏》）、「三別」時說：「此五首非親見不能作。他人雖親見亦不能作。公以事至東都，目擊成詩，若有神使之，遂下千秋之淚。」〔註21〕又云：「一一刻劃宛然，同工異曲，隨物賦形，眞造化手也。」〔註22〕其詩之所以能「刻劃宛然」，就因爲他是根據所見所歷，「隨物賦形」，「目擊成詩」。「隨物賦形」、「目擊成詩」，是杜詩現實主義創作的重要標誌，也是杜詩能成爲一代詩史的主要原因。

議論、抒情、敘事三者的緊密結合，與細節的眞實生動的描寫，是杜甫敘事詩重要的藝術特點，也是詩史具有感人的藝術力量的原因。《北征》、《自京赴奉先縣詠懷五百字》、《羌村三首》等，都具有這樣的特點。譬如《北征》既抒發了「乾坤含瘡痍，憂慮何時畢」的沉鬱感情，寫出了詩人對苦難現實的深切憂慮，又寫了「陰風西北來，慘澹隨回鶻。其王願助順，其俗善馳突」，表現了自己對借兵回紇的意見，借以引起皇帝的警惕。同時還寫了「園陵固有神，掃灑數不缺」，反映了廣大人民的愛國情緒，因此得出了「煌煌太宗業，樹立甚宏達」的結論。中間則以大段眞實生動的細節描寫，表現了戰亂年代人民生活的苦況：「平生所嬌兒，顏色白勝雪。見耶背面啼，垢膩腳不襪。床前兩小女，補綻才過膝。海圖坼波濤，舊綉移曲折。天吳及紫鳳，顛倒在短褐。」寫出了自己兒女衣服補綻百結、食難飽腹的眞實情景。所謂「道途感觸，抵家悲喜，瑣瑣細細，靡不具陳，極窮困之情，絕不衰餒」。〔註23〕總之，他在詩中，通過敘事、議論、抒情，精煉而又詳盡地敘述了事情的經過原委，抒發了自己深沉的感情，表示了自己對現實問題的卓見，又以生動眞實的細節描寫，使聲音笑貌、喜怒哀樂之情，躍然紙上。

〔註21〕王嗣奭：《杜臆》，第 83 頁，上海古籍出版社，1983。
〔註22〕仇兆鰲：《杜詩詳注》，第 539 頁，中華書局，1979。按，王嗣奭此條評語，今本《杜臆》失收。
〔註23〕陳伯海：《唐詩匯評》，第957頁，浙江教育出版社，1995。

　　李白是我國典型的浪漫主義詩人，與現實主義相比，浪漫主義則更強調感情的真實，更富於主觀色彩。它往往用豐富奇特的想像，異常大膽的誇張，表現了詩人強烈的主觀感情。因此詩中孕含著濃烈的主觀情緒，感情的急劇的起伏跳躍，意象的飛馳，顯示出光怪陸離、瑰奇多姿的畫面。它不像平面鏡映照的現實事物那樣客觀、真實，毫不走樣，而是像多棱鏡映照的變形的生活畫面：既有聚光的特寫鏡頭，也有散光的變形的等等，光怪陸離，奇形怪狀，錯雜紛出，出現非現實的、超乎尋常的或非常人能夠理解的畫面。這些畫面，雖然不是現實的影像，然也絕非純乎超現實的，它的確是現實生活的映照與折射，是對現實生活多角度多側面的反映，能夠更強烈更真實地反映現實。如果我們不只是習慣欣賞平面的畫面，不拘泥於一枝一節的真實，而又能對浪漫主義創作認真地把捉玩味，則不難窺破在這光怪陸離的畫面背後所掩蓋的真實情景。《遠別離》、《玉壺吟》、《梁甫吟》、《梁園吟》、《贈何七判官昌浩》、《宣州謝朓樓餞別校書叔雲》、《答王十二寒夜獨酌有懷》等，都是感情強烈、主觀色彩異常濃鬱的詩篇。詩人通過感情的抒發，寫出了鮮明的自我形象，深刻地反映了現實生活。譬如《答王十二寒夜獨酌有懷》，詩人以無比憤怒的感情，抒發了對黑暗現實強烈的不滿情緒。由於感情的過於激動，以致「造語敘事，錯亂顛倒，絕無倫次」。〔註24〕詩人如關在鐵籠子裏的一匹雄獅，他焦灼、憤怒，企圖撞破這異常堅牢的鐵籠回到山林，從詩人無比焦灼的神態和強烈的憤怒情緒中，我們不難窺破當時無比黑暗的現實景況。詩人在這一首詩中，並沒有全面具體地展示廣闊的社會生活畫面，而是在抒寫憤激之情的時候，透露出生活畫面的點點滴滴，如正直之士不容於社會，李邕、裴敦復的無辜被害；宵小的得志與猖獗，鬥雞之徒氣焰熏天；武人的驕縱恣肆，哥舒翰之流以數萬人生靈為賭注以邀功。如此正氣不張，奸邪當道，誤國害民之輩橫行，詩人拍案

〔註24〕楊齊賢、蕭士贇：《分類補注李太白詩》，第 276 頁，上海商務印書館四部叢刊初編縮印本。

而起，對此作了憤怒的申斥。雖然詩人是抒情的而非敘事的，詩中出現的是詩人感情與現實碰撞的激情火花，而非敘事的完整畫面，如果讀者能夠發揮欣賞再創造，把詩中揭露抨擊的光點連綴起來，就能構成一幅光怪陸離的畫面，出現壯偉的奇觀，從而窺視詩人表現的社會現實。由於詩人對黑暗現實的某些部分作了鞭闢入裏淋漓盡致的揭露與描繪，因此對黑暗現實的某些部分看得更清晰、更透徹，這猶如在顯微鏡下的微生物，因其放大而細部歷歷可見。

綜上所論，可以簡括地說：杜甫詩是通過敘事的筆法，以情節與細節組成了現實生活的宏偉畫面。「可以爲史，可以爲疏，其言時事最爲悚切，不愧古詩人之意，蓋亦詩之僅有者也。」〔註 25〕因此他眞實而深刻地反映了現實生活，繪出了更生動感人更爲雄偉壯麗的歷史畫卷。李白詩通過抒情的筆法，展現在讀者面前的是一幅幅頗爲奇特壯觀的寫意畫。「以氣爲輿，以神爲馬，以高遠自然爲極。」〔註 26〕是以情感的眞實爲極則不受客觀現實約束的畫面：感情跳躍，意象飛馳，造境奇特，銜接突兀，處處以主觀的塗染而非客觀的寫實，但他對現實的描繪卻更爲眞實與深刻。故文學史家認爲：「李白他是想以自身奇特的幻想，來包容整個世界……可以說，他是一個從『無』中產生『有』的詩人，與此相反的杜甫，則一般是從對確實的存在的觀察出發，是從『有』中產生更高的『有』的詩人。」〔註 27〕這一段話足以概括李、杜二人運用不同的創作方法，在反映現實生活方面所表現的不同藝術特點。因爲杜甫的詩歌創作是以現實生活爲基點，是從對客觀的現實的觀察出發，「是以『有』中產生更高的『有』」，其詩歌是源於現實而又高於現實的，故其詩史特點，一目瞭然，容易爲人所接受。李白詩歌是以主觀想像的豐富見長，「想以自己奇特的幻想來包容整個世界……是從『無』中產生『有』的詩人」。因此詩中充

〔註 25〕 張振鏞：《中國文學史分論》，第 71 頁，商務印書館，1934。
〔註 26〕 張振鏞：《中國文學史分論》，第 71 頁，商務印書館，1934。
〔註 27〕 〔日〕吉川次郎：《中國詩史》，第 212 頁，安徽文藝出版社，1986。

滿了主觀性與虛幻性，這與以眞實爲基點的歷史似乎是大相徑庭的，因此「詩史」之譽，不易爲人所接受。其實他詩中的幻想，詩中所寫的「無」，都是以堅實的現實生活爲前提的，是更本質的更高層次的眞實。所以李白筆下的詩史更富於詩的特點，是詩化了的現實。他以爛漫天眞的詩筆，更典型更深刻地反映了現實生活。

三

如上所述，由於李、杜觀察生活角度與運用創作方法的不同，所以他們在反映現實生活方面，顯出各自不同的特點。

首先，李、杜由於個人經歷、生活態度、個性特徵有著很大的差異，因而在反映現實生活方面，表現出不同的創作特色。

杜甫一生受儒家民本思想的影響很深，又長期生活在社會基層，他對封建社會底層生活有著相當的熟悉與了解，關心民瘼而又憂慮社稷。時刻關注著國家的前途與命運。經常執著於現實生活，使他皺著眉頭看現實中發生的事事物物。或者可以說，苦難的現實逼著他皺起眉頭，使他筆底波瀾中顯現出憂鬱的特色。他以沉鬱蒼涼的筆調，抒寫了對國計民生的重重憂慮。詩人對國計民生的憂慮，時刻縈懷，這種心情，就是在登塔遊覽時也難幸免。他在《同諸公登慈恩寺塔》中寫道：「自非曠士懷，登茲翻百憂。……秦山忽破碎，涇渭不可求。俯視但一氣，焉能辨皇州？回首叫虞舜，蒼梧雲正愁。惜哉瑤池飲，日晏昆侖丘。」此詩爲天寶十一載所作，詩人有很深的感慨，他採用比興與象徵的手法，把對社會現實的感觸與諷刺融化在景物的描寫裏。「秦山」兩句，既是寫登塔所見的景物，又非僅僅是單純的寫景。而是在寫景中，蘊含了社會內容與色彩，以景物的模糊，寫時局昏暗，情寓景中。「回首」四句，詩人對現實深致感慨，並對唐玄宗作了尖銳的諷刺。《自京赴奉先縣詠懷五百字》、《北征》、《登高》、《諸將》、《秋興八首》等沉鬱蒼涼，蘊含著強烈的憂國憂民的情緒。

李白主要生活在開元天寶年間，又受道家、縱橫家等各種思想的

影響，他樂觀、豪放、自信，帶著笑臉看生活。對於不順心的事，不是自認倒楣，灰心喪氣，而是寄希望於未來。「長風破浪會有時，直掛雲帆濟蒼海。」（《行路難》）「風雲感會起屠釣，大人峴屼當安之。」（《梁甫吟》）「東山高臥時起來，欲濟蒼生未應晚。」（《梁園吟》）這種希望雖然是渺茫的，自信樂觀是近乎盲目的，然卻是他碰壁之餘的精神支柱，鼓舞他對理想的執著的追求，同時也使他寫出許多情調飄逸的詩篇。所謂「李青蓮是快活人，當其得意，斗酒百篇，無一語一字不是高華氣象」，〔註28〕他筆下的形象往往有著自由、閑逸、飄灑的神姿與風韻。《贈孟浩然》、《古風》其十九，都是具有飄逸風格的詩篇。

杜甫皺著眉頭觀察生活，在他的詩中更多反映了現實生活的淒苦與人民的苦難；李白含著微笑看生活，因此他的詩在揭露和鞭撻腐朽勢力的同時，顯出若干亮色。因此，他們在反映現實生活上，表現出各自不同的風格和藝術特長，誠如嚴羽所云：「子美不能爲太白之飄逸，太白不能爲子美之沉鬱，太白《夢遊天姥吟》、《遠別離》等，子美不能道；子美《北征》、《兵車行》、《垂老別》等，太白不能作。」〔註29〕

其次，李白詩大都是抒情的，他主要是通過詩人主觀形象的抒寫反映現實的。出現在李白詩中的畫面，不是客觀生活直接的再現，而是詩人主觀情緒、感情的激波蕩漾，是現實生活的折射或曲折反映。由於詩人在寫詩時情緒的過分激動或憤激，感情往往是強烈的迸發的，因此詩的意象是激劇跳躍的。詩人時或在抒情過程，寫了現實中某些典型事物，然它並非詩人重點描寫的對象，而僅僅只是詩人情緒的爆發點或加油站，起著催化詩人感情的作用。《宣州謝朓樓餞別校書叔雲》、《贈何七判官昌浩》、《玉壺吟》等，都具有這種特色。譬如《宣州謝朓樓餞別校書叔雲》，作爲「餞別」詩，就沒有直接寫到「餞

〔註28〕瞿蛻園等：《李白集校注》，第 1872 頁，上海古籍出版社，1980。
〔註29〕瞿蛻園等：《李白集校注》，第 1865 頁，上海古籍出版社，1980。

別」的意思，只是一味寫自己忽喜忽悲的情緒，實則以喜襯悲，寫自己懷才不遇的牢愁。其中雖點到時地景物事件，而都是爲詩人抒發感情服務的。「長風萬里送秋雁，對此可以酣高樓」，只是爲寫詩人今日之憂煩情緒；「蓬萊文章建安骨，中間小謝又清發」，也只是寫二人懷才不遇，發抒不得志的牢愁而已。總之，詩人反映客觀現實，主要是通過抒情方式而非敘事手段，是對現實的曲折反映而非直接的展示。因此，它反映出的現實生活是隱約、含蓄、朦朧的，故往往被粗心的讀者所忽略。然而，他這類詩，因其感情的充沛，有著更強烈的感人的藝術力量。

與李白相較，杜甫的重要詩篇多是敘事的，它通過客觀的敘事與描寫，形成完整的畫面。雖然詩人在寫詩時並不排斥抒情，而且在以敘事爲主的詩中，甚或有著十分濃鬱的抒情味，然它畢竟以首尾完整的敘事爲主，在詩中把事情的原委交待得清清楚楚，讀其詩並不感到有感情突兀或銜接不緊之處。而其抒情或在敘事完畢之後，或將豐富的感情全部滲透在敘事之中。因此，它對現實的反映是直接展示，而抒情的成分則使被反映的客觀現實更富於傾向性與感情色彩，更有感人的藝術力量。《茅屋爲秋風所破歌》、《麗人行》、《悲陳陶》、《贈衛八處士》等等，無不是以敘事爲主的。譬如《贈衛八處士》，寫滄海桑田、別易會難之感，全詩充滿了詠嘆抒情的味道，然畢竟以敘事爲主，在敘事中抒情和詠嘆，而非相反。總之，杜甫對生活的反映多是直接的、敘事的，因此，杜詩所反映的現實內容與詩的主旨，都是較爲清晰、明朗，透明度更大，讀者在對詩的主題的把握上，一般不會產生較大的分歧。

第三，李白繼承了莊子、屈原等人的浪漫主義筆法，在反映現實上多用詩筆，所謂「杳冥惝恍，縱橫變幻，極才人之致」。〔註30〕故其詩旨往往惝恍莫測，所表現的現實內容不易確指，然其內涵卻

〔註30〕瞿蛻園等：《李白集校注》，第 1875 頁，上海古籍出版社，1980。

極豐富，表現的感情更爲典型。杜甫繼承了《史記》紀實的傳統，在反映現實上用史筆。所謂「史筆森嚴，未易及也」。故其詩旨懇惻如見，更爲眞切。關於李、杜對前代文學的繼承，清代的徐增、宋長白均有精闢的論述。徐增云：「子美歌行純學《史記》，太白歌行純學《莊子》。」〔註31〕宋長白云：「李、杜長篇全集中不多見。《北征》一首沉著森嚴，龍門敍事之法也。《憶舊書懷》一首，飄揚恣肆，《南華》寓言之遺也。」〔註32〕「飄揚恣肆」與「沉著森嚴」，可謂李、杜詩風之的評。

對於李、杜反映現實的不同特點，古人多有精到的論述。嚴羽云：「少陵詩法如孫、吳，太白詩法如李廣。」〔註33〕前者言其詩法之嚴格，後者讚其詩法運用之靈活，一語中的，可謂要言不煩之論。胡應麟對李、杜樂府歌行，也有精闢的論述。「樂府則太白擅奇古今，少陵嗣跡風、雅。《蜀道難》、《遠別離》等篇，出鬼入神，怳惚莫測。《兵車行》、《新婚別》等作，述情陳事，懇惻如見」；〔註34〕「闔闢縱橫，變幻超忽，疾雷震電，淒風急雨，歌也；位置森嚴，筋脈聯絡，走月流雲，輕車熟路，行也。李白多近歌，少陵多近行。」〔註35〕這就是說，李白樂府歌行在藝術表現上具有「闔闢從橫，變幻超忽，疾雷震電，淒風急雨」的浪漫主義寫作特點，因而詩旨「出鬼入神，怳恍莫測」；杜甫樂府歌行具有「位置森嚴，筋脈聯絡，走月流雲，輕車熟路」的現實主義寫作特點，故其詩旨「述情陳事，懇惻如見」。

李白、杜甫由於各自立場、觀察角度、創作方法、表現手法的不同，使其詩歌表現出各有千秋的藝術個性。只有對其藝術個性充分掌握與仔細比較，才能對其詩作在反映現實上做出正確的評價與結論。

〔註31〕瞿蛻園等：《李白集校注》，第 1885 頁，上海古籍出版社，1980。
〔註32〕瞿蛻園等：《李白集校注》，第 1891 頁，上海古籍出版社，1980。
〔註33〕瞿蛻園等：《李白集校注》，第 1865 頁，上海古籍出版社，1980。
〔註34〕胡應麟：《詩藪》，第 38 頁，上海古籍出版社，1979。
〔註35〕胡應麟：《詩藪》，第 48 頁，上海古籍出版社，1979。

第三節　李白杜甫的名句

　　李、杜相似的名句頗多，詩論家每每論及，茲拈出兩聯加以比較，以見一斑。

一

　　宋人羅大經曰：「李太白云『剗卻君山好，平鋪湘水流』，杜子美云『斫卻月中桂，清光應更多』，二公所以爲詩人冠冕者，胸襟閣大故也。此皆自然流出，不假安排。」〔註36〕羅將二詩相提並論，以爲李、杜「胸襟閣大」，而在寫詩時是「自然流出，不假安排」，可謂要言不煩，一語破的。

　　按李白詩句見《陪侍郎叔遊洞庭醉後三首》之三，全詩爲「剗卻君山好，平鋪湘水流。巴陵無限酒，醉殺洞庭秋。」詩作於乾元二年秋，侍郎叔謂李曄。時刑部侍郎李曄貶官做嶺南尉，詩人賈至爲岳州司馬，詩人李白流夜郎途中遇赦而還，途經岳州，與李曄、賈至相會。詩朋酒友，嘯傲終日，然終難消心底的鬱悶。賈至、李曄的不幸遭遇，自己的坎坷生涯，對此，詩人怎能不充滿憤激之情？人生前途，像湘水平鋪直流多好啊，而湘水偏偏遇君山之阻遏，君山似爲前進道路上的絆腳石，阻礙著人的前程，必欲剗之而後快。詩人借著酒興，肺腑之言，衝口而出，遂留下這千古奇語。「剗卻君山好」雖然足以驚風雨而泣鬼神，然卻顯得自然而平實。蓋當時確有此情此景，情景相會，妙合無垠，非嘔心瀝血而得也。「剗卻君山」之語，奇警突兀之至，詩人卻順口道出，自然天成，非胸襟開闊，何以及此？杜甫詩見《一百五日夜對月》，詩云：「無家對寒食，有淚如金波。斫卻月中桂，清光應更多。仳離放紅蕊，想像顰青蛾。牛女漫愁思，秋期猶渡河。」此爲至德二載多公思念家室之作。杜甫於至德元載十月棄家赴行在，中途陷賊，至此仍未能脫險，而妻子所居之鄜州，也曾陷賊，親人處境未卜，因此家室之念，感情倍切。作於同期的《月夜》，就是寫他

〔註36〕瞿蛻園等：《李白集校注》，第 1893 頁，上海古籍出版社，1980。

思念家室的心情，感人肺腑。詩云：「今夜鄜州月，閨中只獨看。遙憐小兒女，未解憶長安。香霧雲鬟濕，清輝玉臂寒。何時倚虛幌，雙照淚痕乾。」此詩從對面著筆，不寫自己在月下思念妻子，而想像妻子在月下思念自己，詩人的心情是孤寂而痛苦的。《一百五日夜對月》，詩人則由「無家對寒食」而「有淚如金波」。由金波而想到月中有桂樹使月陰翳，如果斫掉桂樹，清光更多更明亮，這樣親人雖在異地月下，如在目前。沒有詩人之至情，絕對拓不出如此充滿豐富想像力的詩的境界。

　　李、杜二詩之妙，在於想像力之奇特豐富。李白云「剗卻君山好」，君山，是洞庭湖中的小島，雖有「洞庭湖中一青螺」之稱，然畢竟是一座聳立湖中的島嶼，剗卻談何容易！杜甫曰：「斫卻月中桂，清光應更多。」月中有桂，只是神話傳說；即便真有桂樹，高高懸在天宮，何以斫之？然詩人並非故意發此浪漫奇想，而是表達感情的需要。這些詩句都是詩人衝口而出，表達了一時極為真切感情。李白在「舉杯消愁愁更愁」之時，想到早年曾有一馬平馳的種種幻想，回顧多年的世路坎坷，大半生受到命運的捉弄，這人生途程中遇到的種種險阻，猶如奔流的湖水受到君山的阻遏，未能浩浩蕩蕩奔流到海，「剗卻君山好」遂脫口而出。這句詩包含了詩人生活中十分豐富的經驗，吐出了詩人橫亙於胸中的積鬱。詩人杜甫則由月圓而人未圓的情景，聯想到月光愈亮則兩人異地賞月，相思雖苦而兩顆心貼得更緊。如果明月毫無纖塵，兩人雖處異地而如在目前，偏有桂樹陰影，使月亮未如想像之光明，必須將桂樹砍掉，才能在最大限度上減少別離之苦。由此可見：李、杜詩句之奇特，想像之豐富，實由內心真實感情之驅使使然，而絕非異想天開，徒發空想，故作驚人之語。因此，李、杜非有意作驚人之語奇特之思而有驚人之語奇特之思出現者，感情驅使使然也。未處詩人之境地，無詩人之真實體驗，而故作驚人語者，只能是想入非非，徒為狂言囈語罷了。

　　「剗卻君山好」與「斫卻月中桂」，雖然同是表現詩人一時頗爲憤激的情緒，然在藝術表現上卻又有著很大的差異。李白詩劈頭直說，不特立意奇特，而且感情的抒發來得十分突兀，直如天外飛來，令人意想不到。可謂發想無端，不主故常，緊接著「平鋪湘水流」一句，將詩人之意予以補充說明，詩的表層意思已表現得一清二楚。然詩人要表達的深層意蘊，即對世路艱難的憤激情緒以及對當政者的怨恨與不滿，卻藏而不露。詩句雖似直陳之賦句，實則含有比意，使詩含蓄而簡勁有力。杜詩卻從「無家對寒食」寫起，由「無家」到「思家」，又由思家落淚淚如金波而聯想到月光，再由月光之明亮與否而想到斫月中桂，同時又啓下兩句情思：「仳離放紅蕊，想像顰青蛾。」感情蟬聯而下，脈理清晰，含義甚豐。誠如浦起龍說的：「『如金波』，本說淚，卻便搭上月光。愁眼對月，纖翳盡屬可憎，故有『斫桂』、『光多』之想。實則此二句正爲五、六句生根。蓋不斫則『紅蕊』撩人，在『仳離』之嫦娥，厭看久矣。大抵蕊何辜而嗔怪若此，總中離愁所激耳，故末又借有離合之『牛女』託醒。曰『漫愁』，曰『猶渡』，若羨之，若妒之，妙不可言。」〔註37〕與李白詩相比，杜甫詩中感情表現得婉轉而自然，他把思家的情緒，表現得十分強烈，感人肺腑，令人唏噓，雖然奇特卻不突兀，且詩的開頭有敘事，詩的尾聯又有發人深思的議論，詩既含蓄有味，布局也十分妥帖。王嗣奭云：「而鄜州亦嘗被賊，《述懷》詩所云：『寄書問三川，未知家在否？』『比聞同被禍』是也。鄜州在三川，公在賊中，消息兩不相聞，此其思家與平時不同，憶念之極，故其命詞獨異。」〔註38〕杜詩的「命詞獨異」，是因其思家憶念之極而非有有意出奇，而且是「如節制之思偶一用奇」，非如李白時有奇突之思也。

　　總之，以內容說，杜詩希望闔家團聚，這自然與破壞團聚的戰亂有關；李詩盼望前途平坦，在人生途程中少點折磨與酸辛，也與國家

〔註37〕浦起龍：《讀杜心解》，第362頁，中華書局，1961。
〔註38〕王嗣奭：《杜臆》，第46頁，上海古籍出版社，1983。

前途攸關。雖則都從自己的處境寫起，然卻密切地聯繫著當時的社會現實，令人想到更豐富的社會內容。從詩的表現特點看，杜感情豐富，善於聯想，情思婉轉而奇妙。李詩感情憤激，似直陳而實含比意。二詩都有著構思奇特、情眞意摯的特點。而語言精警凝練，更使詩味豐厚，耐人咀嚼。

二

在浩如煙海的古典詩歌中，一個詩人與另一個詩人有些詩句的意蘊、境界、風格以至表現手法，往往有驚人的相似之處。但若仔細分辨、體味，又各有風采，勝境獨擅，並非模仿或相襲，只不過意象偶同罷了。詩論家往往將這些貌似相同的詩句，作爲詩論的話題，或相提並論，加以讚賞；或略作比較，有所軒輊。翻檢歷代詩話，這類例證甚多。李、杜有些詩句，表現的情境極爲相似，也就成爲詩論家所談的話題。例如李白「山隨平野盡，江入大荒流」與杜甫「星垂平野闊，月湧大江流」，都寫舟行長江中的情景，二詩境界壯闊雄渾，也有相似之處，故後人常將二者比較，意見紛出。要而言之，大致有四種意見。

第一，認爲杜詩優於李詩。黃生曰：「太白詩『山隨平野盡，江入大荒流』，句法與此略同（按指杜詩『星垂平野闊，月湧大江流』），然彼止說得江山，此則野闊、星垂、江流、月湧，自是四事也。」〔註39〕意謂杜詩較李詩意豐。胡應麟云：「『山隨平野盡，江入大荒流』，太白壯語也，杜『星垂平野闊，月勇大江流』，骨力過之。」〔註40〕前者就詩的內涵講，後者就詩的風骨講，比較的角度不同，但都得出杜詩超過李詩的結論。

第二，謂李詩爲杜詩所本。鄧魁英、聶石樵注「星垂」二句云：「岸上平原遼闊，故仰觀星辰遙掛如垂。……舟前大江奔流，水上明

〔註39〕仇兆鰲：《杜詩詳注》，第 1229 頁，中華書局，1979。

〔註40〕胡應麟：《詩藪》，第 71 頁，上海古籍出版社，1979。

月亦動蕩如湧。李白《渡荊門送別》：『山隨平野盡，江入大荒流。』為兩句所本。」〔註 41〕金啓華云：「杜甫當係受太白之影響而又因情景之不同，而有所發展的。」〔註 42〕他們都把杜詩和李詩攀上關係，並認為李詩對杜詩有著深刻的影響。

第三，謂李、杜詩勢均力敵，旗鼓相當，不當有所軒輊。《唐宋詩醇》評李白《渡荊門送別》云：「項聯與杜甫之『星垂平野闊，月湧大江流』句法相類，亦勢均力敵。胡震亨以杜為勝，亦故為低昂耳。」翁方綱云：「此等句皆適於手會，無意相合；固不必相為倚傍，亦不容區分優劣也。」〔註 43〕

第四，將二聯納入整體詩中，做具體分析。丁龍友曰：「予謂李是晝景，杜是夜景；李是行舟暫視，杜是停舟細觀，未可概論。」〔註 44〕管世銘云：「太白『山隨平野盡，江入大荒流』，摩詰『江流天地外，山色有無中』，少陵『星垂平野闊，月湧大江流』，意境同一高曠，而二人氣韻各別，『識曲聽其真』，可以窺前賢家數矣。」〔註 45〕

如此等等，對李、杜詩句從不同角度和側面作了比較，很有一些啓人深思的地方，但也不盡令人滿意，也還有一些值得商酌之處。詩句是全詩中不可分割的一部分，不能對二聯作孤立的比較，要談二聯的優劣，必須首先了解李、杜全詩的意境以及這兩聯在詩中的位置和作用。

李白《渡荊門送別》是出蜀後過荊門之作。時李白風華正茂，對政治前程充滿了希望與憧憬，這種感想在詩裏有隱約的表現。

　　　　渡遠荊門外，來從楚國遊。

　　　　山隨平野盡，江入大荒流。

〔註 41〕鄧魁英等：《杜甫選集》，第 258 頁，上海古籍出版社，1983。
〔註 42〕金啓華：《杜甫詩論叢》，第 187 頁，上海古籍出版社，1985。
〔註 43〕郭紹虞：《清詩話續編》，第 1372 頁，上海古籍出版社，1983。
〔註 44〕瞿蛻園等：《李白集校注》，第 942 頁，上海古籍出版社，1980。
〔註 45〕郭紹虞：《清詩話續編》，第 1565 頁，上海古籍出版社，1980。

月下飛天鏡，雲生結海樓。

仍憐故鄉水，萬里送行舟。

首聯寫自己的行蹤，中二聯寫景，在寫旅途的美好景色中，寄寓了自己的感情。詩人情緒是歡樂的，感情是昂揚的，在字裏行間表現了青年詩人寬闊的胸懷，大有前途似錦、鵬程萬里之感。尾聯則寫了淡淡的思鄉情緒。

永泰元年四月嚴武死去，杜甫失去倚援，乃於五月離成都，乘舟下樂山、渝州、忠州，《旅夜書懷》是這次旅途中所作，時年五十四歲，表現了詩人老年淒涼和漂泊無依的感情。

細草微風岸，危檣獨夜舟。

星垂平野闊，月湧大江流。

名豈文章著？官應老病休。

飄飄何所似，天地一沙鷗。

首聯扣題，寫出了旅夜淒絕的情景；頷聯寫景，在開闊的景色中表現出詩人曠遠的胸懷；頸聯抒情，言自己名未著而官已休，詩人用了揣測的口氣，態度十分謙和，感情很有分量；尾聯寫目前的處境。詩人雖然胸襟曠遠，但難免流露出衰老淒涼、前途悲觀的情味。

縱觀二詩，李詩在激蕩中有一種奔馳壯闊之情溢於言表，杜詩在沉靜中有一種浩莽索漠之感見於言外；杜詩中隱含衰颯空寂之致，李詩中渾含旺盛充實之情；李少年氣盛，初出茅廬，大有「氣吞萬里如虎」之勢，前途中有著無限廣闊的浪漫的幻景。杜年老氣衰，歷盡滄桑，飽含艱難之情，前途茫茫，何處是倚？面臨艱難的生活課題無可迴避。李、杜二人的詩，各自表現特定的情景，在比較其詩句的時候，這一點絕不能迴避。

其次，詩句在詩中雖然是不可割裂的，但又可表現相對獨立的感情，因此在充分注意全詩的內容、風格、情調的前提下，仍可與它相似的詩句作一些比較分析。李、杜詩句同為五律的頷聯，所寫景色的確有相同之處。

「山隨平野盡，江入大荒流。」詩人寫舟行長江中的情景，是動景，也是實景。這兩句詩似率意隨口詠出，卻恰到好處地表現了實際情景，每一個字都不可移易。在寫順利急駛的情景中，飽含了詩人豐富的感情。但卻不露痕跡，所謂「羚羊掛角，無跡可求」。也許有人認為這樣分析是想當然，但若詩人出蜀不是抱著濟蒼生、安社稷、兼濟天下的大志，不是為著自己的錦繡前程，能寫出這樣意氣風發的詩句麼？

杜甫寫的是靜景：「星垂平野闊，月湧大江流。」前者寫流星劃過天邊，給人以空曠寂寥之感；後一句寫月影在水中隨波湧起，詩人的身世也如浪濤中的明月，隨波翻騰。雖然寫眼前景象，詩人翻騰的感情卻呼之欲出。因此，李、杜的詩句都是寫特定的情景、特定的感情，情與景妙合無垠。這種情景與感情在全詩中是很諧和的，是不可割裂的，故二人詩句雖然表面相似，卻絕不能互易位置，也不能強分優劣故為抑揚的。

第三，詩是客觀現實在詩人頭腦中反映的產物。一個詩人與另一個詩人有時遇到的客觀現實是相似或相近，因此，作為反映客觀現實的詩或詩句就不免相似或相近。其實，這種相近或相似，只不過是「適於手會，無意相合」的（那些刻意模仿剽竊之點者例外），他們在主觀上不一定相仿或相襲。誰能拿出鐵的證據，說明杜甫一定是讀過李白《渡荊門送別》呢？詩又是主觀抒情的，由於詩人的處境、心情、藝術修養、趣味的不同，同一情景，在不同詩人的筆下，會寫出迥然不同的景象。同一景象，同一詩人，在不同時期不同處境下，寫出的詩或詩句也會大不相同。這就是說，優秀的詩或詩句都是「這一個」，他們表現的意境是不可能完全相同的。詩是千差萬別互不雷同的，惟其如此，它才有獨立存在的價值，它才受到人們的擊節讚賞。故有些詩或詩句表面相似，實則有質的區別。有時詩論家忽略了詩人獨創的因素，拋開詩人寫詩時的特定情景，拋開詩句在全詩中的作用與位置，僅僅因表現內容或藝術手法的相似或相近，就妄加雌黃，不免差

之毫釐，謬以千里了。總之，詩人寫詩往往是興會屬辭，揮毫立就，不相因襲也不爲依傍的。相襲和依傍之說，有意或無意地否定了詩的獨創性，也不符合詩人寫詩時的實際，所以這樣的比較，徒滋紛擾罷了。當然，相似或相近的詩句並非絕對不能比較優劣，但要比較優劣，首先應將詩句納入詩人原詩中，看它是否眞實而藝術地反映了詩人當時的感情，看它在全詩中是否諧和，看它反映的生活的容量與藝術水準，如此等等，庶可接近實際。

《唐宋詩醇》評崔顥《黃鶴樓》與李白《登金陵鳳凰臺》云：「其言皆從心而發，即景而成，意象偶同，勝境各擅。」將這段話借用來評李、杜二公的詩句，實在是恰切不過的，何必「沾沾吹索於字句之間」而故爲抑揚呢？

第四節　李詩影響不及杜詩之原因檢討

「李杜文章在，光焰萬丈長。」〔註46〕這萬丈長之光焰，在中國文學史上歷久而不衰。李白詩是中國浪漫主義詩歌的典型，杜甫詩是中國現實主義詩歌的典範，他們的詩歌在中國文學史上，各至極則，允爲雙峰對峙之巍峨高峰，不應有所軒輊。然在實際上，詩論家因其審美情趣與藝術愛好的不同，往往軒此而輕彼；而在實際影響上，李詩遠不及杜詩之廣泛而深遠，這是實實在在的事實，不可否認。杜詩研究者甚夥，宋代以來，注家蜂起，當時就有千家注杜之說，歷元、明而不衰，清代注杜者更有朱鶴齡、錢謙益、仇兆鰲、浦起龍、楊倫等。就成就說，對典故之搜討、詩意之發明、箋評之精審，詳備精核。現代研究杜詩者有增無減，解放後對杜詩的研究探討，又掀起了新的高潮，可謂盛況空前。與歷代杜詩研究的盛況相比，李詩的研究則不免有些寂寥：李白詩的注本，只有楊齊賢、蕭士贇的《分類補注李太白詩》、胡震亨的《李詩通》、王琦的《李太白全集輯注》三種

〔註46〕韓愈：《調張籍》。

而已。王琦注李詩用力甚勤，至今仍不失爲權威的本子。然其長處在於典故的搜討，而對詩義的發明、評箋、編年等，則大都闕如。蕭士贇曾嘆息說：「唐詩大家，數李、杜爲稱首。古今注杜者號千家，注李詩者曾不一二見，非詩家一欠事歟！」〔註47〕郭沫若也嘆息說：「千家注杜，太求甚解。……一家注李，太不求甚解。」〔註48〕唐代學杜者就有韓愈、李商隱等人，宋代宗杜而成詩派者有江西詩派，黃庭堅、陳師道、陳與義都極力學杜，成就斐然。元、明、清學杜者也大有人在，往往有逼肖之處。學李者雖也代不乏人，然收效甚微，幾無望其項背者。總之，李白對後代詩歌創作發展的影響，遠不及杜，這主要表現在三個方面：其一，歷代學者研究杜甫者多，研究李白者少；其二，歷代詩人學杜者多，其成就斐然者，何至一二數，學李詩者少，且鮮有成功者；其三，歷代尊杜者多，尊李者少。如此等等，以見李詩影響不及杜詩遠甚，原因究竟何在呢？本節試就此作一點檢討。

一

杜甫一生恪守儒家思想，他很重視詩的言志與教化作用，並在創作上將這種思想一以貫之。這種理論與實踐，不僅爲歷代封建統治階級所讚賞，也被後來的許多詩人視爲表率。

我國從秦、漢以來，儒家思想實際處於獨尊的地位，是封建統治者大力提倡的官學。信奉儒家思想不僅受到統治者的讚許與表彰，也受到社會輿論的支持與讚揚。重視詩的教化作用與功利目的，這是儒家文藝思想的核心，也是中國文學的優秀傳統。因此，杜甫的思想與創作實踐，有著極豐厚的土壤。他的詩可以衣被百代，垂範千秋。談到杜甫的思想，人們自然會想到他曾經寫過這樣的詩句：「紈袴不餓死，儒冠多誤身」（《奉贈韋左丞丈二十二韻》）、「儒術於我何有哉？孔丘盜跖俱塵埃」（《醉時歌》），其實，這只是杜公一時的憤激語，並

〔註47〕瞿蛻園等：《李白集校注》，第 1795 頁，上海古籍出版社，1980。
〔註48〕郭沫若：《復胡曾佛》，《東嶽論叢》，1981 年第 6 期。

不是他儒家思想的動搖，更不能視爲對儒家思想的叛逆之言。他畢竟是以奉儒守官自豪的，他的思想是儒家的，他的忠君思想與民本思想，表現得十分突出。儘管杜甫也受過儒家以外的思想影響，如老釋思想，然仍可以說，他如後來的散文家韓愈一樣，實際上也是以儒家的道統自居的。他熟悉儒家的經典，受儒家的詩教影響甚深。在他的詩中，雖不乏對封建統治階級的揭露、諷刺與抨擊，然他攻擊的封建統治階級的腐敗現象，是爲正統的封建統治者所難容的東西，是儒家認爲不應如此的。這種詩歌，與其說是對封建統治階級的詛咒，毋寧說是小罵大幫忙。他的「三吏」、「三別」、《兵車行》、《麗人行》、《悲陳陶》等，無一不可作如是觀。當然，這些詩的客觀效果，則另當別論。而且在表現手法上是委婉含蓄的，是符合儒家溫柔敦厚的詩教的。他有著「致君堯舜上，再使風俗淳」（《自京赴奉先縣詠懷五百字》）的抱負，他在《述懷》中說：「麻鞋見天子，衣袖露兩肘。……涕淚授拾遺，流離主恩厚。」他對唐王朝無限忠誠，對任拾遺感激涕零。他當諫官時，盡心盡職，竭盡忠誠：「不寢聽金鑰，因風想玉珂。明朝有封事，數問夜如何？」（《春宿左省》）對於「馬嵬事變」，唐朝大部分詩人都同情楊貴妃而譴責、諷刺唐明皇，杜甫在《北征》中卻說：「不聞夏殷衰，中自誅褒妲。」如此等等，其思想、言論、行動，都符合儒家的規範。這一點，不但被歷代封建統治者所看中，而且也受到封建文人的重視。宋犖曾說：「昔人詩評：杜工部如周公制作，後世莫能擬議，蓋篤論也。」〔註49〕黃子雲也說：「孔子兼堯、舜、禹、湯、文、武、周公而成聖者也，杜陵兼風、騷、漢、魏、六朝，而成詩聖者也。外此若沈、宋、高、岑、王、孟、元、白、韋、柳、溫、李、太白、次山、昌黎、昌谷輩，猶聖門之四科，要皆具體而微。向有客問曰：『盛、中、晚名家不少，而子必以少陵爲宗者，何也？』余曰：『儒家者流，未聞去聖人而談七十子者也。』」〔註50〕可見杜詩

〔註49〕丁福保：《清詩話》，第 417 頁，上海古籍出版社，1963。
〔註50〕丁福保：《清詩話》，第 848 頁，上海古籍出版社，1963。

主儒，這在封建社會有著不可動搖的地位。這是杜詩在中國詩史上千載爲圭臬的重要原因之一。

　　比起杜甫來，李白的思想就較爲駁雜。其中自然也有儒家思想的影響，所謂「達則兼濟天下，窮則獨善一身」（《代壽山答孟少府移文書》）。但這似乎只是對封建統治階級的一種姿態，或者是一種理想與希冀，並非他堅定而單純的信仰。其實，他對儒家思想並不像杜甫那麼看得神聖，相反，他對儒家的弊病則看得較爲清晰。《嘲魯儒》就是對不通世務的儒士的嘲諷，他自謂：「我本楚狂人，鳳歌笑孔丘。」（《廬山謠寄盧侍御虛舟》）他並沒有按儒家的思想約束自己的行動，而道家蔑視禮法、權貴以及不交王侯的思想卻佔了上風。「安能低眉折腰事權貴，使我不得開心顏。」（《夢游天姥吟留別》）這是他的自白。「戲萬乘若僚友，視儔列如草芥。」〔註51〕這是後人對他的評讚。道家的藝術觀對於他的詩歌創作有著深刻的影響，他那純任自然不事雕飾的詩歌風格，與他行動上的追求自由不受拘束的性格是完全一致的。他所謂「清水出芙蓉，天然去雕飾」（《經亂離後天恩流夜郎憶舊遊書懷贈江夏韋太守良宰》），這恐怕不僅僅是指詩的語言風格的自然而言的，應該說包含了詩的藝術風格，甚至可以說在某種意義上就是指詩的藝術風格而言的。他寫詩不假思索卒然而成，其風格豪放飄逸等，也都是這一思想的體現，這與莊子「庖丁解牛」、「輪扁斫輪」所體現的文藝思想完全一致。

　　如上所述，杜甫一生的主導思想是信奉儒家思想，李白的主導思想則是道家思想，那麼這種信仰與行動在封建社會的價值與地位就有極大的不同。雖然中國封建統治者的治國之道是儒道互補的，但主導思想仍然是儒家思想，道家是處於附屬或輔助地位，至少可以說，它不能與儒家相提並論。這不僅因爲在中國封建社會，治國之道的招牌從來打的都是儒家的，而且在事實上也確以儒家爲正宗。特別是宋朝

〔註51〕瞿蛻園等：《李白集校注》，第 1854 頁，上海古籍出版社，1980。

以後，統治階級爲了加強中央集權，強化專制統治，儒家思想又處於獨尊的地位。「統治階級的思想，就是統治思想」，詩歌創作的思想也未能例外。宋元理學「存天理，滅人慾」，嚴重地摧殘和扼殺詩人的個性，而藝術個性突出的李白，雖然還不是攻擊的矢的，但卻遭到了相當的抑制。因此，杜甫就自然成爲正統的受人尊敬的以至頂禮膜拜的「詩聖」，他的詩就被當然地視作詩歌創作的光輝典範。李白由於天才的創造，其詩歌取得了光輝的藝術成就，自然也受到後代詩人的欽佩與敬仰，誰也不敢輕易地說三道四，但他卻是可望而不可及的天才，不如杜甫那樣令人感到親切而偉大。

二

　　皇帝是封建社會政治核心人物，有著至高無上的政治權利。他君臨天下，誰敢不尊？爲了維護和鞏固封建統治，加強君權，強化封建專制主義，忠君思想就必然成爲封建統治者及其奴才大力宣揚的思想。詩人杜甫，則被後代一些文人視爲忠君的典範加以宣揚，這就拔高了他在封建倫理道德上的地位，給他披上了一件頗爲燦爛的耀人眼目的外衣，有了某種程度的神聖色彩。杜甫本來就有些忠君愛民思想，這一思想的主導面是積極的，是憂國憂民的。然唐代以後的統治階級及其文人，卻特意強調他的忠君思想。宋人尊杜，往往將其詩中表現出的某些忠君思想極端化和偶像化，從倫理道德上將他抬到一個很高的地位，諸如：「工部之詩……忠義感慨，憂世憤激，一飯不忘君，此其所以爲詩人冠冕。」〔註52〕「杜子美愛君之意，出於天性，非他人所能及。」〔註53〕甚而不顧事實地誇張說：「無一篇不寓尊君之意」，「如少陵之詩而得其爲忠」。〔註54〕頌揚他「忠恪愛君」。〔註55〕清代的沈

〔註52〕華文軒：《古典文學研究資料匯編·杜甫卷》，第667頁，中華書局，1964。
〔註53〕華文軒：《古典文學研究資料匯編·杜甫卷》，第865頁，中華書局，1964。
〔註54〕華文軒：《古典文學研究資料匯編·杜甫卷》，第910頁，中華書局，

德潛則說：「一飯未嘗忘君，其忠孝與夫子事父事君之旨有合，不可以尋常詩人例之。」〔註56〕如此等等，人民詩人，則被歪曲成恪守忠君思想的所謂「詩聖」，豈不殆哉？由於忠君思想是封建社會提倡的，封建社會的知識份子也未能逃脫忠君思想的藩籬，他們對有忠君思想的人倍加敬仰，而對其敬仰的人也譽之爲有忠君思想，自己也往往以有忠君思想自詡，追求功名者更是借自己有忠君思想而自炫自耀。而窮困潦倒，落魄一生，則是封建社會大部分知識份子的命運，因此對杜甫一生的不幸遭遇，則不免感慨繫之：「心抱孤忠生已晚」，〔註57〕「貧亦憂時只少陵」。〔註58〕「一生忠義孤吟裏，千載淒涼古道傍」。〔註59〕在封建社會，忠君思想同愛國思想往往是相聯繫的，有時是交織在一起密不可分的。特別是在民族矛盾激劇的時候，民族英雄與愛國志士，則以保衛王室相號召，同仇敵愾，共同抗擊外族的入侵，這時他們的忠君思想與愛國思想合若符節，陸游、文天祥、顧炎武、夏完淳等，都是以共赴王室相號召，從而受到廣泛的歡迎。杜甫的忠君思想則被他們賦予新的時代內容，給予高度的評價與讚揚。由於以上諸種原因，杜詩不僅受到封建統治階級的特別重視，而且受到廣大知識份子的特別歡迎。

　　與杜甫相比，李白身上具有的某些離經叛道行爲、獨立的主觀精神，受到封建統治階級以及恪守正統思想的人的責難。首先，李白對統治階級高度藐視，行爲狂放不羈，爲統治階級所難容。杜甫在《飲

1964。
〔註55〕華文軒：《古典文學研究資料匯編‧杜甫卷》，第911頁，中華書局，1964。
〔註56〕沈德潛：《唐詩別裁》，第63頁，商務印書館，1958。
〔註57〕華文軒：《古典文學研究資料匯編‧杜甫卷》，第919頁，中華書局，1964。
〔註58〕華文軒：《古典文學研究資料匯編‧杜甫卷》，第919頁，中華書局，1964。
〔註59〕華文軒：《古典文學研究資料匯編‧杜甫卷》，第651頁，中華書局，1964。

－217－

中八仙歌》中讚揚李白說：「天子呼來不上船，自稱臣是酒中仙。」
這種對君主的倨傲行爲，統治階級能優容他麽？他動輒以「帝王師」
自喻，而在政治上又毫無建樹，統治階級不小覷和厭惡他麽？唐宋以
來，中國士人往往被壓得直不起腰，有幾個像李白那樣的有傲骨？即
令有幾個與李白同調的人，也被視爲叛逆或不軌。後代帝王缺乏唐代
皇帝那樣的器量與氣魄，豈能容臣下對君王的倨傲？其次，李白有著
鮮明的個性，又有極強的主觀精神，在封建社會，臣下只有聽從，仰
承君王鼻息之惟恐不及，哪兒還有主見個性？詩人鮮明的個性，往往
被看做對統治階級的桀驁不馴。第三，李白受儒家思想影響較小，在
其詩中能充分抒發個人的感想，寫出極生動的自我形象，這也受到了
非難。如說：「李太白……之詩，如亂雲敷空，寒月照水，雖千變萬
化，而及物之功亦少。……惟杜少陵之詩，出入古今，衣被天下，藹
然有忠義之氣，後之作者，未有加焉。」〔註60〕強調詩的及物之功而
否定其鮮明的形象，在強調文學對封建統治的功利聲中，李白的詩卻
遭到了冷遇。第四，李白從璘，雖出於捍衛王室平定叛亂的至誠，李
璘敗後卻被流放，做了統治階級內部爭權奪利的犧牲品，這也爲封建
社會的知識份子所詬病。如此等等，李白在封建統治者及封建社會知
識份子心目中的地位，就遠遠不能與杜甫相比了。

　　後代詩論家在對李杜詩的評價中，往往首先比較其思想內容，因
杜詩含有忠君思想而特別予以褒揚，同時也將李白思想進行歪曲貶
抑。陳輔之云：「柳遷南荒有云：『愁向公筵問重譯，欲投章甫作文身。』
太白云：『我似鷓鴣鳥，南遷懶北飛。』皆褊忮躁辭，非畎畝惓惓之
義。」杜詩云：『馮唐雖晚達，終覬在皇都。』『愁來有江水，焉得北
之朝。』其賦張曲江云：『歸老守故林，戀闕悄延頸。』乃心王室可
知。」〔註61〕他對李白的貶抑，比較含蓄，也還算客氣。劉定之對李

〔註60〕華文軒：《古典文學研究資料匯編・杜甫卷》，第323頁，中華書局，
　　　　1964。
〔註61〕吳文治：《古典文學研究資料匯編・柳宗元卷》，第49頁，中華書局，

白的貶抑，十分直露，是很不客氣的大張撻伐了。他說：「以詩言，杜比跡於李；以文言，柳差肩於韓。而以人而言，則杜韓陽淑，李柳陰慝，如冰炭異冷熱、薰蕕殊芳臭矣。子美當安史作亂時，徒步從肅宗，其詩拳拳於君臣之義。太白於其時從永王璘，欲乘危割據江表，叛棄宗社，作《猛虎行》云：『旌旃繽紛兩河道，戰鼓驚山欲顛倒』，『一輸一失關下兵，朝降夕叛幽薊城』，『頗似楚漢時，翻覆無定止』，『張良未遇韓信貧，劉、項存亡在兩臣』。其辭意視祿山、思明反噬其主，比於劉、項敵國相爭，尚安知君臣之大倫歟？」〔註62〕其實，李白《猛虎行》詩中的劉、項是偏義而非並列，詩人是說劉邦之存亡在於張良這樣的謀士、韓信這樣的武將。「張良未遇韓信貧」顯喻唐王朝在平叛鬥爭中，如張良、韓信這樣的文臣武將未得其用，何關君臣之倫？陰慝之責，也自然落空了。這說明，杜詩在後代往往有不虞之譽，而李白則經常受到不應有的責難。一褒一貶，使李白和杜甫在人們心目中，出現了很大的差距。究其實，這種差距則往往是人為的、虛擬的，是不符合實際的。

三

從中國古典詩歌的發展繼承來說，李白的天才難以為繼，而杜甫卻有著得天獨厚的際遇與契機。因此，兩人對後代詩歌創作的影響，就有很大的懸殊。

盛唐以後，歷史上再未出現過與盛唐氣象類似的歷史現象，詩人缺乏盛唐詩人賴以存在的社會土壤，缺乏盛唐詩人那種博大寬廣的胸襟與豪邁雄壯的氣魄，缺乏盛唐詩人那種昂揚向上的精神狀態。宋、元以後，內憂外患相繼出現，詩人獻身祖國，注目現實，杜甫關心社稷蒼生，以及詩中表現的強烈的現實主義精神，則是部分詩人效法學習的榜樣。李白的浪漫主義精神與氣質，則往往受到責難。宋人羅大

1964。

〔註62〕吳文治：《韓愈資料匯編》，第706頁，中華書局，1983。

經就說：「李太白當王室多難、海宇橫潰之日，作爲歌詩，不過豪俠使氣，狂醉於花月之間耳。社稷蒼生曾不繫其心膂，其視杜少陵之憂國憂民，豈可同年語哉！」宋人趙次公也說：「李、杜號詩人之雄，而白之詩多在於風月草木之間，神仙虛無之說，亦何補於教化哉！惟杜陵野老負王佐之才，有意當世，而骯髒不偶，胸中所蘊一切寫之於詩。」〔註63〕據說王安石在論李白詩時，曾很不客氣地說：「其識污下，詩詞十句九句言婦人酒耳！」〔註64〕杜詩的憂國憂民，繫於蒼生社稷自然是可貴的，值得學習和發揚光大的；李白寫花月、草木、酒與婦女，同樣有其不可否定的價值：詩人寫了那麼多光輝而鮮明的婦女形象，詩人借酒，狂傲不羈，蔑視禮法，藐視權貴，「一醉累月輕王侯！」（《憶舊遊寄譙郡元參軍》）豈能譴責？詩人描寫和歌頌自然，也應得到肯定與重視。詩人李白之所以受到如此不公正的待遇，在於宋元以來中國缺乏浪漫主義賴以存在的豐厚的土壤，苦難的現實再也使詩人無法浪漫下去了，因此對李白的浪漫主義詩作作了褊狹的理解和評價。

　　詩人學習寫詩，往往都有由學習模仿逐漸達到自成體系獨具風格的過程。故古代詩人學詩，往往先向某一名家學習，如學習書法之臨帖然。李、杜之詩，自然成爲人們學習的典範。作爲學詩的範本來說，杜詩比李詩有其優越的得天獨厚的地方。李白性格浪漫，天才橫溢，其詩絕非僅憑學力可以達到的。清人梁章鉅云：「李詩不可不讀，而不可遽學。有人問太白詩於李文貞公，公曰：『他天才妙，一般用事、用字，都飄飄在雲霄之上。此人學不得，無其才斷不能到。』竊謂太白之神采，必有迥異乎常人者……其人如此，其詩可知，故斷非學力所能到。」〔註65〕與李白詩相比，杜甫詩固然不乏天才的發揮，但更多的則是對現實的精細的觀察與描寫，對詩意的提煉以及在表達上對

〔註63〕瞿蛻園等：《李白集校注》，第 1866 頁，上海古籍出版社，1980。
〔註64〕瞿蛻園等：《李白集校注》，第 1869 頁，上海古籍出版社，1980。
〔註65〕郭紹虞：《清詩話續編》，第 1974 頁，上海古籍出版社，1983。

字句的精心推敲，對前人文化遺產的繼承等。所謂「熟精文選理」（《宗武生日》）、「頗學陰何苦用心」（《解悶十二首》其六）、「爲人性僻耽佳句，語不驚人死不休」（《江上值水如海勢聊短述》）、「晚節漸於詩律細」（《遣悶戲稱路十九曹長》），這是他寫詩經驗的自白。後來學杜的人，又特別強調其「無一字無來處」。〔註66〕可見學杜詩是有章可循的，單憑後天的勤奮努力，庶幾可以學到，不像李白寫詩如天馬行空，「斗酒詩百篇」那是純天才的表現，叫人何以學起！後人驚嘆說：李白天才創造，非後人可以步趨。故學詩的難易不同，也是李白影響不如杜甫的重要原因之一。關於這一點，後人有許多剴切的論述：

> 杜甫之才大而實，李白之才高而虛。杜是建章宮千門萬戶，李是造清微天上，五城十二樓手。杜極人工，李純是氣化。〔註67〕

> 李太白出語皆神仙，由軼塵拔俗之韻得之；杜子美一生寒餓，窮老忠義，由禁雪耐霜之操得之。〔註68〕

> 太白以天資勝，下筆敏速，時有神來之句，而粗劣淺率處亦在此。少陵以學力勝，下筆精詳，無非情摯之詞，晦庵稱其詩聖亦在此。學少陵而不成者，不失爲伯高之謹飭；學太白不成者，不免爲季良之畫虎。〔註69〕

人工可學，氣化何蹤？杜甫的「禁雪耐霜之操」之借磨礪而成，李白「軼塵拔俗之韻」則非苦學可以達到的。故施補華說：「然古今學杜者多成就，學李者少成就；聖人有矩矱可循，仙人無蹤跡可躡也。」〔註70〕袁枚則警告說：「大概杜、韓以學力勝，學之，刻鵠不成猶類

〔註66〕華文軒：《古典文學研究資料匯編・杜甫卷》，第120頁，中華書局，1964。
〔註67〕錢鍾書：《談藝錄》，第98頁，中華書局，1984。
〔註68〕華文軒：《古典文學研究資料匯編・杜甫卷》，第938頁，中華書局，1964。
〔註69〕丁福保：《清詩話》，第863頁，上海古籍出版社，1963。
〔註70〕丁福保：《清詩話》，第984頁，上海古籍出版社，1963。

鶩也；太白、東坡以天分勝，學之，畫虎不成反類狗也。」〔註71〕胡應麟指出：「李、杜二家，其才本無優劣，但工部體裁明密，有法可尋；青蓮興會標舉，非學可至。又唐人特長近體，青蓮缺焉。故詩流習杜者眾也。」〔註72〕以上所說，都是符合實際的經驗之談。惟其杜詩是可學的，追逐杜公者遂多；李詩是不可學的，追隨李白者實寡。所以宋人鄭印就說：「國家追復祖宗成憲，等者以聲律相飭。少陵矩範，尤爲時尚。」〔註73〕這就比較眞實地透露出後人重視杜詩的消息。

李白詩是承前的，他繼承了《詩經》、《楚辭》以來中國詩歌的優秀傳統，特別是浪漫主義詩歌的傳統，兼有王、孟、高、岑詩的風格特點：明麗、自然、雄渾、奇峭。在詩歌上獨特的天才的創造，使後代詩人望而卻步。杜甫詩是啓後的，他的傑出的現實主義詩歌創作，他的集大成的詩風，開無數詩歌創作的法門，後代詩人爭相學習、仿效。他又處於被盛唐詩風轉向中唐詩風的轉折期，部分詩歌的散文化與用詞的奇崛怪異，不僅是韓孟險怪詩風的先導，並啓宋詩的先河。如此等等，後人學杜詩，就成了一種自然的不可避免的發展趨勢。

四

抑李揚杜，導致大部分詩人向杜詩學習。政治上學習杜詩的結果，詩人確實寫出了一些反映民生疾苦、爲民請命的詩歌。然由於民本思想，其本質在於維護封建社會的長治久安，這是符合封建統治階級的根本利益的。其出發點仍是堅持儒家的詩的教化與功利目的，不可能眞正傳達出廣大人民的心聲。

在藝術上學習杜詩的結果，不僅局限了詩人的獨創性，取消了詩人的藝術個性，沿著這一條道路走下去，詩歌只能走入陳陳相因的死胡同。

〔註71〕裴斐等：《李白資料匯編》，第 884 頁，中華書局，1994。
〔註72〕胡應麟：《詩藪》，第 190 頁，上海古籍出版社，1979。
〔註73〕華文軒：《古典文學研究資料匯編·杜甫卷》，第 324 頁，中華書局，1964。

　　宋元以來的詩人，把李杜詩看成是不可企及的藝術高峰，他們只能站在詩國巍峨的高山腳下，徒有仰止之情，望洋而興嘆，而無攀登和超越高峰之志，遂使李杜之後再無李杜，這實在是中國詩歌史上的悲劇。這悲劇的形成，自然與李杜高大形象有關，但他們對這悲劇本身，卻是不該負責的。

第五節　李白的《登金陵鳳凰臺》與崔顥《黃鶴樓》

　　崔顥的《黃鶴樓》與李白的《登金陵鳳凰臺》，都是盛唐七律中的名篇。崔詩在文學史上尤負盛譽，它被南宋著名的詩論家嚴羽推為唐人七律的壓卷之作。據云它曾經使李白為之擱筆：「眼前有景道不得，崔顥題詩在上頭。」直使詩壇宿將氣短，「哲匠斂手」。號稱「詩仙」的李白雖然一時服善，但終竟使這位雄視百代以繼風雅自任的詩人心中不甘。傳說他先後寫的《鸚鵡洲》、《登金陵鳳凰臺》，都是有意爭勝之作。而歷代詩論家對《登金陵鳳凰臺》的讚譽，大有壓倒《黃鶴樓》之勢。平心而論，崔詩與李詩都是墨飽氣酣，痛快淋漓之作。這兩首詩，各在自己規定的典型環境中，寫出了妙絕一時的意境，在藝術上各有千秋，一時未易甲乙，似不應有所軒輊。模仿與爭勝云云，恐係詩話家的演義，未必實有其事。

　　崔顥的《黃鶴樓》是一首登覽懷鄉之作。

　　　　昔人已乘黃鶴去，此地空餘黃鶴樓。
　　　　黃鶴一去不復返，白雲千載空悠悠。
　　　　晴川歷歷漢陽樹，芳草萋萋鸚鵡洲。
　　　　日暮鄉關何處是，煙波江上使人愁。

　　黃鶴樓原在武昌西長江邊黃鶴磯上，故址在武漢長江大橋的武昌橋頭。相傳古代有位仙人王子安曾騎黃鶴由此飛過，一說三國時費禕在此乘黃鶴登仙。因此地和樓都以黃鶴為名。黃鶴樓既是以這樣仙異的故事傳說命名的，自然蜚名華夏。因此文人騷客登樓時不免要舞文

弄墨，發古之幽思。詩人崔顥登上聞名千古的黃鶴樓，也自然要寫詩抒情了。

　　此詩開頭緊扣詩題，先從樓的名稱著筆：「昔人已乘黃鶴去，此地空餘黃鶴樓。」「昔人」指王子安或費褘。這兩句詩意謂古代的仙人曾於此乘黃鶴飛升而去，此地僅僅留下了一座追蹤仙跡留作紀念的空樓而已，名勝古蹟黃鶴樓雖與仙靈有關，然而樓存人去，物是人非，徒有空名罷了。詩人在寫黃鶴樓名稱來歷的同時，流露出淡淡悵惘情緒，詩句自然而空靈，使這悵惘情緒不露痕跡。頷聯緊接首聯的意緒，寫黃鶴樓的今昔變化：「黃鶴一去不復返，白雲千載空悠悠。」意謂黃鶴被仙人乘去，一去不返，（自然，仙人也再未到過此地。）黃鶴樓千百年來空空蕩蕩，只有白雲繚繞，似仍有仙氣騰升。詩人從歷史的長河中描寫黃鶴樓，蘊含著淡淡的出世思想，給人以空曠寥廓之感。以上詩人用四句詩寫黃鶴樓名稱的來歷以及建樓以後的情況，詩句明白曉暢而又給人以回環往復餘味無窮之感。

　　詩的頸聯寫登樓所見：「晴川歷歷漢陽樹，芳草萋萋鸚鵡洲。」「晴川」，晴朗的平原；「歷歷」，清晰可數。「萋萋」，茂盛貌。「鸚鵡洲」，是漢陽西南長江之中的一個沙洲。東漢末，禰衡曾在武昌作《鸚鵡賦》，後被黃祖所殺，埋於此洲，後人遂名之為鸚鵡洲。詩人大約在暮春晴朗的時日登樓，眺望漢陽，樹木蔥蘢，芳草茂盛。尾聯寫登樓的感慨，發抒遊子思鄉的情懷：「日暮鄉關何處是，煙波江上使人愁。」「鄉關」即家鄉，故鄉。登樓遠眺：江上有淡淡的煙靄，層層的波浪，雖想駕一葉小舟破浪而返，又恐波浪阻隔。在蒼茫的暮色中，看著這一切的情景，想到旅途艱辛，不免產生淡淡的哀愁。

　　這是一首詠懷古蹟的詩，詩人既沒有僅僅膠著於客體的描寫，也沒有緬懷名勝古蹟發思古之幽情，而是借登樓抒發自己的情懷，因此詩的形象鮮明生動，氣韻流暢。誠如沈德潛所說：「意得象先，神行語外，縱筆寫去，遂擅千古之奇。」此詩在寫法上用了散文筆法，一氣旋折，使詩情韻流暢，有如行雲流水之妙。因其在藝術表現上有以

上特點，才獲得「渺茫無際，高唱入雲」的佳評。應當指出：此詩頷聯不符合律詩平仄相間對偶成句的規格，但它卻寫得自然天成，筆法高妙。它是七言律詩尚未定型的產物，而與後來的拗體或有意破格者不同。說它衝破了七言律詩的規定，是不符合七律發展的歷史的。

李白的《登金陵鳳凰臺》是一首飽含憂國之思的愛國詩篇。

> 鳳凰臺上鳳凰遊，鳳去臺空江自流。
>
> 吳宮花草埋幽徑，晉代衣冠成古丘。
>
> 三山半落青天外，一水中分白鷺洲。
>
> 總爲浮雲能蔽日，長安不見使人愁。

金陵即今南京市。鳳凰臺故址在南京市城南。相傳南朝劉宋時有鳳凰在山上出現，因稱山爲鳳凰山，臺爲鳳凰臺。李白在長安做翰林供奉其間，遭高力士等陷害排擠，被迫賜金還山，漫遊各地。此詩係李白離開長安以後遊南京時所作。他於登覽南京名勝鳳凰臺時，慨嘆古代王朝興亡成敗，聯想到當時奸佞做賢的政治局面，抒發對政局關注與憂慮的感情。

「鳳凰臺上鳳凰遊，鳳去臺空江自流。」首聯寫鳳凰臺的來歷與今昔變化。這個曾經是鳳凰出現過的地方，鳳凰早已不知去向，現在僅僅留下一個名不副實的鳳凰臺供遊人登覽，而長江自古及今卻一直浪濤滾滾，並沒有因鳳凰的出沒而有所變化。一個「自」字，蘊含著詩人深沉的感概。詩人似乎在譴責對今昔滄桑麻木不仁的長江了，今昔之感的喟嘆，很自然地引起下聯對歷史陳跡的描寫。「吳宮花草埋幽徑，晉代衣冠成古丘。」「花草」喻宮中美女，「衣冠」代指朝中仕宦。這兩句互文見義，意謂六朝時代，曾經繁華一時的都城金陵，現在冷落衰颯，一片荒涼景象，那幽僻的小路上，就是當年宮女和達官的墓墳。在對客觀景物的描寫中，詩人對興衰交替寄寓了深沉的感概。

「三山半落青天外，一水中分白鷺洲。」頸聯是寫登臺所見。「三山」，在今南京市西南長江邊上，有三峰，南北相接，故名。這是說

從鳳凰臺上望過去，覺得三山距離很遠，看不清楚，好像有一半落在
天外去了。陸游《入蜀記》謂：「三山自石頭及鳳凰臺望之，杳杳有
無中耳。及過其下，距金陵才五十餘里。」正好說明李白此句詩的情
境。「一水」，指長江。此句意謂江水浩浩莽莽，將白鷺洲分作兩半。
頸聯對仗極爲工切：「三山」對「一水」，「半落」對「中分」，就眼前
實景寫得如此自然而又切題，境界寥廓而詩句又很有氣勢，可謂自然
天成妙手偶得之句。尾聯由登臺所見，抒發自己憂國之念：「總爲浮
雲能蔽日，長安不見使人愁。」意謂當今雖然奸佞當道，嫉賢害能，
將我趕出長安，但我仍是深切地思念著朝廷，並殷切希望能爲國家盡
我綿薄之力。然而這個願望卻由於奸佞的當道很難實現啊！李白在遭
到排擠打擊後，仍念念不忘朝廷，表現了他的愛國感情和對進步的政
治理想熱烈而又執著的追求。

　　這首被詩論家譽爲「絕唱」的詩篇，寫得工巧而自然，藝術上頗
見工力。開頭寫鳳凰臺之今昔，中間兩聯縱橫交替，既寫了往日金陵
的興衰替變，又寫了今日金陵之壯觀，從歷史到現實，從近景到遠望，
無不意在筆先，縱收自如。詩的感情深沉，十分動人。

　　這兩首登覽名勝的詩篇，都寫得自然工巧，毫不雕琢，並打破了
詩歌藝術上一些清規戒律，收到了很好的藝術效果。題名勝古蹟之
作，往往膠著於名勝古蹟本身的描寫，這兩首詩既寫了名勝古蹟，又
抒發了自己的感情。誠如胡應麟《詩藪》所云：「崔顥《黃鶴樓》，李
白《鳳凰臺》，但略點題面，未嘗題《黃鶴》、《鳳凰》也。……神韻
超然，絕去斧鑿。」律詩一般忌重字，這兩首詩重字較多，而且增強
了藝術表現力。譬如崔詩中，「黃鶴」重覆三次，「去」、「空」、「人」
各出現兩次；並用了疊詞「悠悠」、「歷歷」、「萋萋」，不特無重複之
感，且有回環往復之妙，李詩亦然。所以田子藝說：「機杼一軸，天
錦燦然，各用疊字成章，尤奇絕也。」這樣的讚譽，崔、李是當之無
愧的。《唐宋詩醇》謂：「崔詩直舉胸情，氣體高渾；白詩寓目山河，
別有懷抱。其言皆從心而發，即景而成，意象偶同，勝境各擅。論者

不舉起高情遠意，而沾沾吹索於字句之間，固已蔽矣。至於白實擬之以較勝負，……鄙陋之談，不值一噱也。」這段話精闢地論述了崔李二詩的異同，力闢模仿、較勝說，極為允當。

附錄一：李白崇尚孟浩然的緣由

　　李白《贈孟浩然》詩云：「吾愛孟夫子，風流天下聞。紅顏棄軒冕，白首臥松雲。醉月頻中聖，迷花不事君。高山安可仰，徒此揖清芬。」詩中洋溢著對孟浩然崇拜敬仰的感情。性格傲岸、才氣橫溢的詩人李白，自視甚高，從不輕易許人。他的前輩如李邕、蘇頲，同輩友人如王昌齡、高適、杜甫、賈至等，雖交往至密，然不見對詩才有所稱讚，甚至對德高望重譽他為「謫仙人」的老詩人賀知章，亦不見有所稱譽。因此，對孟浩然出自肺腑的崇拜感情，卻出人意料之外。但我們仔細閱讀《贈孟浩然》這首詩，就會發現，他的仰止心情不是來自孟浩然的詩歌，而是出自對一個隱士的高風亮節的人格的崇拜。然孟浩然一生汲汲功名，曾三次入京求官，〔註1〕只不過潦倒未遇罷了。那麼，孟浩然有哪些地方值得李白傾服呢？

　　首先，在養望待時上，李白與孟浩然有共同之處。唐代有相當多的詩人，進入仕途是走終南捷徑的。要走這條路，就必先養望，獲得較高的聲譽。然後求得有力者的推薦，才有可能一步青雲。李白青年時代，曾與東嚴子隱於岷山之陽，「巢居數年，不跡城市。養奇禽千計，呼皆就掌取食，了無驚猜。廣漢太守聞而異之。詣盧親睹，因舉二人以有道，並不起。」〔註2〕白以是「養高忘機」自炫。孟浩然得

〔註1〕王達津《孟浩然生平續考》。
〔註2〕李白《上安州裴長史書》。

到山南採訪使本郡太守韓朝宗的賞識，「因入秦與偕行，先揚於朝，約日引謁。及期，浩然會寮友，文酒講好甚適。或曰：『子與韓公預諾而怠之。無乃不可乎？』浩然叱曰：『僕已飲矣，身行樂耳，遑恤其他。』遂畢席不赴，由是間罷，既而浩然亦不之悔也。」〔註3〕觀孟浩然一生不甘隱淪，汲汲求仕，為此他深怨無人引薦：「當路誰相假，知音世所稀。」（《留別王維》）極希望得到有力者的推轂：「欲濟無舟楫，端居恥聖明。坐觀垂釣者，徒有羨魚情。」（《上張丞相》）那麼，韓朝宗入朝引謁，這是一次極好的機會，他為什麼要白白錯過這一良機呢？這無非以高人自鳴，抬高身份，想取得更高的聲譽罷了，並非心底裏壓根兒不願做官。他在《自潯陽泛舟經明海作》中說：「魏闕心常在，金門詔不忘。」可見，他此次未行，蓋為攀身份，然而卻贏得了後人的讚頌。「孟簡雖持節，襄陽屬浩然。」〔註4〕「孟浩然高亢有節，一時豪傑翕然慕仰，非特以其詩也。」〔註5〕對善於識拔人才的韓朝宗，李白十分仰慕，所謂「生不用萬戶侯，但願一識韓荊州」（《與韓荊州書》），望其薦己。他拒絕廣漢太守的引薦比起孟浩然與韓荊州有約不赴，在養望方面，真可謂小巫見大巫了。這怎能不使他為之傾倒？

其次，孟浩然有俠義之風，所謂「救患釋紛以立儀表」，〔註6〕這一點頗與李白同調。李白「少任俠，手刃數人」，〔註7〕又輕財好施，「曩者東遊維揚，不逾一年，散金三十餘萬，有落魄公子，悉皆濟之。」〔註8〕他還薦交重義，營葬友人吳指南。他特別崇拜魯仲連，在詩中每每詠及，並有歌頌魯仲連的專篇。「齊有倜儻生，魯連特高妙。明月出海底，一朝開光曜。卻秦振英聲，後世仰末照。吾亦澹蕩人，拂

〔註3〕王士源《孟浩然集序》。
〔註4〕張祜《題孟浩然宅》。
〔註5〕吳師道《吳禮部詩話》。
〔註6〕王士源《孟浩然集序》。
〔註7〕魏顥《李翰林集序》。
〔註8〕李白《上安州裴長史書》。

衣可同調。」(《古風》其十) 詩中對魯仲連為人排難解紛功成不受賞的高風亮節，備極景仰。他借詠魯仲連以表達自己的志氣與抱負。孟浩然一些詩中，對於俠義精神是表示欣賞和讚揚的。他在《醉後贈馬四》詩中說：「四海重然諾，吾嘗聞白眉。秦城遊俠客，想得半醉時。」又《送朱大入秦》詩云：「遊人五陵去，寶劍值千金。分手脫相贈，平生一片心。」看來馬四、朱大都是遊俠一類人物。他歌頌了他們「其言必信」，「己諾必誠」的性格，又以饋贈寶劍的行動，表明了對俠義之士的傾心。他的「救患釋紛」必有典型事例，可惜歷史闕載，不能詳徵。然「患難釋紛」的行為，必定受到李白的激賞，這卻是不言而喻的。

　　第三，李白與孟浩然，兩人的性格非常相似。李白性格傲岸，睥睨王侯。杜甫對此曾經讚揚說：「天子呼來不上船，自稱臣是酒中仙。」(《飲中八仙歌》) 他以「酒中仙」的佯醉對抗天子的詔旨，可謂傲岸之至。他自己也說：「揄揚九重萬乘主，謔浪赤墀青瑣賢。」(《玉壺吟》) 至於民間盛傳貴妃捧硯磨墨、力士脫靴的故事就算不得什麼了。「安能低眉折腰事權貴，使我不得開心顏。」(《夢遊天姥吟留別》) 以此表現對權貴的藐視。孟浩然在自己詩中吟道：「北闕休上書，南山歸弊廬。不才明主棄，多病故人疏。」(《歲暮歸南山》) 這對封建社會勢態炎涼以及皇帝不善識拔俊才，都是極尖銳的諷刺。無怪乎唐玄宗聽了要大發脾氣。在性格的坦率誠摯上，兩人也極為相似，李白在自己詩中寫道：「我醉欲眠君且去，明朝有興再復來。」(《山中與幽人對酌》) 至於孟浩然，王士源稱其「行不為飾，動以求真，故似誕；遊不為利，期以放性，故常貧」。〔註9〕兩人性格，何其相似乃爾。

　　第四，兩人都飄灑風流，具有遺世獨立的風韻。其實志在沽名釣譽，心存魏闕。孟浩然「骨貌淑清，風神散朗」。〔註10〕宋人見王維

〔註 9〕王士源《孟浩然集序》。
〔註10〕王士源《孟浩然集序》。

的《孟浩然畫像》：「頎而長，峭而瘦，衣白袍，靴帽重戴，乘款段馬，一童總角。提書笈負琴而從。風儀落落，凜然如生。」〔註11〕儼然一副瀟灑的風度。李白則以「謫仙」自居：「世人不識東方朔，大隱金門是謫仙」（《玉壺吟》）；「青蓮居士謫仙人，酒肆藏名三十春」（《答湖州迦葉司馬問白是何人》）；「長安一相見，呼我謫仙人」（《對酒憶賀監》）。其實兩人都以隱居為餌，沽名釣譽，志在終南捷徑，此李白所謂「不鳴則已，一鳴衝天」之求也。謂予不信，請君試看，李白一方面以「謫仙」自詡，同時卻汲汲功名，他常以呂望、諸葛亮、謝安自期，希望「申管晏之談，謀帝王之術，奮其智能，願為輔弼，使寰區大定，海縣清一」（《代壽山答孟少府移文書》）；他平生以搏擊長空的大鵬自詡，要「揚眉吐氣，激昂青雲」（《與韓荊州書》）。孟浩然用世之志的壯懷也不時流露：「杳冥雲海去，誰不羨鵬飛」（《同曹三御史行泛湖歸越》）；「今日觀溟漲，垂綸欲釣鰲」（《與杭州薛司戶登樟亭驛》）；「再飛鵬擊水，一舉鶴衝天」（《峴山送蕭員外之荊州》）。

　　第五，孟浩然與李白兩人的部分詩歌，在風格上有相似之處。世以孟浩然詩澄夐、沖澹，有蕭散之致。縱觀其全集，並非篇篇如此。前人謂其詩「沖澹有壯逸之氣」，〔註12〕「逸宕之氣，似欲超王而上」，〔註13〕不為無因。「氣蒸雲夢澤，波撼岳陽城」（《上張丞相》）；「照日秋雲迥，浮天渤澥寬。驚濤來似雪，一坐凜生寒」（《與顏錢塘登樟亭望湖作》）；「中流見匡阜，勢壓九州雄。黯黮凝黛色，崢嶸當曙空。香爐初上日，瀑水噴成虹」（《彭蠡湖中望廬山》）。這些詩浩茫渾健，頗具壯逸之氣。而寫逸則是李白詩歌追求的最重要的審美特徵之一，對此拙作《讀李白詩札記》有較詳細的論述。〔註14〕不贅。過去評論家又多以孟浩然與李白五律相類，所謂「太白五言律多類浩然」，〔註15〕

〔註11〕葛立方《韻語陽秋》。
〔註12〕陳繹曾《吟譜》，引自《唐詩癸籤》。
〔註13〕賀貽孫《詩筏》。
〔註14〕見本書第277頁，《逸興‧逸韻‧逸氣》。
〔註15〕胡應麟《詩藪》。

「五言律八句不對，太白浩然集有之。」〔註16〕觀《李太白集》，五言律清新俊逸，多似浩然者，其五律或受孟浩然詩的影響。

　　綜上所述，李白與孟浩然在性格、處世以及某些詩的風格上，都有驚人的相似之處。同聲相應，同氣相投，何況孟浩然是比李白年長十二歲的前輩詩人，這怎能不使李白對他產生崇敬的心情呢！觀李白酬贈之作，往往敷衍成篇，缺乏真摯的感情，而《黃鶴樓送孟浩然之廣陵》一詩，其情誼深厚，依依不捨之情感人至深，足見李白對孟浩然的尊敬仰止的感情，經常充溢肺腑，而絕不是興之所至的偶然流露。

〔註16〕楊慎《升庵詩話》。

附錄二

宋本《李太白文集》三題

關於樂史本《李翰林集》

　　樂史《李翰林別集序》云：「李翰林歌詩，李陽冰纂爲《草堂集》十卷，史又別收歌詩十卷，與《草堂集》互有得失，因校勘排爲二十卷，號曰《李翰林集》。」樂史所謂校勘云云，意者以爲只是把李陽冰《草堂集》與樂史別收詩歌十卷作了校刊，刪去重覆的詩篇，編成《李翰林集》二十卷。樂史別收歌詩十卷，是何人所編，不得而知。以合併後編爲二十卷來看，他收的十卷詩與李陽冰編《草堂集》重覆甚少。否則，就不可能再編爲二十卷。

　　樂史編《李翰林集》已佚，今所傳宋本《李太白文集》，蓋爲宋敏求編本。宋敏求《李太白集後序》云：「唐李陽冰序李白《草堂集》十卷云：『當時著述，十喪其九。』咸平中，樂史別得白歌詩十卷，合爲《李翰林集》二十卷，凡七百七十六篇，史又纂雜著爲別集十卷，治平元年，得王文獻公溥家白詩集上中二帙，凡廣二百四篇（當爲一百四篇），惜遺其下帙，熙寧元年，得唐魏萬所纂白詩集二卷，凡廣四十四篇，因裒唐類詩諸編，泊刻石所傳別集所載者，又得七

十七篇，無慮千篇。沿舊目而釐正其匯次，使各相從，以別集附於後。」宋所謂「沿舊目而釐正其匯次，使各相從」，實在是個迷霧，它曾經使後代許多李白研究者未睹樂史《李翰林集》原貌而十分遺憾，從而對宋敏求多有怨言。王琦在《李太白集輯注跋》裏曾頗有感慨地說：「噫！自樂史校刊之本出，而《草堂》原本遂湮。自宋氏分類之本出，而樂史之本又亡，後起之士欲求古本而觀之，有若丹書綠圖，邈然不可得見，能無爲之慨嘆哉！」其實，今傳宋本《李太白文集》前二十卷（序墓志碑碣一卷，詩十九卷）大約就是樂史本《李翰林集》所收詩篇。宋敏求所謂「沿舊目而釐正其匯次，使各相從」，並非沿樂史《李翰林集》舊目將自己所收詩歌二百二十五首逐一插入，而是將王溥家藏本、魏萬編本及唐詩等李集類目略加調整刪並，並將「刻石所傳別集所載者」插入舊的類目，使各相從，分編四卷，綴於樂史本《李翰林集》之後，即宋本《李太白文集》二十一至二十四卷。曾鞏《李太白文集後序》所謂「考其先後而次第之」，僅在可考其詩之作地者題下注明作地，並非將詩打亂重排之謂也。因此，宋本《李太白文集》前二十卷，蓋仍係樂史《李翰林集》之舊貌。

這樣講有什麼根據呢？

一、宋本《李太白文集》前二十卷中的十九卷詩的編次是：古風、樂府、歌吟、贈、寄、別、送、酬答、遊宴、登覽、行役、懷古，共十二類，編者分類的著眼點在體裁形式。後四卷詩分爲閑適、懷思、感遇、寫懷、詠物、題詠、雜詠、閑情、哀傷，共九類，其分類著眼點則偏重於詩的題材內容。稍爲認眞的編者，在編輯時都會仔細考慮詩的編排次序、體例以及分類標準的一致性。不可設想，同一個編者在編一部書時，在分類方面會用前後不一致的兩個標準。從前後不同的分類標準可以推斷，前十九卷詩與後四卷詩，不是出於同一個編者之手，也非同時輯錄而成。顯然，這二十三卷詩是有人機械地把兩部分類不同的書拼接在一起的結果。

　　二、退一步說，假如樂史本《李翰林集》原來就分作二十一類，而宋敏求將自己收集的王溥家藏本、魏萬編本以及從其他方面裒集的二百二十五首詩，分別插入樂史《李翰林集》各個類目中，那麼後四卷感遇類中的《效古》、《感寓》、《擬古》、《感興》、《寓言》等詩，都可與前十九卷中的古風合併爲一類，或作古風的下卷（古風五十九首可作上卷）；而雜詠、閑適、閨情類的《軍行》、《從軍行》、《長信宮》、《長門怨》、《湖邊採蓮曲》、《對酒》、《越女詞》、《巴女詞》等，都可歸入樂府類；感遇類的《越中秋懷》、《秋夕旅懷》等，都可歸入行役類；閑適類的《過汪氏別業》可歸入遊宴類。總之，後四卷今存的二百零七首詩，絕大部分都可劃歸前十九卷詩的十二類中。其所以產生這些雜亂現象，就令人懷疑宋敏求將二百二十五首詩按類插入樂史《李翰林集》的可能性。同理，如果經過沿樂史《李翰林集》舊目而釐正其匯次、使各相從的編排處理，則《寓言》二首、《感興》八首之六、七兩首不會與《古風》五十九首重出。

　　三、前二卷詩的總數七百九十首，而《姑熟十詠》據蘇軾《池仇筆記》載，當時李白集不收，係後人增添。至於該詩的眞僞則是另一個問題，有待考證。但收入李白集子卻較遲，這是事實。又卷十六之《送倩公歸漢東並序》與卷二十七同題序文重出，諸本李白詩集均不收，或樂史《李翰林集》原無。若從七百九十首詩減去這十一首詩，餘七百七十九首，只比樂史《李翰林集》多三首，而總卷數與《李翰林集》相符。這恐怕不是偶然的巧合，而是宋敏求對樂史《李翰林集》基本未動的一個重要證據。

　　四、筆者從後四卷各類詩中，考證出樂府詩二十一首（詳後《李白樂府鈎沉》），而細檢前二十卷，除四卷樂府詩外，未找到一首樂府詩，這是宋敏求基本未動樂史《李翰林集》的又一證據。

　　五、宋本《李太白文集》卷二，在《古風》五十九首之有「古風上」三字，但卻找不到與之相應的「古風下」。這不能認爲是編者一時的疏忽，而是謹愼地保留了樂史本《李翰林集》的原貌。大概樂史

編《李翰林集》時就只有古風上卷，下卷遺失，因而編爲「古風上」。宋敏求如果將其收集的李白詩插入，那麼也會將這三個字刪掉。「古風上」三字的原樣保留，也說明宋敏求學風的嚴謹。這是宋敏求未打亂樂史《李翰林集》的又一證明。同樣，第一卷末「李翰林集卷第一」八字，或偶存樂史之舊（其餘則識書名《李太白文集》改爲「李太白文集卷第某」字樣）。

六、楊愼《升庵詩話》卷五《李太白〈相逢行〉》條：「太白《相逢行》云：『朝騎五花馬，……』此詩余家藏樂史本最善，今本無『憐腸愁欲斷』四句，他句亦不同數字，故備錄之。」楊愼不但家藏樂史本《李翰林集》，並用樂史本《李翰林集》與其他版本的李白集作過校勘（至少作過部分詩的校勘），但他僅指出《相逢行》一詩的異文，而沒有談其他詩篇，更沒有指出樂史本《李翰林集》與宋敏求所編《李太白文集》在編排上的異同（今傳諸本李集的編排次序，除咸淳本差異較大外，其餘基本相同），以及宋敏求編《李太白文集》收入僞作的可能性。總之，他並沒有充分利用樂史編《李翰林集》進出更多的研究，這可反證宋敏求並未將所收李白詩插入樂史本《李翰林集》。因爲樂史本《李翰林集》是宋敏求編《李太白文集》的前二十卷，沒有更多的研究價值，所以楊愼將樂史本「最善」只限在《相逢行》這首詩上。按宋本《李太白文集·相逢行》「疑從天上來」句下注云：「一本更添憐腸愁欲斷，斜日復相催。下車何輕盈，飄然似落梅。」《才調集》、《唐文粹》、蕭本、王本均無四句，《樂府詩集》與一本同。「一本更添」云云，則是宋敏求校刊諸本後的明確表態，不能以此證明前二十卷非存樂史《李翰林集》之舊貌。

以上六點足以證明宋敏求在編《李太白文集》時，並未改變樂史《李翰林集》的詩的分卷與排列次序。宋本《李太白文集》前二十卷即爲樂史《李翰林集》。宋敏求將自己收集的二百二十五首詩綴在樂史本《李翰林集》之後，謹愼地保存了《李翰林集》的原貌。

宋敏求編《李太白文集》之功過

宋敏求是宋代一位嚴謹的學者，他繼李陽冰、魏顥、范傳正、樂史之後，在編李白文集方面做了集大成的工作。他編的《李太白文集》是迄今能見到的最早的完整的集子，也是最有權威的本子，以後出現的各種李白文集，雖有增訂，但都以宋編爲基礎。由於他在編集時，採取了較客觀的態度，《李太白文集》前二十卷基本照錄了樂史本《李翰林集》，因此在樂史《李翰林集》失傳時，我們借以窺其《李翰林集》之舊貌，此或爲宋敏求始料之未及，然對我們研究李白卻有極大的價值。同時，他補輯了樂史《李翰林集》未收的二百二十五首詩，不致失散，爲李白研究提供了寶貴的資料。總之，他編的《李太白文集》爲研究李白奠定了良好的基礎，在李白研究史上作了傑出的貢獻。雖然如此，但《李太白文集》的編集也有不精審之處。如前所述，《李太白文集》前二十卷蓋存樂史《李翰林集》之舊貌，故可存而不論，後四卷詩爲宋敏求增補，本文僅就這四卷作些討論。

一、宋在編集時，將魏顥編本、王溥家藏本、唐類詩等類目作了調整合併，體例雖趨於統一，但卻令人難窺魏、王本原貌，對李白研究帶來了較大的困難。李白注家王琦對此作了剴切的論述：「論太白詩集之繁富，必歸功於宋，然其紊雜亦實出於宋。蓋李陽冰所序《草堂集》十卷，出自太白手授，乃其確而無疑者也。次則魏萬所纂太白詩集二卷，當亦不甚謬誤。樂史所得之十卷，眞贗便不可辨。若其他以訛傳訛，尤難考訂。使宋當日先後集次之時，以陽冰所序者爲正，樂史所得者爲續，雜採於諸家之二百五十五篇附於後（當爲二百二十五篇），而明題其右，自某篇以下四十四首得自魏萬所纂，自某篇以下一百四首得之王文獻家所藏，自某篇以下若干首得之唐類詩，自某篇以下得之某地石刻，自某篇以下若干首得之別集，使後之覽者信其所可信，而疑其所可疑，不致有魚目混珠、碔砆亂玉之恨，豈不甚善。乃見不及此，而分析諸詩，以類相從，遂爾眞僞雜陳，渭涇不辨，功

雖勤也，過亦在焉！」〔註1〕若然，我們對其存疑與僞作則易辨，而不致魚目混珠，從而使太白之眞面目易窺而不致爲俗子之作所誣！今人雖欲還太白之眞面目而難能，豈非宋敏求之過歟！雖然「以陽冰所序者爲正，樂史所得者爲續。」在樂史編《李翰林集》時易爲，在宋編《李太白文集》時甚難，樂史自不能辭其咎，然處在宋敏求當日，爲之雖難也比後人易爲功，宋見不及此，的爲編纂之失誤。

二、分類欠周密，類目龐雜混亂，在某種程度上失去分類編排的意義。後四卷按題材內容分爲適閑、懷思、感遇、寫懷、詠物、題詠、雜詠、閨情九類。《李太白文集後序》云：「沿舊目而釐正其匯次，使各相從」，「舊目」云云，蓋指王溥家藏本、唐類詩等類目。宋將諸本的類目稍加刪削合併，而將「刻石所傳、別集所載者」依類相從。由於類目不是出自一人之手，因此頗多齟齬之處：諸如類目缺乏嚴格之義界，在分類上，有些詩可彼可此，或應在此類而誤入彼類之處頗多，既不能沿類目而找詩，又不明某些詩何以居此類而非彼類，如此種種，給人以雜亂之感。如「雜詠」類實爲冗雜，此類存詩十七首，什九可併入他類。如《軍行》、《從軍行》、《平虜將軍妻》、《三五七言》爲樂府詩。《雜詩》乃遊仙詩，《嵩山採菖蒲者》寫神仙，《懼讒》、《嘲魯儒》爲諷諭現實之作，均可歸入「感遇」類。《春夜洛城聞笛》、《流夜郎聞酺不預》、《放後遇恩不霑》、《宣城見杜鵑花》、《白石馬上聞鶯》、《觀胡人吹笛》可歸入寫懷類。《金陵聽韓侍御吹笛》可入詠物類。《暖酒》可入「閑適」類。僅餘《觀獵》一首，似難歸類。因此雜詠類可取消。又如「閑適」類的《對酒醉題屈突明府廳》、《醉題王漢陽廳》顯然屬於《題詠》類。《獨坐敬亭山》與《洗腳亭》、《勞勞亭》題材內容極相似，何以前者爲「閑適」而後者屬「詠物」？屬於「閑適」類的《月夜聽盧子順彈琴》、《青溪半夜聞笛》與詠物類的《聽蜀僧濬彈琴》亦無二致，何以分屬二類？「詠物」類的《詠東窗海石

〔註1〕見《李太白集輯注》。

榴》實爲情詩，何以不入「閨情」類？令人百思不得其解。又如「感遇」類之《擬古》其十一與「閨情」類之《折荷有贈》，二詩無一字之差，分類既異，復又重出。或存魏、王諸本之舊，然類目之雜亂，分類之隨意，亦於此可見。如此種種，不一而足。宋敏求進不能使分類嚴密，做到無瑕可指，退不足以保留魏、王諸本之舊貌。編集之不審，令人深爲遺憾。

三、鑒裁不精，致使他人之作多首混入。譬如《觀放白鷹二首》其二，當爲高適作。王琦云：「此詩《河嶽英靈集》以爲高適之作，題云《見薛大臂鷹作》，適集亦載此詩。」詹鍈《李詩辨僞》、劉開揚《高適詩集編年箋注》均以爲高適作。詩題亦以高適集《見人臂蒼鷹》爲正。《軍行》爲王昌齡詩。嚴羽云：「太白《塞上曲》『駏馬新跨白玉鞍』乃王昌齡之詩，亦誤入。」詹鍈《李詩辨疑》謂王昌齡作，風格亦不類白詩。《庭前晚開花》、《暖酒》王琦收入《詩文拾遺》，並云：「語尤凡俗，不類太白」，的爲可疑。《白胡桃》亦似僞。《詠桂二首》其一實爲詠槿，題或有誤。編集之粗疏，鑒裁之不當，亦宋氏之過也。

李白樂府詩鉤沉

宋本《李太白文集》收樂府詩 147 首，收歌行 81 首，樂府歌行總計 228 首。研究者或以爲李白樂府詩共存 150 首，〔註2〕或將歌行也看做樂府，以爲共有 230 首。〔註3〕他們所計，僅局限於《李太白文集》明確標爲樂府歌行者。其實李白今存樂府詩，遠不至此數。蓋《李太白文集》前二十卷爲樂史編的《李翰林集》，「樂府」、「歌行」兩類均爲原本所有，後四卷詩宋敏求所增補，其分類中，無樂府類目，〔註4〕又因分類欠周密，將二十餘首樂府詩雜在各類詩中，遂使其掩

〔註2〕趙翼《甌北詩話》云：「青蓮工於樂府，蓋其才思橫溢，無所發抒，輒藉此以逞筆力，故集中多至一百十五首（十五蓋爲五十之誤）。」趙懷德等《李白樂府詩的繼承和發展》，亦主此說。
〔註3〕喬象鍾：《李白論·李白樂府的創作成就》。
〔註4〕魏顥《李翰林集序》云：「次以《大鵬賦》古樂府諸篇積薪而錄。」

而不彰，往往爲研究者所忽略。本文將《李太白文集》中雜入「感遇」、「閑適」、「閨情」、「雜詠」諸類詩中的樂府詩加以考證，試圖將宋敏求編《李太白文集》時因分類失次而造成部分樂府被淹沒的，予以鈎沉，非考證《李太白文集》以外之佚詩也。

一、舊題樂府詩考

（一）《從軍行》

百戰沙場碎鐵衣，城南已合數重圍。

突營射殺呼延將，獨領殘兵千騎歸。

此詩收入《李太白文集》第二十三卷「雜詠」類。《從軍行》，樂府歌辭名。吳兢《樂府古題要解》云：《從軍行》「皆述軍旅苦辛之辭也。」此詩郭茂倩《樂府詩集》第三十二卷《相和歌辭・平調曲》類收錄。《全唐詩》卷十九《樂府・相和歌辭》亦收錄。又，《李太白文集》此詩前載《軍行》一首，亦爲樂府詩。蓋爲王昌齡詩，故存而不論。

（二）《長信宮》：

月皎昭陽殿，霜秋長信宮。天行乘玉輦，飛燕與君同。

更有歡娛處，承恩樂未窮。誰憐團扇妾，獨坐怨秋風？

此詩收入《李太白文集》第二十四卷「閨情」類。《長信宮》，樂府歌辭名。又名《婕妤怨》。吳兢《樂府古題要解》云：《婕妤怨》「爲漢成帝班婕妤作也。婕妤，徐令彪之姑，況之女，美而能文。爲帝所寵愛，後幸趙飛燕姊娣，冠於後宮，婕妤自知恩薄，懼得罪，求供養皇太后於長信宮，因爲賦及《紈扇詩》以自傷，後人傷之，爲《婕妤怨》及擬其詩。」此詩收入《樂府詩集》第四十三卷《相和歌辭・楚調曲》類。《全唐詩》第二十卷《樂府・相和歌辭》亦收錄。

（三）《長門怨二首》：

天回北斗掛西樓，金屋無人螢火流。

或與樂史《李翰林集》所錄樂府詩重出，被宋敏求刊削。

月光欲到長門殿，別作深宮一段愁。

其二

桂殿長愁不計春，黃金四屋起秋塵。

夜懸明鏡青天上，獨照長門宮裏人。

此詩收入《李太白文集》第二十四卷「閨情」類。《長門怨》，樂府歌辭名。吳兢《樂府古題要解》曰：《長門怨》「爲漢武帝陳皇后作也。后，長公主嫖女，字阿嬌。及衛子夫得幸，後退居長門宮，愁悶悲思。聞司馬相如工文章，奉黃金百斤，令爲解愁之辭。相如作《長門賦》，帝見而傷之，復得親幸者數年。後人因賦爲《長門怨》焉。」這兩首詩，收入《樂府詩集》第四十二卷《相和歌辭·楚調曲》類。《全唐詩》第二十卷《樂府·相和歌辭》亦收錄。

（四）《湖邊採蓮曲》：

小姑織白紵，未解將人語。大嫂採芙蓉，溪湖千萬重。

長兄行不在，莫使外人逢。願學秋胡婦，貞心比古松。

此詩收入《李太白文集》第二十四卷「閨情」類。《湖邊採蓮曲》，樂府曲辭名。吳兢《樂府古題要解》云：「《江南曲》古辭云：『江南可採蓮，蓮葉何田田。』又云：『魚戲蓮葉東，魚戲蓮葉西，魚戲蓮葉南，魚戲蓮葉北。』蓋美其芳晨麗景，嬉遊同時。若梁簡文『桂楫晚應旋』，唯歌遊戲也。」郭茂倩《樂府詩集》引《古今樂錄》云：「梁天監十年冬，武帝改西曲，製《江南上雲樂》十四曲、《江南弄》七曲：一曰《江南弄》，二曰《龍笛曲》，三曰《採蓮曲》，四曰《鳳身曲》，五曰《採菱曲》，六曰《遊女曲》，七曰《朝雲曲》。」《唐宋詩醇》云：「亦樂府之遺作，勸勉語可以厲俗，比《採蓮曲》尤爲近古。」此詩收入《樂府詩集》第五十一卷《清商曲辭·江南弄》類。《全唐詩》卷二十一《樂府·相和歌辭》亦收錄。

（五）《對酒》：

勸君莫拒杯，春風笑人來。桃李如舊識，傾花向我開。

流鶯啼碧樹，明月窺金罍。昨來朱顏子，今日白髮催。棘
生石虎殿，鹿走姑蘇臺。自古帝王宅，城闕閉黃埃。君若
不傾酒，昔人安在哉？

此詩收入《李太白文集》第二十一卷「閑適」類。《對酒》，或作《對
酒行》，樂府歌辭名。吳兢《樂府古題要解》云：「曹魏樂奏《對酒歌
太平》，其旨言王者德澤廣被，政理人和，萬物成遂。若梁范雲：『對
酒心自足』，則言但爲樂，勿殉名自欺也。」此詩收入《樂府詩集》
第二十七卷《相和歌辭‧相和歌》類。《樂府詩集》收李白《對酒》
二首，其一，見《李太白文集》卷六《樂府》類，其二即此詩。二詩
均寫時光易逝，應及時行樂。其題旨相同，或爲組詩之拆散者，《全
唐詩》第十九卷《樂府‧相和歌辭》亦收錄。

又：

葡萄酒，金叵羅，吳姬十五細馬馱，青黛畫眉紅錦靴，

道字不正嬌唱歌，玳瑁筵中懷裏醉，芙蓉帳底奈君何！

此詩收入《李太白文集》第二十四卷「閨情」類。胡震亨云：「《相和
曲‧對酒歌太平》注見前；白所擬爲情話，與本辭異。」今按，此詩
以浪漫主義手法，眞實地再現了當時富於浪漫情調的社會風氣。寫及
時行樂，當亦《對酒》之本旨，胡說未諦。

（六）《浣紗石上女》

玉面耶溪女，青娥紅粉妝。

一雙金齒屐，兩足白如霜。

此詩收入《李太白文集》第二十卷「閨情類」。《浣紗石上女》，樂府
歌辭名。郭茂倩《樂府詩集》第八十卷《近代曲辭》收有《浣紗女》
二首，《浣紗石上女》亦當爲《近代曲辭》。

（七）《擬古》：

生者如過客，死者爲歸人。天地一逆旅，同悲萬古塵。

月兔空搗藥，扶桑已成薪。白骨寂無言，青松豈知春。前

　　　　後皆嘆息，浮雲何足珍？

此首收入《李太白文集》第二十二卷「感遇」類，爲《擬古》十二首
之九。《文苑英華》第二百五十卷錄此詩入「樂府」類。《擬古》作樂
府本事未詳。考《李太白文集》卷五收另一首《擬古》，亦作樂府詩，
必有所據。蕭士贇云：「擬古者擬古詩也。古人多有此體，至於句意
亦不大相遠焉」。〔註5〕《唐宋詩醇》云：「凡效古擬古之作，皆非空
言，必有所感藉以寄意，故質言之不得，則以寓言明之，正言之不可，
則反其辭以見意，白之高曠豈沾沾以早達自喜，誇蛾眉而嗤醜女者
哉，刺之深諷之微也。眞得古樂府之遺，讀者以意逆志，得其言外之
旨可也。」《擬古》當爲樂府詩，其本事失考。

（八）《平虜將軍妻》：

　　　　平虜將軍婦，入門二十年。君心自不悅，妾寵豈能專？
　　　　出解床前帳，行吟道上篇。古人不吐井，莫忘昔纏綿。

此詩收入《李太白文集》第二十四卷「雜詠」類。此詩本之於曹丕、
曹植《代劉勳妻王氏雜詩》。其詩序云：「王宋者，平虜將軍劉勳妻也。
入門二十餘年。後勳悅山陽司馬氏女，以宋無子出。還於道中作詩。
曹丕詩云：「翩翩床前帳，張以蔽光輝。昔時爾同去，今將爾同歸。
緘藏篋笥裏，當復何時披？」曹植詩云：「誰言去婦薄，去婦情更重。
千里不唾井，況乃昔所奉。遠望未爲遙，踟躕不得共。」《平虜將軍
妻》襲其意兼用其典，當爲樂府詩之變題者。

（九）《陌上贈美人》：

　　　　駿馬驕行踏落花，垂鞭直拂五雲車。
　　　　美人一笑褰珠箔，遙指紅樓是妾家。

此詩收入《李太白文集》第二十卷「閨情」類。兩宋本、繆本、王本
題下俱注云：「一云《小放歌行》，一首在第三，此是第二篇。」諸本
題注當有所據。《小放歌行》，當爲《放歌行》之異調。《放歌行》，樂

〔註5〕見《分類補注李太白詩》。

府曲辭名。吳兢《樂府古題要解》云:「右鮑照『蓼蟲避葵菫』之類,言朝廷方盛,君上愛才,何爲臨路相將而去也。」《樂府詩集‧相和歌辭‧瑟調曲》類,收《放歌行》。

以上題十一首詩,皆爲樂府舊題,歷歷可考。當以樂府詩視之,置如他類皆誤也。

二、新題樂府詩

李白有許多「即事名篇」的詩,它雖有別於杜甫所詠輒現實中重大之政治事件,其事多爲生活中習見之事,然卻即事吟詠,亦成樂府。如《久別離》、《靜夜思》、《洛陽陌》、《搗衣篇》等,已收入本集樂府中。然亦有若干篇,未收入樂府詩。今考之如次。

(一)《越女詞五首》

長干吳兒女,眉目艷星月。屐上足如霜,不著鴉頭襪。

其二

吳兒多白皙,好爲蕩舟劇。賣眼擲春心,折花調行客。

其三

耶溪採蓮女,見客棹歌回。笑入荷花去,佯羞不肯來。

其四

東陽素足女,會稽素舸郎。相看月未墜,白地斷肝腸!

其五

鏡湖水如月,耶溪女如雪。新妝蕩新波,光景兩奇絕。

這五首詩《李太白文集》二十四卷收入「閨情」類。此詩胡震亨《李詩通》題下注云:「越中書所見也。」《唐宋詩醇》題下注云:「自注:越中書所見也。」均當有所據。這五首詩脫胎於六朝樂府民歌,有其明麗天然的風格,而脫盡其纖弱、輕佻與脂粉氣的影響,可謂青出於藍而勝於藍者。今人喬象鍾論及這五首詩時說:「在風格的淳樸自然上受南朝民歌的影響,但卻擺脫了吳聲、西曲中純寫男女愛情的老套。既讚美了自然美,也讚美了純潔、無邪、活潑的勞動婦女。」

〔註6〕

（二）《巴女詞》：

> 巴水急如箭，巴船去若飛。
>
> 十月三千里，郎行幾歲歸？

此詩收入《李太白文集》第二十四卷「閨情」類。這也是一首仿效民歌自創的新樂府詩。今人富壽蓀評此詩云：「質樸宛轉，南朝小樂府之遺，而勁氣直達，猶是太白本色。」〔註7〕

以上二題六首，蓋爲李白學南朝樂府民歌而作。

（三）《示金陵子》：

> 金陵城東誰家子，竊聽琴聲碧窗裏。落花一片天上來，
>
> 隨人直渡西江水。楚歌吳語嬌不成，似能未能最有情。謝
>
> 公正要東山妓，攜手林泉處處行。

此詩收入《李太白文集》第二十四卷「閨情」類，爲即事名篇的新樂府詩。宋乙本、繆本、蕭本、王本俱注云：「一作《金陵子詞》，「一作」是。蓋詩人抒寫與金陵子遇合之韻事。范文瀾云：「李白自己也能彈琴，由於琴技高和詩名極大，六十一歲的一年（761年）遊金陵，一個美女（金陵子）偷聽琴聲奔投李白，李白正需要伎女，帶著她渡江西走，教她唱夢歌，十分寵愛」。〔註8〕

以上三題七首，蓋爲「即事名篇」之作。前六首在語言、風格、情調上均類六朝樂府民歌，蓋擬民歌。後一首爲歌行體。七首均即事賦詩，故當爲新題樂府。

三、首創詞調

《三五七言》：

> 秋風清，秋月明。落葉聚還散，寒鴉棲復驚！相思相

〔註 6〕喬象鍾：《李白論·李白樂府的創作成就》。

〔註 7〕見《千首唐人絕句》。

〔註 8〕見《中國通史簡編》。

　　　見知何日，此時此夜難爲情。

此詩《李太白文集》第二十三卷收入「雜詠」類。《才調集》作無名氏，楊齊賢曰：「古無此體，自太白始。」〔註9〕胡震亨云：「其體始鄭世翼，白仿之。」〔註10〕王琦云：「《滄浪詩話》以此詩爲隋鄭世翼之詩，《瀧仙詩譜》以此篇爲無名氏作，俱誤。」〔註11〕此詩蓋爲李白自創之詞體，張璋黃畬《全唐五代詞》依《詞譜》題爲《秋風清》，並按云：「《秋風清》一名《秋風辭》，字數與長短句《江南春》調同，但起句兩平韻，與《江南春》一仄語、一平韻稍異。」《唐宋詩醇》云：「哀音促節，淒若繁弦。」

　　　從以上考證進一步證明，宋敏求在編《李太白文集》時，並未打亂樂史本《李翰林集》，否則就無法解釋這二十一首樂府詩（包括王昌齡《軍行》）何以不編入樂府類。

李白被逐探微

　　　李白於天寶元年秋應詔入京，受到唐玄宗非常的禮遇。李陽冰《草堂集序》云：「天寶中，皇祖下詔。徵就金馬，降輦步迎，如見綺、皓。以七寶床賜食，御手調羹以飯之。謂曰：『卿是布衣，名爲朕知，非素蓄道義，何以及此？』置於金鑾殿，出入翰林中，問以國政，潛草詔誥，人無知者。」可見他在朝雖無任職，卻參機要，與玄宗似謂魚水相得。然好景不長，天寶三載春即被「賜金還山」，被迫離開京都長安。他何以被逐，實在是個疑竇。關於他離朝的原因，與他同時的魏顥、李陽冰，稍晚於他的劉全白，均以爲遭讒被逐，歷代研究李白的學者無異議，當代的學者詹鍈、郭沫若、郁賢皓等均主此說。似乎被讒逐出朝已成定論，其實，讒逐之說是值得商榷的。因爲它與詩人的一些自敘及當時與稍後一些傳說與記載，頗多悖謬；細檢有關材

〔註 9〕見《分類補注李太白詩》。
〔註10〕見《李詩通》。
〔註11〕見《李太白集輯注》。

料，李白被逐出京的真正原因，也露出一點蛛絲馬跡：李白似因爲複雜的政治原因而被逐出朝的。茲辯證如次。

一

認爲李白讒逐出朝的根據，有魏顥《李翰林集序》、李陽冰《草堂集序》、劉全白《唐故翰林學士李君碣記》等。魏顥、李陽冰與李白同時，李白將其詩稿分別託他們編輯。二人不負李白之託，魏顥編成《李翰林集》兩卷，李陽冰編成《草堂集》十卷，他們對保存李白詩歌都做出了巨大的貢獻。而其書序，則是研究李白生平思想最直接最重要的資料，彌足珍貴。劉《碣》則謂「全白幼則以詩爲君所知，……追想音容，悲不能止。」它提供的資料，也十分重要。但仔細析辨這些資料，卻互有牴牾，有些似不足信，或有所諱而曲言之。魏顥與李陽冰寫的書序，有關李白生平身世者，均親聆李白自述。二序作時均爲寶應元年，斯時李白在世。李陽冰之序，李白很可能親自過目。而關於李白被逐的原委，魏顥稱「以張垍讒逐」，李陽冰則謂「醜正同列，害能成謗，格言不入，帝用疏之。……乃賜金歸之。」爲什麼同一個人提供的材料而彼此參差呢？魏顥、李陽冰受人之託，忠人之事，以理揆之，其說均本李白自述，似不能信口開河。故關於李白出京說法之牴牾，其源在於李白本人，徵之他敘及出京原由的有關詩篇，也足以證明這一點。蓋李白言及身世時迫於時勢，時有言不由衷之處，殆不可全信。關於被讒逐出朝說，即是一例。考《舊唐書·張均傳》：「均、垍俱能文，說在中書，兄弟已掌綸翰之任。」《新唐書·張垍傳》：「垍尚寧親公主，時說居中秉政，……玄宗眷既厚，即禁中置內宅，侍爲文章，珍賜不可數。」張說於開元十八年十二月薨。在此以前，張垍就權重如此，恩眷如此；在天寶年間，他先後與李林甫、楊國忠在爭奪相位上有矛盾。他的權勢欲不能滿足，對皇帝有怨望，作爲玄宗的乘龍快婿，在安史之亂中不願追隨唐玄宗出幸而叛國。其權力之爭在於宰衡之位，而身爲布衣的李白，區區的翰林供奉，絕不

至有礙他的前程，何以與之較量而讒逐呢？張垍叛國被誅，論者對他絕無顧忌，而李陽冰、劉全白何以先後屏棄「張垍讒逐」之說不用，另立新說？可見其說不足徵信。可否爲同列者所讒被逐呢？其說於史無徵。李白「翰林讀書言懷呈集賢諸學士」云：「青蠅易相點，白雪難同調。本是疏散人，屢貽褊促誚。」李白受玄宗恩眷，心胸狹窄的人，妒嫉誹謗，容或有之，但絕非被逐的主要原因。誠如郭沫若所說：「進行讒毀必須有接受讒毀的基礎。如果唐玄宗眞正器重李白，哪怕有更多的張垍、高力士、楊玉環，也無法動搖。唐玄宗之於安祿山便是一個很好的旁證。在安祿山反叛的前一二年，連楊國忠那樣的人都屢次進諫，斷言安祿山必反；然而唐玄宗卻一味縱容，李白的情況卻是兩樣。」〔註12〕這雄辯地說明李白被逐的主責在唐玄宗，李白若未失恩，讒毀者則早已鉗口；玄宗果眞信任李白，即或聽到讒言，或問以謗罪，或不予理睬，根本不會「賜金還山」。或謂李白遭高力士、楊玉環之讒言被逐，此說較晚出，或係小說家演義之辭，似不足辯。高力士之爲人，有足稱者，似非佞幸之輩。楊妃讒逐之說，已有人辨其非，〔註13〕其說可信。

李白被逐原因的另一說法，則是怕他酒醉泄露宮中機密。范傳正《唐左拾遺翰林學士李公新墓碑》云：「既而上疏請還歸山，玄宗甚愛其才，或慮乘醉直入省中，不能不言溫室樹，恐攝後患，惜而遂之。」范《碑》寫於元和十二年，距李白去世不遠，范傳正與李白爲世交，此說不能無據。但它也絕不是李白被逐的主要原因。所謂「言溫室樹」，曾爲一些人渲染、演義，似乎煞有介事，其實不值一駁。據記載，李白雖醉，其實腦識清晰，相傳醉中草《答蕃書》，並寫了傳誦千古的《清平調詞》，卻未因醉誤事或有失體統；如果眞怕他醉後泄露宮中機密，何不委以他任？可見此說也難成立。

無論「讒逐說」、「泄密說」，都與李白敍及出京原因的一些詩篇

〔註12〕見《李白與杜甫》。
〔註13〕陳植鍔：《李白遭讒於楊貴妃説考辯》，《思想戰線》1981 年第 1 期。

是牴牾的，這是我們否定李白被逐舊說的主要依據。「奈何青雲士，棄我如塵埃；珠玉買歌笑，糟糠養賢才」（《古風》其十五），是說唐玄宗不重賢才而遭棄逐；「徒希客星隱，弱植不足援」（《贈蔡舍人雄》）是說唐玄宗非英明之主，不值得輔佐，故辭京而去；「劍非萬人敵，文竊四海聲。兒戲不足道，五噫出西京。臨當欲去時，慷慨淚沾纓」（《經亂離後天恩流夜郎憶舊遊書懷贈江夏韋太守良宰》），前兩句是牢騷語，中間兩句指斥唐玄宗並暗示自己因與玄宗有深刻而尖銳的矛盾被逐。「五噫」用梁鴻吟《五噫》事。《後漢書‧梁鴻傳》：鴻「東出關，過京師，作《五噫之歌》……，肅宗聞而非之，求鴻不得。」張玉穀《古詩賞析》論及《五噫歌》，以為「無窮悲痛，全在五個噫字托出」，李白之出京，也含「無窮悲痛」。此種悲痛，蓋為玄宗「兒戲不足道」而生，也即「弱植不足援」之意。後兩句激昂慷慨之情可見，大有讜言被斥，忠而見逐、報國無門之懷。「燕臣昔慟哭，五月飛秋霜。庶女號蒼天，震風擊齊堂。精誠有所感，造化為悲傷。而我竟何辜？遠身金殿旁」（《古風》其三十七）。詩人無辜被逐，天憤人怨！從以上引詩可見。李白「失恩出內署」，〔註14〕為唐玄宗所逐。讒逐或怕泄密說，恐非被逐主因。所謂「天子知其不可留，乃賜金歸之，遂就陳留採訪大使彥雲，請北海高天師受道籙於齊州紫極宮」，〔註15〕或係唐玄宗對他不滿，然不願落逐賢之名，遂以敕受道籙名義將其趕出京城；李白對被逐真象，吞吞吐吐，不願明示友人，或以讒逐為辭，或以恐泄密為由，或以出世為高，於是關於李白被逐原因，傳說遂有參差。自然，作為布衣李白的被逐，當時史官也不屑一書。因此，他被逐出京的真象，遂泯跡不傳。

二

　　李白為什麼失寵呢？搜檢唐人文集以及正史，均付闕如。但從宋

〔註14〕見皮日休：《李翰林》。
〔註15〕李陽冰：《草堂集序》。

以前的筆記雜俎中，卻透露出一點端倪。這些材料，因見私人撰述，又多係傳說，不為學者珍視。其實披沙揀金，或可破千載之謎。

五代王仁裕《開元天寶遺事》載：

> 明皇召諸學士宴於便殿，因酒酣顧謂李白曰「我朝與天后朝何如？」白曰：「天后朝政出多門，國由奸幸，任人之道，如小兒市瓜，不擇香味，惟揀肥大者；我朝任人如淘沙揀金，剖石采玉，皆得其精粹者。」明皇笑曰：「學士過有所飾！」

這一條材料或以為是寫文人的軼聞趣事，表現李白的善於應對，沒有引起足夠的重視，其實它有極高的史料價值，昭示了李白被逐的真正原因。既然在便殿飲酒，自然是一個寬鬆的較隨便的場合。或詠史作賦，附庸風雅；或談古論今，以啓睿智；或飲酒奏樂，調諧感情。這種場合，似不宜談論國家大事，唐玄宗何以單刀直入地提出「我朝與天后朝何如」這樣一個十分敏感的政治問題？又何以偏偏的問李白？李白巧對以後，則又謂「過有所飾」，卻不大相信李白是由衷之語。觀李白的回答，唯揣摩皇帝心意。似為佞幸者所道，非如詩人之一貫坦率赤誠而又傲岸者也。飲酒之間，玄宗唇槍舌劍；閑談之計，李白措詞唯謹。這哪裏是什麼「契闊談宴」，分明是預伏殺機的鴻門宴，焉能不令人懷疑？唐玄宗誅韋而登極，一生對武韋集團之餘黨，戒備唯謹。《舊唐書·齊浣傳》：「卿疑朕不密，翻告麻察，何耶？察輕險無行，常遊太平之門，卿不知耶？」這是開元十七年之事，太平公主賜死已十多年，而曾經「常遊太平之門」的麻察仍遭疑忌，可見他對武韋集團餘黨的防範之嚴，疑忌之深。李白先娶許圉師之孫女為妻，他在《上裴長史書》中說：「故相許圉師家見招，妻以孫女。」他作了許家倒插門的女婿；後娶宗楚客之女為繼室。他在《竄夜郎於烏江留別宗十六璟》中說：「我非東床人，令姊忝齊眉。」許圉師、宗楚客均為武韋集團重臣，李白與其均為至親，恐非偶然。李白大約在天寶三載離長安後與宗氏在梁園結縭，然其相識，蓋在天寶初年。王琦

云：「楚客，……武后從姊子，……韋后安樂公主親賴之，尋遷中書令。韋氏敗與誅。傳又言其冒其權利，外附韋氏，內蓄逆謀，故卒以敗。其行跡若此。乃太白有『斬鰲翼媧皇，煉石補天維』之褒，誅後亦未聞放罪之辭，贈葬之典，乃太白有『皇恩雪憤懣，松柏含榮滋』之美。在詩人固多溢頌之辭，又爲親者諱，不得不然」。〔註16〕詩人對宗楚客溢頌之辭，或是由衷之語，蓋爲詩人對武韋集團的態度所定，王氏之說未安。李白以斬鰲之功頌揚宗氏，而以媧皇喻武則天，並讚揚她是「煉石補天維」的英主。在主英臣賢的讚語中，表明了李白的政治傾向。在從政再次受挫後的流放途中，李白對妻弟透露出心中的隱秘。由此可見，李白與武韋集團肯定有些瓜葛，這自然遭到推翻武韋集團重振李氏江山的唐玄宗的疑忌。似此，唐玄宗之問，不謂無心；而李白之答，也深存戒備。這是李白失寵被逐的主要原因。

李白對包括皇帝在內的最高統治階級的藐視與傲岸，以及狂放不羈的性格，是導致他失寵被逐的另一重要原因。唐玄宗天寶年間，耽於玩樂。他徵召李白一類的文士，無非是點綴升平，使頌聲盈耳；俳優蓄之，以助遊樂。觀李白在朝期間所寫《宮中行樂詞》、《清平樂》等詩，實爲宮體詩，不過爲玄宗玩樂助興而已。李白或偶一爲之，對玄宗來說，卻是投其所好。厭倦於思治的玄宗，需養性格溫順的貓，而不喜渾身帶刺的蝟。李白的傲岸性格，自然引起唐玄宗的不悅。據晚唐段成式《酉陽雜俎》記載：

> 李白名播海內，玄宗於便殿召見，神氣高朗，軒軒然若霞舉。上不覺忘萬乘之尊，因命納屨。白遂展足與高力士曰：「去靴！」力士失勢，遽爲脫之。及出，上指爲力士曰：「此人固窮相」！

郭沫若引這段話後說：「這就是唐玄宗對李白的眞實評價」，「唐玄宗眼裏的李白，實際上和音樂師李龜年、歌舞團的梨園弟子，是同等的

〔註16〕王琦：《李太白集輯注》。

材料」。〔註17〕話是對的，但卻沒有抓住要害，揭示問題的實質。唐玄宗話的要義，是嫌李白僭越犯上。高力士是皇帝高級家奴，乃一人之使，李白竟僭越如此，這是對皇帝特權的冒犯，是為等級森嚴的封建制度所不許。無怪乎唐玄宗要罵李白：「此人固窮相！」窮相者，貪饞之謂也。言李白一向貪饞僭越，竟敢使用皇帝家奴。真是是可忍，孰不可忍？李白藐視王侯的性格是十分突出的，詩人杜甫讚揚說：「天子呼來不上船，自稱臣是酒中仙」，〔註18〕文學家蘇軾稱他「戲萬乘若僚友，視儔列如草芥」，〔註19〕他自己則說：「揄揚九重萬乘主，謔浪赤墀青瑣賢」（《玉壺吟》）、「安能摧眉折腰事權貴，使我不得開心顏」（《夢遊天姥吟留別》），如此等等言行，是對皇帝尊嚴的蔑視與褻瀆。這種藐視王侯的性格，在等級森嚴的封建社會，恐為最高統治者所難容。

李白在長安寫的詩歌，有好多切中時弊，戟刺皇帝，這可能是導致他失寵被逐的另一重要原因。

周穆八荒意，漢皇萬乘尊。淫樂心不極，雄豪安足論？
《古風》其四十三

鬥雞金宮裏，蹴踘瑤臺邊，舉動搖白日，指揮回青天。
當塗何翕忽，失路長棄捐。
《古風》其四十六

前者以周穆王、漢武帝喻唐明皇，主旨為「刺明皇淫樂，怠廢政事也」；〔註20〕後者以「鬥雞」、「蹴踘」為諷，將唐玄宗淫樂廢政具體化。「聖君三萬六千日，歲歲年年奈樂何」（《陽春歌》），這充滿諷意的詩句，豈能不使皇帝掃興惱火？

秦皇按寶劍，赫怒震威神。逐日巡海右，驅石駕滄津。

〔註17〕見《李白與杜甫》。
〔註18〕見《飲中八仙歌》。
〔註19〕見《李太白碑陰記》。
〔註20〕陳沆：《詩比興箋》。

征卒空九寓，作橋傷萬人。但求蓬島藥，豈思農扈春？力
盡功不贍，千載爲悲辛。

《古風》其四十八

迷信仙道，是玄宗追求淫樂的另一側面。此詩以秦始皇驅石架橋，蓬
島求藥不果爲喻，以諷明皇「好大務遠而不恤民隱也」。〔註21〕

殷后亂天紀，楚懷亦已昏。夷羊滿中野，菉葹盈高門。
比干諫而死，屈平竄湘源。虎口何婉孌？女嬃空嬋娟。彭
咸久淪沒，此意與誰論？

《古風》其五十一

此寫奸佞當道，忠不見容，似殷紂王、楚懷王朝政荒亂之時也。

以上所引諷刺唐玄宗的詩篇，都十分尖銳。希望頌聲盈耳的明皇
豈容你刺刺不休！唯有逐之而後快。

李白與武韋集團的密邇關係，早已使唐玄宗深懷疑忌，加上他
的傲岸不羈，以至對皇權的藐視與干犯，對皇帝的辛辣諷刺，怎能
使皇帝不下決心下逐客令呢？然堂堂皇帝不值得爲一介布衣之逐而
落疏賢之名；翰林供奉既非朝廷命官，自然不必輕降一罪；密令離
朝受道籙則是巧妙的兩全其美的處理。李白雖然被明皇趕出長安，
似个宜泄露被逐眞象以招來新的災禍；同時爲生計計，朝廷「賜金
還山」對於干謁地方官來說，也佔身份。所謂「讒惑英主心，恩疏
佞臣計」(《答高山人》)，「爲賤臣詐詭，遂放歸山」(《爲宋中丞自薦
表》)，似有意以佞臣「讒惑」掩蓋被逐去朝眞象。然李白對他被唐
玄宗所逐，一生耿耿於懷，不時流露出憤激之情。「霜驚壯士髮，淚
滿逐臣衣」(《書懷贈南陵常贊府》)；「愁聞出塞曲，淚滿逐臣纓」(《觀
胡人吹笛》)；「遭逢二明主，前後兩遷逐」(《流夜郎半道承恩放還兼
欣克明之美書懷示息秀才》)，都明言被玄宗所逐。他對明皇放逐雖
有怨望，然以一介布衣被召入朝，榮耀一時。隨著時間的流逝，被

〔註21〕陳沆：《詩比興箋》。

逐之恨漸次淡漠，而肅宗因爭皇權對其父其弟的怨恨，也似乎有意在他身上發泄，對他加倍打擊，遠流夜郎。相比之下，他覺得唐玄宗要比肅宗寬厚得多，親近得多，遂不時流露出感激之情。如此等等，遂使他被逐眞象千載莫睹！本文索隱探微，試圖撥開李白被逐的種種迷霧，揭示眞象。由於資料不足，錯誤在所難免，誠望得到方家的指教。

李白《久別離》發微

　　李白《久別離》是一首未見爭議的詩篇，其實是很值得探索深究的。正確地理解這首詩的眞實含義，對詩人李白生平家室的研究有著重要的意義。故不辭諛陋，略作詮釋，就正於方家。

　　詩云：

> 別來幾春未還家？玉窗五見櫻桃花。況有錦字書，開
> 緘使人嗟。此腸斷，彼心絕。雲鬟綠鬢罷梳結，愁如回飈
> 亂白雪。去年寄書報陽臺，今年寄書重相催。東風兮東風，
> 爲我吹行雲使西來。待來竟不來，落花寂寂委青苔。

《久別離》寫夫婦因久別睽違而產生的深切思念之情。這本來是一個古老而又習見的主題，但由於構思精巧與表現手法的新異，遂產生了很強的藝術魅力。

　　此詩在構思上的獨特之處，是在表現思念之情時，不用單一的抒情手法，而是從自己和對方兩個角度寫，這就巧妙地加進了妻子思念自己的鏡頭，表現了對方的心理活動，表現了雙方感情的融洽深摯而熱烈，從而突出了思念妻子的深情。詩的一至四句，寫男主人公思念家中的妻子：他拿起妻子寄來的書信，信中訴說他已經有五個年頭沒有回家了，對此怎能不引起強烈的憶念？他情不自禁地發出「此腸斷，彼心絕」的痛叫，這把思念妻子的情緒推到了高峰。詩人如果繼續抒發思念妻子之情，實在是難乎爲繼了。於是他拋開對妻子的強烈

思念，卻從對面著筆，寫意想中妻子思念自己的活動。這樣，詩人就擺脫了藝術構思上的困境，峰迴路轉，柳暗花明，從而把自己思念妻子的真摯感情，表現得淋漓盡致，使詩達到了更新的藝術境界。「雲鬟綠鬢罷梳結」，即「豈無膏沐，誰適為容」之意，表現她對愛情的貞潔與專一；「愁如回飆亂白雪」，寫她「剪不斷，理還亂」的煩惱心境。「去年寄書報陽臺，今年寄書重相催」，是寫妻子不斷來信，催自己歸鄉。此處省略了我寫信報家，故妻子得知我漂泊不定的行蹤。「東風兮東風，為我吹行雲使西來」，此處「行雲」，蓋喻飄如浮雲的在外遊子。這兩句是想像女主人公急切思念遊子歸來時情不自禁的獨白，表現她熱烈而激動的思念情緒。詩中的她明顯地在西方，而遊子是離家東遊的。所謂「蓋家在行人之東，去家來就正使西來也」，〔註22〕「『為我吹行雲使西來』，則所思之人在東方可知」之說，〔註23〕則因不審此詩構思上從對面著筆而有所誤解。且「去家來就」也與古代的習俗不合，李白在詩中不會違背常理的要求妻子「去家來就」。「待來竟不來，落花寂寂委青苔」，以自然之變化，隱喻青春已逝紅顏變衰也。

《久別離》郭茂倩收入《樂府詩集·雜曲歌辭》。它前無所承，後無擬作，實則是一首「即事名篇，別無倚傍」之作。我所說「即事」是廣義的「事」，不特指政治時事而言。李白一至盛唐詩人，寫的此類詩甚多，如《靜夜思》、《春思》、《秋思》、《遠別離》等。《久別離》沒有舊題所本，而是李白自己命題寫的一首抒情詩，抒發夫婦久別的思念之情。那麼，此詩是泛詠還是專指？是代人抒情還是自我抒情？以此詩感情之深摯，纏綿、熱烈，以及構思之精巧而言，斷非泛詠所能達到的。而無此種離別生活的感情積聚與生活體驗，斷無此種真摯的情愫。就構思而言，李白不大用曲筆而喜歡直抒胸臆，則此詩之特用曲筆非一般可比。因此，與其說它是一首泛詠別離之苦的抒情詩，

〔註22〕詹鍈：《李白樂府集說》，見《李白詩文繫年》。
〔註23〕見瞿蛻園、朱金城《李白集校注》。

無寧說是一首感情異常眞摯的寄內詩。

《久別離》既是一首寄內詩，它是於何時何地寄給哪一位夫人的呢？關於李白的家室，魏顥《李翰林集序》云：「白始娶於許，……又合於劉。劉訣，次合於魯一婦人，……終娶於宋。」宋係宗之誤，早有定論。李白在詩文中，對妻室也時有敘述。「而許相公家見招，妻以孫女」（《上安州裴長史書》）；「君家全盛日，台鼎何陸離！斬鰲翼媧皇，煉石補天維。一回日月顧，三入鳳凰池。……我非東床人，令姊忝齊眉。」（《竄夜郎於烏江留別宗十六璟》）；「妾家三作相，失勢去西秦。」（《自代內贈》）知李白早年娶許圉師孫女，晚年與宗氏結縭，許氏宗氏均係名門閨秀，劉氏不詳。李白在東魯寫的《詠鄰女東窗海石榴》詩中之鄰女，殆即後來的「魯一婦人」。李白的《久別離》究竟是憶念誰呢？考諸李白一生行蹤，均似不合。

詩云：「玉窗五見櫻桃花」，細審詩意，「五見」非誇張之詞，也與古人以三、六、九指多數的習慣不符，故有人云：「亦必有實事，非泛指也。」〔註24〕然細考李白行蹤，他無論與許氏、宗氏、劉氏或魯一婦人，斷無連續五年的離居，此其可疑者一也。

《李太白文集》中有贈內詩十一首：即《別內赴征三首》、《秋浦寄內》、《自代贈內》、《秋浦感主人歸燕寄內》、《送內尋廬山女道士李騰空二首》、《在尋陽非所寄內》、《南流夜郎寄內》、《贈內》。前十首係贈宗氏婦人；後一首係與許氏夫人新婚燕爾的戲謔之詞。這些詩感情都比較浮泛，因此受到當代文學史家的指責。傅庚生先生說：他對於女性的情感「容易流於輕佻與儇薄」。〔註25〕香港大學中文系教授羅忼烈說：「太白對女性的態度似乎『欲』多於『愛』，即使是對妻子也有些那個」。〔註26〕這些批評意見，都是極有見地的，而獨此首詩所表現的感情深厚而莊重，此其可疑者二也。

〔註24〕見瞿蛻園、朱金城《李白集校注》。

〔註25〕傅庚生：《評李杜詩》，見《杜甫研究論文集》第一輯。

〔註26〕見羅忼烈：《兩小齋論文集・論李白》。

　　胡震亨云：「江淹《擬古》始有《古別離》，後乃有《長別離》、《生別離》等名，此《久別離》及《遠別離》皆自爲之名，其源則出於《古別離》也。」〔註27〕詩人抒寫夫妻別離之苦，爲什麼不用一個更醒目的詩題，而要用「自爲之名」的樂府詩題佈疑陣？李白的《遠別離》隱喻現實，寫君失權柄之戒。《久別離》也似有難言之隱，此其可疑者三也。

　　　如此等等，實難索解。竊意以爲李白在出川前即有婚娶，史籍失載，故產生種種疑竇。查古人弱冠有舉行婚禮之俗，唐時亦然。而隨著經濟的發展，則對結婚年齡規定更小，限制更嚴，以利人口發展。唐貞觀元年二月詔：「男年二十，女年十五以上，……並須申以婚媾，令其好合。」〔註28〕又開元二十二年，「詔男十五女十三以上得嫁娶。州縣歲上戶口登耗，採訪使覆實之，刺史、縣令以爲課最。」〔註29〕李白出川時已屆二十五歲，山川前豈無婚配？因此，范文瀾同志曾說，李白「出川以前可能已有妻室」，〔註30〕這個推斷不是沒有道理的。又詩句云：「玉窗五見櫻桃花」，櫻桃雖然生長地域較廣，然四川櫻桃素有名，左思《蜀都賦》就有「櫻桃早熟」之語，杜甫《野人送朱櫻》也盛讚西蜀櫻桃。生長在蜀地的李白，對四川風物也頗有感情。他在宣城因見杜鵑花而有憶念故鄉的《宣城見杜鵑花》之作，若在湖北某地見櫻桃花而能無思鄉之意、念親之情？竊疑李白弱冠時或在蜀中結婚，後遊成都、出峽，於出川時在巫山一帶滯留其間，曾寄書妻子，妻子復信也申其思念之情，並希冀早日歸來。此所謂「去年寄書報陽臺」者也；一年後李白在湖北某地居次，又寄家書一封，妻子又復信悲訴衷腸，即所謂「今年寄書重相催」。「東風兮東風，爲我吹行雲使西來。」表面擬妻子望歸情，實則抒發自己急切思念妻子之意。

〔註27〕 胡震亨：《李詩通》。
〔註28〕 杜佑：《通典》卷五九。
〔註29〕 《新唐書・食貨志》。
〔註30〕 范文瀾：《中國通史簡編》。

「待來竟不來，落花寂寂委青苔」，想像妻子思念之苦，青春漸次消逝也。李白或有伉儷情深，因久別索居而抒其思家念遠之情，此蓋為《久別離》一詩之本事。他以後與名門閨秀結褵，執著的理想追求與不得志的苦悶，以及家庭的種種變故，其伉儷遂遭遺棄，此事遂被掩而不彰，《久別離》也無人能夠真正理解了。

　　李白從 25 歲出川後，一生再未返蜀，在他的全集中，思蜀的詩篇極少，這實在是值得令人深思的。是他樂不思蜀嗎？他一生困苦潦倒，除過在長安短期的得意外，其餘時間幾乎是四處奔走，賣文為生；何況他是一位極富感情的詩人，怎能不思念哺育他成長的故鄉呢？是他無父母親人嗎？據推測他出川不久，父母不僅在世，而且還有傳說中的妹妹月圓；然遍檢李白集，只有《宣城見杜鵑花》寫思蜀的情緒，其他如《劍閣賦》、《蜀道難》、《送友人入蜀》以及與蜀僧交遊諸篇，都有抒發思鄉感情的機會，詩人何以在這些篇章中不流露思鄉情緒呢？我想，這決不是詩人無情，而是心中有所顧忌罷了。如果我們推斷不錯，他在蜀中確有妻室，就有停妻再娶之嫌，即便不涉諸訴訟，總難免人們背後竊竊私語的議論，與前程有礙。李白一生留下抒發思鄉之情的作品極少，這或許可算作他在蜀中已有妻室的一個反證。

　　以上是我對《久別離》的一點臆說，希望有益於李白生平事跡的考校。

讀《夢遊天姥吟留別》札記

一、詩題志疑

　　李白名篇《夢遊天姥吟留別》，詩題有些費解，似欠完整。諸本題名也多紛紜。除通常寫作《夢遊天姥吟留別》外，尚有四種別名：

　　一、《夢遊天姥山別東魯諸公》（《河嶽英靈集》）；

　　二、《夢遊天姥吟留別諸公》（咸淳本《李翰林集》）；

　　三、《別東魯諸公》（兩宋本、蕭本、繆本、咸淳本、王本題下俱

注云：一作《別東魯諸公》，「一作」必有所據）；

　　四、《夢遊天姥》（見兩宋本《李太白文集》目錄，當爲詩題簡化）。

　　此詩詩題的五種寫法，以《夢遊天姥吟留別》最爲流行。揆諸五種寫法，都有一定的道理，恐非抄寫者隨意更改所致，蓋由作者抄示人時隨手抄寫所致。這五種寫法，究竟哪一種更好呢？按盛唐時期新興歌行體的慣例，此題應有三種寫法：一曰：《夢遊天姥吟》，如《江上吟》、《江夏行》、《襄陽歌》等，都是這種寫法，此詩兩宋本《李太白文集》題目簡化爲《夢遊天姥》可證。二曰：《留別東魯諸公》，如《江夏贈韋南冰》、《留別金陵諸公》、《上李邕》等，都是這種寫法，諸本注「一作《別東魯諸公》」可證。三曰：《夢遊天姥山別東魯諸公》，如《白雲歌送到劉十六歸山》、《西嶽雲台歌送丹丘子》、《廬山謠寄盧侍御虛舟》等，都是這種寫法，此詩詩題《河嶽英靈集》作《夢遊天姥山別東魯諸公》，咸淳本作《夢遊天姥吟留別諸公》可證。以上三種寫法，無論採用哪一種，都比現在通行的詩題含義醒豁，尤以第三種寫法，表達最爲清楚，題意最爲完整。歌行體題目的這種寫法，盛唐最爲流行。如李頎的《放歌行答從弟墨卿》、《雙笛歌送李回兼呈劉四》；岑參的《走馬川行奉送封大夫出師西征》、《白雲歌送武判官歸京》等，而以李杜最爲擅長。這種歌行，可以說是廣義的「即事名篇」的新樂府，題目由兩部分組成，樂府題與詩題。詩人對前者往往馳騁筆墨，作酣暢淋漓的抒寫，充分發揮詩歌的抒情特色；對後者用筆則十分簡約，甚至惜墨如金，往往僅點明寫詩緣由而已，把酬應的浮詞虛情刪壓到最低程度，從而使詩眞情洋溢，感人至深。在這三種寫法中，前兩種題目的寫法，可以說是後一種題目的簡化。譬如《江上吟》就可寫成《江上吟抒懷》，《上李邕》可以寫成《大鵬歌上李邕》。杜甫的《丹青引》或作《丹青引贈曹將軍霸》可證。《夢遊天姥吟留別》按當時歌行詩題的通例以及李白歌行詩體的慣例，應爲《夢遊天姥吟留別東魯諸公》。如此，既有概括此詩內容特點的新樂府調名「夢遊天姥吟」，又有寫詩的緣由「留別東魯諸公」，題意醒豁，一目了然。

詩人不寫作《夢遊天姥吟留別東魯諸公》，而寫作《夢遊天姥吟留別》，恐怕是有所諱忌的。何以見其然呢？按照留別詩的慣例，詩的末尾要寫對送行者感激謝忱並望別後早日重會之意，抒發詩人對送行者戀戀不捨之深情，如此等等，都是題中應有之意。而此詩一反慣例，對此一概刪削，而又另闢蹊徑，別出新意。一則曰「世間行樂亦如此，古來萬事東流水。」此承夢境而來，抒發時光流逝時不再來之感慨，水到渠成，意也似無滯礙。二則曰「別君去兮何時還？且放白鹿青崖間，須行即騎訪名山。安能摧眉折腰事權貴，使我不得開心顏。」前三句謂己將遊仙訪道，超脫凡俗，不與世事，表現出敝屣功名的心理；後二句則顯現著詩人傲骨嶙峋、不為榮華富貴而折腰的硬骨頭精神，在反詰句中，頗含爭執、辯難之意，有「臣期期以為不可」之堅決態度。筆鋒所及，應有確指，他是向誰發此無名怒火呢？詳參詩意，蓋送李白赴浙東的東魯諸公，或有勸其及時行樂，不必離家遠遊；或有勸其暫時趨附某權貴以求富貴榮華，不必孑然一身，四海飄流。他一時憤怒，形諸筆墨，在留別詩中，作了戟刺與質難，噴出了胸中的怒火。這種戟刺與質難，是他洞穿世情並對權貴極其藐視的表現，寫出了他極為傲岸的性格。其戟刺的矛頭是對準統治階級中的權貴而非殷殷送別的東魯諸公，這是顯而易見的。然它畢竟是留別詩，是隱含著對東魯諸公送別時勸留的回答。東魯諸公多為李白至好，其勸留出於好心而非歹意，這是不言而喻的，只是其思想境界與李白有差而已。投鼠而忌器，李白寫完後或怕引起誤會，故詩題有意刪去「東魯諸公」，含糊其詞，只說「留別」。「留別」何人？則有意回避，一免引起東魯諸公的誤解。以後，將此詩抄示人時，因已時過境遷，不必避諱，為了醒豁，或題作《夢遊天姥山別東魯諸公》，或題作《別東魯諸公》，詩題遂有紛紜。

　　或許詩題原作《夢遊天姥吟》，「留別」二字是自注，後人不察，將其竄入詩題，也是極有可能的。寫作《夢遊天姥吟留別》，含義不大明確，恐非李白初衷。或云《灞凌行送別》、《金陵酒肆留別》，不

也與《夢遊天姥吟留別》同一類型嗎？其實不然，灞陵是唐人送別的地方，金陵酒肆也是送人的熱鬧去處，李白借以抒別離之情，送別者或非專指，或因送者較多，不便一一標出的緣故。因此，不能與《夢遊天姥吟留別》類比。

對詩題，今人或讀作「夢遊天姥——吟留別」，與意未安，《全唐詩》也罕有例證。

二、「四萬八千丈」別解

李白《夢遊天姥吟留別》云：「天台四萬八千丈，對此欲倒東南傾。」楊齊賢注引《四蕃志》：「天台山高一萬八千丈，周圍八百里。」（《分類補注李太白詩》）王琦注引《雲笈七籤》：「天台山高一萬八千丈」，並謂詩中的「四」當作「一」。（《李白全集輯注》）瞿蛻園、朱金城云：「按：《王文公詩集》卷四八《送僧遊天台詩》李璧注云：『《真誥》桐柏山高一萬八千丈，今天台亦然。』太白四萬，字誤。」（《李白集校注》）沈德潛《唐詩別裁》、復旦大學古典文學教研組《李白詩選》、李暉《李白詩歌選讀》「四萬」均作「一萬」。可見「四萬八千」作「一萬八千」幾成定論。我以為這是值得商榷的。

首先，「四萬」改「一萬」缺乏版本依據。檢《河嶽英靈集》、兩宋本《李太白文集》、楊齊賢蕭士贇《分類補注李白詩》、《唐詩品匯》、王琦本、瞿蛻園、朱金城本以及宋人李璧所讀的本子，原文均作「四萬八千」。故存疑尚可，徑改則欠審慎，難免主觀武斷之嫌。

其次，諸注所引「天台山高一萬八千丈」其源蓋出於《真誥》。誰能肯定李白一定讀過《真誥》？退一步說，李白真的讀過《真誥》，這些細節也未必記的十分準確。何況，李詩是夢遊而非紀實之作，他絕不會為了寫詩耐心地去查道家經典的。

其實「四萬八千」乃極度誇張之辭，古今一些學者都已言及。吳山民《唐詩選脈會通》：「『天台四萬八千丈』，形容語，『白髮三千丈』同意，有形容天姥高意。」《李白詩選》云：「四萬八千丈，形容天台

山很高，是一種誇張的說法，並非實數」，其說極是，但未窮究誇張形容何以要用「四萬八千」？詹鍈《李白全集校注釋集評》在《校記》中說：「按如視為夢遊誇張之詞，作四亦無不可」，也不失通達之論。上引諸家之說雖是，卻未溯本窮源，使人知其然而不知其所以然。竊以為「四」與「八」乃唐人慣用誇詞，極言其多，而非確指。故「四」、「八」與「萬」、「千」、「百」、「十」等數詞連用，則表示極度誇張。現分別舉例如下。

唐人以「四」作誇辭者：

（1）霜皮溜雨四十圍，黛色參天二千尺。（杜甫《古柏行》）

（2）洛城一別四千里，胡騎長驅五六年。（杜甫《恨別》）

（3）峽開四千里，水合數百源。（杜甫《客居》）

（4）十一年前南渡客，四千里外北歸人。（柳宗元《詔進赴都二月至灞亭上》）

唐人以八作誇辭者：

（1）白帝城門水雲外，低身直下八千尺。（杜甫《醉為馬墜諸公攜酒相看》）

（2）先帝侍女八千人，公孫劍器初第一。（杜甫《觀公孫大娘弟子舞劍器行》）

（3）一封朝奏九重天，夕貶潮州路八千。（韓愈《左遷至藍關示姪孫湘》）

以上詩句中所用「四十」、「四千」、「八千」均非確指，而是誇詞。

這些詩句，誠如陳望道先生所說：「重在主觀情意的暢發，不重在客觀事實的記錄。」（《修辭學發凡》）這些數詞所表現的數字，雖然經不起客觀事實的檢驗，但它卻典型地表現了詩人極為真切的感情，有很強的感人的藝術力量。

以四、八連用誇詞者：

（1）南朝四百八十寺，多少樓台煙雨中。（杜牧《江南春絕句》）

（2）爾來四萬八千歲，不與秦塞通人煙。（李白《蜀道難》）

　　按：例（1）《南史・郭祖深傳》：「都下佛寺，五百餘所。」儘管「四百八十」遠少於「五百餘所」，但讀起來更有氣勢，感覺佛寺非常非常的多，所以也起到了誇張的效果。例（2）左思《蜀都賦》注引揚雄《蜀王本紀》：「蜀王之先，名蠶叢、柏濩、魚鳧、薄澤、開明……從開明上到蠶叢，積三萬四千歲。」可見「四萬八千歲」也非確指，而是誇張。由此可見「四」、「八」鑲嵌在「萬」、「千」、「百」、「十」中連用，表示極度誇張。故「天台四萬八千丈」非實指也非用典，而是詩人的極度誇張，極言天台之高。李白詩中的「四」字不誤，改「四」作「一」者非是。

讀李白詩札叢（七則）

一、李白與李賀

　　世稱李白「仙才」，李賀「鬼才」。仙者飄飄然在雲表之上，鬼者幽幽然處九泉之下，仙鬼自異其趣，其藝術境界自當南轅北轍，故在詩歌藝術上似無繼承關係可言。其實不然，李賀詩歌與李白詩歌實有某些血緣關係。近人有些學術論文已經談及李賀詩歌受李白的影響，然僅及生動的比喻、豐富的想像等浪漫主義特徵，且語焉不詳。細檢李白詩集，其中有似李賀風格者卻確係事實。所謂李賀之「鬼才」，李白已導夫先路矣。南宋劉辰翁評李白《遠別離》曰：「參差曲屈，幽人鬼語，而動盈自然，無長吉之苦」（引自《唐宋詩醇》）。他既指出李白《遠別離》與李賀相似的地方：「參差曲屈，幽人鬼語」，又指出其不同之處：「動盈自然，無長吉之苦」。《遠別離》行文自然，無苦澀之弊。劉辰翁的批評可謂獨具隻眼。「日慘慘兮雲冥冥，猩猩啼煙兮鬼嘯雨」，確是「幽人鬼語」，李白用這險惡的自然環境比喻政治風雲的險惡。而「幽人鬼語」的描寫，增強了這種險惡的氣氛，給讀者以更深的感受。自然，《遠別離》只是部分詩句與李賀詩的風格近似，詩中惝恍迷離的文筆，表現了詩人對當時權奸得勢、政治混亂的

憂慮。「幽人鬼語」的運用，有助於對時局憂慮情緒的表現，而不同於李賀對唐王朝衰落的完全失望。

李賀的《神弦曲》、《南山田中行》等詩，則更逼肖李白的《過四皓墓》：

> ……荒涼千古跡，蕪沒四墳連。伊昔煉金鼎，何年閉玉泉？隴寒唯有月，松古漸無煙。木魅風號去，山精雨嘯旋……
>
> 李白《過四皓墓》

> 西山日沒東山昏，旋風吹馬馬踏雲。……桂葉刷風桂墜子，青狸哭血寒狐死。……百年老鴞成木魅，笑聲碧火巢中起。
>
> 李賀《神弦曲》

> 秋野明，秋風白，塘水漻漻蟲嘖嘖。雲根苔蘚山上石，冷紅泣露嬌啼色！荒畦九月稻叉牙，蟄螢低飛隴徑斜。石脈水流泉滴沙，鬼燈如漆點燈花。
>
> 李賀《南山田中行》

三首詩均寫夜晚荒郊的淒涼景色，狀環境之荒涼，繪氛圍之陰森，極為相似。朦朧淒清的月光更增強了陰森可怖的情勢，讀之不禁毛骨悚然！「旋風吹馬馬踏雲，……百年老鴞成木魅，笑聲碧火巢中起」係點染「木魅風號去，山精雨嘯旋」而成。李賀寫幽暗荒涼景色的詩篇，自有來矣。

李白《題舒州司空山瀑布》（一為《瀑布》）中，雕字琢句，苦心經營，喜用怪字眼的作法，對李賀詩風極有影響。

> 斷巖如削瓜，嵐光破崖綠。天河從中來，白雲漲川谷。
>
> 玉岸赤文字，世眼不可讀。攝身凌青霄，松風拂我足。

「如削瓜」、「斷崖綠」用字尖新，李賀詩中的用語，與此極為相像。此外，李賀集中的某些詩篇，風格氣韻與李白《與諸公送陳郎將歸橫

陽》一詩逼肖。

　　總之，李賀詩寫「幽人鬼語」以及對淒涼陰森環境的描寫，喜歡
運用尖新奇特的字眼以及由此形成特殊的風格氣韻等，在李白詩集中
都能找到源頭，李賀詩深受李白的影響是毋庸置疑的。然李白這些詩
偶一爲之，且非其特長，故不爲人所注意，而李賀集中頻頻出現，並
形成其獨特的風格。且李賀「瑰奇譎怪則似之，秀逸天縱則不及也。
賀有太白之語，而無太白之韻」（張戒《歲寒堂詩話》），故視李賀爲
「鬼才」者，不爲過也。李白的個別詩篇，實爲李賀詩風格的濫觴，
這爲李白始料所不及，然終是無法否認的鐵的事實。可見文學史的現
象是極爲複雜的。文學史家要從紛紜複雜的文學現象中理出頭緒，找
出規律，確實是不容易的。

二、李白與酒

　　李白嗜酒，人所共知。其詩曰：「烹羊宰牛且爲樂，會須一飲三
百杯」（《將進酒》）；「百年三萬八千日，一日須傾三百杯。遙看漢水
鴨頭綠，恰似葡萄初發醅。此江若變作春酒，壘曲便築糟丘台」（《襄
陽歌》）。讀其詩，知此公之嗜酒與豪飲古今罕匹。他的喜酒豪飲，在
詩中時有流露。在《哭宣城善釀紀叟》中說：「紀叟黃泉裏，還應釀
老春。夜台無曉日，沽酒與何人？」「夜台無曉日」一作「夜台無李
白」，暗示紀叟生前的酒，絕大部分沽予李白了。他在《贈內》詩中
說：「三百六十日，日日醉如泥。雖爲李白婦，何異太常妻」，在戲謔
的語言中，表現了他對酒的酷愛。自稱「酒仙翁」的李白，這個雅號
是名副其實的。其實，他的飲酒，非爲嗜欲，而是有其深厚的社會原
因，且對他的寫詩極有幫助。

　　第一，李白一生藐視權貴，傲對王侯。所謂「天子乎來不上船，
自稱臣是酒中仙」（杜甫《飲中八仙歌》）；「揄揚九重萬乘主，謔浪赤
墀青瑣賢」（《玉壺吟》）；「黃金白璧買歌笑，一醉累月輕王侯」（《憶
舊遊寄譙郡元參軍》）。酒可以壯膽，這是他藐視王侯與權貴鬥爭的手

段之一。相傳他醉後草《答蕃書》，楊貴妃爲之磨墨捧硯，高力士爲之脫靴，他藉此對這「炙手可熱勢絕倫」（杜甫《麗人行》）的權貴們才極盡挪揄之能事。足使他揚眉吐氣。這種藐視權貴傲對王侯的精神十分可貴。何其芳同志在《雜詩八首・屈子》注中說：「他更藐視封建統治、封建秩序，與人民有更多有形無形聯繫，這種精神更接近人民」。李白這種精神，自然是他一生一貫的表現，但飲酒對此起了推波助瀾的作用，卻是無可諱認的事實。

第二，李白經常借酒澆愁，揮斥幽憤。他在青年時期就抱著「申管宴之談，謀帝王之術」（《代壽山答孟少府移文書》）的大志，以宰輔和帝王師自期。然棲棲一生，政治上無所建樹。因此充滿了不得志的牢騷，經常借酒抒發自己胸中的憤懣。「長嘯萬里風，掃清胸中憂」（《留別賈舍人至二首》）；「風吹芳蘭折，日沒鳥雀喧。舉手指飛鴻，此情難具論」（《送裴十八圖南歸嵩山二首》）；「去國難爲別，思歸各未旋。空餘賈生淚。相顧共淒然」（《金陵送張十一再遊東吳》）；「五花馬，千金裘，呼兒將出換美酒，與爾同銷萬古愁」（《將進酒》）。當現實與思想發生激劇矛盾時，「何以解憂，惟有杜康」了。從李白這類詩篇可以看出封建社會有志於改革的知識份子不得志的牢愁及它扼殺人才的反動本質。

第三，李白的寫詩與飲酒有極大的關係。酒可以刺激詩人的靈感，引起詩興。所謂「李白一斗詩百篇」（杜甫《飲中八仙歌》）；「醉中草樂府，十幅筆一息」（皮日休《七愛詩》之一）；「御宴千鍾醉，蕃書一筆成」（釋貫休《觀李翰林眞》）。可見李白往往酒後寫詩，倚馬可待。關於酒後寫詩的情景，李白自己也經常談起。所謂「開瓊筵以坐花，飛羽觴而醉月，不有佳詠，何伸雅懷」（《春夜宴從弟桃花園序》）；「至於清談浩歌，雄筆麗藻，笑飲醁酒，醉揮素琴，余實不愧於古人也」（《暮春江夏送張祖監丞之東都序》）；「美酒樽中置千斛，載妓隨波任去留。……興酣落筆搖五嶽，詩成笑傲凌滄州」（《江上吟》），他是酒後興濃，草成「搖五嶽」、「凌滄洲」的詩篇。據《太眞

外傳》載，他寫《清平調詞》時，「承旨由若宿醒，因援筆賦之」。蓋
因酒後異常興奮，頭腦特別清晰，思如泉湧，揮筆寫詩，極爲敏捷。
關於這一點，據他《冬日於龍門送從弟京兆參軍令問之淮南覲省序》
記載，李令問問他：「兄心肝五藏，皆錦繡耶！不然，何開口成文，
揮翰霧散」，他「撫掌人笑，揚眉當之」，視李令問爲知己，並談起自
己寫詩時腦海裏出現了奇特景象：「筆走群象，思通神明，龍章炳然，
可得而見」。這十六個字，勾描出他寫詩時的眞實情景：酒刺激了他
的神經，觸發了他的靈感，遂使思如泉湧，詩的意象如洶湧的波濤，
滾滾而來，形成不可阻遏之勢，迫使他揮翰疾書，寫下了千古不朽的
詩篇。他在《醉後答丁十八以詩譏予捶碎黃鶴樓》中寫道：「作詩調
我驚逸興，白雲繞筆窗前飛。待取明朝酒醒罷，與君爛漫尋春暉」，
作詩引起酒興，酒後常喜寫詩，詩酒結下了不解之緣。由此推測，若
不是嗜酒豪飲，李白大部分詩是寫不出來的。

　　從以上三點來看，李白嗜酒豪飲是應當肯定的。當然，他的飲酒，
也有追求個人享受及時行樂的消極消沉的一面。「酒酣益爽氣，爲樂
不知秋」（《過汪氏別業二首》）；「且樂生前一杯酒，何須身後千載名」
（《行路難》）。前者表現了及時行樂的思想，後者流露出頗爲頹唐的
情緒，這無疑是糟粕，應該批判並予揚棄的。

三、李白與謫仙

　　李白對老詩人賀知章贈給他「謫仙」這一雅號非常得意，在詩文
中每每提及，借一炫耀。

　　他在《對酒憶賀監序》中說：「太子賓客賀公於長安紫極宮一見
余，呼余爲『謫仙人』。因解金龜換酒爲樂，沒後對酒，悵然有懷，
而作是詩。」

　　詩曰：「四明有狂客，風流賀季眞。長安一相見，呼我謫仙人。」

　　在《金陵與諸賢送權十一序》中寫道：「吾希風廣成，蕩漾浮世，
素受寶訣，爲三十六帝之外臣。即四明逸老賀知章呼余爲謫仙人，蓋

實錄耳」。

在詩中也每每加以標榜：

世人不識東方朔，大隱金門是謫仙。

《玉壺吟》

青蓮居士謫仙人，酒肆藏名三十春。

湖洲司馬何須問，金粟如來是後身。

《答湖州迦葉司馬問白是何人》

李白為什麼對「謫仙」這種稱號如此感興趣呢？對他來說，這是一塊金字招牌，不僅抬高了他的身價，而且是從事政治活動的一個重要的籌碼。

首先，李唐王朝一開始就認老子為先祖，大力提倡道教，玄宗時道教更為昌盛，老子祠宇遍及全國，信徒非常廣泛。由於統治階級對道教的重視，道教則十分得勢，迷信道教則成為做官的終南捷徑。李白崇信道教，與政治極有關係。而道教之教義以成仙為指歸，謫仙者，謫居人間仙人之謂也。雖受貶謫，終有靈根，自然非同凡俗。因此李白對此念念不忘，用以抬高自己的身價，目的在於取得當權者青睞。

其次，李白因賀知章、玉真公主的推薦，得以供奉翰林。賀與玉真公主均是道教徒，賀知章八十四歲時歸隱修道，皇帝親自祖餞，群臣奉詔寫詩，一片頌聲，極為榮崇。玉真公主上表辭卻皇祿，苦心修煉，目的都是想成仙。而李白對這兩位道教的忠實信徒有知遇之感，故特別尊重。對其贈送的雅號，銘感在心，永誌不忘。

第三，李白早年就信奉道教，他在《大鵬賦序》中說：「余昔於江陵，見天台司馬子微，謂余有仙風道骨，可與神遊八極之表」，道教是比較自由疏散的，這很符合他浪漫的性格。他在《翰林讀書言懷呈集賢諸學士》詩中說：「本是疏散人」。他一生飄逸閑散，行動放任，不受拘檢。他的信奉道教，在很大程度上是為了追求個性解放，任性自由。

基於上述原因，他對「謫仙」之號的熱愛，就不言而喻了。行爲飄然若仙的李白，也不愧有這樣的稱謂。

四、漫話「白髮三千丈」

一首成功的詩，一句啓人深思的名言，不僅千古傳誦，而且給予後代文學家以無窮的啓示。號稱詩仙的李白，其詩全以神運，非功力所能達。故往往使哲人斂手，才子卻步。不爲邯鄲學步，表現了他們的明智。蓋無李白之才，而冒然模仿李白，易畫虎類犬也。但其名句「白髮三千丈」卻每每爲後人所借鑒，而且全句襲用，鑲嵌在新的作品裏，熔鑄成新的意境，這不能不說是文學史上一個神奇般的例外。

「白髮三千丈，緣愁似箇長」(《秋浦歌》其十四)，狀其愁思之甚也。因愁而使髮白，然又非「白頭搔更短，渾欲不勝簪」之髮，而是「三千丈」之髮，可見詩人是新愁、劇悶。這句詩形容愁思之浩莽無涯非常形象、生動、貼切！

晚唐唐彥謙《自詠》云：「白髮三千丈，青春四十年」；《道中逢故人》云：「愁牽白髮三千丈，路入青山幾萬重」，二詩雖非精警之作，然卻能做到引用成語而構成新的意境，用事無痕，渾然一體；又用了對仗，強化了對愁思的表現力。詩人在自己詩中兩次引用「白髮三千丈」，可見他對這句詩的激賞。

杜甫《傷春》詩云：「關塞三千里，煙花一萬重。」處於國事艱難中的愛國詩人陳與義，他在《傷春》一詩中寫道：「孤臣霜髮三千丈，每歲煙花一萬重」。此詩寫於建炎四年，當時金兵攻卜南京，高宗「航海」逃亡，他借用李杜名句而加以「孤臣」、「每歲」，巧妙地構成一聯，深切地表達了此時此地對國破家亡的沉痛感情。

早在陳與義前，以煉意著稱的詩人王安石在《示俞秀老》中寫道：「繰成白雪三千丈，細草孤雲一片愁」；其後金朝詩人元好問在《寄楊飛卿》中寫道：「西風白雪三千丈，世路青泥八百盤」，他們雖然因

襲成句，然卻都別具藝術匠心，非生吞活剝古語者可比。

「白髮三千丈」不僅詩人化用，而且詞曲以至古今小說裏，都曾經有人引用。辛棄疾《賀新郎》云：「白髮空垂三千丈，一笑人間萬事。」張可久《秋望》云：「白髮三千丈，畫樓十二闌」；《三寶太監下西洋通俗演義》第一回引詞曰：「而今白髮三千丈，還記得年來三寶太監下西洋」。今人李建彤《劉志丹》小說中《囚徒之歌》一章說：「兆平！我多麼想和你上天入水常相伴，多麼希望和你在寒窰渡到白髮三千丈」，則表現了革命伴侶愛情的忠貞。

「白髮三千丈」這句詩為如此多的著名文學家所化用，這足以說明它具有十分強烈的藝術魅力；這永久的魅力取決於句詩的強烈真實感；作為遠離事實的誇張而強化了真實感的藝術表現方法，是值得我們玩味的。

五、李白詩中的誇張

修辭學上的誇張辭格，最適於表達強烈的感情。因此，浪漫主義詩人特別喜歡運用這一辭格，以表現突兀峭拔的情緒，從而將胸中海嘯山湧般的激情直瀉而出，使自我意識、自我形象表現得淋漓盡致。詩人李白善於創造性地運用誇張辭格，在詩中表現了突出的個性特徵。

首先，他的誇張辭格，運用得自然和諧，使詩的畫面突兀而渾融，感情激越而平和。雖為極度的誇張，卻無劍拔弩張之氣，絲毫沒有矯揉造作的情態，真可謂「清水出芙蓉，天然去雕飾」。蓋因胸有成竹，脫口成誦，純屬天籟，絕非嘔心瀝血慘淡經營者可比。「白髮三千丈，緣愁似箇長」（《秋浦歌》），衝口而出，運用得何等自然；「蜀道之難，難於上青天」（《蜀道難》），在突兀中又顯得從容不迫。詩中所敘事實是那麼荒唐悖謬，現實中哪裏有三千丈的白髮，哪裏有比上青天更難的道路？詩中所表現的感情則又是那麼真實。詩人用「白髮三千丈」與「蜀道之難，難於上青天」，把愁和難的程度表現得淋漓盡致，使

讀者受到強烈感染。讀這句詩，你根本感覺不到詩人在有意誇張，而是實實在在地寫自己一時的眞實情感。所以沒有「爲文造情」的痕跡，倒是「爲情造文」的佳句，類似這樣自然和諧的誇張，李白詩集中比比皆是。例如：

（1）秦王掃六合，虎視何雄哉！揮劍決浮雲，諸侯盡西來。

《古風》其三

（2）鳳飛九千仞，五章備綵珍。銜書且虛歸，空入周與秦。橫絕歷四海，所居未得鄰。

《古風》其四

（3）連弩射海魚，長鯨正崔嵬。額鼻象五岳，揚波噴雲雷。鬐鬣蔽青天，何由睹蓬萊。

《古風》其三

（4）荒城空大漠，邊邑無遺堵。白骨橫千霜，嵯峨蔽榛莽。

《古風》其十四

（5）行人皆辟易，志氣橫嵩丘。

《古風》其十八

（6）路逢鬥雞者，冠蓋何輝赫。鼻息干虹霓，行人皆怵惕！

《古風》其二十四

例（1）中「揮劍決浮雲」是用比喻性的誇張，突出秦皇掃盡浮雲統一天下的英雄氣慨；例（2）詩人以能飛九千仞高的鳳凰自擬，以「橫絕歷四海」寫自己遠大的政治抱負和高尚情操；例（3）寫秦始皇射鯨事以諷刺其迷信仙道；例（4）以「白骨橫千霜，嵯峨蔽榛莽」，誇張地描寫戰爭之殘酷，以突出對不義戰爭的強烈義憤；例（5）中「行

人皆辟易，志氣橫嵩丘」，寫官僚之傲橫；例（6）「鼻息干虹霓，行人皆怵惕」，寫有恃無恐的鬥雞之徒的囂張氣焰，所有這些，都給人留下了強烈而深刻的印象。以上僅是《古風》五十九首中順手拈來的例句，語言是那麼誇張，而又那麼自然！確是從肺腑自然流出而又感人肺腑的妙語。

其次，誇張與襯托緊密結合，這是李白詩歌運用修辭手段的又一顯著特點。在他的詩中，往往將根本無法辦到的事情，說得輕而易舉，以襯托更難辦的事情，從而得到強烈的藝術效果。譬如《北風行》：「燕山雪花大如席，片片吹落軒轅台。……黃河捧土尚可塞，北風雨雪恨難裁！」詩中不僅用「燕山雪花大如席」極力形容丈夫戍守邊地之酷寒，以寫其無限思念與關切之情，而且進一步說，用手捧土還可以堵塞黃河，使其斷流，以襯托風大雪急、丈夫守邊未還而產生的無法抑制的痛苦心情，在強烈的對比中，把思念丈夫的熾烈感情推到了最高峰。這種襯托與誇張緊密結合的辭格，在李白詩中也是不少的。例如：

（1）回山轉海不作難，傾情倒意無所惜。

《憶舊遊寄譙郡元參軍》

（2）蒼梧山崩湘水絕，竹上之淚乃可滅。

《遠別離》

（3）三杯吐然諾，五嶽倒爲輕。

《俠客行》

（4）桃花潭水深千尺，不及汪倫送我情。

《贈汪倫》

例（1）以「回山轉海」襯托朋友間傾情倒意，「不作難」則是極力誇張，例（2）以「蒼梧」之難崩、「湘水」之不絕以襯托「竹上之淚」難滅，誇張地描寫生離死別的永存；例（3）以「五嶽爲輕」這個誇張語，以襯托俠客的「然諾之重」；例（4）「深千尺」，誇張地描寫桃

花潭水之深，以桃花潭水之深襯託汪倫爲我送行的感情之深。詩人通
過誇張與襯託，把自己的感情表現得更爲強烈。

　　第三，李白在運用誇張辭格的時候，還靈活地用了其他修辭手
法，使詩的內容豐富而多彩。例如：

　　　　（１）君不見黃河之水天上來，奔流到海不復回；若不
　　見高堂明鏡悲白髮，朝如青絲暮成雪；人生得意須盡歡，
　　莫使金樽空對月。

　　　　　　　　　　　　　　　　　　　　　　　　《將進酒》

　　　　（２）黃河西來決昆侖，咆哮萬里觸龍門……披髮之叟
　　狂而痴，清晨徑流欲奚爲？

　　　　　　　　　　　　　　　　　　　　　　　　《公無渡河》

　　　　（３）朝見裴叔則，朗如行玉山。黃河落天走東海，萬
　　里寫入胸懷間。

　　　　　　　　　　　　　　　　　　　　　　　　《贈裴十四》

　　　　（４）西嶽崢嶸何壯哉！黃河如絲天際來。黃河萬里觸
　　山動，盤渦谷轉秦地雷。榮光休氣紛五彩，千年一清聖人
　　在。

　　　　　　　　　　　　　　　　　　　　《西嶽雲臺歌送丹丘子》

例（１）以黃河之水一去不返，喻時機易過，以悲白髮喻時光易逝，
用這兩層意誇張地托出必須及時行樂；例（２）先誇張地寫出黃河水
勢之暴猛，以襯托披髮之叟徒步過江的狂痴行爲；例（３）以裴叔則
典切裴十四，寫其體魄之美，並用誇張的筆法寫黃河的水勢，以突出
他的壯闊胸襟。清喬億《劍溪詩說》云：「『黃河落天走東海，萬里瀉
入胸懷間』，太白具此襟抱，下筆有延頸八荒氣象。」例（４）詩人誇
張地寫黃河，目的在於襯托西嶽的聖美。各類辭格的交互使用，使描
寫對象更爲鮮明。

　　李白詩歌運用誇展的辭格，突出了事物的某些特徵，表達了自己極為強烈的感情；同時，也鮮明地表現出作者浪漫主義創作特色。

六、漫話「剗卻君山好」

　　李白《陪侍郎叔遊洞庭醉後三首》之三寫道：

　　　　剗卻君山好，平鋪湘水流。

　　　　巴陵無限酒，醉殺洞庭秋。

詩人為什麼說「剗卻君山好」呢？注家不免見仁見智，眾說紛紜。或謂點化舊典，由木華《海賦》「乃剗臨崖之阜陸，夾陂潢而相浚，群山既略，萬穴俱流」而來（蕭士贇《分類集注李太白詩》）；或謂「李白醉後的豪壯語」（蕭滌非《杜甫研究》）；或謂「他看到農民在湖邊屯墾，但想到更加擴大耕地面積」，「是從農事上著想」（郭沫若《李白與杜甫》）。前兩說都沒有觸及詩人寫詩時的感情世界，解說欠妥；後者不免過鑿，因此不適當地抬高了詩的思想價值。其實，此詩係詩人一時即興之作，觸景生情，信手拈來，未必有周嚴地思考，何況係「醉後」所題。因此，對其寓意，不能十分認真追究。雖然如此，它卻確實是詩人一時思想情緒的真實流露，因而對詩人寫詩時的感情狀態，不能輕輕放過，必須探尋詩人興致情緒的由來，使詮釋符合實際，恰到好處。眾所周知，即興的景物只是詩人情緒產生的觸機，它激發了詩人心底潛伏十分隱蔽的思緒，使之明朗化。因此，解詩就必須由此及彼，由表及裏，通過詩人描寫的景物，仔細推導詩人情感變化的脈絡，從而求得詩的真實底蘊。

　　李白的這位侍郎叔，當指刑部侍郎李曄。他陪李曄遊洞庭湖醉後寫了三首詩，其中以「剗卻君山好」為最有名。詩人酒後興濃，「流連萬象之際，沉吟視聽之區」，忽然看到面前的君山阻遏湘水，使之不能暢通直流，遂觸發了心底的隱秘與苦衷，於是想到自己半生潦倒，世路艱難，宛如崇山峻嶺阻礙著他的前程。他時刻渴望前途是一馬平川，但盼來的卻是崎嶇不平的道路。真是「蜀道之難，難於上青

天」！他爲之憤慨，爲之扼腕，憤激不平之氣經常橫亙於胸。目前君山阻遏湘水暢流的情景激怒了他，似乎這就是阻礙他前程的眞正敵人了，「剗卻君山好」一句即衝口而出。這句詩是他世路艱難的經歷以及渴望前途道路平坦與君山阻遏湘水驀然契合而產生的聯想：似乎就是這座被唐人譽爲「水晶盤裏一青螺」的小小君山阻仕前程，使他顛沛流離，坎坷一生。把它鏟掉，大概前面都是坦途了。於是詩人將其世路艱難的憤激之情，都移注在面前的君山上，必欲鏟之而後快。詩人半醉半醒，半眞半假，囈語中透出眞情，戲語中帶有一點兒認眞，牢騷中含有嚮往與追求。這句詩雖係醉語和戲語，卻飽含著詩人人生豐富的體驗與執著地追求。也許，詩人與李曄在喝酒時暢談了世路艱難，傾吐了心中的憤激與不平，急切希望在前進道路上平坦而再無坎坷，酒後興濃，「俱懷逸興壯思飛」，於是，他渴望前途一馬平川的情緒借「剗卻君山」句發揮出來。你看，鏟卻君山多好啊，那湘水就可以不受阻遏地暢流啊！將來世路平坦，萬事如意，我可在洞庭湖邊盡情坦然無憂無慮的大醉一場。「江南無限酒，醉殺洞庭秋」，不像目前「舉杯消愁愁更愁」的艱難處境啊！應當強調指出：我們不能說「剗卻君山」就是希望鏟平前進道路上的障礙，只能說詩人世路艱難的遭際與希冀前途的坦平是產生「剗卻君山」詩句意蘊的觸機，「剗卻君山好」的是觸景生情的絕妙佳句，它有著極其豐富的意蘊，飽含著詩人浪漫主義情調。在藝術上可謂「自然流出，不假安排」（羅大經《鶴林玉露》），不愧「起是奇語」（吳昌祺語）、「格高氣暢，自是盛唐家數」（謝榛語）的評語。

七、逸興‧逸韻‧逸氣

李白詩中，「逸興」一詞屢見。據筆者粗略統計，《李太白集》「逸興」詞出現達十二次之多。此係唐人集子中所僅見。

對於「逸興」的解釋，說法不一。諸如「超邁之意興」（舊《辭海》）、「超逸豪邁的意思」（《辭海》）、「超脫的興致」（《歷代詩歌選》）、

「超逸的意興」(《唐詩選注》)、「雅興」(《新選唐詩三百首》)、「飄逸的興致」(張撝之《唐代散文選注》)、「超逸的興致」(《李白詩選注》)等等，這些解說意近而不甚相同。第一「飄逸」、「超逸」、「超脫」諸詞含義有別；第二，「意興」、「興致」內涵不盡相同；而「雅興」則與以上諸解相去甚遠。

「逸興」一詞並非李白始用，早於他的王勃、與他同時的杜甫都用過。按「逸」字《廣韻》謂「奔也，縱也」，即有奔騰的意思。「興者，起也」，其實就是引起情緒的意思，如「興酣落筆搖五岳」(《江上吟》)、「詩興生我衣」(《酬殷明佐見贈五雲裘歌》)、「興在趣方逸，歡餘情未終」(《秋夜宿龍門香山寺奉寄王方城十七丈奉國瑩上人從弟幼成令問》)、「談玄賦詩，連興數月」(《暮春江口送張祖監丞之東都序》)。李白在使用「逸興」時，賦予它特殊的含義，即用以表述情緒高漲精神亢奮的心理狀態。譬如「逸興滿吳雲」(《送王屋山人魏萬還王屋》)；「逸興臨華池」(《酬崔五郎中》)；「三山動逸興」(《與從侄杭州刺史良遊天竺寺》)；「逸興橫素襟」(《經亂離後天恩流夜郎憶舊遊書懷贈江夏韋太守良宰》)；「黃花逸興催」(《宣城九日聞崔四侍御與宇文太守遊敬亭余時登響山不同此賞醉後寄崔侍御二首》)。他經常用「逸興」來讚譽別人。在我看來，就實質講，「逸興」與其說是讚譽別人，無寧說是夫子自道。李白精力充沛旺盛，充滿樂觀主義情緒。他超脫、飄逸，對外界事物具有特殊的敏感，感情容易衝動，往往不能自已，有時不免帶有稚氣的天眞，這是典型的浪漫主義氣質。賀知章稱他爲「謫仙人」，他以「酒仙翁」自居，以「謫仙」爲榮。用「逸興」來評詩，他認爲是很高的美學原則。「作詩調我驚逸興，白雲繞筆窗前飛」(《醉後答丁十八以詩譏予捶碎黃鶴樓》)，「逸興」則指靈感的勃發。「逸興」來時，詩人情緒高昂，詩思敏捷。

「逸興」是一種奔騰而不能自已的情緒，「逸興」來時寫詩，必然是「行神如空，行氣如虹，巫峽千尋，走去連風」(《詩品‧勁健》)，表現出俊逸的個性特徵，詩人把這種詩稱爲「逸韻」。譬如：

逸韻動海上，高情出人間。

《與南陵常贊府遊五松山》

鄭公詩人秀，逸韻宏寥廓。

《遊水西簡鄭明府》

用「動海上」、「宏寥廓」形容「逸韻」，可見詩的氣勢的磅礴。這種磅礴的氣勢，是詩人「逸興」到來時的必然產物，是「筆落驚風雨，詩成泣鬼神」的崇高境界。這種充滿了奔騰感情的詩篇，詩人謂之有「逸氣」。譬如：

長沙陳太守，逸氣凌青松。

《送長沙陳太守二首》

浩蕩深謀噴江海，縱橫逸氣走風雷。

《述德兼陳情上哥舒大夫》

觀其逸氣頓挫，英風激揚，橫波遺流，騰薄萬古。

《澤畔吟序》

前兩者寫人的稟賦具有「逸氣」，後者是說詩中充溢著「逸氣」，其實詩中的「逸氣」就是詩人「逸氣」的貫注。李白用「逸氣頓挫」讚揚崔成甫的詩，如果用以評價李白詩歌的風格，倒是十分恰切的。人們喜歡拈出杜甫《進雕賦表》中的「沉鬱頓挫」評價杜詩的風格，我們無妨拈出「逸氣頓挫」四字來評價李白的詩風。特別是他的七言歌行和長篇樂府，如果用這四個字來品評，方可盡其風韻之妙。

　　逸興、逸氣、逸韻，是詩人從天才、氣質、情緒到詩歌意境的轉化。詩人的逸興、逸氣，與詩中的逸氣、逸韻有著必然的聯繫。有了詩人的逸興、逸氣，才會有詩中的逸氣、逸韻。正是在這一點上，浪漫主義詩人充分發揮了自我表現的特徵，使其感情和天才得到最充分的表現，使其氣質得到淋漓盡致地表露。也正是在這一點上，構成李白抒情詩形象的「這一個」。

李詩雜考（六則）

一、《送張舍人往江東》作者考辨

　　劉文剛同志《孟浩然佚詩新輯》（見《四川大學學報》1987 年第 4 期），收孟浩然佚詩二首，佚句一聯。他把《送張舍人往江東》一詩，作孟浩然佚詩輯錄，值得商榷。

　　（一）《送張舍人往江東》作孟浩然詩，並非劉的發現。所謂「新輯」，其實是失於搜檢。孫望先生《全唐詩補逸》（見中華書局出版的《全唐詩外編》），早已據《又玄集》輯錄。孫云：「此詩見韋莊《又玄集》卷上。按《全唐詩》卷 175 作李白詩，題曰《送張舍人往江東》，詩同，不重錄。惟第二句『正在秋風時』，《全唐詩》『在』作『值』；三句「天晴一雁遠」，晴作清爲異耳。」劉文剛的「新輯」，亦據韋莊《又玄集》，二人所出同源。孫先生不僅輯佚在先，且在所補三首中，只以《尋裴處士》一首爲孟浩然佚詩，而其餘兩首，都列爲附錄，可見孫先生並不認爲見於《又玄集》的《送張舍人往江東》一首，就是孟氏佚詩。其列爲附錄，不過廣異聞，是不能據以定爲孟作的。又詩的第二句「正在秋風時」，「在」劉作「是」，殆誤。

　　（二）《送張舍人往江東》當爲李白詩，作孟浩然者，殆誤。

　　《送張舍人往江東》見宋本《李太白文集》卷十四，題作《送張舍人往江東》，詩中僅有三字不同，異文蓋爲傳抄所致。考宋本《李太白文集》前 20 卷，保存了樂史《李翰林集》20 卷的舊貌，我在《關於樂史本〈李翰林集〉》一文（載《天府新論》1986 年第 4 期，見本書《宋本〈李太白文集〉三題》），考之甚詳，此處不贅。樂史《李翰林別集序》云：「李翰林歌詩，李陽冰纂爲《草堂集》十卷，史又別收歌詩十卷，與《草堂集》互有得失，因校勘排比爲 20 卷，號曰《李翰林集》。」按：李陽冰《草堂集》十卷，係太白病中「枕上授簡」，自無僞作攙入。樂史別收歌詩十卷，與《草堂集》僅有少數詩篇重覆。詹鍈先生《李太白版本敍錄》（見《李白詩論叢》）認爲樂史編定的《李

翰林集》20 卷本就是范傳正《唐左拾遺翰林學士李公新墓碑》所謂
「或得之於時之文士，或得之於宗族」的別收歌詩十卷，同李陽冰十
卷本合併而成的。以現有資料看，詹說爲是。范傳正別收詩既可靠，
則樂史別收歌詩十卷之爲唐抄本，也是可信的。此詩《李太白文集》
排在「遷」類的第二首，《文苑英華》卷 269 小列爲李白詩，歷代注
家更無異議，單據《又玄集》定爲孟浩然佚詩，孤證難信。《孟浩然
集》，王士源天寶四載編錄，存詩 218 首，天寶九載輕韋縚重寫，送
上秘府。陳振孫《直齋書錄解題》云：「《孟襄陽集》三卷，唐進士孟
浩然撰，宜城王士源序之，凡詩 218 首，分爲七類，太常卿韋縚（縚）
爲之重序。」陳氏著錄，蓋爲王氏原本。晁公武《郡齋讀書志》云：
「詩 210 首，宜城處士王士源序次爲三卷，今併爲一，又有天寶中韋
縚序。」今傳宋蜀刻本《孟浩然集》，存詩 210 首，或即晁氏所錄著
者，最接近王氏原本。元刻劉須溪批點本《孟浩然集》，增至 233 首，
逸出原本 15 首。明刻本《孟浩然集》，存詩則在 263 首以上。《全唐
詩·孟浩然集》，蓋本之毛晉汲古閣藏本，存詩 266 首，逸出原本 48
首。鄭振鐸匯校本《孟襄陽集》，存詩 268 首，逸出原本 50 首。從宋
元之際到明末清初（鄭本並無新輯），四百年間，輯逸 50 首之多。而
韋莊《又玄集》所載之《送張舍人仕江東》卻未補入，並非《又玄集》
罕見，蓋輯者有所鑒別也。以版本源流而論，此詩早在唐代已收入《李
太白集》，而從未輯入《孟浩然集》，故當爲李白詩。

二、李白佚詩《傀儡》考辯

《全唐詩》卷三載唐玄宗李隆基《傀儡吟》云：

> 刻木牽絲作老翁，雞皮鶴髮與眞同。
>
> 須臾弄罷寂無事，還似人生一夢中。

題下注：「一作梁鍠《詠木老人詩》」。詩後注：「《紀事》云：明皇爲
李輔國遷於西內，曾詠此詩。」《全唐詩》卷 202 載梁鍠《詠木老人》
詩（一作《傀儡吟》，一作《詠窟磊子人》），題下注：「《明皇雜錄》

云：李輔國矯制，遷明皇西內，戚戚不樂，日一蔬食，嘗詠此詩。或云明皇所作。」

《全唐詩》編者意謂：明皇被軟禁西內時，「曾詠」或「嘗詠」此詩。詠者，諷詠之謂也，並非斷爲明皇所作。「或云明皇所作」云云，只是姑備一說，而編者顯然是不大讚成這種意見的。

《全唐詩》對這首詩的重錄，蓋本之於《唐詩紀事》。《唐詩紀事》卷二十九載梁鍠《詠木老人》，詩後注：「明皇遷西內，曾詠此詩。」又於梁鍠條最後引《明皇雜錄》云：「李輔國矯制遷明皇西內，力士竄嶺表，帝戚戚不樂，日一蔬食，吟詩云：『刻木牽絲作老翁，雞皮鶴髮與眞同。須臾弄罷寂無事，還似人生一夢中。』不知明皇作，或詠鍠詩也。」

此詩作者究竟是誰呢？計有功《唐詩紀事》將它記在梁鍠名下，而於玄宗處闕載，這雖不排除唐玄宗不作此詩的可能性，但他以爲是梁鍠所作的傾向卻是十分鮮明的。兩說並舉，只不過表明他治學的嚴謹而已。吳曾《能改齋漫錄》云：「唐梁鍠《詠木老人詩》：『刻木牽絲作老翁，雞皮鶴髮與眞同。須臾弄罷渾無事，還似人生一夢中。』《開元傳信記》稱明皇還蜀，嘗以爲誦，而非明皇所作也。」關於此詩的作者，大概《開元傳信記》比《明皇雜錄》更爲明確，故吳曾作了這樣斬釘截鐵的判斷。可惜這條材料今已散佚，不能復按。我們無妨對此詩的內容與寫作環境作一點分析，或有助於對作者的判斷。《傀儡》是一首詠物詩，《舊唐書·音樂志》：「窟礧子，亦云魁礧子，作偶人以戲，善歌舞。本喪家樂也，漢末始用之於嘉會。」任半塘《唐戲弄》云：「傀儡戲中，專以人生爲主題，以老人爲主角，散場之後，致使觀者興『此生』與『一世』之感，其有故事，有情節，有相當效果。……梁詩第三句『須臾弄罷寂無事』，『弄罷』如此，亦可反映弄中必甚熱鬧。」可見此詩必然是觸景生情之作。然考諸有關唐代正史、野事、筆記，尚未發現明皇在南內或西內有看傀儡舞事，此舞既用之於嘉會，觀明皇返蜀後凄涼的境況，斷無此種可能，《傀儡吟》絕非

明皇所作。那麼，按照此詩著錄的情況，詩的作者大概非梁鍠莫屬了。
其實不然，梁鍠現存詩十五首，唐令狐楚選入《御覽集》者，竟達十
首之多，而這首爲明皇在南內吟誦之作竟未入選，此其可疑者一也；
此詩爲《全唐詩·梁鍠集》殿後，按《全唐詩》慣例，往往屬輯佚之
作，此其可疑者二也；梁鍠天寶時位爲執戟，此詩何以明皇熟誦？若
梁鍠此詩爲明皇所愛，又何以終生潦倒？（梁鍠之潦倒境況，可參閱
《全唐詩》卷一百三十二載李頎《別梁鍠》，《全唐詩》卷二百三十七
載錢起《秋夜與梁鍠文宴》〔《文苑英華》卷二一五作《秋夜與梁鍠宴》〕）
此其可疑者三也；阮閱《詩話總龜》引《明皇雜錄》：「明皇在南內，
耿耿不樂，每自吟太白《傀儡》詩云：『刻木牽絲作老翁，雞皮鶴髮
與眞同。須臾弄罷渾無事，還似人生一世中』。」此言吟太白詩而非
吟梁鍠詩，此其可疑者四也。據以上四點，梁鍠作此詩的可能性是不
大的。竊以爲此詩或爲李白所作。

　　首先，鄭處誨《明皇雜錄》記載「明皇⋯⋯自吟太白《傀儡》
詩」，這條材料有很高的史料價值。鄭處誨爲大和八年進士，他生
活的年代距天寶較近，《明皇雜錄》係他任校書郎時所作，其說必
有所據。阮閱與計有功均爲宣和時人，他們所據《明皇雜錄》的抄
本有異，但卻不能認爲這條材料是阮閱所僞造。應當注意，《詩話
總龜》謂玄宗在南內「每自吟」太白《傀儡》詩，《唐詩紀事》謂
玄宗在遷西內後「嘗詠此詩」。前者係指玄宗被軟禁之前，後者則
指其被軟禁之後，這點卻值得注意。玄宗經開元元盛世，歷安史之
亂，從蜀歸長安後，初到南內，推情度理，確有「此生」與「一世」
之感，因此與此詩易生共鳴，故吟誦焉；若在遷於西內之後，實則
已經被軟禁，遂與外界隔絕，身邊親信「高力士、陳玄禮等遷謫，
上皇寢不自懌」（《舊唐書·玄宗紀》），遑吟此詩？當時他年老被禁，
一切絕望，恐怕連此種感慨也沒有了。此亦可反證，阮閱引《明皇
雜錄》的材料比計有功引的材料準確可靠。阮閱引詩第三句「須臾
弄罷渾無事」，「渾」字比「寂」字含蓄蘊藉，確能表現「曲終收撥

當心畫，四弦一聲如裂帛」(《琵琶行》)的境界，突出弄時種種熱
鬧景象與弄後因其情節曲折而產生沉緬於「此生」與「一世」之感
的藝術效果。

其次，此詩為李白所作雖係孤證，卻可從另幾方面得以間接證
實。唐玄宗為什麼自吟《傀儡》詩呢？一種可能，南內某處題有此
詩，玄宗見了，引起強烈地共鳴，遂自吟不已。唐人雖有題詩習慣，
但在宮內題詩卻是罕見的。如果沒有李白那樣的特殊地位與才能，
是不敢亂塗鴉的。艷稱李白寫《嚇蠻書》，貴妃為之磨墨捧硯，力士
為之脫靴，此雖未必屬實，但以其傲岸與狂放不羈，若興來於宮內
題詩，玄宗大概不會降罪於他的。因此，假若在興慶宮某處題有此
詩，恐非太白莫屬。另一種可能，此詩玄宗早已成誦，偶有所感而
吟誦焉。玄宗晚年倦於政事，然畢竟是皇帝，免不了日理萬機，有
餘興背誦他人詩作，蓋有特殊原因：或因其精警絕倫，或為名人之
什。此詩雖非平庸，也並非精絕之作，玄宗之所以能夠背誦，也大
概與大名鼎鼎的「謫仙」所作有關。玄宗在南內吟此詩，恐怕非此
即彼，第三種可能性是沒有了。而無論是上述那一種情況，也只能
得出為李白所作的結論。

那麼，此詩何以未被李白研究者輯錄？我以為，或因其孤證不
立，或認為此詩淺俗。若為前者，已辯之如上；如為後者，作為一首
詠物詩，前二句狀物之形，一目瞭然；後兩句真實而含蓄地反映了詩
人觀後仍沉緬於「弄」時的真實情境之中，既寫出了演傀儡的生動景
象，又出現了詩人觀後的心境。以詩而論，雖非絕唱，但仍不失為較
好的詠物詩。應當指出：歷代某些李白研究的學者，他們對李白詩的
風格早有成見在胸，若與此風格有別時，往往譏之淺俗，斥為偽作，
蘇軾、朱諫等，均有此種傾向。大詩人往往有多種風格，以一種風格
律之並以之辨偽，不免失之臆斷。號稱「斗酒詩百篇」的李白，有時
寫詩是較隨便的。然卻能表現詩人一時的真實情感，如《山中與幽人
對酌》、《山中問答》等，就別饒情趣，此詩亦然。因此，此詩應補輯

入《李太白集》。另,《文苑英華》卷二一二收錄此詩,題爲《窟磊子人》,作者題爲梁鍾,不詳所據,姑存而不論。

三、《姑熟雜詠》非李赤作辨

《全唐詩》卷 472 載李赤《姑熟雜詠》十首,題下注云:「一作李白詩」。又《全唐詩》卷 181 載李白《姑孰十詠》,題下注云:「一作李赤詩」。經校勘,《姑熟雜詠》與《姑孰十詠》確爲同一組詩,只是著作權有爭議罷了。那麼,這十首詩究竟是誰寫的呢?要回答這一問題,必先找出這組詩作者發生歧義的原因。經考證,最早挑起這組詩著作權爭議的是蘇軾。他說:

> 過姑熟堂下,讀李白十詠,疑其語淺陋,不類太白。
> 按遷云:「聞之土安國,此李赤詩。松閣卜有赤集,此詩在焉。」白集中無此。赤見《柳子厚集》,自比李白,故名赤,卒爲廁鬼所惑而死。今觀此詩止如此,而以比太白,則其人心疾已久,非特廁鬼之罪。〔註31〕

蘇軾這段話,每爲後代學者所稱述,作爲李白《姑孰十詠》辨僞的根據。歷代有影響的著作如胡仔《苕溪漁隱叢話》、陸游《入蜀記》、蔡正孫《詩林廣記》、王琦《李太白集輯注》等,對他的話都加以引證。欽定《全唐詩》又將《姑熟雜詠》以重出互注形式出現,於是《姑熟雜詠》究係誰作,遂成千載疑案。因此要弄清這十首詩的作者,必須對此案的發難者蘇軾的話,作一番認眞的辯析。

蘇軾以爲《姑熟雜詠》爲李赤所作的理由有二,其一:「疑其語淺陋,不類太白」;其二,此十首詩見《李赤集》,而李白集未收。

所謂「疑其語淺陋」,這僅就個人讀《姑孰十詠》感受立論,因覺其語言淺陋而疑之,沒有證據,不足爲憑。至於「不類太白」,這就詩的語言風格而言的。大作家往往有多種風格,即以李白詩而言,既有清新俊逸的風格,也有豪邁奔放的風格,毋庸諱言,也還有一些

〔註31〕稗海本《東坡志林》卷二,引自《柳宗元卷》(一)49 頁。

語言淺陋之作，所謂「太白詩飄逸絕塵而傷於易」，〔註32〕「翰林逸而或流於滑，……歌行，李飄逸而失之輕率」，〔註33〕就是對李白詩作中某些語言淺陋之作的批評。「李白·斗詩百篇」，〔註34〕他寫詩往往卒然命筆，一揮而就，寫出了大量的具有眞情實感的好詩，然不喜慘淡經營，也出現了少量的語言淺陋的詩篇。若認定某種風格爲標幟，用以衡量李白詩作，並企圖以之披沙揀金，則難免連眞金也扔掉了。李白詩中的率然之句，往往成爲歷代學者辨僞之口實，蘇軾就憑這種主觀判斷毫無根據的判定李白集中「《歸來乎》、《笑矣乎》及《贈懷素草書》數詩，決非太白作」，〔註35〕這種學風，實不足訓。

關於《姑孰十詠》見《李赤集》，而李白集未收，這是認定此組詩爲李赤作的較有力的證據，必須仔細地考辨。

蘇軾所謂《李赤集》，他本人並未目睹，孫邈也未目睹，而是孫邈從王安國那裏聽到後轉告他的。這個展轉相告的消息，是否準確可靠，是值得深究的。檢《舊唐書·經籍志》、《新唐書·藝文志》、《宋史·藝文志》，《李赤集》均闕載。《新唐書》作者歐陽修、宋祁與王安國、蘇軾同時，他們作《藝文志》，必然翻檢秘閣藏書。王安國在秘閣看到的書，他們不可能看不到。《新唐書·藝文志》搜羅頗廣，所收唐人集尤豐，而此書闕載，就很值得深思。闕載原因，無非是兩種情況：《新唐書》作者沒有看到《李赤集》，或者看到《李赤集》而有抉擇。無論哪種情況，都將導致得出相反的結論。也許王安國所說秘閣有《李赤集》屬實，而歐陽修等人作《藝文志》時也見到《李赤集》，但鑒定認爲是僞託而割捨，這種可能性比較大，因爲無論徵引者蘇軾，傳話者孫邈與說者王安國，似不必爲此說假道謊的。蘇軾聽了孫邈的話以後，還作了粗略的考證：翻檢了李白集，當時流行的樂

〔註32〕蘇軾語，引自《李白集校注》1861頁。
〔註33〕毛先舒《詩辯坻》。
〔註34〕杜甫《飲中八仙歌》。
〔註35〕蘇軾語，引自胡仔《苕溪漁隱叢話·前集》卷五。

史本《李翰林集》，確實未收錄《姑孰十詠》，〔註36〕又考《柳子厚集》
有《李赤傳》，遂以爲李赤確係中唐詩人。關於前者，李白一生好遊，
所到之處輒愛題詩，而集中散失頗多。與蘇軾同時的宋敏求在編《李
太白文集》時，僅詩就增收 225 首之多，〔註37〕《姑孰十詠》也是他
這時才收入《李太白文集》的。絕不能因樂史《李翰林集》未收的詩
就都認爲是僞作；關於後者，《李赤傳》載《柳宗元集》卷 17，這篇
文章說它是現實中人物的眞實傳記，是值得商榷的。作爲傳記，它既
沒有交待李赤的籍貫里居、世系字號，而作爲傳記的主要事件，僅寫
其惑於廁鬼之事，實在荒誕不經，不可徵信。其傳贊則云：「今世皆
知笑赤之惑也，及至是非取與向背決不爲赤者，幾何人耶？反修而
身，無以欲利好惡遷其神而不返，則幸矣。又何暇赤之笑哉？」點明
諷世寓意。足見此篇是託意諷世之作，而非爲人物立傳。《柳宗元集》
卷 17 收有《李清傳》、《種樹郭橐駝傳》、《童區寄傳》、《梓人傳》、《李
赤傳》、《蝜蝂傳》等六篇，都非眞實的人物傳記，而是寓言或傳奇。
所寫內容，蓋爲傳聞或子虛烏有之事，藉以諷世。對此，前代學人與
時賢，均有精闢的論述。明代著名的學者顧炎武說：「《李赤》、《蝜蝂》
則戲耳，而謂爲傳，蓋比於稗官之屬耳」。〔註38〕當代學者，也都認
爲《李赤傳》非人物傳記，而係小說或寓言。孫昌武說：「其中《李
赤傳》、《河間傳》，更是複雜的情節和較完整的人物形象塑造，可以
看作是短篇傳奇小說。……這是一篇古代的《狂人日記》，……李赤
是柳宗元塑造的一個『逐臭之夫』的典型。」〔註39〕陳蒲清說：「《種
樹郭橐駝傳》、《梓人傳》、《永州鐵爐步志》、《設漁者對智伯》、《李赤
傳》、《河間傳》等篇，既具有情節，又具有寓意，應該看做寓言」，「《李

〔註36〕樂史本《李翰林集》所收李白詩作，相當於宋本《李太白文集》前
二十卷減去《姑孰十詠》，說詳拙作《關於樂史本李翰林集》，見本
書《宋本〈李太白文集〉三題》。
〔註37〕參閱宋敏求《李太白文集後序》。
〔註38〕《日知錄》卷十九《古人不爲人立傳》條。
〔註39〕孫昌武《柳宗元傳論》412～414 頁。

赤傳》借一個怪誕的故事諷刺了狂妄自大、好惡顚倒、執迷不悟的名士」。〔註40〕因此，《李赤傳》是稗傳而非人物傳記，中唐時期並不存在李赤這樣一個狂妄自大的詩人。考李冗《獨異志》有《李赤》，其內容與柳宗元《李赤傳》相類似，《太平廣記》卷341收錄了李冗的《李赤》，故李赤爲廁鬼所惑在宋代是一個廣爲流傳的故事。既然李赤自稱「吾善爲歌詩，類李白」，僞託李赤詩者也自然會應運而生，好事者或將僞託之事加以輯錄，也收了李白若干語言淺陋之作，遂成《李赤集》，並傳入秘閣。王安國所稱秘閣所見《李赤傳》，當即此歟？蓋蘇軾知稗傳有《李赤》，其所說《姑孰十詠》爲李赤作恐不爲人信，因引《柳子厚集·李赤傳》以證其李赤記載之不誤，豈料柳宗元《李赤傳》，名爲傳記，實爲寓言，東坡先生不察，欲以證明李赤之實存者，反成爲李赤斯人不存之鐵證。故胡仔云：「東坡此語，蓋有所譏而云」，〔註41〕就是對他這段話可信性的懷疑。當代學者，對蘇軾這段話也不大相信。譬如《李白在安徽》一書，就將《姑孰十詠》斷爲李白所作，而批評蘇軾言之「無據」，〔註42〕可惜語焉不詳。

綜上所述，我們認爲柳宗元《李赤傳》是傳奇或寓言，不能視爲人物傳記。在中唐時，根本不存在李赤這樣一位詩人。皮之不存，毛將焉附？現實中既無李赤其人，那麼，所謂《姑熟十詠》爲李赤所作的論點，就不攻自破了。

《全唐詩·李赤傳》云：「李赤，吳郡舉子，嘗自比李白，故名赤，存詩十首。」這分明是李冗《李赤》，柳宗元《李赤傳》的衍義，並無別的依據。所謂「吳郡舉子」，蓋從「吳郡進士」、「遊宣州，州人館之」推演而來；「嘗自比李白，故名赤」，即本之「嘗曰：『吾嘗爲歌詩，類李白』，故自號李赤」。所謂「存詩十首」，既已注明「一作李白詩」，屬白屬赤已是一筆糊塗賬，「存詩」云云，則邏輯上欠通。

〔註40〕陳蒲清《中國古代寓言史》183、189頁。
〔註41〕胡仔《苕溪漁隱叢話·前集》卷五。
〔註42〕常秀峰等《李白在安徽》151頁。

《全唐詩》編者將《姑孰十詠》作李赤作，完全是受了蘇軾觀點的影響，詩兩存之。否則，這十首詩作爲李赤作的來源就找不到合理的解釋。若來自秘閣或私人所藏《李赤集》，何以《李赤集》就恰恰只有這十首詩？若係從選集、類書或金石輯錄，何以自唐至清，各種選集、類書、金石李赤詩一首不存？而所輯錄的十首詩，又恰恰全部與李白詩重見？這也足以反證，《全唐詩》編者接受了蘇軾的觀點。除此而外，還能作別的解釋嗎？

《姑孰十詠》究竟是誰的作品呢？也有人認爲是「晚唐人所作」，〔註43〕在沒有發現新的有力的證據以前，根據此詩歷代著錄的情況，按照選言邏輯判斷，當然是屬於李白的了。

四、《全唐詩・李白集》補佚一首

李白生前，曾將詩稿託三人編輯。第一，臨終前將手稿託族叔當塗縣令李陽冰，李後編成《草堂集》十卷傳世。其序云：「臨當掛冠，公又病亟。草稿萬卷，手集未修。枕上授簡，俾予爲序。」宋樂史取《草堂集》與「別收歌詩」十卷，校勘排爲二十卷，另曰《李翰林集》，《草堂集》遂亡。第二，天寶末，魏顥不遠萬里訪李白，白「因盡出其文，命顥爲集。」顥稱「經亂離後，白章句蕩盡，顥於絳偶然得之。」編成《李翰林集》二卷，後宋敏求編《李太白文集》，得顥編《李翰林集》，以之廣四十四篇，魏編《李翰林集》亦亡。第三，以詩稿託倩公，他在《江夏送倩公歸漢東序》中稱倩公「蓄壯志而未就，期老成於他日。且能傾產重諾，好賢攻文。」「僕平生述作，罄其草而授之。」「作小詩絕句，以寫別意」：

> 彼美漢東國，川藏明月輝。
>
> 寧知喪亂後，更有一珠歸？

李白對倩公如此器重，倩公攜李白詩稿卻杳如黃鶴，有負李白，而此詩也從未收入李白詩集，或鄙薄倩公爲人，對負心人之一報也。兩宋

〔註43〕黃錫圭《李太白編年詩集目錄》、《李太白年譜》91頁。

本《李太白文集》、王琦《李太白文集輯注》等書，此詩隨序收入文類。楊齊賢、蕭士贇《分類補注李太白詩》，未收此詩。《全唐詩・李白集》蓋據楊、蕭本，因此此詩失收。今人王重民《補全唐詩》、孫望《全唐詩補逸》、童養年《全唐詩續補遺》等輯佚之書，均未收錄。故特爲拈出，以補闕云。

五、《寒女吟》應是匿名詩人僞託

韋縠《才調集》卷六，收李白詩二十八首，其中《寒女吟》爲《李太白集》諸本不收，王琦據《才調集》收入「詩文補遺」。詩云：

昔君布衣時，與妾同辛苦。一拜五官郎，便索邯鄲女。

妾欲辭君去，君心便相許。妾讀蘼蕪書，悲歌淚如雨。憶昔嫁君時，曾無一夜樂。不是妾無堪，君家婦難作。起來強歌舞，縱好君嫌惡。下堂辭君去，去後悔遮莫。

此詩鄙俚，或爲晚唐無名氏作。詹鍈云：「然才調集選詩紊雜，略無次第編例可尋，率爾之作，舛錯在所難免。如所錄寒女吟、會別離二詩，即不見於李太白集，可見即編集李詩者如樂史宋敏求輩，已知其不足深信。」（《李白詩論叢・李詩辨僞》）詹氏所舉《會別離》，元結《篋中集》題爲《今別離》，作者孟雲卿，當是。《寒女吟》又見敦煌殘卷伯三八一二，題爲《高適在哥舒大夫幕下請辭退託興奉詩》，詩云：

自從嫁與君，不省一日樂。遣妾作歌舞，好時還首惡。

不是妾無堪，君家婦難作。下堂辭君去，去後君莫錯。

兩相勘比，此詩顯然是《寒女吟》後半段。王重民先生輯入《補全唐詩》並云：「右兩首，同寫在一卷上。第一首標題作『高適在哥舒大夫幕下請辭退，興託奉詩』，疑是後人依託或擬作，細玩修辭與用意，也不像高適的作品；因爲是使用高適的故事，故附於此」。孫欽善云：「此詩據題係作於任職哥舒翰幕府期間，然語辭鄙俚，內容亦與高適當時思想不合，疑爲僞作。」（《高適集校注》）劉開揚云：「王重民《補

全唐詩》錄此首，……疑後人依託或擬作，是也。」（《高適詩集編年箋注》）

既然此詩見《才調集》、《敦煌殘卷》，當為唐詩無疑。其作者或題李白，或題高適，而當代李白、高適研究專家則疑為後人依託或偽作，證據充分，言之鑿鑿。蓋此詩作者有意匿名而偽託名家，遂使作者真名失考。作者作李白或高適者非是。

六、李白六句佚詩的發現

自從王琦《李太白集輯注》問世以來，再難發現李白的佚詩了。就是佚句也難尋覓。20世紀80年代，我參加安旗主編的《李白全集編年注釋》工作，負責輯佚。除《別匡山》外，就沒有發現一首真正為李白的佚詩了。前幾年翻《全宋詩》，先後發現李白兩句佚詩，分別寫成《「滿舡載酒槌鼓過」——李白〈寄賀監詩〉佚句》（《西北大學學報》1999.4期），《「津途去不迷」——李白佚句》（《西北大學學報》2000.2期），最近再讀《全宋詩》，又發現李白四句佚詩，振奮之情，難以自已，特撰短文，予以介紹。

《全宋詩》卷1379載聞人祥正《集句詩》（27首），均為七言絕句，其四末句為「沸天宵鼓動瑤台」其九第二句為「借得東風一夜開」都注明集李白句。

《全宋詩》卷1207收晁說之《宿洛川嘉槐驛其槐真可愛因思李承之待制嘗為此縣令有所建退省堂存焉》，結尾為：「天上問風月，還是當年不？」自注：「李白詩云：『天上不知風月好，人間今夕是中秋』，予每諷誦之」

以上六句詩，是五首詩中的斷句，是為四個詩人所熟誦，當為李白的上乘之作，卻未被當時宋敏求編的《李太白文集》所錄，可見，《李太白文集》編的甚為草率，佚詩甚多。被譽為『斗酒詩百篇』的李白，才思敏捷，創作甚豐，且傳世之心甚切，曾先後委託魏顥、倩公、李陽冰為他編集。其詩歌數量當不少於杜甫。杜詩今存1451首，

而李詩僅存 990 首，數量僅爲杜甫詩的三分之二，這大概與宋人重視杜詩特爲搜集整理有關。李白交給倩公的詩，下落不明，其餘佚詩亦當不少。從宋人典籍與出土文物中，仍有望發現李白更多的佚詩。

南唐詩人李白

盛唐詩人李白，名揚中外，婦孺皆知；南唐詩人李白，卻鮮爲人知，也沒有引起研究者的特別注意。當然，根據現有的資料，要圓滿地完成這一課題，爲時尚早。然南唐詩人李白的的確存在，大概是不成問題的。他寫過詩，也填過詞，這些詩詞是否確定爲他所作，尚需進一步充分論證。然研究南唐詩人李白，不僅要使這位長期被埋沒了的詩人重新出現在讀者面前，並對研究南唐文學有一定的作用，而且對研究盛唐詩人李白，特別是對《李太白集》中一些詩的歸屬與辨僞不無裨益。因此不避謭陋，撰成短稿，以期拋磚引玉。

一

南宋姚寬《西溪叢語》云：

> 畢景儒有李重光黃羅扇，李白寫詩一首云：「風情漸老見春羞，到處銷魂感舊遊。多謝長條似相識，強垂煙態佛人頭。」後細字書云：「賜慶奴」。慶奴似是宮人小字，詩是柳詩。〔註44〕

《古今圖書集成》轉錄了這條材料。從這條材料可以肯定：有一位名叫李白的詩人，曾經寫過一首詠柳的詩，這首詩題在李重光的黃羅扇上，是「賜慶奴」的，慶奴大約是宮人的小字。既然這柄宮扇是李重光的，則題詩者決非盛唐詩人李白，而只能是南唐時期與李白同名同

〔註44〕李白，今人王仲聞《南唐二主詞校訂》、張璋、黃畬《全唐五代詞》均作李自。檢《涵芬樓秘籍》、《津逮秘書》、《學津討原》、《叢書集成》、《筆記小說大觀》所收《西溪叢語》均作李白，作李自者未詳何據。

姓的詩人，遍檢《李太白集》的各種版本，也都均未收錄此詩。可見，歷來也沒有人認為這首詠柳詩，就是盛唐詩人李白的佚詩。那麼，這個題宮扇的李白究竟是何許人呢？這是需要認真考辨的。南宋羅願《新安志》卷十《雜錄・紀聞》云：

> 而俗又有石墨嶺與水西興唐寺詩，語不類太白。東坡
> 嘗疑富陽、國清、彭澤興唐詩及《姑熟十詠》非太白所作；
> 而王平甫疑十詠出於李赤。按南唐自有一翰林學士李白，
> 曾子固以為十詠是此人所為。然則此間墨嶺興唐詩豈亦此
> 類耶？覽者詳之。

據此，則詠柳詩很可能就是這位翰林學士李白寫的。他是詩人，又是翰林學士，自然得到當時南唐富於藝術天才的皇帝李煜的寵愛，出入宮中，相互唱和。李煜賜給慶奴一柄宮扇，慶奴轉請翰林學士李白題詩，這也是合乎情理的。但關於詠柳詩的作者，南宋以來的學者，大都以為是李煜。邵博云：「余嘗見南唐李侯撮襟書宮人慶奴扇曰：『風情漸老見春羞，……』」（《邵氏聞見後錄》卷十七）張邦基云：「江南李後主嘗於黃羅扇上，書賜宮人慶奴云：『風情漸老見春羞，到處銷魂感舊遊；多謝長條似相識，強垂煙態拂人頭。』想見其風流也。扇至今傳在貴人家。」（《墨莊漫錄》卷二）餘如《客座贅語》、《六硯齋三筆》、《古今詩話詞話》、《歷代詞餘》，記載與邵、張二氏略同。《全唐詩・李煜集》題作《賜宮人慶奴》。今人王仲聞《南唐二主詞校訂》、詹安泰《李璟李煜詞》、張璋、黃畬《全唐五代詞》均作李煜詞，詞調《柳枝》。

　　這一首詩的作者究竟是誰呢？我以為辨識此詩作者的有價值的材料是《西溪叢語》、《邵氏見聞後錄》和《墨莊漫錄》，其他論著，不過是輾轉相抄三書所記的資料罷了，而在上述三種書中，《西溪叢語》所記最為可靠。第一《西溪叢語》的作者，態度極為審慎，他曾經鑑賞過這柄流傳已有百餘年的宮扇，並作了詳細的記載：這柄宮扇為畢景儒收藏，繫黃羅扇，確是宮中之物。畢景儒生平未詳，然姚氏

記載確鑿可信，此人或即《墨莊漫錄》所云「貴人家」主人。又「後細字書云」，自是目睹原物所記，絕非傳聞或臆想之詞。又說：「慶奴似是宮人小字。」下筆極有分寸。邵博雖云「嘗見」，其實是很可疑的。他說：「李侯（李煜）撮襟書宮人慶奴扇。」所謂「撮襟書」，據《宣和書譜》載：「江南僞後主李煜，其作大字不事筆，捲帛而書之，皆能如意，世爲撮襟書。復當作顫掣勢，人又目其狀爲金錯刀。」「撮襟書」只適於寫大字，一柄扇子題二十八字的詩，字又能寫多大呢？又據《西溪叢語》「後細字書云：『賜慶奴』。」這細字寫的「賜慶奴」三個字，捲帛能寫麼？又「書宮人慶奴扇」云云，李煜既然能給宮人慶奴題詩，難道不能賜一柄宮扇還要慶奴自備嗎？宮扇對李煜來說，自然不值什麼，但對宮人來說能得到皇帝所賜卻十分榮寵，善體下情的李煜何樂而不賜呢？如此看來，邵氏的「嘗見」實在是值得大大的打個問號的。而張氏的記載，一看就是傳聞之詞，難免道聽途說之嫌。第二，以詩而論，詩中的「春」、「柳」（即「長條」）喻慶奴，既有戲謔對方之意，又頗含自我調侃的意味。慶奴有意獻殷勤逗引詩人，作爲宮女，恐怕對皇帝不敢有如此大膽的行爲；「風情漸老」也似非李煜這位風流皇帝的口吻：「到處銷魂」云云，也與李煜的身世不合，他在江南是住在宮中的，史載他與大、小周后情篤異常，他寫的言情之詞感情眞率，絕非濫情之徒，如此等等，此詩似可斷定非李煜所作。細揣詩情，作者似是一位落魄的風流才子，若說他就是南唐翰林學士李白，其言其情差是。如是，李後主賜給宮人慶奴一柄扇子，慶奴轉請翰林學士李白題詩，於是珠聯璧合，相得益彰。後代收藏家，視爲希世之寶。文人墨客，作爲軼聞趣事記下來，這首詩遂得以傳世，南唐詩人李白之名也因以流傳千古。至於有些學者，將《西溪叢語》中的「白」字變爲「自」字，大概是因爲他們只知道盛唐有詩人李白，而不知南唐尚有另一位翰林學士李白，如是，盛唐詩人李白在李煜黃羅扇上題詩，豈不成爲「關公戰秦瓊」的笑話？恰好後主姓李，又是著名的詩人，改白爲自，語句通暢無礙，隨即作了改動。於是李代桃

僵，李白詩的著作權被李煜剝奪了。然古代許多校刻《西溪叢語》的學者，他們都沒有對白字擅加改動，這表現了他們治學態度的嚴謹與誠實，這難道不能引起我們整理古籍同志的深思嗎？總之，我認爲這首題柳詩的作者，既不可能是盛唐詩人李白，也不會是南唐詩人李煜，而是南唐詩人李白。

這首詩是詩還是詞，學者頗有爭議。王仲聞云：「案此首別見宋姚寬西溪叢語卷上、邵博邵氏聞見後錄卷十七、張邦基墨莊漫錄卷二、明顧起元客座贅語卷四、清全唐詩第一函第二冊（題作《賜宮人慶奴》）。未云是詞。沈雄古今詞話、歷代詩餘並引客座贅語（歷代詩餘實引古今詞話之說，未檢原書）以爲柳枝詞，未知何據。」〔註45〕《柳枝》詞形式與七絕無異，風調又與詩相似，本詩以柳喻意，或因此被誤爲詞。仔細體味詩情風調，應是詩而不是詞。

二

南唐詩人李白的著作，至今未發現著錄。有些學術論著，提出了他的一些作品，尚都在眞僞疑似之間。雖然如此，卻也爲我們提供了一些頗有價值的研究線索與資料。

周泳先先生的《李白憶秦娥詞的作者及本事說》（載《詞學》第五輯），疑《憶秦娥》爲南唐詩人李白之作，是頗有說服力的。從詞的發展史看，盛唐時代，似不可能出現如此成熟的詞；按宋人記載，又確爲李白之詞。若說它是南唐詩人李白之作，就比較合情理了。《詞學》是學術性很強的刊物，周泳先先生是治學謹嚴的老學者，他提出的這一問題，很值得我們深思的。我以爲與其說《憶秦娥》是盛唐詩人李白之作，毋寧說是南唐詩人李白之作更接近實際。

又上文引《新安志》云：曾鞏以爲《姑熟十詠》爲南唐李白之作。按《姑熟十詠》，蘇軾疑爲李赤作，陸游等人也沿用了這種說法。張才良同志《〈姑熟十詠〉作者考辯》（見《李白詩魂繫青山》），拙作《姑

〔註45〕《南唐二主詞校訂》60頁。

熟雜詠非李赤作辨》（見《李白研究》1990 年第 1 期，收入本書《李詩雜考》篇），都以無可辯駁的事實，論證所謂李赤云云，實在是子虛烏有之詞。《姑熟十詠》樂史本《李翰林集》未收，而宋人對此也多有疑者，若作南唐翰林學士李白之詩，似也較妥。清代著名學者王琦在《李白集輯注拾遺考證》中說：「羅鄂州《新安郡志》謂南唐時另有一翰林學士李白，《姑熟十詠》是其所作，然則後人所傳李白諸逸詩及斷句之諸書所誤引而其名莫考者，烏知非斯人之作耶？」羅鄂州即羅願，《新安郡志》即《新安志》。王琦借羅願的記載而作的推斷似汗漫不著邊際，然卻反映了某種實際情況。這樣看來，南唐詩人李白的疑似之作，幾乎可編一本小冊子了。

應當指出：南唐詩人李白，只因與盛唐詩人李白同名同姓而詩名遠不相埒，又因隨著南唐的滅亡而典籍散佚，詩未傳世而名遂不彰。他寫的一些詩詞，後人誤植在盛唐詩人李白名下。他既無意於冒名頂替，也不想借詩仙盛名以傳世。也許他的一些詩作，因盛唐詩人李白名而為世所重，然因同名同姓反使其真正的作者淹沒不聞，豈不悲歟！假若他名為李碧或李赤，則其詩作或能以其本名傳世。這種巧合造成的混亂，文學史家有責任澄清是非，從而恢復歷史的真面目。

附錄三：梅俊道：評《李白詩歌藝術論》

　　李白研究，是一個熱門話題。各種論著、論文，琳瑯滿目。其中房日晰的《李白詩歌藝術論》是一部有特色的力作。房先生的這部書，從宏觀著眼，微觀入手，從中可見作者治學嚴謹認眞，研究深入周至。以宏觀上看。房著對李白藝術研究已涉及各種體裁：五絕、七絕、五律、七律、五古、七古；在風格研究上已涉及李白詩歌的陽剛美、陰柔美、飄逸美等；在李白詩歌氣象研究上已涉及李詩與盛唐氣象的關係，等等。從微觀上看，房著對李白詩歌的研究都是從具體作品的分析出發，絕無架空之論，句句落實，往往獨出機杼，從對一首詩的分析得出令人信服的結論，所以說這是一部宏觀把握與微觀探討兩者結合得比較好的著作。正如房著中說：「衡量一個詩人在創作中獲得的藝術成就，不是看他在創作上與前人有多少共同的地方，而要看他創作中有哪些創新和特異之處，這些創新和特異之處，是否爲詩歌創作開闢了新領域，打開了新局面。」我們看房先生論著，也是看他的研究方法和成果對我們有哪些啓示。筆者看來，房著有三個明顯的特點：

　　1. 不拘成言，頗有創見。對於李白的各體詩作，研究家們稱道得多的是七古和絕句，認爲五律則遜一籌，我以爲五律這種形式不適

合抒發李白奔放的情感。而房著中《試論李白的五言律詩》一文就獨具慧眼地指出，李白的五律代表了他的另一種清新秀麗的藝術風格，從總的具向上看不亞於他的七古和七絕。這便抓住了李白五律區別於其他體裁作品的獨特之處，特別是房著分析李白五律所表達的感情往往是舒緩迂曲，委婉深沉，而不像七古和七絕那樣主觀感情色彩濃烈，這也是頗有見地的。這種分析，爲我們研究李白詩歌的藝術風格打開了一條新思路。這種不拘陳言的創見又如在論及李白名篇《陪侍郎叔遊洞庭醉後三首》之三：「剗卻君山好，平鋪湘水流。巴陵無限酒，醉殺洞庭秋」時，房著突破了過去認爲李白寫此詩是「醉後的豪壯語」，或「是從農事上著想」的舊說，提出了這是李白醉後表露出的渴望剗除人生道路上阻遏的感情，這種見解也令人耳目一新。

2. 以小見大，細緻入微。房著還有一個特點就是分析細緻，方法上往往是以小見大。比如在論及李白的五言絕句反映的廣闊社會生活，就列舉了《秋浦歌》其十四、十六及《哭宣城善釀紀叟》三首絕句，分別很有代表性地說明了李白五絕所反映的冶煉工人、農民、釀酒市民的生活，小中見大，很有說服力。又如在分析《峨眉山月歌》中地名運用之妙時，準確地指出：「這五個地名都消融在自然景色和作者的行止動態中」，這便一針見血地點明了這首詩的妙處。其他如通過對《久別離》一詩的分析，推斷出李白在蜀時可能娶有妻室（見房著中《久別離發微》），又如對《夢遊天姥吟留別》詩題的質疑，判斷詩題本應是「夢遊天姥吟」，「留別」二字是自注，後人抄刻時的誤筆，等等，都是對李白詩歌分析深入細緻，探幽入微的例證。

3. 注重背景，縱橫比較。房著還善於將李白詩歌放到古代詩歌發展史、唐詩發展史的大背景上來考察、研究，這樣得出的結論往往比較深刻。例如李白一生創作中，七律所佔比重小。論者一般認爲李白或不擅、或不喜、或反對作七律，或云七律這種形式不利於李白才情的發揮。而房著《爲李白七律少一辯》一文中就詳細地考證了七律發展的歷史，以各時期七律創作的總量爲依據，得出了七律的成熟與

大發展應是在肅宗乾元年間之後的結論。而李白生活的初唐、盛唐，七律創作總量只有 240 首，佔中唐的 1/7，晚唐的 1/15。這一時期李作七律 12 首，而杜甫、王維等著名詩人所作七律最多的也不過 20 餘首，李白與之相差也不遠。這便令人信服地說明了七律這種形式在初盛唐並不是詩壇上的主要創作傾向，因此不能說李白不擅、不喜或反對作七律。房著的這種分析，就跳出了就事論事的小圈子，從大背景著眼，縱橫比較，避免了皮相之見，論之甚確。在縱橫比較上，房著中還有李白與杜甫名句比較，李白與李賀的比較，都不乏真知灼見。

房日晰先生的這本《李白詩歌藝術論》雖然並不厚，也沒有什麼驚人之語，但給人的感覺是很紮實的。目下研究界有的著作，下筆動輒數十萬言，但讀後卻感到言之無物，使人茫然，很難說這是一種高明的現象。而像房先生這樣從認真估有材料，分析材料出發，紮紮實實地做文章的作風，筆者認為是值得稱道的。

後　記

　　《李白詩歌藝術論》終於付印了，我長長地吁了一口氣，積聚心頭多年的一樁事，總算了結了。

　　我很早就喜愛李白詩歌，但眞正認眞學習，卻是從 1979 年才開始的。1979 年春，應我的請求，組織上調我教古典文學。當時我已屆不惑之年，卻從頭開始學習，自是相當吃力的。然而卻是非常愉快的，因爲我喜歡古典文學，喜愛優秀的傳統文化。是年秋，遠赴武漢大學中文系進修唐代文學，師從胡國瑞先生。胡先生是全國著名的李白研究專家，我就跟胡老師研究李白的詩歌。當時文學研究仍然彌漫著重內容輕形式、重思想輕藝術的傾向，對此我十分不滿。於是在胡先生的啓示下，我從李白詩歌藝術表現的實際出發，試圖探索李白詩歌的藝術特質。在武大進修其間，寫了兩篇論文。1981 年返校後，在緊張的教學之餘，陸續寫了一批探討李白詩歌藝術的論文。1987年結集並與出版社聯繫，有好幾家出版社均表示願意接受出版。由於眾所周知的原因，拖了六七年，遲遲未能面世。今三秦出版社慨然答應出版，我是十分感謝的。

　　《李白詩歌藝術論》由分體論、綜合論、比較論三部分組成，計16 篇。比較論中尚有李白與孟浩然、王昌齡、杜甫、李賀比較的五篇論文，因已收入拙著《唐詩比較論》，這裏就不再收錄了。附錄六

篇，是關於李白生平事跡的一些考證文字。其中《讀李白詩札叢》、《「姑熟雜詠」非李赤作辨》，是我與同窗好友張源泰同志合寫的，徵得他的同意，一併收入。

如上所述，我寫這本書，事先沒有一個很切實的計劃，沒有一個統籌安排的詳細提綱，沒有一個完整的寫作時間，未能一氣呵成。由於寫作時間太長，且係單篇發表，其體例風格時或不一，引文略有重覆，不免為識者所詬病。然拙著就其體例而言，係由系列論文組成，介乎專著與論文集之間，或可為自己的缺點解嘲。儘管奉獻給讀者的這本《李白詩歌藝術論》，是相當粗疏的，然它卻凝聚了筆者多年的心血。筆者力圖對李白詩歌的藝術特點，進行多角度多側面地研究、探討，並欲作出符合詩人創作實際的分析與結論。由於個人藝術理論與古典文學底子薄弱，在撰寫過程，每覺力不從心，未能達到預期的目的。因此，這本小冊子錯誤與缺點肯定不少，殷切期待著專家與讀者最嚴屬地批評。

本書寫作伊始，就得到胡國瑞師悉心指導，受到安旗先生的鼓勵，當時系領導董丁誠同志、郜政民同志也給予大力支持，書成後霍松林師為書題簽，此次出版，得到西北大學科研處、西北大學中文系、三秦出版社、西北大學印刷廠領導的大力支持，對此我一併表示衷心的感謝！

房日昕 1993 年 6 月 30 日
書於西北大學新村 12 樓窮白齋

再版後記

這是我一本舊著，今略加修訂，交花木蘭文化出版社重印。

所謂修訂，一是將初版後寫的幾篇文章，按類嵌入，並將初版有意刊落的三篇比較論文收入，以便讀者；二是加了章節，像個專著的樣子。

舊著是由系列論文組成，我在《後記》中曾說：「介乎專著與論文集之間」。然在申請晉職時，據說有位評委咬住這句話，一再強調硬件不夠。好在其他評委，給我說了好話，就是這位評委投票時，也還說我「科研能力很強」的話，放我一馬，這樣就通過了。現在將這本舊著之添了章節，既不是想睹高明如這位評委者的嘴，也不想以此淺薄的東西，冒然去申請學位。當然，更不是悔其少作，特意掩飾其謭陋。只是純粹從形式上做點文章，使侈談專著高於論文集者，覺得順眼罷了。然行文風格與註引體例仍不劃一。因精力不繼，只好任之。

有位前哲曾說：年輕時喜歡李白詩，年老時則轉喜杜甫詩。大概是我愚頑不堪，今早已過古稀而近耄耋之年，卻對李白詩之喜愛不減當年，以致獻芹之心未泯。敬請讀者諒之。

房日晰 2015.10.1